SARAH HARVEY

Wachgeküßt

Buch

Alex Gray hat alles, was sich eine Frau von Mitte Zwanzig wünschen kann: einen interessanten Job als Reisejournalistin, die besten Geschwister der Welt, eine Menge Freundinnen und Max, den sie liebt. Bis sie ihn in flagranti im Bett mit einer anderen Frau erwischt. Kurz entschlossen besinnt sie sich auf die wahrhaft wichtigen Dinge im Leben: Kreditkarte, Friseur, Schokolade – und zwei gute Freundinnen wie Emma und Serena. Sie zieht zu ihnen und will Max endlich vergessen, doch das ist leichter gesagt als getan. Mal sinnt sie auf Rache, mal versinkt sie in ihrem Liebeskummer, bis Emma und Serena die glorreiche Idee haben, zum Gegenangriff überzugehen. Warum nicht einfach die Rollen tauschen und von nun an die Männer leiden lassen? Zum Ansporn schließen die drei Frauen eine Wette ab: Wer in zwei Monaten die meisten Männerherzen bricht, gewinnt ein Essen beim besten Italiener der Stadt. Alex ist von der Idee nicht begeistert. Nur langsam freundet sie sich mit dem Gedanken an, diesem herzlosen Geschlecht eine Lektion zu erteilen. Die Wette mit Emma und Serena ist schon fast verloren, da setzt Alex auf einer Geschäftsreise noch einmal alles auf eine Karte …

Autorin

Sarah Harvey ist Mitte Dreißig und lebt mit ihrem Mann in Leicester. Sie arbeitete als Journalistin, bis sie mit ihrem ersten Roman »Wachgeküßt« ihren Durchbruch als Autorin feierte. Seither wurden alle ihre Bücher internationale Erfolge.

Von Sarah Harvey außerdem erschienen:

Die Hochzeit meiner besten Freundin. Roman (54158) • Drei Frauen und ein Bräutigam. Roman (54163) • Rendezvous zu dritt. Roman (46719, 54202) • Absolut unwiderstehlich. Roman (54213, 46365) • Eine Braut zu viel. Roman (45368) • Wohin mit meinem Bräutigam. Roman (54226) • Küssen verboten. Roman (54236) • Zwei Frauen und ein Bräutigam / Rendezvous zu dritt. Zwei Romane in einem Band (46347) • Die Hochzeit meiner besten Freundin / Eine Braut zu viel. Zwei Romane in einem Band (13379, 13371)

Sarah Harvey

Wachgeküßt

Roman

Aus dem Englischen
von Susanne Engelhardt

GOLDMANN

Die Originalausgabe erschien 1999
unter dem Titel »Misbehaving«
bei Headline Book Publishing, London

Verlagsgruppe Random House FSC-DEU-0100
Das für dieses Buch verwendete FSC-zertifizierte Papier
Holmen Book Cream liefert Holmen Paper, Hallstavik, Schweden.

Einmalige Sonderausgabe
Taschenbuchausgabe Februar 2008

Umschlaggestaltung: Design Team München
Umschlagmotiv: Natascha Römer
Druck und Bindung: GGP Media GmbH, Pößneck
Printed in Germany
ISBN: 978-3-442-46720-4

www.goldmann-verlag.de

Für Oi!
Tschuldigung, wo geht's denn zur Party?
Für immer und ewig
Les Chunk

1

Völlig entsetzt und fasziniert zugleich beobachte ich, wie mein Freund seinen nackten Hintern hochhievt, um ihn dann mit der ganzen Gewalt einer Achterbahn auf Talfahrt wieder herabstürzen zu lassen. Als Folge des Aufpralls der zwei Körper stöhnen die beiden gleichzeitig und genußvoll, ich dagegen stöhne entsetzt, dafür aber fast lautlos. Ohne sein Publikum zu beachten, setzt Max zu jener Reihe von Stößen an, die bedeuten, daß es gleich soweit ist. Sie krallt ihre langen, pinkfarbenen Nägel in das angespannte Fleisch seiner Gesäßmuskeln. Wie wild erhöht er die Frequenz, und das Gestöhne im Duett wird lauter. Er seufzt. Sie schreit. Dann sinken sie einander schwitzend in die Arme. Max murmelt etwas in der Art, wie verdammt toll das doch war, und vergräbt sein Gesicht zwischen ihren üppigen Brüsten. Sie geht zu jenen schmeichelnden Bemerkungen über, die er immer nach dem Sex hören will, woraus ich schließe, daß dies offensichtlich nicht das erste intime Treffen der beiden ist.

Oft habe ich darüber nachgedacht, was ich wohl täte, wenn ich nach Hause kommen und Max mit einer anderen im Bett vorfinden würde. In meinen Gedanken spielt sich die Szene so ab: Plötzlich habe ich einen messerscharfen Verstand, mir fallen zahlreiche vernichtende Pointen ein, und der Schwinger, der selbst Mike Tyson zu Boden strecken würde, gelingt mir als würdevoller Abgang. Tja, tut mir leid, aber so läuft es leider nicht. Wie weggewischt ist die Vorstellung von einer zweiten Mae West, die vernichtende, geistreiche Bemerkungen austeilt und dabei höchst lässig im Türrahmen lehnt. Wie weggewischt auch die von Glenn Close beeinflußten Szenerien von brennendem Öl auf nackten Popos oder der realistischere Griff zum Eimer mit eiskaltem Wasser. Wie weggewischt ist sogar die unglaublich freizügige Vorstellung, mir einfach die Kleider vom Leib zu reißen, splitterfasernackt und erwartungsvoll unter die Decke zu schlüpfen und einfach mitzumachen.

Statt dessen fängt meine Unterlippe an zu zittern, mein Gesicht legt sich in unattraktive Falten wie das eines alten, verknautschten Boxers, und ich breche in häßliches, lautes Schluchzen aus.

Ich komme mir reichlich seltsam vor, wie ich so dastehe und Tränen und Make-up über mein Gesicht strömen. Ich sollte wohl eher applaudieren als heulen. Max ist Schauspieler. So eine tolle Vorführung hat er lange nicht hingelegt, weder auf der Bühne noch im Bett.

Alarmiert durch die sonderbaren Laute einer wie wahnsinnig jammernden Frau lassen sie dann doch von ihrem unanständigen Getue ab und entdecken mich.

Komischerweise ahmen nun ihre Gesichter den entsetzten Ausdruck nach, der auf meinem erschienen war, als ich barfuß ins Schlafzimmer trat, nur um meinen Freund, mit dem ich seit mehr als fünf Jahren zusammen bin, mit meiner Aerobic-Trainerin im Bett zu ertappen.

Mußte es ausgerechnet die sein? Natürlich: ein Po und Titten, für die Zellulitis und Schwerkraft Fremdwörter sind – einfach makellos.

Obwohl ich jeden Zentimeter an Max' Körper kenne, angefangen von der kleinen Windpockennarbe unter der seltsam geformten linken Brustwarze bis hin zu dem braunen Muttermal in der Form Italiens auf seinem Hintern, schnappt er nach der Decke und schlingt sie in einem Anfall verspäteter, aufgesetzter Scham um sich.

»Herrje, Alex ...« stottert er. »Also, ähm, versteh das jetzt nicht falsch.«

Ich soll das nicht falsch verstehen? Da ertappe ich sie nackt und wie zwei Pornoprofis in Aktion, und er sagt mir, ich solle das nicht falsch verstehen?! Wenn das nicht Sex in seiner elementarsten Form ist, was ist es dann? Etwa eine neue Art Aerobic?

Unerklärlicherweise muß ich plötzlich kichern. Es klingt ziemlich durchgeknallt. Man fühlt sich sofort an Zwangsjacken und Gummizellen erinnert, an Patienten, die im Schlafanzug den Rasen saugen.

Als ich erst aus dem Zimmer stürze und dann aus dem Haus zum Wagen renne, mischt sich Weinen unter Gekicher, und das Ganze endet in einem hysterischen Anfall, in einer Mischung aus Schluchzen und Schluckauf. Ich fingere an meinen Autoschlüsseln herum und versuche vergeblich, sie durch den Tränenschleier hindurch ins Schloß zu stecken.

Unter dem Einfluß der Wassermassen, die ich vergieße, scheint das Schloß geschrumpft zu sein, doch schließlich schaffe ich es, ins Innere zu gelangen. In diesem Augenblick kommt Max barfuß über die Straße gehüpft, die Decke um die Hüften gerafft wie ein langes, schleppendes, daunengefülltes Feigenblatt.

»Alex, wart!« ruft er, als er das Auto erreicht und die Tür festhalten will. Ich schlage sie zu, wobei zwei seiner Finger ganz knapp einer Amputation entgehen. Ich lasse den Motor meines armen, kleinen Autos aufheulen, indem ich bösartig mit der Kupplung spiele wie ein Rennfahrer vor dem Start.

»Alex, bitte.« Max sieht verzweifelt aus. »Du kannst nicht einfach losfahren, ich sitze in der Klemme ...«

Allerdings sitzt du in der Klemme, du Bastard. Ich haue den Gang rein, setze, ohne mich umzudrehen, zurück und verpasse dabei nur ganz knapp eine kleine, schwarze Katze, einen Hydranten und Max' Ferse.

Ich komme mir vor, als hätte mir soeben jemand einen Schlag in den Unterleib versetzt und mir anschließend ein paar Finger in den Hals gesteckt.

Ich glaube, ich werde krank.

Ich glaube, meine Augen brauchen die Scheibenwischer jetzt viel mehr als mein Auto.

Ich sehe nichts. Mit dem Handrücken fahre ich mir übers Gesicht und hinterlasse einen Streifen schwarzer Wimperntusche auf den Wangen. Dann lege ich den ersten Gang ein, gebe Gas und mache, daß ich wegkomme.

Erst am Ende der Straße wird mir klar, daß das eigenartige Geräusch, das ich höre, von Max' Decke stammt, die in der Tür eingeklemmt ist und wie ein wild wogendes Schleppnetz hinter mir herschleift. Ein Blick in den Rückspiegel und ich sehe gerade noch, wie das bereits erwähnte Hinterteil mit dem Muttermal in der Form Italiens von einer sanften Röte überzogen wird und wie der schleimige Besitzer dieses guten Stücks nackt und überstürzt die Straße entlangrast, um zu Heim und Herd zurückzukehren.

Wie bei jeder Krise fahre ich mit Autopilot und der Wagen schlägt automatisch den Weg zu Emmas Haus ein.

Emma ist meine beste Freundin. Jede Frau braucht bestimmte Dinge, um zu überleben. Meine Top Ten für ein Girlie-Survival-Kit lautet wie folgt – in umgekehrter Reihenfolge:

10) Eine Kundenkarte für mindestens eines der großen Kaufhäuser
9) Ein netter Chef
8) Ein netter Kundenberater bei der Bank
7) Ein guter Friseur
6) Schokolade und andere Süßigkeiten
5) Ein Zuhause
4) Sinn für Humor
3) Ein Haufen guter Freunde
2) Die Familie
1) Die beste Freundin

Ich weiß, daß in meiner Liste die üblichen und vernünftigen Punkte wie »gute Gesundheit« usw. fehlen, und ein »netter Mann« kriegt noch nicht mal die Nasenspitze rein (meine Mutter und einige meiner Freundinnen würden behaupten, daß es so was wie einen »netten Mann« gar nicht gibt). Aber ich spreche davon, was eine Frau, um durchs Leben zu kommen, *außer* einem rücksichtsvollen, treuen, lustigen, intelligenten, sexy Lover braucht. Findet man heraus, daß der eigene Partner dieser Beschreibung entspricht, so tritt die Survival-Liste in der Regel erst recht in Kraft. Mit anderen Worten: Wenn der Mann einen fallenläßt, richten einen Freundinnen in der Regel wieder auf, schütteln einen ordentlich durch und bringen einen wieder auf den mit Scheiße bedeckten Pfad des Lebens zurück.

Durch den Londoner Verkehr kämpfe ich mich bis zu der ruhigen Straße in Chelsea, in der Emma in einem malerischen alten Cottage wohnt, das ihren steinreichen, durchgeknallten Eltern gehört.

Ich schaffe es einzuparken, ohne etwas umzufahren, dann kraxele ich aus dem Wagen, hämmere an die Eingangstür und klingele Sturm, als ob ich direkt aus dem Irrenhaus entflohen wäre.

Durch die Glastür sehe ich, wie Emma langsam die Treppe herunterschlurft, um die Tür zu öffnen. Es ist 10 Uhr 30, ein schöner Samstagmorgen im Frühling, und ihre grünen Augen gleichen wegen Schlafmangels zwei klebrigen Schlitzen – die Folge einer durchzechten, ausschweifenden Freitagnacht, dem Auftakt zum Wochenende. Ihr langer, brauner Pagenschnitt ist ganz verwuschelt, und ihre Augen sind vom Make-up verschmiert. Diese Nacht war wohl ziemlich ausschweifend.

»Hallo, Lex.« Sie blinzelt aus trüben Augen und schafft es, ihren Wangenmuskeln bei meinem Anblick ein hundemüdes, aber doch erfreutes Grinsen abzuringen. »Seit wann bist du wieder da?«

In all dem Durcheinander habe ich unglücklicherweise vergessen, was sich gehört. Ich befinde mich in einem Stadium, in dem logisches Denken der Vergangenheit angehört und mein Körper nur noch instinktiv reagiert.

Wortlos drängele ich mich an ihr vorbei, stürze die Treppe hinauf und platze in die Küche, die im hinteren Teil des Hauses liegt. Dort setze ich blindlings den Teekessel auf und greife nach der Dose mit den Schokokeksen.

»Was ist passiert, Alex?« Emma, die plötzlich hellwach ist, eilt hinter mir her. »Du meine Güte, was ist denn mit deinen Augen los? Du siehst ja aus wie ein schlechter Abklatsch von einem Panda, der starken Heuschnupfen hat.« Emma hat recht. Normalerweise habe ich blasse Haut, doch jetzt bin ich aschfahl, und meine dunkelbraunen Augen sind blutunterlaufen. Sie zieht ein pfirsichfarbenes Taschentuch aus der Tasche ihres Bademantels und tupft erfolglos über die verschmierte Wimperntusche und den Eyeliner, während ich betrübt, stumm und im Akkord Schokokekse futtere.

»Alex«, stößt sie hervor, ganz verärgert vor Sorge, »hör auf, dich mit Keksen vollzustopfen, und erzähl mir, was los ist.« Sie nimmt mir die Dose aus den Händen, die ich gegen meine Brust gepreßt halte wie einen Teddybären. Ohne sie fühle ich mich plötzlich ganz nackt und verletzbar. Ich lehne mich gegen die Küchenzeile und blinzele, um nicht wieder in Tränen auszubrechen.

»Ich habe Max gerade mit einer anderen Frau im Bett erwischt«, sage ich, den Mund voller Krümel.

Emma greift sich eine Handvoll Kekse und gibt mir dann schweigend die Dose zurück.

»Du Arme.«

Das ist wohl die Untertreibung des Jahrhunderts.

»Wie fühlst du dich?«

Wie ich mich fühle? »Am Boden zerstört« wäre wohl die passendste – und prägnanteste – Beschreibung, aber schließlich muß ich gar nichts sagen.

»Was für eine dumme Frage«, antwortet Emma selber. »Du fühlst dich natürlich beschissen.« Sanft packt sie mich an den zitternden Schultern und führt mich zu einem der Küchenstühle. Dann greift sie nach dem Teekessel, der im vollen Bewußtsein seiner Pflicht erstaunlich schnell heiß geworden ist und jetzt ordentlich Dampf abläßt, wobei er wie ein tatteriger alter Mann mit lose sitzendem Gebiß klappert und grummelt.

»Mit Wasser funktioniert es besser«, seufzt sie, trägt das spuckende, pfeifende Ding zur Spüle und läßt es vollaufen.

Aus einem der Schränke nimmt sie Teebeutel, wirft sie in große Tassen und holt dann noch eine Packung Kekse, die sie aufmacht und in die sich schnell leerende Dose schüttet.

Wir warten schweigend, bis der Kessel lautstark pfeift. »So jetzt.« Der Tee ist fertig, und sie setzt sich im rechten Winkel zu mir an den soliden, gescheuerten Küchentisch aus Eibenholz. »Erzähl mir genau, was passiert ist.«

Ich schniefe laut, greife mir die Küchenrolle, schneuze mich und erzähle dann.

»Erinnerst du dich, daß die Redaktion mich für drei Tage nach Schottland geschickt hat, damit ich mir dieses neue, mondäne Seebad mal näher ansehe?«

»Und ob ich mich erinnere! Ich wollte dich sogar überreden, doch mit mir zu tauschen! Du gehst für mich in die Bank mit all den aalglatten Bankern, während ich gen Norden ziehe und einen Bericht über diesen pompösen Palast für piekfeine Piefkes schreibe. Genau das habe ich dir gesagt, aber du wolltest nicht hören! Natürlich nicht ...«

»Oje«, seufze ich, »ich wünsche, wir *hätten* getauscht. Das Seebad war eine absolute Enttäuschung: Erst wird man mit eisigem Wasser abgespritzt und dann mit feuchten Handtüchern durchgewalkt – eine gnadenlose Prozedur. Und den Schlamm für die Gesichtsmasken holen sie bestimmt jeden Morgen aus dem Gemüsegarten. Also habe ich mir gedacht, ich sehe zu, daß ich schnell fertig werde, fahre früher zurück und überrasche Max. Das ist mir auch gelungen, das kannst du mir glauben!«

Ich setze die Teetasse an und verbrühe mir fast die Lippen, so heiß ist er.

»Autsch!« Wie verrückt blase ich auf meine Lippen und auf den Tee. »Was soll's, ich komme also nach Hause und schleiche mich ganz leise rein. Ich wußte ja, daß er noch im Bett liegt, weil Samstag ist, also dachte ich mir, ich mache mal was Besonderes, ziehe vielleicht meine Klamotten aus und schlüpfe zu ihm ins Bett. Ich wollte ihn ganz lieb begrüßen, verstehst du ...«

»Schon klar.« Ems lächelt gequält.

»Ich schleiche also auf Zehenspitzen hoch ins Schlafzimmer, und was sehe ich? Die beiden, nackt, in unserem Schlafzimmer, in unserem Bett, mit meiner neuen Bettwäsche von Caroline Charles! Für die habe ich Ewigkeiten gespart ... Dieses Schwein!« Ich greife nach einem weiteren dieser Allheilmittel aus Schokolade und Haferflocken.

»Wer war es? Jemand, den du kennst?«

»Und ob ich sie kenne«, zische ich mit vollem Mund. Mit dem Jackenärmel wische ich mir erneut die Tränen weg.

»Also, wer denn nun?« hakt Ems ungeduldig nach. Sie lehnt sich nach vorn, versucht, die Fassade zu wahren, hin- und hergerissen zwischen freundschaftlich interessierter Anteilnahme und hemmungsloser Neugierde.

Ich muß schlucken. Trotz des Tees ist meine Kehle plötzlich wie ausgedörrt.

»Madeleine Hurst.«

Nach Emmas Gesichtsausdruck zu urteilen sagt ihr der Name etwas, aber sie kann ihn nicht einordnen.

»Du weißt schon, die aus dem Fitneßstudio in Knightsbridge. Sie leitet den Kurs für ›Bauch-Beine-Po‹.«

»Ah.«

Diese eine Silbe spricht Bände. Madeleine Hurst ist blond,

schön und fit – nicht nur beim Sport. Wie oft habe ich sie um ihre tollen, festen Oberschenkel beneidet? Um ihren unglaublich knackigen Hintern? Und um ihre Brüste, die sie beim Joggen auf dem Laufband glatt umgehauen hätten, wenn sie nicht von einem straff sitzenden Sport-BH gebändigt würden? Ihr Make-up zerläuft nie, egal wie mörderisch es auch zugeht beim Workout. Ihr Haar sitzt immer gut, es genügt wenn sie einmal lässig mit den Fingern durch die langen blonden Locken fährt. Meine Freundinnen und ich dagegen ziehen jedesmal schweißüberströmt, völlig erledigt und keuchend ab, um zu duschen, wobei wir in unseren Stretch-Bodys nicht halb so stromlinienförmig aussehen.

»Es ist schon schlimm genug, Max mit einer anderen im Bett zu ertappen« – ich seufze tief –, »aber ausgerechnet mit der! Das ist nicht nur frech, das ist unverschämt.«

»Also wäre es dir lieber gewesen, ihn mit einer flachbrüstigen, häßlichen, alten Schreckschraube zu erwischen? Das hätte deinem Selbstwertgefühl wohl enorm gutgetan, was?« erwidert Emma, und Ärger überdeckt ihren Sarkasmus.

»Nein, aber sie führt mir meine Unzulänglichkeit so deutlich vor Augen ...«

»Ich dachte, das wäre Max' Aufgabe«, unterbricht Emma mich verdrießlich. »Ich fand schon immer, daß dieser Typ ein totales Arschloch ist!«

»Das sagst du mir jetzt!« jammere ich.

»Also hör mal!« Emma schaut mich streng an. »Das erzähle ich dir schon seit sechs Jahren!«

»Aber ich bin doch erst seit sechs Jahren mit ihm zusammen.«

»Eben«, bemerkt sie schnippisch und merkt nicht, daß der Keks, den sie seit zwei Minuten in ihren Tee tunkt, sich vollkommen aufgelöst hat. »Ich konnte ihn noch nie leiden. Und erzähl mir nicht, daß du nicht selbst Zweifel hattest – ich weiß, daß du welche hattest.«

»Stimmt«, gebe ich widerstrebend zu, »wahrscheinlich schon,

und nach heute morgen sieht es so aus, als wären sie auch nicht ganz unbegründet gewesen, was? Es war bestimmt nicht das erste Mal.«

»Woher willst du das wissen?«

»Ich weiß es eben«, murmele ich und schiebe mir noch einen Keks in den Mund.

»Und was willst du jetzt machen?«

»Machen? Da gibt es nicht viel zu *machen*. Wir sind fertig miteinander. Aus. Vorbei. Ich ertappe meinen Freund mit einer anderen im Bett. Das scheint mir irgendwie das Ende unserer Beziehung zu sein, oder?«

»Willst du nicht mit ihm darüber sprechen?«

»Gibt es da noch etwas zu besprechen?« Vorsichtig teste ich den Tee mit meiner Zunge. Eigentlich ist er jetzt genießbar, aber plötzlich ist mir nach etwas Stärkerem zumute. »Wenn unsere Beziehung stabiler wäre, könnten wir das vielleicht durchstehen, aber du weißt ja, wie es in letzter Zeit um uns stand.«

Emma nickt.

»Wie es eben um zwei Menschen steht, die überhaupt nicht zusammenpassen«, seufzt sie. »Auf eine Art hat er dir aber auch einen Gefallen getan.« Sie legt eine Hand auf meinen Arm und drückt ihn beruhigend. »So wie man ein verletztes Tier tötet. Man begeht in guter Absicht eine grausame Tat. Kurz und schmerzlos. Dieses Ende ist sicher furchtbar, Lexy, aber ich glaube, du wirst bald merken, wie gut das für dich war, auch wenn es dir jetzt noch nicht so vorkommt.«

»Stimmt ... so kommt es mir nicht vor«, schluchze ich. Ich pruste wie ein Wal, aber nicht Wasser, sondern Krümel.

»Ich versuche nur, dir die gute Seite zu zeigen.« Emma grinst voller Hoffnung.

»Hat das alles etwa auch eine gute Seite?« schniefe ich zweifelnd, reiße ein weiteres Tuch von der Küchenrolle und putze mir deutlich hörbar die Nase.

»Aber natürlich. Du hast gerade Max verlassen.«

»Soll ich mich etwa darüber freuen?« frage ich ungläubig.

»Ich würde laut jubeln.«

»Ja, aber du bist nicht ich!«

»Gott sei Dank! Brr!« Sie schaudert. »Wenn ich du wäre, würde das bedeuten, daß ich mit ihm geschlafen hätte!«

Sie sagt das so, als ob sie von einem wirklichen Ekelpaket sprechen würde oder vom leibhaftigen Teufel. Vielleicht ist Max ja ein Ekelpaket. Aber das ist unfair. Schließlich hatten wir auch gute Zeiten, er hatte auch nette Züge – er muß für mich doch halbwegs okay gewesen sein, weil ich es so lange mit ihm ausgehalten habe, oder? Entweder das oder ich bin völlig blöd und naiv.

Momentan komme ich mir eher völlig blöd und naiv vor.

»Was soll ich bloß machen?« jammere ich. »Mit einem Schlag ist alles völlig anders. Gestern hatte ich noch einen Freund, ein Heim ... das ist jetzt alles den Bach runter. Plötzlich bin ich wieder Single, und ich bin obdachlos. Das Haus gehört Max. Ich war doch nur ein gut zahlender Untermieter, gut zu gebrauchen für Sex und Sklavenarbeit und um sein Bankkonto flüssig zu halten.«

»Ich habe dir doch gesagt, daß du ohne ihn besser dran bist.« Emma lächelt mich zaghaft an.

»Vielleicht in bezug auf meine Gefühle. Dafür bin ich jetzt obdachlos. Hier in der Gegend eine Wohnung finden zu wollen ist so, als würde man in der Wüste Gobi nach Wasser suchen. Vor allem wenn man bedenkt, was ich mir leisten kann. Da kann ich gleich zu Sainsburys latschen und mir den größten Pappkarton besorgen, den sie haben.«

»Also, für dieses Problem habe ich die Lösung.« Emma stößt auf die Kekskrümel am Tassenboden und verzieht das Gesicht. »Du kannst bei mir einziehen.«

»Ehrlich?« frage ich voller Hoffnung und fühle mich gleich wieder etwas besser.

»Klar. Warum nicht?« sagt Emma mehr zu sich selbst als zu mir. »Ich habe ja ein freies Zimmer. Ich spiele sowieso mit dem Gedanken, es zu vermieten, damit meine Mutter es nicht mehr jedes Mal in Beschlag nimmt, wenn sie in die Stadt kommt. Du würdest mir einen Gefallen tun.«

»Glaubst du, daß du damit zurechtkommst, wenn ich immer hier bin?«

»Warum nicht? Wir werden uns sicher nicht hassen, uns die Augen auskratzen, uns erdolchen oder sonst was antun.«

»Ich dachte, du wolltest mich dazu bewegen, die guten Seiten des Lebens zu sehen! Als ich sagte, daß ich obdachlos bin, sollte das kein Wink mit dem Zaunpfahl sein. Wenn du der Meinung bist, daß es nicht gutgeht, kann ich immer noch für eine Weile zu meiner Mutter ziehen, bis ich etwas anderes finde.«

»Himmel, nein!« Bei dem Gedanken reißt Emma vor Entsetzen die Augen auf. »Ich bin deine beste Freundin. Meinst du wirklich, ich würde dir das zumuten?«

»So schlimm ist sie nun auch wieder nicht. Manchmal ist sie sogar ganz vernünftig. Im Gegensatz zu deiner.«

Emmas Mutter ist eine zweite Joan Crawford. Eigentlich ist sie sogar wie Joan Crawford und Debbie Reynolds in einer Person, beider Körpergewicht mit eingerechnet. »Paranoide Schizophrene« wäre eine passende Beschreibung – ein lebender, atmender, selbstsüchtiger Alptraum. Es ist unglaublich, daß Emma ein so vernünftiger Mensch geworden ist, obwohl ich zugeben muß, daß auch sie ihre schlimmen Phasen hat.

»Nein, solange wir ein paar Grundregeln beachten, geht es bestimmt gut. Ich glaube sogar, daß wir wirklich eine schöne Zeit haben werden ... Was meinst du?«

»Max hat sich sowieso immer darüber beklagt, daß ich die Hälfte meines Lebens mit dir verbringe, und ich habe wirklich überhaupt keine Lust, immer den weiten Weg von meinen Eltern hierher zu pendeln ...«

Obwohl das Angebot sehr verlockend klingt, habe ich noch Zweifel. Alles scheint so schnell zu gehen. Max kriegt mal eben einen Steifen, und bei mir ändert sich so mal eben das ganze Leben. Es sei denn, man findet, daß das Leben in der Wohngemeinschaft so ziemlich das gleiche ist, wie das Zusammenwohnen mit dem Partner – von der sexuellen Komponente einmal abgesehen. Ems und ich sind, wie es scheint, seit ewigen Zeiten miteinander befreundet, tatsächlich aber seit 17 Jahren. Wir sind zusammen groß geworden, haben zusammen die Pubertät durchgestanden, dem ersten Date entgegengefiebert, Jobs gesucht, Männer kennengelernt, sogar die ersten Falten haben wir zusammen entdeckt – und beklagt. Wir haben während der gesamten Schul- und Studienzeit zusammengehangen, aber niemals zusammen gewohnt. Es könnte also der Anfang vom Ende einer wunderbaren Freundschaft sein.

»Es muß ja nicht auf Dauer sein«, werfe ich zögernd ein.

Emma nickt zustimmend. »Falls wir anfangen, einander abgrundtief zu verabscheuen …«

»… dann ziehe ich aus«, beende ich den Satz an ihrer Stelle.

Sie grinst mich an. Der Gedanke wird immer verlockender.

»Es würde bestimmt ein Mordsspaß«, wirft sie ein.

»Oder ein Alptraum.«

»Wir kommen prima miteinander aus.«

»Ja, noch.«

»Sei nicht so pessimistisch.«

»Was würde Theo wohl denken?«

Theo Cole ist seit fast zwei Jahren Emmas Freund. Meistens findet man ihn wie hingegossen auf dem Sofa im Wohnzimmer liegend, in der einen Hand die Fernbedienung, in der anderen einen Sixpack Bier. Er und Emma sind ganz unterschiedliche Typen. Emma ist ein Überflieger, ein weiblicher Hoffnungsschimmer in der von Männern dominierten, sexistischen, schweinischen, futuristischen Termingeschäftsetage einer

Bank in der Londoner City. Nach außen hin ist sie souverän, sorgfältig und seriös, aber sie gleicht einem verheerenden Brand, wenn sie einmal aufgebracht ist.

Außerdem hat sie etwas von einer Nymphomanin. Das ist wohl nicht sehr fair von mir. Ich stecke sie in eine Schublade. Emma genießt Sex. Wirklich, sie genießt es, Sex zu haben. Und weil sie eine Frau ist und gerne Sex hat, ist sie gleich eine Nymphomanin. Wäre sie ein Mann und hätte gerne Sex, würde man sie als tollen Hengst oder so was bezeichnen.

Um zu denken, steht sie aufrecht, um sich zu entspannen, liegt sie auf dem Rücken, behauptet sie.

Theo ist Musiker und permanent entspannt, ob nun auf dem Rücken oder wie auch immer. Er lehnt sich zurück wie ein Faultier, das sich sonnt, und nur Jimi Hendrix und Guinness Bier richten ihn auf. Glücklicherweise scheinen sie sich zu ergänzen. Er ist die Ruhe nach Emmas Sturm, das Yin zu ihrem Yang. Oder wie es eine andere Freundin, Serena, einst auf etwas lieblosere Art formulierte – das feuchte Tuch, das das lodernde Feuer in ihr erstickt.

»Theo? Denken?« mokiert sich Emma. »Mach dir darum mal keine Sorgen. Wahrscheinlich bemerkt er nicht mal, daß du hier bist. Er braucht schon lange genug, um *mich* wahrzunehmen. Außerdem ist er so zurückgelehnt, daß er schon fast in der Horizontalen ist.«

»Wenn ihr zwei zusammen seid, ist er dauernd in der Horizontalen. Gott, wie unpraktisch. Wenn ihr erwartet, daß ich jedesmal ausgehe, wenn ihr zwei miteinander schlafen wollt, dann kaufe ich lieber gleich den Pappkarton …«

»He, he.« Emma schüttelt den Kopf. »Bloß keine Hemmungen, okay? Eine der Grundregeln sollte lauten, daß man beim Sex soviel Krach machen darf, wie man will. Die andere Person muß entweder weghören oder geloben dagegenzuhalten.«

»Dagegenhalten? Phh! Das wird mir in nächster Zeit wohl nicht gelingen.«

»Ich kaufe dir was Batteriebetriebenes zum Geburtstag«, kichert sie.

»O ja, eine Taschenlampe. Damit ich sehen kann, wie leer mein Bett nachts ist«, jammere ich halbherzig. »Ist nicht so schlimm. Sex wird heutzutage sowieso überbewertet.«

Auf Emmas Gesicht spiegelt sich blankes Entsetzen.

»Sex überbewertet? Du meine Güte! Wie gut, daß du dich von Max getrennt hast, wenn du das so siehst.«

In meiner Handtasche fängt es an zu klingeln, und wir zucken beide zusammen. Ich ziehe mein Handy heraus und überprüfe die Nummer auf dem Anruferdisplay. Max' Nummer.

Plötzlich ist mir ziemlich übel. Emma hatte immer schon das große Talent, mich von meinen unmittelbaren Problemen abzulenken. Doch plötzlich tritt das eigentliche Problem wieder in den Vordergrund – indem es mich anruft. Ich merke, daß ich wieder bedrohlich nah am Weinen bin.

Ich schaue das Telefon an, dann schaue ich blinzelnd wie eine Eule, die man tagsüber geweckt hat, zu Emma.

Ungeduldig fragt sie: »Gehst du jetzt dran oder nicht?«

Wie erstarrt bleibe ich sitzen.

»Ist es Max?«

Ansatzweise bringe ich ein Nicken zustande.

»Soll ich drangehen?«

Wieder nicke ich. »Ich weiß nicht, was ich zu ihm sagen soll.« Meine Stimme ist nur noch ein Flüstern.

Ems streckt den Arm aus, greift nach dem Handy und drückt auf die Sprechtaste.

»Verpiß dich, Max«, ruft sie in den Hörer und unterbricht dann die Verbindung. »Siehst du«, sie grinst mich an, »so einfach ist das.«

Trotz meiner Stimmung kann ich nicht umhin, den Mund zu einem kleinen Lächeln zu verziehen. »Über kurz oder lang muß ich aber mit ihm reden.«

»Das läßt du schön bleiben! Du mußt überhaupt nicht mehr mit ihm reden. Warum willst du dir das antun?«

»Es gäbe da noch einige Dinge zu besprechen«, bemerke ich zaghaft.

»Als da wären? Wir haben bereits klargestellt, daß Max und du zwei völlig getrennte Personen seid, die nur zufällig unter demselben Dach gewohnt und im selben Bett geschlafen haben. Das Haus gehört ihm, ihr habt getrennte Konten, getrennte Freunde, alles ist getrennt. Was willst du da noch mit ihm besprechen?«

»Vielleicht will ich nur die Gelegenheit nutzen, ihm sämtliche Schimpfworte dieser Welt an den Kopf zu werfen, ihm in die Eier zu treten und einige seiner Lieblingssachen zu zerdeppern. Vielleicht brauche ich das.«

»Schon möglich«, antwortet Emma. »Trotzdem glaube ich, daß es dir mehr schaden würde als ihm. Weißt du, was du meiner Meinung nach im Moment wirklich brauchst?«

»Eine Flasche Wodka?« schniefe ich.

»Wie wär es mit einer richtigen Umarmung?«

Schließlich – nach einem durchzechten Wochenende, an dem ich mein Elend hinter einer Flasche Wodka und meine Wenigkeit vor Max hinter dem Anrufbeantworter verstecke, weshalb ich auch mein Handy ausschalte und die angesammelten Nachrichten in meiner Mailbox ignoriere, die ja, wie ich weiß, nach Stunden aus dem Speicher gelöscht werden – schließlich kneife ich bei dem Gedanken an eine direkte Konfrontation und schleiche mich am Montag nachmittag in sein Haus, da ich weiß, daß Max zu diesem Zeitpunkt seinen Agenten belagert und ihn um eine Arbeit anfleht, bei der er weder ein Pelzkostüm anziehen noch eine Horde schreiender Kinder unterhalten muß.

Mein Magen verkrampft sich auf widerliche Art und Weise, als ich den Schlüssel ins Schloß stecke und mir Einlaß verschaffe.

Erst zwei Tage sind vergangen, doch ich fühle mich hier schon längst nicht mehr heimisch, ich komme mir wie ein Eindringling vor. Das Haus wirkt wie ausgestorben, irgendwie abweisend, als ich kläglich mit meinen leeren Kartons hineinschleiche.

Ich habe fast zwei von den sechs Jahren, die wir zusammen waren, bei Max gewohnt, um so erstaunlicher ist es, wie wenig von all dem Zeug hier mir gehört. Nachdem ich meine Kleider eingepackt, meine Sachen aus dem Bad geräumt und einigen Krimskrams aus der Küche geholt habe, sieht es so aus, als wäre ich nie hiergewesen. Bei diesem Haus habe ich keinen Eindruck hinterlassen. Bei Max offensichtlich auch nicht.

Oben im Schlafzimmer räume ich meine Kleider aus, drehe mich um und werfe einen hilflosen Blick auf die Bettwäsche, die immer noch da ist. Max hatte nicht mal soviel Feingefühl, sie abzuziehen. Ich habe lange und eisern dafür gespart, über mehrere Monate hinweg auf meinen täglichen Schokoriegel verzichtet. Dann habe ich mir beim WSV meinen Weg durch wild kämpfende Weiber gebahnt, um sie zu ergattern. Diese Wäsche war ein Anlaß zum Feiern, ein Objekt der Begierde, das ich endlich bekommen hatte. Jetzt will ich sie nicht mehr.

Zu dieser Kränkung kommt als Beleidigung hinzu, daß ich auf einem der Kissenbezüge aus cremefarbenem Leinen ein dickes, langes, goldblondes Haar entdecke. Da liegt es und verhöhnt mich. In mir zerreißt etwas. Ich wollte nur vorbeischauen, meine Sachen holen und still wieder verschwinden, aber jetzt ...

Ich will die verfluchten Dinger zwar nicht, aber ich will verdammt sein, wenn ich sie Max zum Bumsen überlasse. Ich wühle in meiner Handtasche herum, bis ich meinen geliebten Mont-Blanc-Füller finde, den mir meine Mutter anläßlich der Veröffentlichung meiner ersten Kurzgeschichte in einer Zeitschrift geschenkt hat. Ein Sakrileg – für beide Seiten. Aber als ich die königsblaue Tinte auf der Bettwäsche verteile, überkommt mich eine seltsame Euphorie.

Das tut gut. Mutwillige Zerstörung. Jetzt verstehe ich, woher

Graffitikünstler den Kick bekommen, und wieso Rockgruppen richtig high werden, wenn sie Hotelzimmer kurz und klein schlagen.

Ich sehe mich nach etwas anderem um, das ich zerstören könnte und lasse meine Hände über eine Reihe Designeranzüge in Max' Kleiderschrank gleiten. Doch bei dem Gedanken, die teuren Stücke mit einer scharfen Schere zu zerfetzen, schrecke ich zurück. Das gab es schon, das ist passé, ein alter Hut, fast schon kriminell, sage ich mir. Momentan mag ich zwar verwegen, kühn und unbekümmert sein, aber so bin ich nicht wirklich, und ich weiß, daß dieses Hochgefühl mich in dem Augenblick, da ich aus dem Haus gehe, verlassen wird. Und dann würde ich mich schrecklich fühlen. Und die Vorstellung, wie Max mich mit derselben Schere verfolgen würde, sobald er die kostbaren, zerfetzten Stücke gefunden hat, ist auch nicht gerade einladend. Aber ich kenne Max' Einstellung und weiß, daß er eher seinen Vater – ein Anwalt der britischen Krone – mit einer Schadensersatzklage auf mich hetzen würde.

Ich finde, daß die Lösung etwas subtiler sein sollte. Die Bettwäsche war meine unmittelbare Rache. Es mag so aussehen, als hätte ich mich ins eigene Fleisch geschnitten, da sie ursprünglich mir gehörte, aber ich bin sicher, daß es Max mehr verletzen wird als mich, da er gezwungen sein wird, ein wenig Hausarbeit zu verrichten, wenn er zurückkommt. Für Max ist Hausarbeit nicht nur dreckige Arbeit, Hausarbeit ist ein Schimpfwort. Frauenarbeit. (Ja, so hat er es mal genannt. Nein, ich weiß auch nicht, warum ich es so lange mit ihm ausgehalten habe.)

Mir ist klar, daß ich etwas Subtileres brauche, wenn ich echte Rache will, nicht so etwas Unmittelbares, und vor allem darf es nicht nachvollziehbar sein, wer der Täter war – im Falle einer Strafverfolgung.

Ich hole Max' Akkubohrmaschine aus dem Regal unter der Treppe, wähle den feinsten Bohrer aus der Reihe, und es gelingt mir, damit ein klitzekleines Loch in die Badewanne zu bohren. Stehend betrachte ich mein Werk. Man kann das Loch kaum sehen. Wenn man es nicht wissentlich suchen würde, würde man es gar nicht bemerken. Der Blick würde darüber hinweggleiten, und man könnte denken, daß es sich um einen Dreckspritzer handelt, der der wöchentlichen Reinigung mit Scheuermilch entgangen ist. Wenn man bedenkt, daß ich hier die einzige bin, die Scheuermilch benutzt hat, dann sieht es so aus, als gäbe es demnächst jede Menge Dreckspritzer, die das Ganze kaschieren.

Um sicherzugehen, lasse ich die Wanne mit kaltem Wasser vollaufen, dann packe ich den Rest meiner Sachen zusammen. Als ich eine Stunde später ins Badezimmer zurückkomme und die Seitenverkleidung aufgeregt und nervös zitternd abmache, werde ich mit dem Anblick eines kleinen, feuchten Flecks belohnt, der sich allmählich auf den Brettern bildet, auf denen die Wanne steht. Pünktlich in diesem Moment bildet sich ein Tropfen, gleitet zu der engen Spalte zwischen den Brettern und flutscht hindurch.

Direkt unter dem Bad liegt das frisch renovierte Wohnzimmer. In einer Ecke thront auf den polierten Holzdielen Max' ganzer Stolz, sein ein und alles: der Breitbildfernseher. Nichts liebt er mehr, als sich auf dem Sofa niederzulassen, ein Glas Wein in der einen Hand, die Fernbedienung in der anderen, und die Videomitschnitte von jedem einzelnen Fernsehauftritt, den er je hatte, anzuschauen.

Diese eine, große Liebe seines egoistischen, lächerlichen Lebens steht direkt unter der Badewanne – oder sollte ich vielleicht sagen, unter der neuerdings *lecken* Badewanne?

Das meine ich. Das Geheimnis liegt im Detail.

Nur um sicherzugehen, sozusagen, um die Sache ins Rollen zu bringen, trabe ich – ein bösartiges Grinsen auf dem eben noch so elenden Gesicht – vergnügt nach unten, überzeuge mich, daß der Stecker des Fernsehers herausgezogen ist und wühle erneut in Max' Werkzeugkiste. Mit einer Drahtschere bewaffnet tauche ich wieder auf, montiere die Rückwand des Gerätes ab und trenne fröhlich einige harmlos aussehende, kleine Kabel durch. Dann baue ich alles wieder zusammen, stelle den Stand-by-Modus ein, wie Max es immer macht, packe meine Sachen zusammen und gehe.

Mitten auf dem kurzen Gartenweg mache ich kehrt und werfe zum Zeichen meines endgültigen Fortgangs meinen Schlüssel in den Briefkasten. Dann tänzele ich zu meinem wartenden Auto, packe den letzten Karton in den Kofferraum, schließe die Klappe mit dem Schuhabsatz und fahre ab, wobei ich »Auf in den Kampf, Torero« vor mich hin pfeife.

In ihrem Haus wartet Emma mit Tee, Mitgefühl und einem Satz frisch angefertigter Schlüssel. Jetzt habe ich nicht nur Zutritt durch die Eingangstür, sondern kann auch in die leerstehende Garage. Emma zieht es vor, mit ihrem rostigen, roten Auto den Eingang der Nachbarn zu blockieren, worüber diese sich ständig aufregen. Außerdem habe ich einen Schlüssel zum hinteren Garten, einem kleinen, engen, vernachlässigten und verwilderten Etwas, das laut Emma ihr Beitrag zum Umweltschutz ist und aus Gründen der Zivilisation eine kleine Terrasse hat.

Emma hilft mir, mein Zeug in das freie Zimmer zu bringen, wo ich bereits die letzten zwei Nächte geschlafen habe. Es ist groß, liegt im hinteren Teil des Hauses und zeigt auf den verwilderten Garten. Ein schönes Zimmer – hell und geräumig, aber die Ausstattung ist ein bißchen öde: beiger Teppich, beige Wände, beige Bettwäsche, beige Vorhänge an den Fenstern. Keine Wärme, keine persönliche Note ...das ist kein Zuhause.

Meine Hochstimmung droht dahinzuschmelzen wie Schnee bei Tauwetter.

»Richte es dir so ein, wie es dir gefällt.« Emma sieht sich verächtlich um. »Wirklich, mach damit, was du willst.«

»Und was sagen deine Eltern dazu?«

»Mein Vater kommt sowieso nie hierher, und Mutter würde es nicht einmal merken, selbst wenn du alles kotzgelb mit lila Punkten streichen würdest. Wahrscheinlich würde sie nur denken, daß sie infolge des lebenslangen Konsums von Gin ohne einen Tropfen Tonic eine getrübte Sicht hat, und dann würde sie sich vom Seelenklempner eine weitere Packung kleiner rosa Pillen verschreiben lassen.

War das der letzte?« Sie deutet auf den Karton, den sie gerade auf das Bett hat fallen lassen.

Ich nicke.

»Okay, brauchst du Hilfe beim Auspacken?«

Ich schüttele den Kopf.

»Dann lasse ich dich jetzt ein bißchen allein ... damit du dich eingewöhnen kannst.«

Sie lächelt mir zu, schließt die Tür, und ich bin allein.

Ich sinke auf das Bettsofa und betrachte den Haufen Kartons um mich herum, der mein ganzes Leben ist. Ich habe nicht viel aus den vergangenen siebenundzwanzig Jahren vorzuweisen, nur ein paar Kartons voller Klamotten, Gerümpel und unvollendeter Manuskripte.

Die Euphorie früheren, hemmungslosen Vandalismus nutzt sich schnell ab. Wie eigenartig, hier zu sein, mein ganzes Hab und Gut zusammengepackt neben mir. Ganz egal, wie offensichtlich es war, daß das Haus in Battersea rein äußerlich Max gehörte, ich hatte begonnen, es als mein Heim anzusehen.

Aber jetzt hat sich mein Leben völlig verändert, innerhalb von gerade einmal achtundvierzig Stunden. Weg sind Heim, Max, die alltägliche Routine und mein altes Leben.

Die Zukunft, vor kurzem noch ziemlich absehbar, ist nun völlig ungewiß.

»Ich werde nicht heulen«, sage ich mir voller Entschlossenheit.

»Ich werde *nicht* heulen«, beharre ich, während mir schon die ersten, salzigen Tränen über die Wangen laufen.

2

Trotz des überwältigenden Dranges, einmal »Stolz und Vorurteil« zu spielen und mich wie Mrs. Bennet für eine längere Zeit in meine Gemächer zurückzuziehen, um mich von der Außenwelt abzuschirmen, geht das Leben (»Das ist das Leben, Jim, aber nicht so, wie wir es kennen«) weiter. Ich nehme eine Woche Urlaub und streiche das Zimmer sonnengelb, wobei ich fälschlicherweise davon ausgehe, daß die leuchtende Farbe mich aufheitert. Jeden Abend trinke ich bis zum Umfallen, und entweder esse ich zuviel Junk Food oder ich esse gar nichts, während meine Gefühle Achterbahn fahren.

Für Max muß es ein ganz schöner Schock gewesen sein, in ein Haus zurückzukommen, in dem jede Spur von mir wie weggewischt ist.

Nachdem er zuerst mehrmals am Tag probiert hat, mich zu erreichen, obwohl seine Anrufe alle ignoriert wurden und unbeantwortet blieben, hat er jetzt den Versuch, mit mir zu reden, ganz aufgegeben. So wie ich immer entsetzt auf mein Handy starrte, wenn es klingelte und Max' Nummer auf dem Display zu erscheinen wagte, so starre ich es jetzt voll elender, unerfüllter Vorahnungen an, während es mich in seiner Untätigkeit stumm zu verhöhnen scheint.

Aber nicht nur das. Max weiß bestimmt, wo ich bin, aber er hat sich nicht einmal in der Nähe von Emmas Wohnung blicken lassen. Ich bin fest davon überzeugt, daß ich ihn nicht zurückhaben will, aber es wäre schön, wenn ich Gelegenheit hätte, ihm das zu sagen. Ich bin der Ansicht, daß er als der Betrüger die Pflicht hat, mir die Möglichkeit zu geben, ihm auf den Kopf zuzusagen, was für ein verdammtes Schwein er ist.

Diese Vorstellung beschäftigt mich während der langen, einsamen Nächte, wenn ich in dem breiten Doppelbett in Emmas Gästezimmer liege und die frisch gestrichene Decke anstarre, ein Frischling in Sachen Schlaflosigkeit.

In meiner Phantasie sehe ich Max bettelnd unten auf der Straße sitzen und mich auf Knien anflehen, ihm noch eine Chance zu geben. Er gibt zu, ein Dummkopf gewesen zu sein und sagt mir immer wieder, wie wunderbar ich doch bin. In dem verzweifelten Bemühen, mich zurückzuerobern, erniedrigt er sich selbst völlig. Diese Vorführung endet unterschiedlich, meist geht es darum, daß ich irgend etwas Widerliches aus dem Fenster auf seinen Kopf gieße und alle seine Hoffnungen mit einer geistreichen, klugen und gewieften kleinen Ansprache zunichte mache, woraufhin er während des gesamten Heimwegs mit sich selbst hadert, weil seine Blödheit so vollkommen und absolut ist.

Ich weiß sehr wohl, daß ich zunächst keine Aussprache wollte, aber ich befürchte, daß ich einen bedeutenden Teil des Heilungsprozesses verpaßt habe, indem ich ihr aus dem Weg gegangen bin.

Wenn ich mal nicht das Telefon mit dem Wunsch angestarrt habe, es möge doch klingeln, aber gleichzeitig in der verzweifelten Hoffnung, daß es das nicht tut, dann hing ich selbst dran und klärte nahe Freunde und Verwandte über den aktuellen Stand der Dinge und meine vorläufige neue Adresse auf.

Das ist das Schwerste. Ich weiß nicht, wie ich es den Leuten beibringen soll, und sie wissen nicht, wie sie reagieren sollen. Alle sind lieb und nett zu mir, aber sobald ich Max' Namen erwähne, will ich schimpfen, keifen, ordinäre Dinge sagen und mir die Lunge aus dem Leib brüllen.

Für alles und jedes auf dieser Welt sind Grußkarten erfunden worden. Warum kann man nicht einfach eine Packung Karten kaufen, wie man es mit Geburtstagseinladungen tut? »Hiermit ergeht die Mitteilung, daß Alex Gray und Max Montcrief sich getrennt haben. Bitte bringt etwas zu trinken mit.«

Ich habe noch nicht einmal den Mut, meine Mutter anzurufen. Während ich immer dachte, daß Max seine Eingeweide nur aus dem Grund hat, um zu furzen, fand Mutter unerklärlicherweise, daß sie eine Vorratskammer für strahlenden Sonnenschein sind. Ich kann nicht gleichzeitig mit ihrem und mit meinem Kummer fertig werden.

Freitag abend unternehme ich meine erste Expedition außer Haus.

Mein Bruder hat mich zum Abendessen zu sich nach Hause eingeladen. Die Tatsache, daß ich zugestimmt habe, beweist, in welch schlechter Verfassung ich bin. Jem kann ungefähr so gut kochen, wie ein Elefant mit Schwimmflossen steppen kann. Ich tröste mich mit dem Gedanken, daß ich wenigstens in guter Gesellschaft sein werde, und daß es reichlich Alkohol gibt, auch wenn das Essen in der Regel ungenießbar ist.

Außerdem könnte ich mir vorstellen, daß er Mutter alles erzählt, wenn ich nur ordentlich auf die Tränendrüse drücke. Gegen acht Uhr komme ich zu dem umgebauten Lagerhaus, in dem er eine Wohnung im zweiten Stock hat, und drücke auf die Klingel der Sprechanlage. Es ist mein erster öffentlicher Auftritt seit dem letzten Wochenende.

»Hallo?« Die Stimme meines Bruders knistert in dem glänzenden, geriffelten Mikrophon.

»Ich bin's.«

»Wer ist ich?«

»Laß den Quatsch, und mach auf, Jem.«

Seit er sich vor sechs Monaten von seiner langjährigen Freundin getrennt hat, ist er dabei, seine Wohnung in einen subtil ausgeklügelten Tempel der Verführung umzuwandeln – mit Dielenböden und hohen Decken, ein Ort, der wie geschaffen ist für Understatement und Kerzenlicht. Jems Wohnung hat mir schon immer gut gefallen, aber jetzt, da ich mehr oder weniger obdachlos bin, wird die Eifersucht fast spürbar.

Mit dem üblichen Maß an brüderlicher Liebe knuddelt er mich fast zu Tode und gibt mir einen dicken, feuchten Schmatzer auf die Wange. Ich bin mir nicht sicher, ob er sich darüber freut, mich zu sehen, oder über die zwei Flaschen australischen Weißweins, die ich mit den Händen umklammere wie Alkoholkrücken.

»Wie geht's, Schwesterherz?« In seiner Stimme schwingt derselbe besorgte Unterton mit wie bei allen anderen, mit denen ich zur Zeit rede, so als wäre ich eine rekonvaleszente Invalidin oder so etwas.

Ich zucke unverbindlich die Achseln. Das alles ist erst sechs Tage her, und ich fühle mich wie ein Stück Scheiße, in das jemand mit sehr großen Füßen getreten ist. Den größten Teil dieser sechs Tage habe ich in Tränen aufgelöst verbracht, hin- und hergerissen zwischen meinem leidenschaftlichen Haß auf Max und meiner leidenschaftlichen Liebe zu ihm. Irgendwie klappt das mit dem Hassen besser. Es hat etwas sehr Heilsames, dauernd laut und aus vollen Lungen »Arschloch! Arschloch! Arschloch!« zu brüllen, wie ein Mantra. Das bringt mehr Trost, als auf ein altes Foto von uns beiden angeblich Verliebten zu starren, während ich die zweiundzwanzigste Klorolle vollschniefe.

Aus der Küche dringt ein eigenartiger Geruch. Ich weiß nicht, was es ist, ich will es auch gar nicht wissen. Ich wage nicht zu fragen, falls es sich etwa um das handelt, was ich gleich essen soll. Ich hoffe nur, daß dieses Abendessen nicht mit Jems Waschtag zusammenfällt, an dem er seine Unterhosen in die Kochwäsche gibt, denn genau so riecht es.

Er stellt die zwei Flaschen kalt, holt eine vorgekühlte Flasche Sauvignon Blanc und zwei Gläser aus dem Kühlschrank und bringt alles zu dem Tisch im großen Wohnzimmer, der schon für das Abendessen gedeckt ist.

»Also, wie geht's dir?« wiederholt er.

»Das hast du mich schon gefragt.«

»Stimmt, aber du hast noch nicht geantwortet.«

Die Sprechanlage gibt erneut ein Summen von sich.

Die Klingel ist meine Rettung. »Kommt etwa noch jemand zum Abendessen?« Ich gebe mir Mühe, begeistert zu klingen, aber mir liegt im Moment nichts an unterhaltsamer Gesellschaft.

»Nein«, Jem grinst mich an, »das ist das Abendessen.«

Erlöst! Das Abendessen wird gebracht, statt von meinem Bruder zusammengepanscht zu werden. Mein Magen, der seit der Schlafzimmerszene vergangenen Samstag nervös und wie zugeschnürt war, entkrampft sich ein wenig bei dem Gedanken, daß er nach fast einer Woche vielleicht für eine normale Portion Essen zu haben wäre. Bei meiner Junk-food-Diät habe ich in knapp sechs Tagen drei Kilo abgenommen. Ich will mich nicht beklagen. Es ist ganz nett, in meinem Alter ein bißchen abzunehmen, ohne sich zwingen zu müssen, auf die üblichen Gaumenfreuden zu verzichten, wie Schokolade, Alkohol und mein persönliches Lieblingsessen: belgische Brötchen mit Crème fraîche und Zitronenquark. Von denen habe ich Montag nachmittag gleich vier hintereinander weggeputzt.

Jem hüpft treppab und kommt dann mit zwei großen, braunen, fettigen Papiertüten im Arm wieder.

»Essen fassen! So wie du aussiehst, kannst du es brauchen. Du bist zu dünn. Hager. Das ist unattraktiv.«

»Wer braucht das schon, attraktiv sein?« murmele ich finster.

»Du. Jetzt mehr denn je, wenn du dir einen anderen, ahnungslosen Knaben einfangen willst.« Er versucht, mich aufzuheitern, aber mir ist nicht nach Lachen zumute.

Er wartet. Ich verziehe keine Miene. Wieder lacht er mir ermutigend zu, aber ich glotze ihn nur weiter wie ein mürrisches Kamel an.

»Ich weiß ja, daß es weh tut, aber du mußt darüber wegkommen, Lex.« Er hört auf, Schachteln aus den Tüten zu holen und sie auf den Tisch zu stellen, runzelt die Stirn und sieht mich streng, aber besorgt an.

»Es ist ja erst sechs Tage her.« Ich glaube, ich brauche noch eine Weile, um das zu verkraften.«

»Na gut. Solange du dich nicht darin vergräbst. Du willst doch nicht etwa wieder mit Max zusammensein, oder?« Er knüllt die leeren Tüten zusammen und geht in die Küche.

»Man kann nie wissen«, werfe ich vorsichtig ein und folge ihm.

Jem zieht die Augenbrauen in die Höhe, den Fuß am Abfalleimer.

»Nein, wohl eher nicht«, füge ich mich. »Ich würde ihm nie mehr vertrauen.«

»Die Dinge standen ja auch nicht gerade gut zwischen euch, stimmt doch, oder?«

Ich schüttele den Kopf.

»Wenn das so ist, dann solltest du dich zusammenreißen und nach vorne blicken.«

»So wie du, nachdem Alison weg war?«

»So ungefähr«, räumt er ein. Er nimmt vorgewärmte Teller aus dem Ofen und geht vor mir aus der Küche und zum Eßtisch.

»Wie hast du es geschafft, damit fertig zu werden?« frage ich und schwinge meinen Allerwertesten auf einen Holzstuhl.

»Das Leben geht weiter«, äußert mein Bruder höchst philosophisch. »Und außerdem mag ich mich selbst. Wenn eine Beziehung in die Brüche geht, fragt man sich leicht: ›Was habe ich falsch gemacht?‹ So hätte ich auch reagieren können, als Ali weg war. In Selbstzweifel versinken ... dabei war eigentlich niemand wirklich schuld. Wir sind beide in Ordnung, nur zusammengepaßt haben wir nicht.«

Mein Bruder furzt, popelt in der Nase, rülpst laut, ißt kalte Essensreste zum Frühstück, zieht drei Tage hintereinander dieselben Socken an, ruiniert ein Fertiggericht, das von Meisterkoch Anton Mosimann zubereitet wurde, gibt zu, daß er *Baywatch* nur wegen der Titten und der Ärsche anschaut und schafft es trotz alledem, sich zu mögen. Das nenne ich Selbstbewußtsein.

»Du mußt nicht perfekt sein, um ein guter Mensch zu sein«, sagt Jem, der anscheinend Gedanken lesen kann.

»Bist du sicher?«

»Wessen Definition von Perfektion willst du denn eigentlich gerecht werden?« Geschickt zieht er den Korken aus der Flasche Weißwein und reicht mir ein Glas. »Perfektion ist relativ. Sie ändert sich von Mensch zu Mensch. Jeder hat andere Ideale. Du mußt deine eigenen Werte finden und nach ihnen leben, so gut du kannst. Dann wirst du auch zufrieden mit dir selbst sein. Was immer du tust, du darfst nie versuchen den Idealen anderer Leute gerecht zu werden, dann kannst du dich nur elend und als Versager fühlen, wenn es nicht klappt. Wenn jemand es wert ist, geliebt zu werden, dann für das, was er ist, egal, ob man Zwiebeln zum Frühstück ißt oder im Bett so laut furzt, daß du davon aufwachst und an der Stuckdecke klebst.«

Er *kann* Gedanken lesen.

»Du mußt lernen, dich selbst zu akzeptieren, dann akzeptierst du auch andere und umgekehrt.«

Ich wußte gar nicht, daß mein Bruder ein solcher Philosoph ist.

»Mir ist völlig klar, daß du es dir im Moment nicht vorstellen kannst, aber du wirst schon wieder jemanden kennenlernen.« Er lächelt mir aufmunternd zu und fängt an, Reis aus einer der Schachteln auf die Teller zu häufen. »Jeder kriegt mehr als nur einen Menschen ab. Ich glaube nicht an das Gerede von der ›einen großen Liebe‹. Du triffst jemand anderen, und du verliebst dich wieder. Diese Liebe wird nur etwas anders aussehen.

Aber diese Tatsache wertet sie nicht ab, es ist nur anders. Wart's ab, du wirst schon sehen, was ich meine. Entweder es kommt so, oder du triffst jemanden, bei dem dir klar wird, daß du Max nie wirklich geliebt hast …«

»Wirklich?«

»Bestimmt.« Er schenkt mir Wein nach.

»Was ist mit dir? Irgendwas Neues in Sachen Romantik?« frage ich, um das Gespräch von mir abzulenken.

»Ich habe da eine kleinere Sache am Laufen.« Er lächelt undurchsichtig.

»Ach ja? Und wer ist diese ›kleinere Sache‹?«

»Ähm, es geht nicht so sehr um eine Person, sondern um eine Gruppe.«

»Wie bitte?« Entweder plant Jem eine Orgie, oder das Ganze bedarf noch einiger Erklärungen.

Er sieht irgendwie durchtrieben aus und gibt vor, sich plötzlich sehr für das Chop Suey zu interessieren. Die Theorie von der Orgie nimmt Formen an.

»Worauf willst du hinaus, Jem?« Ich sehe ihn herablassend an und versuche zu ergründen, welches Geheimnis sich hinter seinen dunklen, schalkhaften Augen verbirgt.

»Willst du jetzt essen oder nicht?« Er wechselt geschickt das Thema und widmet seine ganze Aufmerksamkeit den Spare Ribs, greift eines mit spitzen Fingern und beginnt, mit seinen kräftigen weißen Zähnen daran herumzuzerren.

»So leicht wirst du mich nicht los.« Ich stelle das Weinglas ab, verschränke die Arme vor der Brust und starre ihn so lange an, bis er meinen Blick einfach erwidern muß. »Du hast doch was vor, und ich will wissen, was.«

Er seufzt, legt das Spare Rib weg und leckt sich die dunkelbraune, klebrige Barbecue-Soße von den Fingern.

»Es bleibt unter uns, versprochen?«

»Großes Indianerehrenwort.«

»Du bist aber kein Indianer.«

»Gut, dann eben Pfadfinderehrenwort.«

»Du warst auch nie ...«

»Schon gut, schon gut«, unterbreche ich, »ich war nie bei den Pfadfindern, aber ich bin deine Schwester. Wenn du mir schon nicht vertraust, wem vertraust du dann?«

Nachdenklich sieht er mich einen Augenblick lang an.

»Aber es bleibt unter uns?« wiederholt er.

Ich nicke.

Jem zögert, dann grinst er.

»Okay, ich zeig's dir. Aber zu niemandem ein Wort, ja?«

»Wieso nicht? Ist das etwa illegal, was du da vorhast?«

»Natürlich nicht, du Dummerchen. Nichts dergleichen. Aber, also, manche Leute haben vielleicht ... also, manche Leute haben damit vielleicht ein moralisches Problem, falls man es so nennen kann.«

Ich hatte recht: Er plant eine Orgie.

Wir unterbrechen die Mahlzeit und er führt mich zum Gästezimmer, das durch die strategisch geschickte Plazierung eines Computers in einer Ecke in ein Arbeitszimmer umgewandelt wurde.

Jem drückt die Starttaste und erweckt die Maschine zum Leben. Er drückt auf eine Reihe weiterer Tasten, läßt die Maus über den Schreibtisch flitzen, und eine Datei erscheint auf dem Bildschirm: eine lange, irgendwie kompliziert aussehende Liste mit Namen und Rubriken.

»Was ist das denn?« Ich sehe genauer hin, meine Augen passen sich allmählich an den hellen Bildschirm vor dem gedämpften Raumhintergrund an.

»Das sind meine heißesten Tips«, erklärt er mir, sehr darum bemüht, ein breites Grinsen zu unterdrücken.

»Deine *heißesten Tips*?«

»Ja. Die auserwählten Frauen, etwa vierzehn an der Zahl, die einmal das Glück haben könnten, in einer kalten Nacht mein Federbett zu teilen ... oder in einer warmen. Ist mir egal, wann, solange wir beide nackt und gut drauf sind. Sind alle in alphabetischer Reihenfolge aufgelistet, mit Querverbindungen zu Telefonnummern, Lieblingskneipen und mit Sternchen versehen, je nachdem, wie wahrscheinlich es ist, daß sie mich auch mögen.«

»Die heißesten Tips!« schnaube ich verächtlich und überfliege die Namen. »Du solltest eher von den heißesten Titten sprechen! Die meisten dieser Mädchen kenne ich doch, die könnten sich alle auf der berühmten Seite Drei in der Boulevardpresse zur Schau stellen, ohne sich im leisesten schämen oder deplaziert vorkommen zu müssen. Mal ehrlich, Jem, du bist doch ein echtes Schwein, im wahrsten Sinne des Wortes.«

Er grinst dämlich.

»Das ist nur eine der Listen.«

»Was, es gibt noch mehr davon?«

»Ja, das hier ist die B-Liste.«

»B?«

Er schielt zu mir rüber und rückt ein bißchen von mir ab.

»B wie Bumsen«, murmelt er, ohne daß es ihm wirklich peinlich wäre.

Kein Wunder, daß er sich auf der anderen Seite des Tisches in Sicherheit gebracht hat. Ich hätte ihm sonst eine runtergehauen.

»Ich habe noch eine Liste für die ... äh ... die, ähm ... weniger ... sexuell motivierten Kontakte.«

»Ah ja, also eine Liste für dauerhafte, tiefschürfende Beziehungen?«

»Ja, so ungefähr.«

»Und unter welchem Buchstaben ist die abgelegt? L wie langweilig? E wie erdrückend?«

»Na ja, ich hab's noch nicht ganz geschafft, sie anzulegen. Ich dachte mir, ich arbeite mich erstmal durch B und werte vielleicht den Status einiger Damen von dieser Liste auf. So eine Art gestaffeltes Interview-System.« Fröhlich grinst er mich an. Allmählich kommt er in Fahrt und übersieht dabei meinen mißbilligenden Gesichtsausdruck.

»Frei nach dem Motto: Erst testen, dann kaufen, was?«

Mein Sarkasmus prallt an ihm ab.

»Genau. Allmählich kapierst du es. Es ist wirklich ziemlich clever«, erwidert er voller Bescheidenheit. Die Mädels sind alle in der Reihe ihrer Vorzüge aufgelistet, hier ist Platz für zusätzliche Bemerkungen, und da kommt die Summe der Punkte hin.«

»Punkte!«

»Genau. Es handelt sich um ein relativ kompliziertes System«, erklärt er mir stolz. »Auf einer Skala bis zu zehn Punkten bewerte ich folgendes: Persönlichkeit, Sinn für Humor, Intelligenz, Körper, Ideenreichtum beim Sex ...« Er verstummt, als er endlich den Ausdruck totaler Mißbilligung auf meinem Gesicht wahrnimmt.

»Jetzt sei kein Spielverderber, Alex. Wenn du nicht vorausplanst, dann gehst du leer aus.« Er zuckt die Achseln. »Außerdem ist das Ganze nur ein Gag.«

»Ein Gag?« Die Tatsache, daß mein bezauberndes, mehr oder weniger intelligenter Bruder eine Liste von nichtsahnenden Frauen erstellt hat, die er vernaschen will, und daß er das mit bis zu zehn Punkten bewerten will, haut mich um.

»Findest du es auch lustig, wenn eine Frau dich auf einer Skala von eins bis zehn bewertet, *nachdem* sie mit dir im Bett war? Du durchstöberst ihr Zimmer auf der Suche nach deiner Unterhose, und sie hält Punktekarten hoch ...«

»Kommt darauf an, ob ich eine Zehn bekomme.« Jem grinst. »Komm schon, Lexy. Das ist doch nur Spaß, ein Spiel. So läuft das in den Köpfen der meisten Kerle ab, das kannst du mir glauben. Aber ich gebe zu, daß es nicht jeder aufschreibt ...«

Hastig stellt er den Computer aus und kehrt geradewegs zu

dem – inzwischen kalten – chinesischen Essen zurück, um eine glibberige Bandnudel aufzuspießen.

»*Du* denkst vielleicht, daß es sich dabei um einen Spaß handelt, aber ob die Mädchen auf dieser Liste das auch so sehen? Das bestätigt nur wieder meine Theorie, daß alle Männer verlogene, heuchlerische Ratten und Schweine sind, die mit Frauen gerne dämliche Spielchen treiben.«

»Alle? Hör mal, Alex, meinst du nicht auch, daß du zur Zeit der Männerwelt gegenüber ein klitzekleines bißchen voreingenommen bist? Wir sind nicht alle so wie Max. Ich habe da vielleicht eine etwas blöde Liste aufgestellt, um mich in einer einsamen Nacht aufzuheitern, aber ich habe nicht einen Moment daran gedacht, sie auch wirklich auszufüllen. Also zumindest nicht die ganze Liste. Bei Nummer zehn bin ich nicht sicher, ob sie mich wirklich mag, und Nummer dreizehn geht seit neuestem mit meinem Kumpel Martin …«

Ich sinke in meinen Stuhl zurück. Niedergeschlagen betrachte ich den unberührten Berg erkalteten Essens auf meinem Teller. Ich nehme einen tiefen Schluck Wein, überwältigt von dem plötzlichen Trübsinn, der sich auf mich herabsenkt, verschwindet, wiederkommt, verschwindet – wie ein Aufzug, der ständig zwischen zwei Stockwerken hin- und herfährt.

»Warum hat er das getan, Jem?«

Liebevoll legt mein Bruder eine warme Hand auf meine.

»Weil er ein absolutes Arschloch ist«, erwidert er sanft. »Ich wollte es dir nie offen sagen, Alex, aber Max war nicht der Richtige für dich.« Er blickt mich an und lächelt verlegen.

»Und *warum*, um Himmels willen, hast du nichts gesagt?«

»Hättest du denn auf mich gehört? Außerdem dachte ich, es wäre besser, wenn du das selbst herausfindest. Und das hast du ja auch. Also hatte ich recht.«

»O ja!« erwidere ich empört. »Aber nur, weil ich ihn mit einer anderen im Bett erwischt habe!«

»Du weißt genau, daß ihr schon vorher große Probleme hattet. Daß du Max mit einer anderen Frau im Bett überrascht hast, war nur der Tritt in den Hintern, den du gebraucht hast, damit es dir wie Schuppen von den Augen fällt.«

»Hm«, gebe ich widerstrebend zu und schiebe mir endlich doch einige von den kalten Riesengarnelen in den Mund. »Wahrscheinlich hast du recht.«

»He.« Er grinst. »Ich bin dein großer Bruder. Ich habe immer recht.«

Letzterem widerspreche ich nur mit einem zynischen Hochziehen der Augenbrauen.

»Aber was soll ich jetzt machen?« frage ich ihn, traurig vor mich hin kauend. »Ich kann mich nicht daran erinnern, wie es ist, Single zu sein. Ein komisches Gefühl. Ich komme mir deplaziert vor. Lange Zeit hieß es immer: Max und ich, jetzt bin ich nicht sicher, wie das geht: ich sein.«

»Du genießt es einfach, Single zu sein, so geht das«, antwortet er mit Nachdruck. »Glaub mir: Auch wenn es im Moment noch nicht so aussieht, das ist ein verdammt geiler Spaß! Vertrau mir, ich weiß, wovon ich rede. Du kannst machen, was du willst, wann, mit wem und wie oft du es willst. Und du mußt nicht erst vorher jemanden um Erlaubnis fragen! Ich weiß, es klingt abgedroschen, aber betrachte das Ganze nicht als ein Ende, sondern als einen Neuanfang.« Er füllt die beiden Gläser nach und hebt seines, um einen Toast auszusprechen. »Auf die Selbstverantwortung – und auf die Freiheit, im Bett zu furzen, ohne sich hinterher dafür entschuldigen zu müssen. Cheers!«

Nachdem ich mich vorige Nacht hinausgewagt habe, beschließe ich, Samstag abend zu gammeln und einfach zu glotzen. Dummerweise haben meine Freundinnen andere Pläne.

»Es wird dir guttun, mal auszugehen.« Emma versucht alles, um mich von dem kuscheligen Sofa im Wohnzimmer wegzubekommen, wo ich es mir so richtig gemütlich gemacht habe. Na, danke. »Du kannst nicht für den Rest deines Lebens zu Hause rumsitzen und vor dich hin vegetieren.«

»Aber ich war gestern aus«, maule ich und vergrabe meinen Allerwertesten noch tiefer in den komfortablen Sitzkissen von Emmas Ikea-Sondermodell.

»Einen Abend mit Jem kann man wohl kaum als ›ausgehen‹ bezeichnen.«

Ich ignoriere sie einfach. Statt dessen konzentriere ich mich auf den Zauberer Paul Daniels und seine Frau. Soeben hat er seiner herausgeputzten Debbie in eine von diesen Kisten geholfen, bei denen man nur den Kopf und die Füße sieht.

»Wir gehen essen. Du gehst doch gern essen.«

Paul sägt Debbie entzwei. Ich wette, sie wünscht sich, es wäre andersherum.

»Serena bezahlt das Abendessen.«

Würde er sich in die Kiste legen, dann würde wahrscheinlich sein Toupet runterfallen. Außerdem bezweifle ich, daß seine Beine bis zu den Löchern im Boden reichen würden, weil er so klein ist.

»Sieh mal, Lex, dich macht es vielleicht nicht verrückt, dich die ganze Zeit hier einzuigeln, aber mich treibt es in den Wahnsinn, verstanden? Ich weiß auch, daß die Trennung von Max erst kurze Zeit her ist, aber du solltest nicht zu sehr darauf herumreiten.«

Ob Paul wohl auf seiner Debbie herumreiten darf? Ob ihm dabei manchmal das Toupet runterfällt? Ich finde, daß es mit das schlimmste am Sex ist, die Haare seines Partners in den Mund zu bekommen …

»Alex! » brüllt Emma. »Ich gehe aus, und du kommst mit – ob du willst oder nicht.« Sie greift nach meinen Händen und zerrt mich vom Sofa hoch. »Jetzt geh dir die Haare waschen, rasier dir die Beine und schmink dich ein bißchen«, befiehlt sie und dirigiert mich an den Schultern in Richtung Badezimmer. »Ich habe Serena versprochen, daß wir um Punkt acht im Pub sind, also reiß dich zusammen, und beeil dich ein bißchen.«

»Und was wird aus Paul Daniels?« jammere ich.

»Die Einschaltquoten gehen ohne dich bestimmt um fünfzig Prozent nach unten«, blafft Emma ärgerlich. »Jetzt beeil dich, und zieh dich um. Ich sage dir Bescheid, wenn Blut fließt, okay?«

Serena ist gerade mal dreiundzwanzig und unerhört hübsch, gertenschlank, mit langem, schimmerndem, blondem Haar. Sie gehört zu dieser Art Mädchen, die wir gewöhnlichen Sterblichen nur anzusehen brauchen, um ihnen schon vor Neid ins Gesicht spucken zu wollen. Aber sie ist eine ganz Süße und darf sich deshalb auch zu unseren Freunden zählen, solange sie verspricht, nicht zu blendend auszusehen, wenn wir zusammen ausgehen. Doch selbst mit einer schäbigen alten Strickjacke und Jeans, in denen ich wie eine Pennerin aussehe, schafft sie es, sexy zu wirken, als wäre es reines Understatement. Wie gut, daß wir sie zu sehr lieben, um sie zu hassen, sonst würde ich sie wirklich hassen.

Wir treffen sie in einem unserer Lieblingspubs, einer malerischen, alten Spelunke am Fluß, deren Steinwände von enormen, schwarzen Metallstangen zusammengehalten werden, wie ein geschientes Bein. An diesen Wänden sind so viele hängende Blumenkübel angebracht, daß das Gebäude unter ihrem Gewicht fast in sich zusammenzusinken scheint. Serena sitzt an der Bar, wo ein pickeliger junger Barmann sie vollabert. Wir boxen uns durch die samstägliche Menge der Nachtschwärmer, um zu ihr zu gelangen.

»Schwein!« ist das allererste, was sie zu mir sagt, bevor sie mich umarmt.

»Ich vermute mal, daß du von Max redest, nicht von mir?« erwidere ich trocken.

»Alles in Ordnung, meine Liebe?« fragt sie sanft, als würde sie mit einem Kind sprechen, das gerade hingefallen ist und sich das Knie aufgeschürft hat. Jeden Augenblick wird sie mir eine Packung Smarties anbieten, um mich zu trösten. Ich irre mich. Sie bestellt statt dessen einen doppelten Wodka für mich.

»Mein Gott, Männer sind solche Schweine!« wiederholt sie, während wir nach draußen in den Garten steuern. Sie redet mit unglaublich lauter Stimme und achtet dabei nicht auf die zahlreichen Vertreter des anderen Geschlechts, die auf Bänken herumsitzen und Lagerbier schlürfen.

»Ist doch wahr!« stimmt Emma im Brustton der Überzeugung zu. Auch sie hat von Serena ein großes Glas Wodka-Lemon mit Cola und Eis bekommen und läßt sich nun neben mir auf der wackeligen Bank nieder.

»Ich kann einfach nicht glauben, daß Max so etwas tut ...«

»Ich schon.« Verächtlich lutscht Emma an einem Eiswürfel.

»Wie furchtbar für dich, so unvorbereitet auf die beiden zu stoßen.«

»Nicht gerade der schönste Moment in meinem Leben, das kannst du mir glauben!« bemerke ich trocken und nehme einen tiefen Schluck.

»Du brauchst einen anderen Mann«, stellt sie mit Nachdruck fest. »Ich sage immer: Der beste Weg, über einen Mann hinwegzukommen, ist, sich einen neuen zu angeln.«

»Hast du nicht gerade festgestellt, daß alle Männer Schweine sind? Außerdem will ich keinen neuen Mann«, erwidere ich und starre in die verschleierten Tiefen meines Drinks. »Der letzte hat bei mir einen säuerlichen Nachgeschmack hinterlassen.«

»Hmm.« Serena reißt eine Tüte Chips mit Bacon auf und schaut mich nachdenklich an.

»Ich wollte es damals nicht offen aussprechen, aber ich habe nie geglaubt, daß er der Richtige für dich ist«, sagt sie schließlich, den Mund voller Krümel.

Nicht schon wieder! Warum sagen sie mir das alle erst jetzt? Warum hat mich früher niemand gewarnt, wenn wir angeblich so verdammt ungeeignet füreinander waren? Oder handelt es sich dabei nur um das merkwürdige Phänomen, daß alle Freunde und die Familie, sobald man sich von einem Mann getrennt hat, beschließen, er hätte sowieso nicht zu einem gepaßt, so als handele es sich um eine Massenkommunikation auf psychischer Ebene?

»Ohne ihn bist du viel besser dran. Du brauchst jemanden, der ... der ...« Serena sucht den Himmel nach einer Eingebung ab, aber anscheinend leisten Wattewölkchen in diesem Fall nicht, was sie für den Dichter Wordsworth leisteten. »Der ...« wiederholt sie noch einmal.

»Der was?« fragt Emma.

»Ich weiß auch nicht.« Serena zuckt die Achseln und lächelt entschuldigend. »Einer, der von allem ein bißchen mehr zu bieten hat, denke ich mal. Max war so egozentrisch. Das einzige, was ihn an deinem Leben interessierte, war das, was sich um ihn drehte. Ich meine ... Wie lange wart ihr eigentlich zusammen? Drei Jahre? Vier?«

»Über fünf Jahre«, murmele ich zaghaft.

»Eben. Fünf Jahre. Ich bin eine deiner besten Freundinnen, stimmt's? Und ich habe ihn, glaub' ich, nur zehn oder zwölf Mal gesehen. Genau, zwölf Mal, höchstens ... Und das waren zwölf Mal zu viel«, fügt sie kaum hörbar hinzu.

Emma und Serena sehen einander verschwörerisch an. Sie tauschen etwas miteinander aus, das ich zwar mitkriege, aber nicht verstehe.

»Was denn?« frage ich.

Wieder sehen sie sich an, dann schauen sie zu mir.

»Was ist denn los?« wiederhole ich nervös. »Ihr habt mir doch noch nicht alles gesagt, oder?«

Serena lächelt vage und stellt Emma irgendeine alberne Frage über ihre Arbeit.

»He!« unterbreche ich lautstark. »Warum habt ihr euch so angeschaut? Tut nicht so, als wäre nichts gewesen, ich hab's gesehen. Es ging doch um Max, oder?«

Wieder sehen sie sich an.

»Oder?«

»Damals wollte ich es dir nicht sagen ... Außerdem war er betrunken.« Serena weigert sich, mich anzusehen.

»Was wolltest du mir nicht sagen?«

»Er hat Serena angebaggert«, platzt Emma heraus. »Und betrunken war er wirklich.« Entschuldigend schaut sie zu unserer Freundin. »Aber *so* betrunken nun auch wieder nicht.«

Ich komme mir vor, als hätte mir gerade jemand eine Ohrfeige verabreicht.

»Ihr nehmt mich doch auf den Arm, oder?« sage ich matt.

Emma schüttelt den Kopf. »Tut mir leid.«

»Wann war das?«

»Am meinem einundzwanzigsten Geburtstag.« Ren kratzt mit dem Fingernagel über die rissige Tischplatte.

»Das war vor mehr als zwei Jahren. Warum um Himmels willen habt ihr nichts gesagt?«

»Wir dachten, die Sache wäre es nicht wert, soviel Wirbel darum zu machen«, sagt Emma.

»Jetzt erzählen wir es dir nur, falls du der Meinung bist, etwas Wertvolles verloren zu haben.«

Ich schüttele den Kopf.

»Wie konnte ich nur so blöd sein?«

»Na ja ... Liebe macht bekanntlich blind.« Emma lächelt mich mitfühlend an.

»Wenn es überhaupt Liebe war.«

»Du hast ihn geliebt.«

»Vielleicht dachte ich nur, daß es so war.«

»Für alle noch mal das gleiche?« Emma steht auf und wühlt in ihrer Handtasche nach ihrer Geldbörse. »Ich glaube, wir könnten alle noch einen brauchen.«

»Sorry, Lex.« Sobald Emma weg ist, legt Serena ihre langgliedrige Hand auf meine, ihr schimmernder rosa Nagellack glitzert im Sonnenlicht.

»Wofür entschuldigst *du* dich denn?«

»Dafür, daß ich damals nichts gesagt habe. Jetzt wünsche ich mir, ich hätte es getan.«

»Ich mir auch.« Ich streiche mir meine üppigen, langen, braunen Locken aus den Augen und lege das Gesicht niedergeschlagen in die Hände.

»Und Emma hat sich geirrt. Er war so zu, er konnte seinen Arsch nicht von seinem Arm unterscheiden«, fügt sie in der Hoffnung, mich damit ein bißchen aufzubauen, hinzu.

Ich antworte nicht.

»Haßt du mich jetzt?« fragt Ren ängstlich.

Überrascht sehe ich sie an.

»Warum um Himmels willen sollte ich dich hassen? Er hat dich doch angebaggert, oder? Du hast ihn doch nicht etwa ermutigt, oder ... Oder?«

»Natürlich nicht!« Serena ist entrüstet. »Du kennst mich, seit der Kindheit, Lex. Glaubst du wirklich, ich würde dir so was antun?«

»Nein ... tut mir leid, Ren.« Wieder lasse ich den Kopf hängen. »Ich bin nur ein bißchen durcheinander, das ist alles. Die meiste Zeit weiß ich gar nicht, was ich denke, tue oder sage. Ich habe auch bemerkt, daß es zwischen uns nicht gerade gut lief, aber ich hätte mir nicht träumen lassen, daß er so was hinter meinem Rücken anstellt.«

»Männer sind manchmal echte Schweine«, seufzt sie, als Emma mit dem Nachschub zurückkommt. »Warum bloß sollen sie die einzigen sein, die damit durchkommen?«

»Wer kommt womit durch?« fragt Emma und reicht mir gleichzeitig einen weiteren, großen Wodka.

»Männer. Sie machen verdammt noch mal genau das, was sie

wollen. Wer es als Mann ständig treibt, gilt als toller Kerl, wer es als Frau ständig treibt, gilt als völlige Schlampe.« Soweit Serena, die Zitronenkerne vom Boden ihres Glases fischt. »Oder als Hure, als Nutte, als Dirne, als leichtes Mädchen ...«

»Es reicht«, unterbricht Emma sie. »Wir haben verstanden.«

»Ist euch denn noch nicht aufgefallen, daß es kein weibliches Gegenstück zu diesem ›tollen Kerl‹ gibt?«

»Gibt es etwa ein weibliches Gegenstück zum Frauenfeind, zum Misogyn?« frage ich verärgert. »So eine werde ich dann nämlich.«

»Nicht alle Männer sind wie Max.« Emma bedenkt Serena mit einem Blick nach dem Motto ›Klappe, oder ich kill' dich‹ . »Du wirst jemand anderen finden, das verspreche ich dir.«

Emma ist ungefähr die achte, die mir mit dieser Platitüde kommt. Sie überrascht mich.

»Ich bin mir nicht sicher, ob ich überhaupt wieder jemanden finden möchte. Im Moment habe ich die Männer satt. Vielleicht sollte ich ein paar Jahre im Zölibat verbringen.«

»Max ist es, den du satt hast. Das ist ein großer Unterschied, vergiß das nicht.« Emma schwenkt das Eis in ihrem Glas. »Was den Zölibat betrifft – laß die Finger davon! Er hat dein Sexualleben in den letzten fünf Jahren schon genug behindert.«

»Zu schade, daß du in deinem ganzen Leben nur mit einem einzigen Mann zusammen warst«, sinniert Ren. »Das bedeutet, daß du überhaupt nicht weißt, was du alles verpaßt.«

»Ich dachte immer, Monogamie ist zur Zeit total in?« brumme ich düster, kippe hastig mein zweites Glas runter und denke schon an ein drittes. »In diesem Fall bin ich zur Abwechslung mal auf der Höhe der Zeit.«

»Soweit ich weiß, nicht. Du weißt doch genau, was dir fehlt. Dir fehlt das Flirten und ein paar heiße Affären. Vergiß die Gefühle. Geh einfach aus, such dir jemanden, der dir gefällt, und verfall in einen Rausch bedingungsloser Leidenschaft.«

»Was! Soll ich etwa nur wegen Sex mit einem Mann schlafen?«

»Warum nicht? Männer machen das ständig.«

»Aber ich kann nicht mit jemandem schlafen, den ich nicht kenne und den ich nicht liebe.«

»Männer machen das ständig«, wiederholt Serena. »Wenn sie eine Frau entdecken, deren Körper attraktiv genug ist und der ihre männlichen Hormone ankurbelt, dann legen sie einfach los, ohne sich mit der Frage nach Liebe und Eignung aufzuhalten.«

»Aber das Problem ist, daß Frauen stärker geistig stimuliert werden wollen. Da mag einer der erotischste Typ sein, den ich je gesehen habe, wenn wir uns nicht verstehen oder wenn er ein Trottel ist, dann törnt mich das nicht an.«

»Woher weißt du das? Hast du es schon mal versucht?«

»Na ja, nein ... noch nicht. Weißt du, in der Beziehung war ich ein Spätzünder ...«

»Dann verurteile es nicht, bevor du es nicht ausprobiert hast. Wir leben in den Neunzigern, Lex. Das heißt, Frauen haben heutzutage genauso ein Anrecht auf ihren Sexualtrieb wie Männer.«

»Das Problem ist nur ... Ich bin mir nicht ganz sicher, ob ich überhaupt einen ... einen Sexualtrieb habe.«

»Du hast einfach mit dem falschen Mann geschlafen.« Emma wühlt in ihrer Tasche, zieht ein Päckchen Marlboro Lights heraus und bietet uns beiden eine an. »Glaub mir, Baby, den hat jeder.«

»Du brauchst nur den Richtigen, um herauszufinden, wie es damit steht.« Serena lehnt die Zigarette ab, nickt aber zustimmend.

Emma hält ihre Zigarette an die Flamme des Feuerzeugs und inhaliert tief. »Du weißt ja, die Hälfte der Zeit erzählt Ren dummes Zeug.«

»He!« spöttelt Serena eingeschnappt.

»Und ob«, fährt Emma fort. »Das ist eine Tatsache. Aber in einem Punkt hat sie recht, Alex. Du warst verdammt lange mit Max zusammen. Ihr zwei habt nie richtig zusammengepaßt, aber du bist bei ihm geblieben, getrieben von was auch immer ... von der Angst vielleicht oder von dem Bedürfnis nach Sicherheit. Jedenfalls ist es an der Zeit, daß du anfängst zu leben. Du mußt lockerer werden, fang ein paar Affären an, wie Ren schon sagte. Du mußt lernen, Spaß zu haben, dich zu amüsieren.«

»Ihr erwartet doch nicht von mir, über Nacht von frigide auf freizügig umzuschalten, oder?« frage ich sie ungläubig.

»Du bist doch nicht frigide. Hat Max das behauptet? Himmel, Alex, auf diesen Blödmann solltest du nicht hören. Du mußt dir nur jemanden suchen, der zu dir paßt – in sexueller Hinsicht.«

»Und wie soll ich das anstellen?«

»So schwierig ist das gar nicht. Wir teilen diesen Planeten mit einer relativ großen Anzahl von Personen des anderen Geschlechts, weißt du? Sieh dich nur mal um. Hier wimmelt es von Männern. Die ganze Stadt ist voll davon. Es muß dir doch jemand einfallen, den du angesehen und dann sofort gedacht hast: Wow! Gegen den hätte ich nichts einzuwenden.«

»Äh ... nee, da fällt mir spontan niemand ein.«

»Kennst du denn niemanden, der dir gefällt?« Ren sieht mich höchst erstaunt an.

»Tom Cruise?« schlage ich vor.

»Da kannst du lange warten, Alex«, lacht Ems. »Gibt's denn auf der Arbeit niemanden?«

»Du meine Güte! Ich arbeite mit einem Haufen von Schleimern zusammen, das weißt du genau.«

»Was ist denn mit Lucian, eurem Boten?« Ren sabbert vor Begeisterung fast in ihren Drink. »Letztes Mal, als ich dich zum Mittagessen abgeholt habe, ist er in dieser engen, schwarzen Radlerhose durchs Büro gewedelt.«

»Lucian?« Ich muß husten, verschlucke mich, und der Wodka landet in meiner Lunge.

»Jetzt tu nicht so schockiert. Man weiß doch nie, was hinter der Fassade steckt. Dieser bezaubernde Muskelprotz ist vielleicht nicht in der Lage, in acht verschiedenen Sprachen über Proust, Faust oder das Bauhaus zu parlieren, vielleicht kann er noch nicht mal Schuhe binden, aber dafür ist er vielleicht in der Lage, deine Libido mit seiner Zunge in acht Sekunden von null auf hundert zu bringen.«

»Ich glaube nicht, daß ich Lucians Typ bin.«

»Himmel, warum nicht? Jetzt mach dich nicht so schlecht, Alex. Du bist wirklich eine hübsche Frau …«

»Genau da liegt das Problem.«

»Lucian steht nur auf wirklich hübsche Männer«, erklärt Emma.

»Okay«, Ren kichert achselzuckend, »dann vielleicht doch nicht Lucian. Ich habe ihn auch nur als Beispiel gewählt. Man weiß nie, welche Begierden vielleicht im Innern eines Mannes lauern oder welche Begierden jemand, den du normalerweise nicht in die engere Auswahl nehmen würdest, weil er nicht dein Typ ist, in dir wecken kann. Den besten Sex, den ich je erlebt habe, hatte ich mit jemandem, der mir monatelang nachgelaufen ist, und ich dachte die ganze Zeit, ich mag ihn nicht. Dann habe ich gerade lange genug innegehalten, um den Jungen zu bumsen, und es war großartig. Ich will damit sagen, daß man seine vorgefaßte Meinung über Männer und wie sie zu sein haben, vergessen muß und auch auf den ersten Eindruck nicht zu viel geben darf. Du suchst ja nicht nach einer Langzeitbeziehung, nach jemandem, der die geeigneten Gene an deine Kinder weitergeben kann und dich mindestens zwei Jahrzehnte lang begeistert. Was du willst, ist reiner, guter, ungestümer Sex mit einem Orgasmus, bei dem dir das Hirn rausfliegt, und anschließend sagst du ›und tschüs, Baby‹. Wer weiß? Dieser unscheinbare kleine Angestellte aus der Buchhaltung, mit dem du nie von deinen Freunden gesehen werden willst, entpuppt sich vielleicht als der größte Liebesgott dieser Welt, aus der Sicht deiner Libido zumindest. Es wird behauptet, daß Casanova auch nicht gerade ein Bild von einem Mann war, und außerdem war er noch um einiges kleiner als Paul Daniels mit seinen Plateauschuhen, aber er ist ganz gut zurechtgekommen. Vergiß die gefühlsmäßige Eignung, angesagt sind Fun und Fleischeslust!«

»Du klingst wie ein Mann.«

»Da haben wir's!« jauchzt sie. »Genau darum geht es. Du mußt deine Maßstäbe neu definieren. Wenn du auf Männerjagd gehst, hältst du üblicherweise nach den Qualitäten Ausschau, die dir für eine Langzeitbeziehung unerläßlich erscheinen. Wenn du ausziehst, um dich flachlegen zu lassen, dann denkst du nicht darüber nach, ob der Kerl einen guten Job hat, ob er einen anständigen Vater abgeben würde, und ob er sein Haar und seine Zähne wohl noch einige Jahre behalten wird.«

»Alles rein körperlich, nicht emotional«, stimmt Emma zu.

»Und woran könnt ihr erkennen, ob ein Mann es wert ist, daß ... na ... daß man ihn anmacht? Oder nimmt man einfach, was man kriegt?«

»An den Augen«, seufzt Serena.

»Und an der Haltung«, ergänzt Emma. »Manchmal liegt man daneben, aber normalerweise ist es ziemlich leicht zu erkennen, ob einer geeignet oder ungeeignet ist.«

»Wie wär's mit dem da, zum Beispiel?« Ich zeige ins Innere des Pubs.

»Wer?«

»Der Barmann, der uns bedient hat, als wir kamen.«

»Schüchtern und unerfahren«, verkündet Emma mit Überzeugung.

»Bist du sicher? Er hat vor lauter Begeisterung über Rens Ausschnitt fast schon gesabbert.«

»Eben, völlig uncool. Er hat sich mehr für ihre Titten als für ihr Gesicht interessiert. Schwacher Eindruck.«

»Wie macht ihr das dann? Wie entschlüsselt ihr die Zeichen?

Oder muß man einfach wahllos rumbumsen, in der Hoffnung, daß man Glück hat und den Eignungs-Jackpot knackt?«

»Das kriegt man schon mit, wenn man mal daran arbeitet«, meint Serena achselzuckend.

»Man lernt, die Zeichen zu interpretieren.« Emma macht sich an ihr nächstes Stück Zitrone. »Je mehr Beziehungen du hast, um so mehr wirst du die Ähnlichkeiten erkennen. Zum Beispiel: Wenn Männer lügen, haben sie alle diesen ertappten Ausdruck im Gesicht, bei dem sie die Augen schweifen lassen, nur, um dich nicht ansehen zu müssen, sie werden hektisch, gehen in die Defensive. Hast du das bei Max nie erlebt?«

»Sogar die ganze Zeit, jetzt, wo du es erwähnst. Eine Schande, daß ich das vorher nicht wußte, hm?«

»Und wenn ein Typ im Bett gut ist«, fährt Serena fort, »dann strahlt er in der Regel ... nicht unbedingt Zuversicht – es gibt ja auch welche, die sind zuversichtlich und kriegen trotzdem keinen hoch ... Nein, so ein Typ strahlt Selbstbewußtsein aus, er flirtet damit, bleibt aber relaxed. Das ist schwer zu beschreiben, aber wenn man es sieht, erkennt man es.«

»Mit wie vielen Männern hast du eigentlich schon geschlafen?«

»Sieben hatten schon das Glück«, lächelt Serena und zieht eins ihrer strohblonden Haare aus der Cola.

»Dich brauche ich gar nicht erst zu fragen.« Ich grinse schief zu Emma rüber, die den Tisch fixiert und selbst grinst.

»Du vielleicht nicht, aber ich schon.« Serena läßt sofort von mir ab und widmet ihre ganze Aufmerksamkeit Emma. »Na los, sag schon.«

»Sorry.« Sie zuckt die Achseln. »Solche Informationen kann ich nicht preisgeben, aus dem einfachen Grund, daß ich mich vielleicht selbst belasten würde.«

»Das ist nicht fair, Lex weiß es auch!«

»Lex weiß eine ganze Menge Dinge über mich, die sie besser nicht wissen sollte.«

In gespielter Entrüstung zieht Serena einen Schmollmund.

»Ich dachte, ich wäre auch deine Freundin. Es ist gemein, mir Sachen nicht zu sagen.«

Emma grinst sie an. »Schon gut, schon gut ... was tut man nicht alles ... Es waren achtzehn.«

»Achtzehn!« Serena tut so, als würde sie vor Schreck in Ohnmacht fallen. »Ich glaube, Lexy, du mußt deine Liste noch um einiges erweitern, um das auszugleichen. Nehmen wir einfach die Differenz zwischen mir und Emma – also mußt du ungefähr auf zwölf kommen.«

»Ich kenne aber keine zwölf Männer, mit denen ich ins Bett gehen möchte. Im Moment finde ich es, glaub ich, schwierig, auch nur einen abzuschleppen.«

»Es muß doch ein paar Männer geben, die du kennst und die dir gefallen.«

Ich zucke die Schultern. »Wie ich schon sagte: Mir fällt keiner ein. Außerdem ist das nicht mein Stil. Lieber bin ich monogam und entspannt, als polygam und ausgebrannt.«

Serena schüttelt den Kopf.

»Es würde dir guttun, Alex. Diese sinn-, freud- und hirnlose Beziehung mit dem Mega-Schwein Max hat viel zu lange gedauert. Du brauchst neue Luft, ein neues Leben und neue Abenteuer.«

»Aber Emma ist doch auch glücklich. Das bist du doch, oder?« Flehend sehe ich Ems an. Ich brauche jemanden, der meinen Glauben in monogame Beziehungen wiederherstellt.

Zu meinem Kummer zieht sie eine Grimasse, die man nicht als Anzeichen dafür, daß sie sich positiv äußern wird, auffassen kann.

»Ich weiß nicht.« Sie zuckt die Schultern. »Ich liebe Theo schon, aber manchmal ...« Sie schüttelt den Kopf. »Ich will ihn ja nicht schlechtmachen, aber manchmal denke ich schon, daß das nicht alles sein kann im Leben. Er ist toll, und wir haben eine wirkliche gute Zeit, wenn wir zusammen sind, aber wie oft sind wir eigentlich zusammen? Ich habe nicht gerade den Eindruck, daß ich auf seiner Prioritätenliste sehr weit oben stehe. Inzwischen habe ich sogar eher den Eindruck«, ärgerlich verzieht sie den Mund, »daß ihm das Papier ausgeht, bevor er überhaupt bei meinem Namen ankommt! Ich denke wirklich, Alex, daß Ren recht hat. Du solltest ausgehen und das Leben genießen. Das wird dir guttun.«

»Wenn dir so viel an dieser Vorstellung liegt, warum machst du es dann nicht selbst so?«

»Also hör mal. Ich bin achtundzwanzig und habe mit achtzehn Männern geschlafen. Ich habe das die zehn letzten Jahre so gemacht. Wenn auch eher ruhig und im verborgenen. Es wäre schön, eine neue Rekrutin zu haben.«

»Du kannst ruhig von mehreren reden. Ich bin dabei.« Serena trinkt den Rest ihrer Diät-Cola und stellt das Glas entschlossen auf den Tisch zurück. »Es ist höchste Zeit, daß wir alle unser Leben selbst in die Hand nehmen, daß wir mal den Spieß umdrehen, sozusagen. Wenn Männer es schnell und locker angehen lassen können, dann können wir das auch. Ich finde, wir sollten uns alle eine Scheibe von den Männern abschneiden und es genauso machen wie sie. Erst die Triebe, dann die Liebe.«

»Aufreißen, abschleppen, abhaken!« lacht Emma.

»Im Einwegverfahren – bumsen und wegwerfen«, schnaubt Serena.

»Das meint ihr doch nicht ernst, oder?« frage ich ungläubig.

»Ich bin Single.« Serena zuckt mit den Achseln.

»Ich werde vernachlässigt«, sagt Ems.

»Und du wurdest abserviert«, ergänzt Serena.

»Wie nett, daß du mich daran erinnerst«, knurre ich.

»Worauf warten wir noch? Schließlich sollten wir dir keine Ratschläge auftischen, die wir nicht selbst befolgen würden, stimmt's?«

»Also, ich bin dabei.« Emma grinst breit. »Das ist besser, als rumzusitzen und darauf zu warten, daß Theo mal wieder vergißt, mich anzurufen. Also, wie lauten die Regeln?« Sie setzt das Glas ab, wühlt einmal mehr in ihrer Handtasche und holt einen Stift heraus.

»Regeln?«

»Bei jedem Wettkampf gibt es Regeln.«

»Wieso Wettkampf?« Meine Augen wandern zwischen meinen beiden Freundinnen hin und her wie die eines Zuschauers in Wimbledon.

»Das würde die Angelegenheit doch ein bißchen spannender machen, oder? Wie viele Männer können wir bumsen? Wie viele Herzen brechen? Wir sollten uns zeitlich begrenzen. Mal sehen ... Wer am meisten Männer flachlegen kann in, sagen wir ... zwei Monaten? Mal sehen, wer den ersten Platz belegt.« Serena ist jetzt wirklich überdreht. Der leise Zweifel in mir beginnt, sich in einen starken, hartnäckigen Zweifel zu verwandeln.

»Die Siegerin könnte was gewinnen, und wir könnten zusätzliche Anreize schaffen, etwa eine Flasche Champagner oder so etwas für diejenige, die zuerst bei zwanzig ist.«

»Ich weiß nicht recht, was das mit dem Preis soll. Wenn ihr es schafft, so viele Männer in zwei Monaten zu bumsen, dann braucht ihr eine Auszeit und eine ärztliche Untersuchung.«

»Serena hat vielleicht ein bißchen zuviel getankt«, lenkt Emma ein, »aber wir könnten uns ja auf eine Gesamtsiegerin festlegen ... so nach dem Motto: Wer das höchste Ergebnis erzielt, wird zur offiziellen Aufreißerkönigin gekrönt? Und die Verliererin muß die zwei anderen zu dem bezaubernden, kleinen Italiener in der High Street einladen, wo sie sich mit allem, was sie wollen, vollschlagen dürfen. Wie findet ihr das?«

»Ich finde, wir sollten diesen Schwachsinn abhaken und lieber gleich in dieses italienische Restaurant gehen«, erwidere ich, die Stirn vor Sorge gerunzelt.

»Superidee!« Beide sind begeistert, leeren schnell ihre Gläser und stehen auf.

»Pasta ist gut für die Ausdauer, und davon brauchen wir, soviel wir nur kriegen können«, ergänzt Emma, die sich bei mir unterhakt und mich lasziv angrinst.

Serena hakt sich auf der anderen Seite unter. »Wir können unsere Vorgehensweise ja auch beim Essen besprechen.«

»Vorgehensweise?« frage ich besorgt, während sie mich zum Parkplatz schleifen.

»Genau, die Richtlinien für das Spiel.« Ren grinst.

»Die Bumsbums-Regeln«, lacht Emma. »Warum sollten Männer ein Monopol darauf haben, Schweine zu sein? Vorsicht, Jungs, hier kommen die Mädels, von denen ihr wachgeküßt werdet!«

3

Als wir zurückkommen, blinkt Emmas Anrufbeantworter: eine Nachricht von Max.

»Alex, ich bin's. Nimm ab, ich weiß doch, daß du da bist ...«

Tja, da hast du dich getäuscht, Freundchen, ich war nämlich aus, hab viel zuviel Crespelle in mich reingestopft und mir literweise Frascati hinter die Binde gegossen. Gleichzeitig habe ich versucht, meine zwei besten Freundinnen davon zu überzeugen, daß sie völlig durchgeknallt sind. Ätsch! Ich schnalze verächtlich mit der Zunge, betrunken wie ich bin.

»Alex ... das ist doch lächerlich. Ich muß mit dir sprechen ... Ich bin morgen zu Hause. Ich erwarte dich um ein Uhr.«

Typisch Max. Kein ›bitte‹, kein ›wenn es dir recht ist‹, nur eine Aufforderung, der ich zu folgen habe.

»Wisste da ... da ... ewwa hin?« nuschelt Emma, die sich an der Garderobe festhält, um nicht hinzufallen.

»Weisnich. Ächnich. Gehjezzpennen.«

Hallo, Boden.

Am nächsten Morgen wache ich mit bohrenden Kopfschmerzen auf. Und an mir nagt das Gefühl, daß ich mich vielleicht mal mit Max treffen sollte.

Ich möchte seine Erklärung hören, falls er eine hat. Vielleicht hat er mich auch nur gebeten zu kommen, um mich wegen der Bettwäsche runterzuputzen oder wegen der leck-lochigen Badewanne und dem Fernseher, der hoffentlich explodiert ist. Aber man weiß ja nie. Vielleicht auch nur wegen einer Entschuldigung.

Möglich. Bevor ich gehe, hält Emma mir eine Standpauke – bei einer herzhaften Henkersmahlzeit unter Frauen, mit Speck und Eiern.

»Auch wenn er dich auf Knien anfleht, gib nicht nach, Alex.«

»Max, auf Knien? Das kann ich mir nicht vorstellen.«

»Warum hat er wohl sonst um eine Unterredung gebeten? Er will dich zurückhaben, Alex.«

»Meinst du?«

»Meines Wissens hat er dich nicht gebeten zu kommen, um den Haushalt zu machen, oder?«

»Wie ich Max kenne, ist das der eigentliche Grund«, witzele ich lahm.

»Sei einfach vorsichtig, Kleines. Du bist jetzt gerade in dem Stadium, in dem es viel leichter zu sein scheint, einfach zu vergeben und zu vergessen und zurückzugehen. Du mußt dir Zeit lassen, um diese Phase durchzustehen. Du darfst nichts überstürzen, sonst tut es dir später leid. So, wie es gelaufen ist, vergeudest *du* dein Leben, nicht das von Max. Ich weiß, wie das ist, ich hab das auch schon mal durchgemacht. Man kommt an einen Punkt, wo man sich so verdammt verloren fühlt, daß man nur noch nach Hause will, aber genau das wäre jetzt das Falsche, glaub mir.«

»Ich weiß ja«, erwidere ich. »Im Moment wäre das Richtige für mich …«

»Ja?« ermutigt Emma mich.

»Ein Glas Wasser. Sei so gut …«

Ich verbringe gute zwanzig Minuten damit, im Wagen zu sitzen und das Haus zu betrachten, versunken in Erinnerungen an glücklichere Tage. Ich spüre, wie das Rührei und der unverdaute Speck in meinem Bauch rumoren, und ich habe einen faustgroßen Knoten in der Kehle. Kein gutes Zeichen. Ich muß stark sein, wenn ich durch diese Tür gehe, ich darf mich nicht von Gefühlen übermannen lassen, obwohl mir die Kehle schon jetzt wie zugeschnürt ist von der drohenden Aufregung, und meine Hände, die auf dem Lenkrad liegen, zittern.

Obwohl es schmerzt, rufe ich mir ins Gedächtnis zurück, wie ich Max mit Madeleine nackt im Bett gesehen habe, beim Ficken, wie ein Zuchthengst, der etwas zu beweisen hat. Das gibt mir die nötige Kraft. Der Max, den ich zu lieben glaubte, war nur ein Wunschbild, das ich erschaffen hatte. Der echte Max ist ein Mann, der mich angelogen hat, der versucht hat, eine meiner besten Freundinnen ins Bett zu kriegen. Ich denke wieder und wieder an jeden einzelnen Moment seines Verrats, als ob ich mich so häufig mit einer Nadel stechen würde, bis ich gegen den Schmerz immun bin. Ich mache das so lange, bis ich so weit immunisiert bin, daß ich es über mich bringe, aus dem Auto zu steigen, den kurzen Gartenweg entlang zu gehen und zu klingeln.

Max öffnet. Ich habe ihn mehr als eine Woche nicht gesehen. Mir kommt es eher wie ein Monat vor. Er hat eine Jeans und ein zerknittertes, weißes T-Shirt an. Er sieht müde und ein bißchen zerknautscht aus, so als ob er gerade aufgestanden wäre.

Beim Anblick dieses vertrauten Gesichts merke ich, wie heiße Tränen mir in die Augen schießen, aber ich blinzele, bis sie weg sind, und konzentriere mich auf die Tatsache, daß dieser Mann ein Arschloch ist. Er mag süß sein, trotzdem ist er ein Arschloch. So süß. Ich hatte das Grübchen ganz vergessen, das sich jedesmal am Kinn bildet, wenn er lächelt. Arschloch, Alex. Und die Art, wie das glänzende, dunkle Haar über eines der kornblumenblauen Augen fällt. RIESEN-Arschloch, Alex. Vergiß das Süße, denk nur: Arschloch! Klar?

»Alex! Ich dachte schon, du kommst nicht.«

Um in die Diele zu gelangen, muß ich über einen Stapel an mich adressierter Briefe hinwegsteigen. Offensichtlich hat Max nur seine aufgehoben, meine jedoch liegengelassen.

Er kommt auf mich zu, als wollte er mich umarmen, ändert aber offensichtlich seine Meinung und steuert unbeholfen in Richtung Wohnzimmer. Ich folge ihm schweigend. In dem normalerweise blitzblanken Raum herrscht ein unglaubliches Durcheinander. Max gehört zu denjenigen Menschen, die nach einem tadellosen Zuhause verlangen, aber gleichzeitig erwarten, daß jemand anderes sich darum kümmert, daß dem so ist.

»Ähm … Willst du einen Kaffee oder so was?« fragt er und fährt sich mit einer Hand durch das glänzende, kastanienbraune Haar.

Ich habe schon einen Blick in die Küche geworfen und entdeckt, daß sich im Spülbecken jede Menge dreckiges Geschirr stapelt.

Ich ignoriere das Angebot. Sonst werde ich noch vergiftet. Oder zumindest würde ich Brechreiz bekommen. Selbst wenn ich keinen Brechreiz bekäme, würde er wahrscheinlich von mir erwarten, daß ich erst mal abwasche.

Unbeholfen schaue ich mich im Zimmer um, weiß nicht recht, was ich mit mir anfangen soll. Eigentlich will ich mich gar nicht setzen, aber ich will hier auch nicht rumstehen wie bestellt und nicht abgeholt. Max schaut mich an und versucht ein Lächeln. Genauer gesagt versucht er, mich anzuschauen. Seine Augen flitzen hin und her wie ein Tennisball. Das erinnert mich daran, was Ems über Männer gesagt hat, die einem nicht in die Augen schauen wollen.

»Und, wie ist es dir ergangen?«

Wie es mir ergangen ist? Ich finde ihn mit einer anderen im Bett, und er besitzt die Unverschämtheit zu fragen, wie es mir ergangen ist? Als ob ich von einer Geschäftsreise zurückkäme oder so was in der Art. Wenn mir nicht sowieso schon die Worte fehlen würden, wäre ich jetzt wirklich sprachlos. Ich starre ihn einfach nur stumm an. Ich weiß nicht, ob er es irritierend findet, daß ich noch kein Wort mit ihm gesprochen habe. Hoffentlich. Ich will nicht die einzige sein, die sich verdammt hirnrissig und ungeschickt vorkommt.

»Am besten, ich komme gleich zur Sache.« Max läßt sich im Ohrensessel neben dem Kamin nieder, also setze ich mich auf das Sofa gegenüber, und zwar so weit wie möglich von ihm entfernt.

Obwohl er das gesagt hat, schweigt er für einige Zeit.

Neben dem Sofa stapeln sich unordentlich die Zeitungen einer ganzen Woche, auf der obersten liegt eine feine Schicht Staub.

Er holt tief Luft, so als ob er gerade zu einem langen Monolog auf der Bühne ansetzen würde. »Ich will, daß du wieder nach Hause kommst, Alex.«

Da, er hat's gesagt.

Emma hatte recht. Ich hätte nicht gedacht, daß es so ist, aber sie hat den Nagel auf den Kopf getroffen.

Ich warte darauf, von Gefühlen übermannt zu werden. Eine Welle der Freude vielleicht. Oder ein Panikanfall. Nichts. Noch immer ist alles in mir wie betäubt.

»Ich will, daß wir es noch mal miteinander versuchen«, fährt Max fort. »Wir haben doch beide Fehler gemacht. Aber ich glaube, daß unsere Beziehung stark genug ist, um nicht daran zu zerbrechen.«

Endlich finde ich meine Stimme wieder.

»Wir haben *beide* Fehler gemacht?« wiederhole ich.

»Ja.« Max nickt ernst. »Wir haben beide Fehler gemacht, aber ich glaube, daß wir darüber hinwegkommen können, Alex. Ich freue mich für dich, daß du wieder zurückkommst.«

Das war's? Kein Wort der Entschuldigung, keine Erklärung, nur ›komm nach Hause, und wir stehen das durch‹? Noch nicht mal das. ›Ich freue mich für dich, daß du wieder zurückkommst‹, so als würde er mir großmütig verzeihen, daß ich ihn sitzengelassen habe. Ich glaube, an diesem Punkt kriege ich den Mund nicht mehr zu. Ich finde Max mit einer anderen im Bett, sie rammeln wie die Karnickel zur Paarungszeit, und das ist alles, was er zu sagen hat?

»Wie großmütig von dir«, sage ich ruhig.

Plötzlich merkt er wohl, daß es doch ein bißchen mehr braucht, damit ich bewundernd und unterwürfig vor ihm auf die Knie sinke.

Per Knopfdruck aktiviert er jetzt seinen Charme, steht auf, setzt sich neben mich, nimmt meine Hand in seine Hände und wirft mir unter seinen langen, schwarzen Wimpern einen Blick aus schmachtenden, blauen Augen zu.

»Ich habe dich wirklich vermißt, Alex«, wispert er rauh, einen Hauch Sexappeal in der Stimme.

Einen Moment lang schlägt mir das Herz bis zum Hals, dann passiert etwas Erstaunliches: In meinem Kopf macht sich ein leises Lachen breit.

O Max. Wenn du doch auch auf der Bühne so gut wärst. Du würdest Ewan McGregor an die Wand spielen. Was dazu gedacht war, mich wieder in den alten Bann zu schlagen, hat glücklicherweise den gegenteiligen Effekt. Jem hatte recht. Als ob es mir wie Schuppen von den Augen fallen würde. Ich sehe Max jetzt als das, was er wirklich ist: als großen Manipulator.

Ich kenne Max, und ich weiß, was er will. Er will sein altes Leben wiederhaben. Wo alles für ihn getan wurde, wo alles, was den Haushalt betraf, ohne sein Zutun funktionierte, in Wort und Tat. So konnte er ein Doppelleben voller Ausschweifungen führen. In dem die emotionale Bindung einem einseitigen Kricketspiel gleicht, und ich bin die Box, die Max' Eier vor den Querschlägen des Lebens schützt.

Nach einer Woche hat er plötzlich gemerkt, daß auf den Boden geworfene Hosen auch da bleiben, bis sie jemand aufhebt, daß Geschirr und Besteck sich nicht von selbst waschen, daß Gras wächst, Staub herabsinkt und man nicht ewig von Fast food leben kann. Sein geordnetes, überschaubares Dasein ist ohne die private Haushaltshilfe, die ihm ständig hinterherräumt, eben nicht mehr geordnet und überschaubar. Also will er mich zurückhaben, und er hat all die Aussagen vorbereitet, von denen er annimmt, daß sie ihm helfen, sein Ziel zu erreichen.

Allerdings kenne ich Max nur zu genau, so daß ich in der Lage bin, die ganze, genau einstudierte Rede, die jetzt kommt, in meine eigenen Worte zu fassen.

»Ich vermisse dich«, wiederholt er mit noch sanfterer Stimme. »Ohne dich ist nichts mehr so, wie es einmal war.«

Ich kann nicht kochen. Mir ist die saubere Unterwäsche ausgegangen. Und der Staubsauger hat sich nicht aus dem Wandschrank herausgetraut, seit du weg bist.

»Ich sitze allein im Haus rum. Ohne dich wirkt es so leer.«

Ich kann mir die Hypotheken und meine gesellschaftlichen Extravaganzen ohne deine regelmäßigen Finanzspritzen nicht leisten.

»Ich brauche dich.«

Ich habe nicht soviel Sex, wie ich es gewohnt war – als mir noch zwei Frauen zur Verfügung standen.

»Ich vermisse deine Berührungen.«

Wie kriegt man den Verschluß von der Meister-Proper-Flasche ab?

»Ich vermisse deinen Geruch.«

Ich habe die ganze Woche ein und dasselbe Hemd getragen, ich habe angenommen, das Bad reinigt sich von selbst, und da rumort irgend etwas Seltsames, Stinkendes im Gemüsefach des Kühlschranks.

Als er schließlich – mit hängendem Kopf, meine Hand noch immer mit seinen umklammernd – zum Ende kommt, stößt er einen kleinen Seufzer aus, wirft mir dann einen weiteren Blick unter den bereits erwähnten langen, schwarzen Wimpern zu und versucht sich an einem pathetischen, mutigen, kleinen Lächeln.

»Komm zu mir zurück, Alex. Ich brauche dich.«

Es funktioniert nicht. Ich setze einen, wie ich hoffe, angemessen harten Gesichtsausdruck auf.

»Ich liebe dich, Alex.« Seine Stimme wird schwächer, sein Händedruck fester.

Da weiß ich, daß er lügt. Der einzige Mensch, den Max liebt, ist er selbst.

»Sei nicht albern, Max. Wenn du wirklich mit mir zusammensein wolltest, dann hättest du keine andere Beziehung angefangen.«

Das ist der längste Satz, den ich hervorgebracht habe, seit ich hier bin. Der ist mir ganz schön schwergefallen.

Max tut so, als sei er tödlich beleidigt.

»Ich hatte keine Beziehung mit ihr.«

»Ach ja? Wie nennst du so was denn?«

»Sex macht noch keine Beziehung aus. *Wir* hatten eine Beziehung.«

»Ach, weil ich den ganzen, ›üblichen‹ Beziehungskram für dich übernommen habe, dreckige Socken gewaschen, gebügelt, alle Mahlzeiten gekocht und dein Haus geputzt habe, deshalb soll ich mich also privilegiert fühlen, was? Ich soll wohl darüber hinwegsehen, daß du mit meiner Aerobic-Trainerin gefickt hast! Das war wohl ein reines Freizeitvergnügen, was? Ein bißchen Sport, ein bißchen Bewegung. Weil du nicht gerne joggst oder Fußball spielst, hast du dir gedacht: Probier ich's halt mal mit ein bißchen außerplanmäßigem Ficken? Das kannst du dir sonstwohin stecken, Max, ich komme nämlich nicht zurück! Ich weiß nicht, ob ich dich liebe. Ich bin mir nicht mal sicher, ob ich dich überhaupt noch mag.«

Er läßt meine Hand los, fährt zurück und blinzelt, wohl in dem Versuch, verletzt und verwirrt auszusehen.

»Aber, Alex, ich dachte, du ...«

»Du brauchst jemanden, der dein Ego hätschelt und deine Auszeichnungen abstaubt«, platze ich heraus. »Aber nicht mit mir! Warum fragst du nicht Madeleine? Sie scheint dir doch in bezug auf deine Wünsche und Bedürfnisse gefällig zu sein.«

Er mimt nicht länger den Beleidigten, seine Augen verengen sich wie bei einer angriffsbereiten Kobra.

»Ist dir klar, daß das alles dein Fehler ist?«

Aha! Jetzt kommt der wahre Max zum Vorschein.

»Wenn du dich mehr engagiert hättest und nicht nur wie ein welker Kopfsalat dagelegen hättest, dann hätte ich auch nicht mit jemand anderem schlafen müssen«, zischt er leise und tückisch.

Treffer Nummer eins. Unter die Gürtellinie. Nicht gerade fair, dafür aber wirkungsvoll.

»Kein Wunder, daß ich fremdgegangen bin. Sex mit dir war so unterhaltsam, als würde man die Innereien in einen toten Truthahn zurückstopfen«, fährt er hinterhältig fort. Er läuft allmählich warm. »Wenn du nicht so unzulänglich gewesen wärst, und so ... so ... FRIGIDE, dann hätte ich mir mein Vergnügen nicht bei jemand anderem holen müssen.«

»Frigide?« Ich schaffe es, das Wort herauszubringen, ohne die Lippen zu bewegen.

»Kälter als das Hinterteil eines Eisbären. Ich weiß ja, daß du unerfahren warst, als wir uns kennenlernten«, schnaubt Max, »aber man sollte doch annehmen, daß du nach sechs Jahren etwas dazugelernt hast.«

»Ja, das sollte man«, antworte ich, schnappe meine Handtasche und stehe auf. »Wenn ich mit jemandem zusammengewesen wäre, der irgendwelche Kenntnisse zu vermitteln gehabt hätte, dann hätte ich was lernen können.«

Mir bleibt die Befriedigung zu sehen, wie ihm das höhnische Lächeln vergeht. An der Tür drehe ich mich noch einmal um.

»Weißt du, eine Sache hast du mir doch beigebracht, Max ...« In Gedanken ziehe ich an einer Zigarette und blase den Rauch in sein blöd glotzendes Gesicht, ganz Mae West.

»Wie man beim Sex blufft.«

Trotz dieser letzten Auseinandersetzung mit Max, dem Idioten, die mich leicht zum weiblichen Gegenstück eines monogamen Frauenhassers hätte machen können (monogam deshalb, weil mein Haß sich auf einen einzelnen Mann bezogen hätte), und trotz meiner vor Begeisterung überschäumenden Freundinnen, die immer noch darauf brennen, Jems Hitliste umzusetzen in unseren persönlichen, durchaus realen Wettbewerb, trotz dieser Tatsachen wäre der Stein wohl nicht ins Rollen gekommen, wenn mir ein kleines Vögelchen – genauer gesagt, ein großer, dicker, fetter Brummer, der einem im Vorbeifliegen ordentlich auf den Kopf scheißt und sogar mit dem Schnabel nach einem hackt –, wenn so ein Vögelchen mir nicht auf denkbar unspektakuläre Art und Weise eine denkbar spektakuläre Neuigkeit ins Ohr gezwitschert hätte.

Das Leben geht weiter, nun schon seit genau einem Monat und zwei Wochen. Ich bin zu dieser Erkenntnis gelangt, aber es war ein harter Kampf, so als würde man sich durch knietiefen Schlamm vorwärtsarbeiten. Es kommt mir nicht länger komisch vor, jeden Morgen allein in Emmas Gästezimmer aufzuwachen, aber ich bin immer noch etwas aus dem Gleichgewicht, wie eine ausgerenkte Schulter.

Das Vögelchen – in Gestalt meines Bruders – verkündet die Botschaft ganz ›zufällig‹ und im Vorbeigehen, während ich in seiner Küche versuche, ein Abendessen zustande zu bringen. Ich bin gerade dabei, ein Stück Rindfleisch flach zu klopfen. Dazu schlürfe ich Burgunderwein und mache mir Gedanken darüber, daß mein Bruder dafür, daß er ein so miserabler Koch ist, eine erstaunlich große Anzahl an Küchengeräten besitzt. In dem Moment rückt er mit der Neuigkeit heraus, als würde er mir mal eben mitteilen, daß er gehört hat, der Kaffeepreis bei Co-op sei in der letzten Woche um zwei Pence oder so gestiegen.

»Was macht Max?« kreische ich meinen Bruder völlig ungläubig an.

Jems Haltung signalisiert: ›Bitte bring den Boten nicht mit dem Hackbeil um‹.

»Du hast richtig gehört«, wimmert er und beäugt nervös den

Holzhammer in meiner geballten Faust. Er wünscht sich wohl, er hätte es mir nach dem Essen erzählt, nachdem ich schon ein paar Gläser Wein getrunken hätte und nicht gerade dabei wäre, zwei Stücke Fleisch mit dem Holzhammer zu attackieren.

»Ich hab's gehört, aber ich habe mich wohl *verhört.*«

»Glaub mir, es ist wahr.«

»Ein Haufen Schwachsinn, das ist es!« brülle ich und attackiere das Steak erneut, aber mit doppeltem Eifer. Schwing, klatsch. Der Holzhammer zerquetscht das Fleisch und knirscht auf Jems Schneidebrett.

»Ich weiß, daß das Scheiße ist, Alex ...«

Schwing, klatsch.

»... Max ist wirklich unmöglich ...«

Schwing, klatsch.

»... Das Rind war bereits tot, Alex!«

Ich halte inne, seufze und lehne die Stirn auf den Stiel des Hammers, so daß sich ein kleiner, roter Abdruck auf meiner Haut bildet.

»Du hast ja recht. Ich sollte mich nicht an dir oder dem Essen vergreifen.«

Auch Jem seufzt, offensichtlich erleichtert.

»Ich sollte mich statt dessen an diesem fiesen, dreckigen, stinkenden, gemeinen Kriechtier von einem Arschloch, der mein Ex war, vergreifen!« Ich dresche mit dem Holzhammer drauflos wie ein Metzgersjunge auf dem Jahrmarkt, der seine Muskeln an einem ›Hau den Lukas!‹ erproben will. Kein Glöckchen bimmelt, als das Steak schließlich den Geist aufgibt und in zwei Teile zerfällt. Die eine Hälfte rutscht vom Brett und fällt auf den Boden, die andere Hälfte schießt davon und bleibt an der frisch gestrichenen Wand kleben.

Jem greift hastig nach dem Wein. Ich weiß nicht, ob er die Flasche an der Arbeitsplatte zerschlagen und sie zur Selbstverteidigung benutzen oder mir nur nachschenken will.

Letzteres ist der Fall, er reicht mir ein Glas Cabernet Sauvignon von der Größe eines Goldfischglases.

»Du solltest dir das nicht zu sehr zu Herzen nehmen, Lex. Genau das will er wahrscheinlich erreichen.« Er nimmt mir den Fleischklopfer aus der Hand und dirigiert mich zu einem Stuhl. »Du solltest da drüberstehen. Du willst ihn doch gar nicht zurück, oder?«

»Nein«, sage ich ziemlich überzeugt.

»Wo liegt dann das Problem?«

»Aber …«

»Nein«, unterbricht mich Jem. »Kein aber. Max heiratet …«

Da. Er hat es wieder gesagt. Max heiratet. Mein Max! Nein, das nicht. Er ist nicht mehr ›mein‹ Max. Ganz bestimmt nicht, denn dieser Arsch wird heiraten! Und vor sechs Wochen hat er mich noch gebeten, zu ihm zurückzukehren.

»Wenn man sich so schnell zu so einem bedeutsamen Schritt entschließt, dann garantiert aus den falschen Gründen«, fährt Jem fort. »Denk mal drüber nach. Wahrscheinlich endet es damit, daß sich die beiden gegenseitig das Leben schwermachen. Gibt dir das nicht Auftrieb?«

Seltsamerweise ja. Vor meinem inneren Auge sehe ich Max nach der Heirat. Babys spucken Zwieback auf sein schickes Hemd, im Hintergrund nörgelt seine Frau. Das wird er geradezu leidenschaftlich hassen. Max ist zu egoistisch, um verheiratet zu sein. Ich komme mir ein bißchen verdorben vor, weil die Vorahnung seiner Pein mich mit Schadenfreude erfüllt, aber wirklich nur ein bißchen verdorben, ein klitzekleines, unbedeutendes bißchen von einem bißchen.

Jem übernimmt den Posten des Chefkochs und streut frisch gemahlenen Pfeffer auf das Steak, das meine Wut überstanden hat. Dann schiebt er es auf die oberste Schiene des Backofens. Außerdem kratzt er die Reste des anderen Steaks vom Boden und von der Küchenwand und wirft auch sie auf den Grill.

»Der Boden ist sauber!« Er verdreht die Augen, weil ich ihn entrüstet ansehe. Zweifelnd runzele ich die Stirn.

»Ich esse das Stück, okay?« bietet er an. »Himmel, Lex, trink noch 'n bißchen Wein, und reg dich ab. Du hättest selbst keinen besseren Racheplan ersinnen können. Kannst du dir Max als verheirateten Mann vorstellen?«

»Es gab eine Zeit, da konnte ich das durchaus. Verheiratet mit *mir*, um genau zu sein.«

»Na, dann bist du ja nur knapp entwischt, stimmt's? Jetzt heiratet er nämlich eine andere arme Irre.«

Geschickt schneidet er eine Tomate in Scheiben, bemerkt, daß er dasselbe Brett benutzt hat, auf dem ich vorher das Steak massakriert habe, und wirft sie in den schwenkbaren Mülleimer.

»Denk doch nur mal an all die Seiten von Max, die dich echt angenervt haben ...«

»Wie die Tatsache, daß er durch fremde Betten gehüpft ist!« knurre ich.

»Genau, daß er durch fremde Betten gehüpft ist, daß er dich als selbstverständlich hingenommen hat, daß er dich unterdrückt hat ...«

»... daß er einfach weitergezappt hat, wenn ich gerade etwas im Fernsehen angeschaut habe, und das, ohne zu fragen. Daß er sich über die Unordnung im Haus beschwert, aber nie selbst einen Finger gerührt hat. Daß er überall seine Klamotten liegengelassen und auch noch erwartet hat, daß sie sich auf wundersame Weise selbst waschen und bügeln, und in den Kleiderschrank zurückwandern.« Ich erwärme mich für das Thema.

»Ich sehe, du hast verstanden.« Jem grinst, während er einen Kopfsalat wäscht und zerpflückt. »Du mußt dir einfach klarmachen, daß du nichts mehr von alledem tun mußt. Irgendeine andere Idiotin hat sich selbst zu lebenslänglich verurteilt.«

Er wirft den Salat in eine Schüssel, schenkt mir und auch sich nach und fängt an, eine Gurke zu malträtieren.

»Wie wär's mit ein bißchen Knoblauchbrot?«

»Na klar ... ist jetzt sowieso egal, ob ich morgens nach Knoblauch stinke, oder?«

»Ist das der einzige Vorteil des Single-Daseins, der dir einfällt?« Mein Bruder sieht mich mitleidig an. »Weißt du, manchmal frage ich mich ernsthaft, ob wir miteinander verwandt sind. Das Single-Dasein hat noch so viele andere Vorzüge. Sex zum Beispiel.« Ungerührt verteilt er eine halbe Flasche kalorienarmes Dressing über dem Salat, dann steckt er zwei Holzlöffel rein. »Jetzt hast du die Chance, was Neues auszuprobieren. Zu testen, wie es mit jemand anderem als Max läuft. Vielleicht probierst du einfach ein paar durch, der Größe wegen?«

Auf meinem Gesicht erscheint ein schockierter Ausdruck.

»Ein paar sexuelle Experimente können nicht schaden«, lautet seine Antwort.

»Nein, ich fange mir höchstens ein paar unheilbare Krankheiten ein, kriege einen schlechten Ruf und mag mich selbst nicht mehr.«

»Ich hab nicht gesagt, daß du dich in eine völlige Schlampe verwandeln sollst, stimmt's? Bleib einfach locker und hab ein bißchen Spaß. Den größten Teil deiner Jugend hast du in einer Beziehung gesteckt, jetzt vergeude nicht den Rest davon. In drei Jahren wirst du dreißig, und dann ist's vorbei.«

Er grinst breit. Jems dreißigster Geburtstag ist in wenigen Wochen, deshalb glaube ich, daß er scherzt. Ich hoffe sehr, daß dem so ist!

»Aber ist das nicht der Abschnitt im Leben, in dem ich mich etablieren, Kinder haben und einen Kredit aufnehmen sollte? Und nicht rumrennen und so viele Männer wie möglich bumsen?«

»Glaubst du, daß eine Geburt so schmerzhaft ist wie die monatliche Kreditrate?« sinniert Jem, schiebt sich ein tropfendes Salatblatt in den Mund und kaut gedankenverloren.

»Ich meine es ernst, Jeremy!«

»Oooh. Sie hat mich Jeremy genannt. Jetzt weiß ich, daß es Ärger gibt.«

Verzweifelt schüttele ich den Kopf.

»Warum ist es nur manchmal so schwer, ein vernünftiges Gespräch mit dir zu führen? Du bist doch mein Bruder, von dir wird erwartet, daß du einen guten Einfluß auf mich hast. Aber nicht, daß du deiner kleinen Schwester rätst, bei jeder sich bietenden Gelegenheit den Schlüpfer runterzulassen.«

»Ich versuche ja, einen guten Einfluß auf dich auszuüben, Alex. Dich so mit Max zu sehen, war, als ob man seine Lieblingspflanze bei dem verzweifelten Versuch beobachtet, im Schatten eines verdammt großen Dornbusches zu gedeihen.«

»Willst du etwa sagen, ich bin zurückgeblieben?« frage ich eingeschnappt.

»Nur im emotionalen Bereich.«

»Wird es dadurch besser?«

»Ich sage nur, daß du viel zu lange Max' Windeln gewaschen hast. Du hast dein Mutterpensum schon erfüllt ... an einem neunundzwanzigjährigen Riesenbaby! Emanzipier dich! Fang an zu leben, um Himmels willen! Überlaß die Leier von Hochzeit/Kredit/Verantwortung für eine Weile anderen, und genieß das Leben, solange du kannst. Also, ich hoffe, du bist hungrig. Das Abendessen ist fertig, und ich habe anscheinend genug für die Speisung der Fünftausend gekocht.«

Während des Essens unterhält mich Jem, indem er düstere Horrorszenarien für das Eheleben von Max und Madeleine entwirft. Leider hält der positive Effekt dieser Vorstellung nur fünf Minuten an, nachdem ich seine Wohnung verlassen habe. Bis ich zu Ems Haus komme, wird die Hochzeit zum gesellschaftlichen Großereignis des Jahres, sie leben in trauter Glückseligkeit, haben genau 2,5 prächtige Kinder und einen Hund, der nie scheißt, sich nie haart oder seinen Pimmel leckt, ihr Ehehimmel hängt voller Geigen, die Flitterwochen dauern ein Leben lang, alle sehen in ihnen das perfekte Paar, sie nehmen bei dem Partnerspiel *Mr. & Mrs.* im Fernsehen teil und bekommen die maximale Punktzahl und schlagen damit noch Richard und Judy …

Das übliche Gezeter bringt meine Freundin auf den Plan.

»Emmmmmmaaaaaa!«

»Was denn … was?« stammelt sie, als sie in einem roten Frotteebademantel aus ihrem Schlafzimmer gestolpert kommt, noch im Halbschlaf, mit geröteten, zugekniffenen Augen.

»Max heiratet.« Kläglich blinzele ich sie durch einen Tränenschleier hindurch an.

»O«, antwortet sie.

»Du scheinst nicht gerade überrascht.«

»Billiger als eine Haushälterin, und den Sex kriegt er auch noch umsonst.« Sie reibt sich den Schlaf aus den Augen.

»Emma!«

Müde schüttelt sie den Kopf. »Tut mir leid, Alex, aber nichts von dem, was Max macht, kann mich noch überraschen. Der Kerl ist doch ein völliger Blödmann.«

»Warum macht er das? Verdammt, Ems, wir haben uns erst vor ungefähr einem Monat getrennt.«

»Vielleicht liebt er sie ja?« hat sie anzubieten. »Wen eigentlich?«

»Madeleine«, murre ich unwillig. »Das wollte ich eigentlich nicht hören, Emma.«

»Ich bin deine Freundin, und Freunde lügen einander nicht an.« Sie streckt die Hand aus und klopft mir mitfühlend auf die Schulter. »Willst du einen Tee trinken?«

»Nein.«

»Wie wärs mit etwas Härterem? Ich glaube, im Kühlschrank ist irgendeine Flasche. Nur ein billiger Fusel, den Theo letzte Woche mitgebracht hat. Er hat sich nicht die Mühe gemacht, wiederzukommen und ihn mit mir zu trinken. Wenigstens ist er gekühlt. Also entweder das oder Brennspiritus.«

»Brennspiritus – hört sich gut an. Krieg ich den auch brav in braunes Papier gehüllt?«

Emma verdreht die Augen und verschwindet in der Küche, um zwei Gläser zu holen.

»Unsere Trennung ist knapp über einen Monat her«, wiederhole ich, als sie zurückkommt. Ich höre mich an wie Marvin, der paranoide Androide, der griesgrämige Fernsehcomputer, so monoton, mürrisch und voller Selbstmitleid.

»Knapp zwei«, berichtigt Emma. »Und es tut mir leid, daß ich dich daran erinnern muß, aber er hat sie schon eine ganze Weile vorher gekannt, stimmt's? Außerdem weißt du doch, was Max für einer ist. Er kann nicht mal fünf Minuten allein sein. Er ist geradewegs von seinen Eltern weg in dieses Haus gezogen, und drei Wochen später hat er dich gebeten, zu ihm zu ziehen.«

»Wie du schon sagtest: Das ist billiger, als eine Putzfrau einzustellen.« Ich lache bitter. »Ach, Emma, ich weiß doch, daß er sich wie ein Schwein benommen hat, aber ich kann mir nicht helfen – ich vermisse ihn! Wir hatten auch gute Zeiten.«

»Der Max, den du vermißt, ist nicht der wahre Max.«

»Willst du damit sagen, daß alles, was wir miteinander erlebt haben, nur eine Täuschung war?«

»Nein ... natürlich nicht. Aber es ist um vieles einfacher, alles Schlechte zu verdrängen und sich in eine rosarote Traumwelt zu flüchten, die es so nie gegeben hat. Endlich hat er sein wahres Gesicht gezeigt. Vergiß nicht, daß du ihn verlassen hast, und vor allem nicht, warum du es getan hast.«

»Das macht er nur, um mich zu ärgern. Er will's mir zeigen. Arme kleine Alex, die es nicht mal zu einem Date bringt, geschweige denn zu einer Heirat.«

»Nicht bringt oder nicht bringen will?«

»Was nicht bringen oder bringen wollen?«

»Ein Date, du Dummerchen. Du könntest jede Nacht ausgehen, wenn du wolltest.«

»Ja, mit Deppen, Schwachköpfen und Asozialen!«

»Na und? Was soll's, wenn du dich mit einem Deppen triffst? Wenigstens würdest du ihn nur *treffen.* Madeleine Hurst heiratet einen!«

Ich kann ein Kichern nicht unterdrücken.

»So gefällst du mir.« Ems gießt mir Wein nach. »Wer weiß, dein Lächeln kehrt vielleicht schon bald zurück.«

»Würde ein entschuldigendes Lächeln es fürs erste auch tun? Ich war in letzter Zeit unerträglich, oder?«

»Nur in letzter Zeit?« Emma verdreht die Augen und nimmt einen ordentlichen Schluck Wein.

»Weißt du, ich wünsche mir, es gäbe einen Weg, wie ich zu ihm zurückkehren könnte.« Ich kippe Theos billigen Weißen und erhöhe so damit meinen sowieso schon beträchtlichen Alkoholpegel.«

»Das ist doch kindisch.«

»Ich weiß, aber dann würde ich mich besser fühlen.«

»Ach, wie nach der Attacke auf seinen Fernseher oder den diversen Löchern in der Badewanne?« fragt Emma spitzbübisch.

Ich werde knallrot.

»*Ich?* Ich soll vorsätzlich das Eigentum eines anderen beschädigt haben?« Ich spiele die zu Unrecht Verdächtigte. »So etwas würde ich niiieee tun.«

»Weißt du, Verbitterung macht eigentlich immer nur demjenigen zu schaffen, der sie empfindet«, philosophiert Ems salbungsvoll. »Wenn Max das nur macht, um dir etwas zu beweisen, dann ist er ein verdammter Idiot, denn letztlich sind die einzigen, die darunter zu leiden haben, nur er selbst und Madeleine.«

»Hm, Jem hat so ziemlich das gleiche gesagt.«

»Wie auch immer«, fährt sie fort, »wenn er es wirklich nur macht, um dir eins auszuwischen, dann ist es am gescheitesten, ihm zu beweisen, daß sein Plan so nicht funktioniert.«

»Und wie soll ich das deiner Meinung nach anstellen?«

Emma greift nach einer Zeitschrift, blättert bis zur Seite mit den Leseranfragen und zieht ein Stück Papier heraus, das dort steckt.

»Abgelegt unter der Rubrik Lebenshilfe, damit es nicht verlorengeht.« Sie grinst und reicht mir das Blatt. Es handelt sich um eine Papierserviette aus einem gewissen italienischen Restaurant, welches wir bekanntermaßen frequentieren. Darauf ist in einer Mischung aus Emmas und Serenas Handschrift etwas gekritzelt, eine Liste mit dem Titel ›Wir schlagen zurück‹.

»Du mußt ihn mit seinen eigenen Waffen schlagen, Lex.«

Einen derartigen Marathon des Sich-in-Schale-Werfens habe ich seit Ewigkeiten nicht mehr mitgemacht. Die Musik ist voll aufgedreht, der Alkohol fließt in Strömen, in der Luft liegt der leicht versengte Geruch erhitzter Lockenwickler und der berauschende Duft einer Mixtur aus drei verschiedenen Parfüms, im ganzen Raum verteilt liegen Kleidungsstücke, und Serena stolziert in ihrem achten Outfit umher.

»Das erinnert mich daran, wie ich mit sechzehn war«, sage ich, spitze vor dem Handspiegel die Lippen und ziehe die Wangen ein, um Rouge aufzutragen. Ich runzele die Stirn, als ich dabei einige Fältchen unter den Augen entdecke, die ich vorher noch gar nicht richtig wahrgenommen hatte.

»Als du sechzehn warst, war ich erst zwölf.« Serena bewundert ihre schlanke Figur in dem großen Spiegel.

»Verpiß dich, Serena!« Ich versuche, die Falten zu ignorieren und mich auf den attraktiveren Teil meiner Gesichtszüge zu konzentrieren.

»Als ich sechzehn war, war ich dünn«, stöhnt Emma und kneift sich in die Oberschenkel. »Und ich glaubte noch, daß Zellulitis eine Art fettarmer Brotaufstrich ist!«

Volle Lippen, recht hübsche Wangenknochen, große, braune Augen, die – wie mir einst ein betrunkener Verehrer sagte – sehr schön sind. Gar nicht schlecht für eine alte Schachtel, zumindest in einem dunklen Raum und unter Wahrung der größtmöglichen Distanz zu unserer bezaubernden Ren!

»Geht das hier?« Serena schlüpft in eines von Emmas wenigen Designeroutfits, ein kleines schwarzes Kleid – die Betonung liegt auf klein.

»Du siehst bezaubernd aus.« Ems seufzt neidvoll. »Wie kommt es bloß, daß das mein Kleid ist, ich aber nicht so gut darin aussehe?«

»Hab ich darin nicht einen fetten Hintern?« Ren späht ängstlich über ihre Schulter in den Spiegel und auf ihren winzigen, muskulösen Po. Insgesamt ist er gerade mal so groß wie eine meiner Pobacken.

Ich drehe mich um. »Du willst einen Hintern haben? Seit wann denn das?«

»Ich wollte immer einen ordentlichen Vorbau«, seufzt Emma, »statt dessen hab ich ein ordentliches Hinterteil bekommen. Als ich jünger war, habe ich mich an Gott gewandt und ihm gesagt: ›Du hast doch von dieser Sache mit der Pubertät gehört, oder? Also, dann richte es so ein, daß ich wie Samantha Fox aussehe.‹«

»Und dann?«

»Letztlich sah ich dann auch so aus wie Sam Fox – nur dummerweise wie eine seitenverkehrte Sam Fox, die Handstand macht!« Sie klatscht sich voller Verachtung auf den Po.

Ich lande schließlich wieder bei dem ersten Outfit, das ich schon vor über einer Stunde anprobiert hatte, Hüfthosen aus dunkelrotem Samt und einem passenden, rückenfreien Top. Sieht gut aus, aber ich darf nicht vergessen, den ganzen Abend über meinen Bauch einzuziehen, da er freiliegt.

Ein lautes Hupen vor dem Haus kündigt die Ankunft des Taxis an.

»Fertig?«

»Fertiger kann man nicht sein.« Ich atme tief ein. So wird nicht nur mein Bauch flach, auch meine Brust hebt sich. Ich sollte wirklich öfter einatmen.

»Die Spiele können beginnen.« Emma streckt die Hand aus, Serena legt ihre in einer solidarischen Geste obendrauf, und beide bedeuten mir, das gleiche zu tun.

»Ich komme mir wie ein Ninja vor«, murmele ich verlegen.

»Quatsch, wir sind die drei Musketiere.«

»Ich bin Athos.«

»Ich bin Porthos.«

»Ich will aber kein verdammtes Aftershave sein!«

»Dann bist du halt d'Artagnan.«

»Genaugenommen war der aber gar kein Musketier.«

»Genaugenommen sind wir das auch nicht.«

»Halt einfach die Klappe und mach mit, ja?«

»'nabend, die Damen.« Der erstaunlich kleine Türsteher signalisiert uns durch das Heben eines schwarzen Bomberjacken-Ärmels und durch ein kokettes Zuzwinkern, in den Club einzutreten. Es ist fast Mitternacht. Wir haben eine ganze Reihe Kneipen und eine ganze Reihe Drinks hinter uns, aber jedesmal, wenn man wirklich den Mut eines Säufers braucht, bleibt man stocknüchtern, egal, wieviel Alk man in sich reinschüttet.

Wir betreten den riesigen, klimatisierten, verrauchten, von Lasern durchzuckten Hangar, der den Hauptteil des Clubs ausmacht. Der ganze Ort erinnert ein bißchen an einen Kraken mit besonders kurzen Beinstummeln. Da gibt es die Haupthalle, ein riesiges Areal mit einer Kuppel, in dem sich eine zweigeschossige Tanzfläche befindet, die schon jetzt gedrängt voll ist. Rundherum schließen sich kleine, separate Räumlichkeiten an, in denen Bars oder Chill-out-Räume untergebracht sind. Auf der anderen Seite der Tanzfläche führen Treppen zu einem Balkon hinauf, der das gesamte obere Geschoß der Kuppel umläuft. Man begibt sich nach oben, um zu sehen und gesehen zu werden. Die Leute hängen über dem Geländer, relaxen, unterhalten sich, lachen, trinken Wasser aus Flaschen, sehen den Tänzern zu und halten nach einem passenden Partner Ausschau. Auch diejenigen begeben sich nach oben, die bereits eine Eroberung gemacht haben und jetzt ein dunkles, ungestörtes Eckchen suchen. Das ist ganz offenkundig auch unser erklärtes Ziel. Heute ist die Eröffnungsnacht unseres Wettbewerbs.

Ich steuere zielstrebig die nächstgelegene Bar an, wühle in meiner »Tasche« und winke mit einem Zwanziger in Richtung einiger Barkeeper, die über den nassen Boden hinter der Theke laufen.

Serena hat mich darüber aufgeklärt, daß man schlicht und einfach keine Handtaschen mehr mitnimmt in einen Club. Die Bemerkung, daß ich dann beim Tanzen nichts zum Festhalten hätte, wurde mit einem total entsetzten Blick quittiert, als ob ich das ernst meinen würde.

Selbst bei meinen frühesten Discobesuchen habe ich es wohl nie geschafft, traurig oder betrunken genug zu werden, um mich beim Tanzen an meiner Handtasche festhalten zu müssen, allerdings vermisse ich jetzt schmerzlich mein tragbares Notset für eventuelle Gesichtsreparaturen. Das Täschchen, mit dem Serena mich ausgestattet hat, könnte auf das Konto von Schauspieler Rick Moranis gehen: ›Liebling, ich habe die Tasche geschrumpft‹. Es ist dafür gemacht, daß es sich beim Tanzen genau in meine Handfläche schmiegt. Genaugenommen ist es eine getarnte Geldbörse. Man hat gerade genug Platz für ein bißchen Bargeld, einen Lipliner, einen Eyeliner und – dafür hat ebenfalls die übertrieben hoffnungsfrohe Serena gesorgt – ein Kondom. Aber es gibt keinen Platz für meine übliche Kosmetikausstattung, Haarspray, Lippenstift, Rouge, Grundierung, Bürste, Parfüm, usw. Ich mußte sogar den Schlüssel für die Eingangstür von dem dicken Schlüsselbund abmachen, den ich sonst wie eine Schutzmaßnahme überall mit hin schleppe. *Und* ich mußte mein Handy zu Hause lassen. Hilf mir, Mummy.

Ren und Emma stehen an einer Ecke der Tanzfläche, als ich, drei Flaschen Budweiser an mich gepreßt, durch die Menge zurücktorkele.

Das Hämmern der Musik wirkt ansteckend. Wie ein Appell an meine Füße, meine Hüften, meine Knie und meinen Po, hin und her zu schwenken wie ein Cocktail, den man vorsichtig mit dem Rührstäbchen umrührt.

»Wenn du mit der Flasche auch nur einen Fuß auf die Tanzfläche setzt, dann werfen dich die Türsteher sofort raus«, warnt Serena mich.

»Na ja, auch eine Möglichkeit, um sofort die Aufmerksamkeit eines Mannes auf sich zu ziehen.«

»O nein. Türsteher sind absolut tabu. Du wärst sowieso nur eine weitere Kerbe an ihrem Türbalken. Schließlich bist du heute diejenige, die ihre Eroberungen zählt, und nicht umgekehrt.«

Schnell leere ich die für mich siebte Flasche des Abends und folge dann meinen Freundinnen auf die überfüllte Tanzfläche, wo die Körper zum heißen Sound durcheinanderwirbeln und der Schweiß im Widerschein der Discokugeln glitzert. Die Laser huschen über unsere Gesichter und zucken im Rhythmus zur Musik, was man von mir nicht gerade behaupten kann.

Es ist so lange her, daß ich in einem solchen Club war, daß ich vergessen habe, wie man tanzt. Ich konzentriere mich zu sehr auf meine Füße, als daß ich Ausschau halten könnte nach etwas »Passendem«, wie Serena es nennt. Aber ich schaffe es, ziemlich schnell wieder in den Takt zu kommen. Das einzige, was mich aus der Bahn wirft, sind die schnelleren Stücke, bei denen in der Mitte völlig unerwartet eine langsame Passage auftaucht. Die Horden frenetisch zuckender Tänzer – mich eingeschlossen – wissen dann nichts mit sich anzufangen. Musiker müssen einen wirklich grausamen Sinn für Humor haben. Es scheint zu jeder besseren Nummer zu gehören, daß man beim Tanzen unterbrochen wird und dann dasteht wie ein Depp.

Allmählich habe ich den Eindruck, daß unsere Mission eine *Mission Impossible* ist. Sämtliche Bars, in die wir gegangen sind, waren bis oben vollgestopft mit Leuten, die einen schönen Abend verbringen wollten, und die Angehörigen der verschiedenen Geschlechter haben sich gegenseitig beäugt wie Schnäppchen auf einem Trödelmarkt. Die Leute treten auf wie Tiere in der Paarungszeit. Tatsache ist, daß ich in jeder Ecke nach passenden Typen Ausschau gehalten und eine große, fette Null bei meinem Versuch, ein sympathisches Männchen zu finden, verbucht habe. Ich war so lange nicht mehr auf diesem Markt, daß ich vergessen habe, wie man handelt. Es ist schon seltsam, mit dem ausdrücklichen Ziel loszuziehen, einen Typ aufzureißen. Wahrscheinlich ist das wie beim Einkaufen. Wenn man pleite ist, entdeckt man tausend tolle Sachen, die man wahnsinnig gern hätte. Hat man aber gerade mal Geld, sind die Geschäfte wie leergefegt.

Serena dagegen, diese auf die Hormone zielende Rakete, die die Testosterone in Wallung bringt, kommt ganz gut zurecht. Sie ist schon zweimal angequatscht worden, und wir sind gerade mal so lange in dem Club, daß es für eine Runde auf dem Damenklo gereicht hat. Und obwohl es ziemlich schwierig ist, etwas durch die Rauchschwaden tausender Zigaretten und die kalten Nebelschleier der übereifrigen Trockeneismaschine zu sehen, pirscht sie sich bereits an irgendeinen Typen ran, dem sie in Gedanken wohl bereits die Hose ausgezogen hat.

»Oooh, guck mal. Das da drüben ist doch Nicky Taylor. Siehst du den in dem blauen Ralph-Lauren-Hemd?« Sie deutet auf einen blonden Kerl mit kantigen Wangenknochen und einem Haarschnitt à la Crispian von Kula Shaker. »Ist der nicht schnuckelig? Nummer eins, ich komme! Wartet nicht auf mich, Freund ...« Und weg ist sie. Wie ein Spürhund bahnt sie sich ihren Weg durch die Menge, um ihn zu beschnuppern. Ihr geschmeidiger Körper zuckt immer noch im Rhythmus der Musik, als sie sich wie eine Schlange zu den Tönen eines Schlangenbeschwörers windet.

»Gilt das überhaupt, wenn man jemanden aufreißt, den man schon kennt? Dadurch hat sie schon einen Vorsprung«, jammere ich, während ich zusehe, wie sie auf Beutefang geht.

»Na ja, wir haben nicht festgelegt, daß niemand dabeisein darf, den wir vorher schon kannten.« Emma zuckt mit den Schultern.

»Ganz schön offene Regeln, oder?«

»So offen wie Serenas Beine.« Emma deutet dorthin, wo Serena nach Zielerfassung und Kontaktaufnahme mit dem feschen Nicky bereits richtig intim zu werden scheint.

»Hast du noch nichts gefunden, was dir gefällt?«

»Meine Güte, das klingt ja gerade so, als ob wir vorm Süßigkeitenregal stehen oder so was!«

»Tun wir doch auch.« Emma grinst breit.

»Bisher hab ich nur ein paar ziemlich verschimmelte Stücke gesehen, so wie das letzte, angegammelte Gebäckstück, das niemand mehr will.«

»Himmel, Lex, du suchst doch auch niemanden für eine dauerhafte Beziehung. Du mußt nicht jeden Morgen neben ihm aufwachen, seine Socken waschen oder ihn deinen Eltern vorstellen.«

»Nein«, gebe ich widerstrebend zu. »Wahrscheinlich hast du recht.«

»Also dann ...«

»Dann nichts. Warum sollte ich meine Ansprüche herunterschrauben?«

»Weil bei deinen Ansprüchen nicht mal Jonny Depp 'ne Chance hätte.«

»O, der könnte Gnade finden vor meinen Augen ... gerade so.«

»Ich weiß ja nicht, wie es dir geht, aber ich brauche jetzt irgendwas Eisgekühltes.« Sie fächelt sich mit der Hand Luft zu und verläßt dann die Tanzfläche.

Wir kämpfen uns Richtung Bar.

»Hej, Ems.«

Eine Hand taucht aus der Menge auf und greift nach ihrer Schulter. Der Hand folgt ein Etwas, das ich für einen Mann halte. Wohl bemerkt ›halte‹ ich es dafür, denn genau läßt sich das nur schwer sagen. Das Etwas und Emma umarmen sich wie alte Freunde.

»Hab dich ja echt 'ne Ewigkeit nich' gesehen, Mann«, kommt es mit schleppender, krächzender Stimme. »Wie geht's'n?«

»Alles bestens. Das Leben vergeht wie im Flug ...«

Emma stellt mich vor.

»Alex, das ist Skidmark.«

Das Etwas hält mir die Hand hin, und ich ergreife sie versuchsweise. Er muß Maurer oder so was sein, er schüttelt nämlich meine Hand nicht, sondern übt nur mit dem Daumen irgendeinen seltsamen Druck auf meine Handfläche aus, während sein kleiner Finger auf meinen Knöcheln Foxtrott tanzt.

»Freut mich, dich kennenzulernen ... äh ...«

»Nenn mich einfach Skid, Mann«, sagt er schleppend und läßt schließlich meine Hand doch noch los.

»Skid ist ein Kumpel von Theo«, sagt Emma.

Das hätte ich mir denken können. Theo kennt einfach keine normalen Menschen. Skid erinnert mich an einen Muppet. Er hat schulterlanges, wirres Haar mit blauen, blonden und knallroten Strähnen, unter dem zwei durchdringende, eisblaue Augen sitzen, aus denen er mich völlig stoned ansieht, wie ein wildes Tier, das sich in seinem Unterschlupf versteckt. Sein Outfit scheint aus plattgedrückten, recycelten Eierschachteln zu bestehen, und zwar jene blaßblaue Sorte aus einem Synthetikkram, der quietscht, wenn man versucht, ihn zu verbiegen. Ich bin schockiert, als er sich Richtung Bar wendet und ich undeutlich das eindeutig teure Designerlabel entdecke, das auf dem Rücken des passenden Shirts angebracht ist. Noch überraschter bin ich, als er einen

Packen Geldscheine von der Größe einer Klopapierrolle aus der Tasche zieht und unsere Drinks bezahlt.

»Ist der etwa ein Dealer oder so was in der Art?« frage ich und beobachte mit offenem Mund, wie er einen Zwanziger aus dem Bündel herauszieht.

»Wer wird sich denn gleich so vorwurfsvoll anhören, Lex? Nur, weil er ein bißchen seltsam aussieht, heißt das noch lange nicht, daß er mit Koks dealt. Wenn du es genau wissen willst: Er ist selbständig.«

»Und was macht er? Orgien veranstalten? Organisiertes Verbrechen?«

»Er baut Möbel, sehr schöne Möbel sogar. Hauptsächlich Reproduktionen. Für einige seiner Stücke hat er eine Warteliste von zwei Jahren.«

Skid schnappt das Ende dieser Unterhaltung auf.

»Ich arbeite gerne mit meinen Händen, Mann.« Er fixiert mich mit seinen blaßblauen Augen. und läßt dann den Blick wieder abschweifen. »Ich weiß, jeder denkt, daß Holz irgendwie ... tot und starr ist ... aber das stimmt nicht. Es ist weich, wie Samt. Wenn man es liebt, kann man es formen, und wenn man ruhig genug ist, kann man es atmen hören.«

»Hm ... wie tiefsinnig«, antworte ich und kann nicht umhin, ihn anzugrinsen wie jemand, der gerade in einem Einkaufscenter von einem Geistesgestörten um eine Zigarette angeschnorrt wurde und jetzt nicht weiß, wie er damit umgehen soll.

Der DJ unterbricht die Funkmusik und legt die Village People auf.

»Whoah ... cooler Song. Willste vielleicht tanzen?« Er wendet sich Emma zu.

Skid sieht nicht aus wie ein Typ, der zu YMCA tanzen würde. Aber einmal mehr merke ich – schließlich lerne ich recht schnell – daß man einen Skidmark nicht nach seinem Aussehen beurteilen sollte.

»Klar.« Emma stellt ihre Flasche weg.

»Kommst du, Al?« Augen und Haare drehen sich wieder zu mir.

Ich verbeiße mir Emmas Standardantwort auf diese doppeldeutige Frage, die da lautet: »Nein, das sieht nur so aus, weil ich gerade so stehe«, und schüttele den Kopf. »Ich glaub, bei dem Lied setze ich mal aus, danke.«

Skid hält Emma die Hand hin.

»Ich glaube, der könnte mit ziemlicher Wahrscheinlichkeit Nummer eins auf meiner Liste werden«, flüstert sie, als er sie wegzieht.

»Bist du sicher? Ich weiß ja, daß du auf schräge Typen stehst, da braucht man sich nur Theo anzusehen, aber dieser Typ ist ein Fall für sich. Und ein bißchen nahe an zu Hause ist er auch, oder?«

»Theo und ich sehen uns nicht mehr. Also bin ich frei und kann tun und lassen, was ich will.«

»Und das bedeutet, daß du mit einem Kerl ins Bett gehst, der dauernd so aussieht, als ob er zu einer Verkleidungsparty will?«

»Ich hab dir doch schon gesagt, daß das Aussehen nicht so wichtig ist. Skid ist echt lustig, und Humor kann unglaublich sexy sein.«

Emma und er verschwinden in der Menge, die auf der Tanzfläche schon wild mit den Armen gestikuliert.

»Und dann war's nur noch eine«, murmele ich vor mich hin und nehme einen tiefen Zug von meinem Budweiser.

Nach etwa dreißig Sekunden beschließe ich, daß es besser gewesen wäre, mit ihnen zu gehen. Ich mag es nicht, in so einem Club allein rumzustehen. Dann fühle ich mich so verletzlich. Wahrscheinlich sollte ich jetzt besser die Menge nach geeigneten Männern absuchen, schließlich handelt es sich hier ja um einen Wettkampf, und die beiden anderen gewinnen mir gegenüber an Vorsprung.

Ich bewege mich in Richtung Tanzfläche.

Alle grölen gleichzeitig *»Young man«* und reißen die Arme in die Höhe.

Ich beschließe, daß es an der Zeit ist, mal wieder die Toiletten aufzusuchen.

Als ich mit frisch nachgezogenen Lippen zurückkomme – zu viel mehr reicht es dank Rens hartherziger Beschränkung meiner Schminkutensilien ja nicht –, ist die Musik glücklicherweise wieder zu dem üblichen Mix aus Dance, Garage und Funk zurückgekehrt, mit dem ich vertraut bin. Ich hole mir noch was zu trinken und wende mich dann wieder der Tanzfläche zu, um nach Emma und Ren Ausschau zu halten.

Ein schräger Typ kreuzt vor mir auf, packt mich am Arm und versucht, mit mir zu tanzen.

»Verpiß dich!« blaffe ich.

Und das macht er dann auch.

Shit! tadele ich mich selbst. Schließlich wird von mir erwartet, daß ich jemanden aufreiße. Das war ein potentieller One-Night-Stand und ich habe ihn geradewegs abblitzen lassen, ohne überhaupt nachzudenken. Er war eigentlich ganz süß.

Es hilft nichts, spontan ist mir nun mal nicht danach, auszugehen und mir einen Mann zu angeln, sondern danach, ihnen allen mit einem großen Knüppel eins überzuziehen wie eine keusche Jungfrau.

Da kann ich auch gleich nach Hause gehen. Emma ist nirgends zu sehen, und als ich Serena schließlich entdecke, scheinen ihre Lippen auf denen von Nicky Taylor festzukleben. Siamesischen Zwillingen gleich kleben ihre Münder seit der letzten halben Stunde aneinander. Wie sie es schaffen, mit festgesaugten Lippen zu tanzen, weiß ich auch nicht. Aber sie kriegen es hin, es sieht sogar ziemlich souverän aus. Aber Serena kann auch wirklich gut tanzen. Sie gehört zu den Glücklichen, die es anscheinend schaffen, mit der Leichtigkeit eines gut geschmierten Dödels, der ins Heiße, Warme und Feuchte flutscht, in den Rhythmus der Musik zu rutschen. Meiner Meinung nach hat sie definitiv ihre Nummer eins an der Angel. Die Art, wie sie ihre Körper aneinander reiben, läßt vermuten, daß Serena – wenn sie nicht noch vollständig angezogen wären – gerade mitten auf der Tanzfläche dabei ist, ihrer Liste einen Strich hinzuzufügen.

Ich sehe auf die Uhr. Es ist inzwischen ein Uhr früh. Ich wäre schön blöd, wenn ich bis drei Uhr hier rumhängen würde. Ich bin völlig fertig, und aus irgendeinem Grund fühle ich mich jetzt ganz schön besoffen. Wahrscheinlich hat die Müdigkeit den Alkohol voll zur Wirkung gebracht. Mein ganzer Körper schreit nach Schlaf, bis auf meinen Magen, der nach einem dieser fettigen, salmonellenverseuchten Burger lechzt, die es draußen an den Imbißständen gibt. Das bedeutet, daß ich eindeutig *viel zu viel* getrunken habe.

Ich beschließe, rauszugehen und ein Taxi zu rufen, und wanke in Richtung Garderobe, um meinen Mantel zu holen.

»Hi, Sexy Lexy«, sagt eine vertraute Stimme, als ich an der vorletzten Bar des Clubs vorbeistapfe. »Du gehst doch nicht etwa schon?«

Ich drehe mich um und finde mich Angesicht in Angesicht mit Laurence Chambers wieder, oder sollte ich vielleicht Lüsterner Larry sagen, wie wir ihn im Büro nennen. Larry ist ein hohes Tier, er arbeitet als Anwalt für Verleumdungsklagen bei der Zeitung, für deren Sonntagsmagazin ich schreibe. Ein geschwätziges, schleimiges Schlitzohr. Im Moment fläzt er sich gerade an der Bar rum, und sein Romeo-Gigli-Anzug sieht cool und teuer aus. Ich muß wohl durch das Bier ganz schön vernebelt sein, denn eigentlich gehört er zu den Leuten, denen ich nicht mal im Traum begegnen will, aber plötzlich finde ich ihn ganz attraktiv.

»Doch, eigentlich schon«, antworte ich auf seine Frage und wanke verdächtig in meinen geborgten Pumps, als ich abrupt anhalte.

»Das ist aber schade«, sülzt er. »Ich bin gerade erst gekommen, und die attraktivste Frau in diesem Laden will schon gehen. Die Frau meines Lebens. Geh nicht, Alex. Trink doch noch was mit mir. Ich verbringe gerade einen Männerabend, und in unserer Runde gibt's zuviel Testosteron. Wir brauchen ein bißchen weibliche Zuwendung.«

Einen Moment lang zögere ich.

»Na los, Alex… laß uns was trinken«, versucht er mich zu überreden.

Ich blicke zurück auf die Tanzfläche, und plötzlich sehe ich Emma. Sie tanzt immer noch mit Theos Freund, der sich wie ein Relikt aus den Siebzigern bewegt, und das zu einem Lied, bei dem wirklich ein funky Hüftschwung angebracht wäre. Als sie mich entdeckt, lächelt sie, winkt und deutet auf die Uhr. Mit den Lippen formt sie die Worte: »Noch zwanzig Minuten, okay?«

Offensichtlich hat sie ihre Meinung darüber, Skidmarks Beischlaffähigkeiten zu testen, geändert.

»Nur ein Gläschen, hm? Wie wär's?« ermuntert Larry mich.

Er winkt mit zwei Champagnerflaschen zu mir herüber.

»Okay.« Ich zucke die Achseln. Was habe ich schon zu verlieren? Jetzt muß ich sowieso auf Emma warten. Da kann ich auch den Champagner anderer Leute schlürfen, während ich das tue, selbst wenn der Lüsterne Larry einer von ihnen ist.

Er bedeutet mir, zwei weitere Flaschen von der Theke zu nehmen und geleitet mich dann quer durch den Nachtclub zu einer abgedunkelten Ecke. Durch einen Schleier aus Trockeneis und Zigarettenrauch kann ich eine Gruppe von Männern in Anzügen erkennen, die auf den weichen, samtblauen Sofas rumhängen, sich einen hinter die Binde kippen und dabei Gespräche über alles und nichts führen. Sie lachen und lästern, doch das alles ist kaum hörbar bei der Musik.

»Kleiner Betriebsausflug«, erklärt Larry knapp. »Komm,und setz dich zu den Haien.« Er überläßt die Hälfte seiner Champagnervorräte einem anderen Schlipsträger, greift nach meinem Arm und führt mich durch die Ansammlung zu einem Sofa, das an der Rückwand steht. Ich werde zwischen zwei Typen plaziert, deren Hugo-Boss-Anzüge fast identisch aussehen.

»Nachschub, endlich. Ich hab seit mindestens ... äh, mal sehen ... vierzig Sekunden nichts mehr zu trinken bekommen.« Der blonde Typ zu meiner Linken grölt vor Lachen angesichts des eigenen Mangels an Witz, konfisziert eine der Flaschen und fängt an, sie umständlich und mit überflüssigem Eifer zu öffnen. Der Korken schießt in Richtung Tanzfläche davon und klatscht irgendeinem unschuldigen, ahnungslosen Tänzer an den Hinterkopf.

Larry läßt sich auf einem Platz mir gegenüber nieder und nimmt meine Knie mit seinen langen Beinen in die Zange.

»He, Marcus«, sagt er und übt gebieterisch Druck auf meine Knie aus, »das ist Alex Gray. Sie schreibt für die Zeitung. Alex, das ist Marcus Wentworth.« Er zeigt auf den blonden Deppen, der mir plump zublinzelt, ein Glas Champagner reicht und mir zunuschelt: »Hallo, Süße.«

»Und hier, ob du es glaubst oder nicht, haben wir noch mal Alex – Alexander Pinter«, fährt Larry fort. Der Typ zu meiner Rechten lehnt sich vor und hält mir seine Hand hin. Er scheint nicht ganz so betrunken zu sein wie der Rest der Gruppe.

»Hi, Alex. Also, Redakteurin bist du?«

»So wahr mir Gott helfe, ja.«

»Na, na«, meint er süffisant. »Das glaube ich nicht. Du siehst viel zu gut aus für so einen Schreiberling.«

Ich bin betrunken genug, um mich von solch plumpen Komplimenten geschmeichelt zu fühlen. Außerdem ist dieser Alex Pinter auch noch ziemlich süß. Entweder ist er es wirklich, oder mein vom Bier vernebelter Blick kriegt einen rosigen Champagnerstich.

»Wenn das nicht ein gutes Omen ist, daß wir beide Alex heißen …« Er rutscht näher zu mir herüber und füllt mein noch fast unberührtes Glas erneut.

»O ja, ungefähr so gut wie der Horrorfilm *Omen*«, unterbricht eine Stimme. »Hi, ich bin Tony.« Der Eigentümer dieser Stimme gleitet aus dem Schatten heraus und hält mir eine gepflegte Hand hin. »Larry hat sich nicht damit aufgehalten, uns vorzustellen. Die schönsten Frauen reserviert er immer für sich.«

»Zisch ab, Tony.« Alex legt eine Hand auf mein Knie und grinst den Italiener mit der olivbraunen Haut an.

»Larry hat ihn aus einem ganz bestimmten Grund nicht vorgestellt«, er tut so, als ob er mir ins Ohr flüstern will, stellt aber sicher, daß sein Kollege alles mithört. »Er ist ein richtiger Hurensohn, ein Wolf im Wolfspelz. Er gehört zu der Art von Männern, vor denen dich deine Mutter immer gewarnt hat.«

»Klar.« Tony grinst und zeigt dabei erstaunlich wohlgeformte, strahlend weiße Zähne. »Und *er* ist die Art Mann, die deine Mutter schlagen würde, sobald du den Raum verlassen hast! Halt dich von ihm fern, Alex.« Er quetscht sich auf das Sofa, zwischen mich und Marcus Wentworth, der das Gesicht auf seinen Arm hat sinken lassen. Sabber läuft ihm seitlich aus dem Mund und tropft auf die samtblauen Polster.

»Halt dich nur an mich.« Er legt die Hand auf mein anderes Knie, schenkt mir wieder nach, auch wenn das Glas noch fast voll ist, und reicht es mir. »Ich kümmere mich um dich.«

Ich kippe den Champagner runter und schaue in überschwenglicher Freude von rechts nach links. Ein sexy Mann zu meiner Linken, ein sexy Mann zu meiner Rechten. O, welch ein Tag. Vielleicht ist dieser Jux mit dem Aufreißen doch gar nicht so schwer?

»Ähm … entschuldigt bitte … aber Alex ist hier, um mit mir was zu trinken, stimmt's, Süße?«

Larry lehnt sich nach vorne und füllt nach, was ich gerade getrunken habe. »Denkt bitte daran, okay?«

»Willst du dich jetzt etwa aufspielen, Laurence?« Der männliche Alex lehnt sich nach vorne und verharrt Auge in Auge mit dem Lüsternen Larry. »Du hast nur im Büro was zu sagen, das weißt du genau. Außerhalb der Arbeitszeit kannst du dir nicht auch noch die Rosinen aus dem Kuchen picken.«

Wow! Um mich wird gekämpft. Eine ganz neue Erfahrung für mich. Ich weiß zwar, daß sie sich nur gegenseitig aufziehen, aber es ist trotzdem ganz nett. Es tut ziemlich gut, von attraktiven Männern umgeben zu sein, die alle um meine Aufmerksamkeit buhlen und flirten, als hätten sie einen Auftrag zu erfüllen. Plötzlich fällt mir mein eigener Auftrag wieder ein. Vielleicht ist das Ganze doch nicht so schwierig. Alex ist süß, und Tony ist ... na ja ... eben auch süß. Was für ein Dilemma. Statt einem erfolglosen Abend habe ich plötzlich einen doppelten Erfolg zu vermelden.

Innerhalb einer halben Stunde habe ich zweimal mit Larry getanzt, viermal mit Alex und dreimal mit Tony, der zehn von zehn möglichen Punkten in Sachen Hartnäckigkeit verdient hat, und null von zehn für die Kontrolle über seine Hände – immer wieder gleiten sie unter meinen Rock, so als ob sie magnetisiert und meine Pobacken aus Metall wären. Widerstrebend wurde ich noch mehr Männern in Anzügen vorgestellt, die einer nach dem anderen wie identische Karnickel aus einem Hut auftauchen. Ich habe mehr Telefonnummern gesammelt als das örtliche Telefonbuch aufzuweisen hat, ich habe eine der Champagnerflaschen fast allein geleert, und Emma ist ein vergessenes Gesicht in der tanzenden Menge.

Schließlich schaffe ich es, Tony, dem wildgewordenen Handrover, zu entkommen und plumpse neben Larry auf das Schmusesofa.

»Da bist du ja«, raunt er. »Ich hab schon gedacht, Tony hätte dich von mir weggelockt. Wie wär's mit noch einem Gläschen Champagner, Darling?«

Er lächelt mir verführerisch zu und füllt mein Glas nach. Ich nehme einen großen Schluck und kichere, als die Perlen durch meine Kehle rinnen. Ich habe gar nicht bemerkt, wann es damit losging, aber jetzt hat Larry eine Hand in meinem Nacken liegen und reibt mit einem Daumen sanft über die empfindliche Haut, wobei er sein Bein fest gegen meines preßt.

»Weißt du«, ich lasse den Champagner noch einmal über meine Zunge perlen und lächele dann den Lüsternen Larry durch einen warmen Alkoholschleier selig an, »dieses Zeug muß verdammt gut sein ... Ich fand immer, daß du ungefähr so attraktiv bist wie ein Stück Hundescheiße, aber jetzt ...« Ich proste ihm mit dem Glas zu, »... ich würde mal sagen, jetzt, du Lüsterner Larry, du alter Schwerenöter, finde ich dich richtig sexy.«

Ich bin tot. Mir tut alles weh. Mein Kopf ist von einer Dampfwalze plattgedrückt worden. Irgend jemand hat meine Zunge am Gaumen festgeschweißt. Es muß kalt sein, denn mein Körper zittert wie ein verängstigter Windhund. Warum aber schwitze ich dann und bin so furchtbar erhitzt? Ich versuche, die Augen zu öffnen, doch über Nacht haben sich meine Wimpern in Reißverschlüsse verwandelt – in kaputte Reißverschlüsse, bei denen die kleinen Metallzähne fest ineinanderhaken. Ich weiß, was passieren wird. Sobald ich es geschafft habe, meine Augen mit Gewalt zu öffnen, werde ich eine nette Krankenschwester im gestärkten, blauen Kittel erblicken, die sich lächelnd über mich beugen und mir die fiebrige Stirn abwischen wird. Ich muß in einem Krankenhaus sein. Man kann sich nicht so schlecht fühlen und *nicht* in einem Krankenhaus sein.

Ich öffne die Augen. Keine Krankenschwester, kein Aspirin, nichts von alledem.

Ich schließe die Augen wieder. Das Bruchstück einer Erinnerung gleitet aus dem nebeligen Walddickicht, dem mein Gehirn im Moment gleicht, hüpft fröhlich über eine sonnenüberflutete

Lichtung und ruft mit kindlich trällernder Stimme: »Nachtclub, Nachtclub, Nachtclub«.

Ah, genau. Da war ich. Und wo bin ich jetzt? Ich versuche, die Augen wieder zu öffnen. Ich glaube fast, ich bin in diesem Club umgekippt. In meinem Kopf klingt noch das Dröhnen der Bässe nach, und zwei Discokugeln drehen sich da, wo einmal meine Augäpfel waren. Meine Augen drehen sich weiter, ich bin vom Licht geblendet, aber schließlich sehe ich klar genug, um zu erkennen, daß ich nicht mehr in dem Club bin. Ich befinde mich in einem großen Bett in einem mir gänzlich unbekannten Schlafzimmer. Hastig erfasse ich den ganzen Raum, während mein Körper sich versteift und reglos liegenbleibt. Zuerst registriere ich die verspiegelte Decke, dann ein Meer aus cremefarbenem Plüsch, dann die zerknitterten Laken, in die mein nackter Körper gehüllt ist.

Nackter Körper? Huch! Ich habe nichts an. Ich bin splitterfasernackt, ich liege in einem fremden Bett und plötzlich habe ich die grausige Erkenntnis, daß alles sogar noch schlimmer ist, denn neben mir befindet sich noch etwas im Bett.

Dieses »Etwas« liegt fest schlafend neben mir, schnarcht leise mit offenem Mund, und das durch die Jalousien einfallende Sonnenlicht hebt die Falten auf diesem Gesicht, das Ende Vierzig oder so ist, hervor.

Ich liege mit Larry in einem Bett.

Gerade so kann ich den Schrei unterdrücken, der in meiner Kehle aufsteigt wie bei einem Lemming, der dem Selbstmord entgegengeht.

Gütiger Himmel! Was habe ich bloß angestellt?

Trotz der Tatsache, daß ich vergessen habe, wie man seinen eigenen Körper bewegt, habe ich noch den Reflex, aus diesem Bett zu entkommen. So schnell habe ich mich noch nie in meinem Leben bewegt.

Meine Klamotten führen in einer Spur vom Bett weg und aus

dem Zimmer heraus. Ich stolpere aus dem Bett und folge dieser Spur bis in ein großes Wohnzimmer, wobei ich einen umgekehrten Striptease hinlege. Auf diese Weise arbeite ich mich bis zu einem großen, beigen Sofa aus Veloursleder vor, wo mir dann nur noch ein Strumpf und die Schuhe fehlen. Die stehen unter einem gläsernen Couchtisch im Art-Deco-Stil, auf dem sich meine Minitasche, zwei Gläser, eine angebrochene Flasche Pouilly Fuisse und ein angebissener Hamburger befinden. Der Strumpf hängt über einer Aphrodite, die auf einem Tischchen in einer Ecke des Zimmers steht, so als ob er im Eifer des Gefechts ausgezogen und achtlos beiseite geworfen worden wäre.

Als ich wieder von Kopf bis Fuß bekleidet bin, ist mein einziger Wunsch der, so schnell wie möglich von hier wegzukommen, bevor dieses Dorndistelchen erwacht.

Ich würde mir ja ein Taxi rufen, aber ich weiß noch nicht mal, wo ich bin. Eine ganze Wand des Wohnzimmers besteht aus getöntem Glas, durch das man die grünen, trägen Fluten der Themse sehen kann. Ich muß also irgendwo in den Docklands sein.

Ein Ächz-Grunz-Schnarch-Geräusch, das aus dem Schlafzimmer ertönt, schlägt mich endgültig in die Flucht.

Leise ziehe ich die Tür hinter mir ins Schloß und lande in einer von Topfpflanzen heimgesuchten Halle, deren Teppichbelag flauschiger ist als der Schoßhund meiner Mutter. Ich warte auf den Aufzug und darauf, daß Larry jeden Moment erwacht und nach einem Frühstück im Bett verlangt.

Unten angekommen krieche ich aus dem Fahrstuhl. Das Atrium gleicht einem Dschungel aus Glas. Der freundliche Portier erbarmt sich meiner, ruft von seiner kleinen Loge aus ein Taxi und lädt mich ein, eine Tasse Tee mit ihm zu trinken, während ich warte.

»Eine lange Nacht, was?« fragt er mit einem Blick auf meine zitternden Hände, mein bleiches Gesicht und die schwarzen Ringe unter meinen Augen, die so groß sind, daß man damit Hoola-Hup spielen könnte.

»Das wüßte ich selber gar zu gern«, seufze ich und blase schwach über das starke, süße Gebräu, um es abzukühlen. »Aber von zwei Uhr an ist da nur noch ein großes, schwarzes Loch.«

Emma erwartet mich bereits. Sie steht oben an der Treppe, hat die Hände in die Hüften gestemmt und ein verdrießliches Gesicht aufgesetzt.

»Wo, zum Teufel, bist du letzte Nacht abgeblieben?« knurrt sie und bricht dann, angesichts meines gekränkten Aussehens, in schallendes Gelächter aus.

»Du brauchst die Polizei jetzt nicht mehr anzurufen, Ren. Aschenbrödel ist vom Ball zurückgekehrt.«

»Ich geh jetzt duschen und dann geh ich ins Bett.« Mit viel Mühe schleppe ich mich die Treppe rauf und versuche, an ihr vorbei in mein Zimmer zu kommen.

»O nein, das wirst du nicht, meine Liebe. Die Verwandlung in eine graue Maus findet eigentlich um Mitternacht statt, nicht am Mittag.« Emma sieht auf die Uhr. »Wir wollen die ganze Wahrheit über letzte Nacht. Wo warst du, verdammt noch mal? Wir haben uns riesige Sorgen gemacht.«

»Frag erst gar nicht.« Ich schüttele den Kopf, halte aber schnell inne, weil es zu sehr schmerzt.

Serena kommt aus der Küche, das blonde Haar zu einem Knoten hochgesteckt, lässig in Jeans und Sweatshirt gekleidet. Sie sieht viel zu frisch aus für jemanden, der letzte Nacht bis drei Uhr früh getanzt und gesoffen hat.

»Wo hast du gesteckt?« Die Art, wie sie die Arme um mich schlingt, verrät ihre Besorgnis und schüttelt mein ohnehin schon geschrumpftes Hirn so durch, daß es sich in eine Ecke meines Schädels kauert wie ein Welpe, der bestraft wurde.

»Ich weiß nicht, wo ich war«, nuschele ich. »Aber ich weiß, wo ich jetzt hingehe, und das muß im Augenblick reichen. Ich gehe ins Badezimmer.«

In Emmas Badezimmer, das jeden erdenklichen Luxus aufzuweisen hat, dafür aber wahnsinnig unordentlich ist – zahllose Flaschen mit allem, was man sich für seinen Körper jemals erhoffen und erträumen kann, nehmen die Regale, die Ablage der Wanne und das Fensterbrett ein –, ziehe ich meine Kleider einmal mehr aus und werfe sie eiligst in den Korb, den wir für unsere Schmutzwäsche verwenden.

Dann schleppe ich mich unter die Dusche, schließe die Augen und bleibe wie festgenagelt zehn Minuten lang unter dem Strahl heißen Wassers stehen. Schließlich bringe ich die nötige Energie auf, mich einzuseifen und mein verklebtes, nach Rauch stinkendes Haar zu waschen.

Während ich mich von den heißen Wasserstrahlen durchkneten lasse wie von einem kräftigen Shiatsu-Masseur mit spitzen Fingernägeln, muß ich dann doch der Tatsache ins Auge sehen, die ich bis jetzt versucht habe zu verdrängen.

Ich hatte meinen ersten One-Night-Stand – und ich kann mich an rein gar nichts erinnern, was ein ziemlicher Segen ist in Anbetracht der Tatsache, daß er mit dem Lüsternen Larry stattgefunden hat.

Ich sollte mir verändert vorkommen, statt dessen ist mir speiübel.

Ich verlasse die Dusche, hülle mich in ein flauschiges Handtuch und gehe in mein Zimmer, wo ich mich vor den großen Spiegel neben dem Kleiderschrank stelle. Ich lasse das Handtuch fallen, so daß ich nackt dastehe. Ich komme mir nicht verändert vor, und ich sehe auch nicht verändert aus. Keine verräterischen, fingergroßen Quetschungen, keine leidenschaftlichen Kratzspuren. Vielleicht ist gar nichts passiert, denke ich hoffnungsvoll. Ja, klar. Ich lag nackt im Bett neben diesem Lüstling Larry Chambers, und er soll sich das entgehen lassen? Das wäre ungefähr so, als ob die Biene Maja an einer Schale mit Sirup vorbeifliegen würde. Das kann ich nicht glauben. Nachdem ich eine Jeans und ein Sweatshirt angezogen habe, verwende ich so viel Zeit wie möglich darauf, mein Haar zu fönen, bevor ich den Mut aufbringe, meinen Freundinnen gegenüberzutreten.

Serena ist gerade dabei, das Sonntagsessen zu kochen. Sie steht am Herd und rührt eine Käsesoße, passend zu dem großen Blumenkohl, der gerade in einem Topf vor sich hin kocht. Emma sitzt am Küchentisch, schält Erbsen in eine Schüssel, trinkt dazu ein Glas australischen Wein und liest die Sonntagszeitung. Die Fenster sind beschlagen, und der ganze Raum ist aufgeheizt vom Kochen.

Sie blickt auf, als ich hereinkomme, und lächelt.

»Na, wie geht's, Babe?«

»Mies«, antworte ich, greife mir ein Glas vom Regal und schenke mir etwas Rotwein ein. Auf halbem Weg zum Mund steigt mir der schwere Geruch vergorener Trauben in die Nase, was beinahe einen Brechreiz auslöst.

»Willst du einen Kaffee?« fragt Serena, die mich teilnahmsvoll und amüsiert beobachtet.

Sie lassen mir einen Moment Zeit, um mich wieder zu fangen, bevor sie vorsichtig zur Sache kommen.

»Also ... gibt es irgend etwas, was du uns vielleicht erzählen möchtest?« Emma schiebt sich eine ganze Erbsenschote in den Mund und kaut.

»Nööö«, murmele ich und tue so, als würde ich den Comic in Emmas Zeitung lesen.

Wieder schweigen sie für kurze Zeit.

Plötzlich halte ich es nicht mehr aus, stehe auf und stochere in dem Hähnchen herum, das fröhlich im Backofen vor sich hin brät und allmählich einen wunderbar goldenenen Braunton annimmt. Ich will nur etwas tun, um das Gefühl zu haben, ihren freundlichen, fragenden Blicken entkommen zu sein.

Serena reicht mir einen Becher Kaffee.

»Also, *ich* habe etwas zu beichten, selbst wenn das bei dir nicht der Fall ist.« Sie grinst und hebt spielerisch die Augenbrauen.

»Du hast doch nicht etwa –?!« Emmas Mund springt auf wie eine der Erbsenschoten. »Aber du bist doch letzte Nacht mit mir nach Hause gekommen, und ich weiß genau, daß du allein geschlafen hast …«

»Es gibt ja auch noch andere Orte als das Schlafzimmer.« Serena grinst, dreht sich wieder zum Herd und wendet die Kartoffeln.

»Zum Beispiel?« platzt Emma heraus.

»Die letzte Kabine auf dem Damenklo im Chill-Out-Bereich.« Sie streicht sich das lange Haar aus dem Gesicht und lacht lautstark. »Jetzt guck doch nicht so schockiert«, sagt sie zu Emma, bevor sie sich wieder der Soße zuwendet. »Ich habe dort einen gewissen langhaarigen Liebhaber aus Hampstead Heath heute morgen um sieben mit den Schuhen in der Hand rausschleichen sehen.«

Emma sagt nichts, grinst dezent in ihr Weinglas und schaut dann erwartungsvoll in meine Richtung.

»Erzählst du uns jetzt, wo du über unsere Eskapaden so genau Bescheid weißt, was du letzte Nacht getrieben hast? Oder sollte ich fragen, mit *wem* du es getrieben hast?«

Ich schüttele den Kopf und lasse mich wieder auf den Stuhl am Küchentisch gleiten, wobei ich die Kaffeetasse wie ein Plüschtier an mich gedrückt halte.

»Ich wünsche mir wirklich, ich könnte es sagen«, seufze ich, »aber dummerweise habe ich einen völligen Blackout. Das Letzte, woran ich mich erinnere, ist, daß ich im Club mit Larry Chambers und einigen seiner Kumpel Champagner getrunken habe …«

»Du meinst, mit dem Lüsternen Larry, dem Anwalt?« unterbricht Emma mich und zieht eine Grimasse.

»Genau der.« Ich seufze erneut und atme tief und heftig aus. »Soweit ich mich erinnern kann, hatte ich ziemlich viel Spaß. Er ist ja vielleicht ein Arschloch, aber er arbeitet mit ein paar ganz schnuckeligen Typen zusammen. Na, egal. Ich kann mich noch vage daran erinnern, daß ein paar von uns nach draußen gegangen sind, um ein Taxi zu rufen. Das ist alles. Zumindest bis heute morgen beim Aufwachen ...« Meine Stimme versagt.

»Und?« kommt es wie aus einem Mund.

»Und ich war total splitterfasernackt, und Larry, der Lüstling, lag schnarchend neben mir. Noch was?« blaffe ich. Die Scham läßt mich aggressiv werden.

Diese zwei Hühner fangen beide zu lachen an.

»Es hätte schlimmer kommen können. Du hättest mit Larry und all den anderen im Bett aufwachen können«, prustet Serena und hält sich dann die Hand vor den Mund, um angesichts des kläglichen Anblicks, den ich biete, nicht noch mehr zu lachen.

»Wie konntest du nur mit diesem Lüstling ins Bett gehen, Alex?« Emma schüttelt verzweifelt den Kopf.

»Wie kannst du mit jemandem ins Bett gehen, der Skidmark heißt? Allein der Name verdirbt einem ja schon die Lust«, kontere ich.

»Er sieht unglaublich gut aus.«

»Ich bin überrascht, daß du das sagen kannst. Alles, was ich gesehen habe, war eine Menge wirres Haar.«

»Ach, aber wir sind besonders stolz auf unsere eigene Eroberung von letzter Nacht, stimmt's?« fragt Emma sarkastisch. »Meiner war wenigstens jung genug, um noch seine volle Haarpracht zu haben.«

»Reife Männer sind doch gar nicht so verkehrt«, verteidige ich mich und versuche zu verdrängen, daß es eine ganze Menge Dinge an dem Lüsternen Larry gibt, die mehr als verkehrt sind.

»Nein, nur bestimmte reife Männer«, sagt Emma, so als ob sie meine Gedanken lesen könnte.

Laut lachend klappt Serena eine der Küchenschranktüren auf. An der Innenseite sind eine Kinderschiefertafel und ein Stück Kreide an einer Kordel befestigt. Auf die linke Seite der Tafel hat Serena fein säuberlich unsere Namen geschrieben: Ems, Ren, Lex.

»Schaut mal, was wir da haben.« Sie grinst. »Ich dachte, wir könnten sie benutzen, um Buch zu führen.«

»Können wir den Punktestand bitte an der Küchentür haben, Miss Simmons?« sagt Emma mit der gepflegten Stimme eines Showmasters im Fernsehen. »Für dich bedeutet das viel mehr als nur eine Gelegenheit, meine liebe Alex, trotz der unglücklichen Partnerwahl, also solltest du den Vortritt haben.«

»Ich weiß nicht, ob es zählt«, sage ich kleinlaut. »Erstens kann ich mich – Gott sei Dank – an nichts erinnern, und zweitens besagen die Regeln ja ganz klar, daß wir diejenigen sind, die jemanden aufreißen. Ich habe aber den schrecklichen Verdacht, daß ich diejenige war, die sich an der Nase hat herumführen lassen wie ein Lamm auf dem Weg zur Schlachtbank.«

»Du solltest nie zuviel durcheinander trinken, genauso, wie du nie Metaphern durcheinanderbringen solltest.« Serena kichert. »Was meinst du, Ems? Soll sie ihn haben oder nicht?«

»Ich sehe nicht, was dagegen spricht«, stimmt Emma großmütig zu. »Schließlich machen wir alle mal einen Fehler, oder?«

Serena macht einen Strich neben meinem Namen, einen neben ihrem und einen neben Emmas. »Einer für jeden«, verkündet sie. »Gleichstand. Bisher also unentschieden, Mädels. Jetzt kanns nur noch vorwärts und ständig aufwärts gehen.«

»Sollte das nicht eher vorwärts und auf*recht* heißen?« Emma grinst breit.

Der Kater dauert bis Sonntag abend, aber das Gefühl der Erniedrigung bleibt noch eine ganze Weile länger. Am Montag morgen kehre ich an die Arbeit zurück und schleiche durch die Büroräume von *Sunday Best* wie ein illegaler Einwanderer, der darauf wartet, geschnappt zu werden. Und wenn ich es einmal wage, in die äußeren Bezirke und den Rest des Gebäudes, wo die Schreiberlinge für die eigentliche Zeitung arbeiten, vorzudringen, dann fange ich an, mich wie Tom Cruise in *Mission Impossible* zu verhalten – ich schlüpfe von Türrahmen zu Türrahmen und nutze jede dunkle Ecke aus. Glücklicherweise kommt Larry nicht besonders häufig in das Gebäude. Gegen Ende der Woche läßt der Alptraum langsam nach, ich fange an, mich ein wenig zu entspannen. In der morgendlichen Kaffeepause beschließe ich, mir zum Kaffee eine Portion Maßlosigkeit zu gönnen. Also marschiere ich in Richtung Kantine, um meine Cholesterinwerte aufzufrischen.

Gerade begutachte ich die Reihen voller kalorien- und fetthaltiger Gebäckstücke und versuche mit einer Zange, einen besonders widerspenstigen Doughnut einzufangen, als mich eine Stimme von hinten anspricht.

»Hi, Sexy Lexy.«

Ich zucke zusammen. Larry steht so dicht hinter mir, daß ich seinen warmen Atem beim Sprechen im Nacken spüren kann.

»Du solltest so was nicht essen. Das ruiniert die Figur, und du würdest doch nie etwas tun, das etwas so Wunderbares zerstören würde, oder?« Zärtlich fährt er mit einer Hand über meinen Arsch, was mich erneut zusammenzucken läßt. Der Doughnut, den ich gerade erfolgreich mit der Plastikzange erfaßt habe, schießt aus der Umklammerung und landet auf dem Boden. Durch die Marmelade, die aus den aufgeplatzten Seiten hervorquillt, erinnert das Ganze an einen Selbstmörder.

»Ach du lieber Himmel«, schnurrt Larry. »Jetzt sieh dir nur an, was wir da angerichtet haben. Aber mach dir nichts daraus, es wird schon jemand wegwischen. Wann soll ich dich heute abend abholen?«

»Wie bitte?«

»Ich dachte, wir könnten was unternehmen. Wie wärs mit einem Essen im *Estuary,* und anschließend fahren wir zu mir ... zum Nachtisch, hm?«

»Äh ... ich kann nicht, ich muß mir die Haare waschen heute abend.«

»Na, so eine armselige Ausrede habe ich ja noch nie gehört.«

Ich habe weder die Zeit, noch verfüge ich über genügend Geistesgegenwart, um darauf eine passende Erwiderung zu finden, also halte ich mich einfach an die schnöde Wahrheit.

»Ganz recht, Larry. Es war eine Ausrede. Ich will nicht mit dir ausgehen, weder heute noch an irgendeinem anderen Tag. Letzten Samstag hatte ich heftig einen in der Krone. Wäre ich nüchtern gewesen, wäre ich nicht mal bis auf zehn Meter in deine Nähe gekommen, klar?«

Zu meiner Überraschung grinst Larry weiter vor sich hin. »Aber ich dachte, zwischen uns wäre was gelaufen?« Er schürzt amüsiert die Lippen, so als wolle er ein unartiges, aber dennoch geliebtes Kind tadeln. »Wir hatten doch was miteinander, oder?«

»Yeah, Sex«, sage ich geradeheraus. »Aber Sex allein macht noch keine Beziehung aus.«

Ach du meine Güte! Jetzt zitiere ich schon Max. Ich werde zu einem Mann. Nein, schlimmer noch, ich werde zu einem Schwein! Ich sollte beschämt den Kopf hängen lassen, aber da überfällt mich dieses befremdliche Gefühl, ein Gefühl von – na, fast würde ich sagen Macht. Wären wir in einem Film, dann wären in diesem Moment grelle Blitze und verrücktes Lachen angebracht, während die Alex, die ich kenne, sich von dem sanften Dr. Jekyll in den schrecklichen Hyde verwandelt, in den Zerstörer der menschlichen Herzen.

Larry aber lächelt immer noch. Das ist ganz schön irritierend. »Tja, eigentlich nein. Hatten wir nicht.« Er grinst breit.

»Was?«

»Wir hatten keinen Sex.«

»Aber ...«

»Du bist umgekippt.«

»Echt?«

»Mehr Spaß, als dir die Klamotten auszuziehen und dich ins Bett zu bringen, war mir nicht vergönnt. Die Dessous aus roter Seide haben mir übrigens sehr gut gefallen.« Er sieht mich lauernd an. »Ach, das und deine Reaktion, als du dachtest, wir beide hätten ... ähm ... du weißt schon, ordentlich rumgebumst.« Er grinst anzüglich. »Keine Sorge, Alex. Das haben wir nicht. Aber ich kann warten.«

Er schlendert davon, die Hände in den Hosentaschen vergraben, und gesellt sich zu einer Gruppe Anzugträger in einer anderen Ecke des Raumes.

Er hat mich verarscht. Das Gefühl der Macht sinkt in sich zusammen wie ein Luftballon, in den man reinpiekst. Was bleibt, ist ein Aufstöhnen, ein Gefühl der Erniedrigung. Er hat mich drangekriegt, ich bin ein Trottel, und er weiß es. Das ist nicht nett.

Ich dachte immer, dieser Kerl ist ein Blödmann. Da lag ich aber völlig schief. Er ist kein Blödmann, er ist ein Arschloch der übelsten Sorte. Ein klebriger Wurm am Arsch der Menschheit! Du meine Güte, Männer sind solche beschissenen Schweine!

Ich sehe, wie er bei einer Gruppe kichernder Kumpel in der Ecke steht. Man braucht nicht viel Vorstellungskraft, um sich auszumalen, worüber sie gerade reden, insbesondere, weil das gedämpfte Wispern und die Lachsalven zu gegebener Zeit immer wieder von versteckten, verächtlichen Blicken in meine Richtung begleitet werden. Und da behaupten Männer, Frauen seien Lästermäuler!

Konnte der Tag noch schlimmer werden?

Ich rufe Emma an.

»Wir müssen uns zum Mittagessen treffen«, keuche ich verzweifelt.

Wir treffen uns in einer Weinstube, die so etwa auf halbem

Wege zwischen unseren Arbeitsplätzen liegt, weshalb wir regelmäßig zum Essen dorthin gehen. Eine dieser Kneipen, bei denen alles aus Holz ist, mit vielen Grünpflanzen, leisem Acid Jazz im Hintergrund und großen, schwarzen Tafeln anstelle von Speisekarten.

Ich komme ein paar Minuten vor ihr dort an und schaffe es tatsächlich, ein großes Glas Frascati fast ganz runterzustürzen, bis sie auftaucht. Als der Alkohol anfängt, mir den Magen zu wärmen und zu Kopf zu steigen, fange ich gerade mal an, mich ein bißchen zu entspannen. Nachdem ich von Larry in der Kantine bloßgestellt worden war, habe ich versucht, in die Abteilung des Gebäudes zurückzukommen, in der *Sunday Best* untergebracht ist. Dummerweise hat Larry beschlossen, mir zu folgen, und der ganze Vormittag war von dem Zeitpunkt an eine einzige Aneinanderreihung von Bemerkungen und Anspielungen. Und das Schlimmste daran ist, daß Larry trotz allem noch ein Auge auf mich geworfen hat.

Das ist doch unglaublich, oder? Er blamiert mich in Gegenwart aller anderen, denkt aber immer noch, ich würde bei einem Quickie im Kopierraum mitspielen.

Gegen halb zwölf erscheint ein Kurier mit einem Strauß Rosen. Anbei eine Karte. *»Mittagessen im La Scala um ein Uhr. In freudiger Erwartung, L.«*

Das war der Moment, in dem ich beschlossen habe, daß es am sichersten ist, das Gebäude zu verlassen und zu meiner besten Freundin und einer Flasche Wein zu fliehen – oder sollte das etwa meine beste Freundin sein, eine Flasche Wein?

»Es hätte schlimmer kommen können.« Emma muß immer versuchen, in allem etwas Positives zu sehen. »Jetzt weißt du wenigstens, daß du nicht mit dieser Runzel gebumst hast, und er kann auch kein totaler Miesling sein, sonst hätte er vielleicht einfach die Situation und den Zustand, in dem du offensichtlich warst, ausgenutzt.«

»Ich denke, nicht mal Larry ist nekrophil. Aber er hatte Gelegenheit, sich alles genau anzusehen, und nachdem er die Ware einmal gesehen hat, will er sie auch ausprobieren.«

»Das kann man doch auch als Kompliment auffassen, oder?«

»Könnte man, aber ich kann's verdammt noch mal nicht«, blaffe ich und stürze das zweite Glas Wein in einem Zug hinunter. »Warum denken Männer bloß immer, daß es ein guter Weg ist, eine Frau zu erniedrigen, um ihr an die Wäsche gehen zu können?«

»Möchtest du vielleicht was essen zu deinem flüssigen Mittagsmahl?« fragt Emma mit vor Sarkasmus und Sorge triefender Stimme.

Ich schüttele den Kopf. »Mir ist völlig übel«, antworte ich.

»Das überrascht mich nicht. Wenn man einmal die Menge Alkohol berücksichtigt, die du in den letzten Tagen in dich reingeschüttet hast ... Vom Wein allein kann man nicht leben.«

Ich versuche, diese Theorie zu widerlegen, indem ich den Kellner um eine zweite Flasche bitte.

»Du kommst zu spät zurück zur Arbeit!« Emma schürzt die Lippen.

»Wen kümmert das schon?« antworte ich scharf. »Außerdem werde ich gar nicht zurückgehen«, fahre ich entschieden fort. »Nie mehr«, füge ich dann noch theatralisch hinzu.

»Nie mehr? Ist das nicht ein bißchen übertrieben?«

»Vielleicht nicht gerade nie mehr, aber heute gehe ich nicht wieder hin. Ich brauche eine Therapie. Ich gehe einkaufen. Kommst du mit?«

»Leider haben andere Leute ihre beruflichen Verpflichtungen und können nicht einfach jedesmal, wenn ihnen eine Laus über die Leber gelaufen ist, abdampfen und bei Harrods bummeln gehen«, erwidert Emma betont langsam und sarkastisch. Sie steht auf und nimmt ihre Jacke von der Stuhllehne.

»Ich muß zurück an die Arbeit. Gib nicht zuviel –«

»Ich geb soviel aus, wie ich will«, sage ich trotzig. »Ist schließlich mein Geld.«

Sie seufzt und schüttelt den Kopf.

»Ich wollte sagen, du sollst nicht zuviel darauf geben, was Larry sagt oder denkt. Was passiert ist, ist passiert. Es ist doch besser, etwas zu bedauern, was man getan hat, als zu bedauern, etwas nicht getan zu haben. Außerdem verarscht er gerne andere Leute. Wahrscheinlich freut er sich diebisch über jede Minute, in der du dich unwohl fühlst. Diese Genugtuung solltest du ihm nicht gönnen. Mach's gut, Babe.« Sie drückt mir einen zärtlichen Kuß auf die Wange. »Bis heute abend. Keep smiling, okay?«

Die nachmittägliche Einkaufstherapie entpuppt sich als nachmittägliche Anti-Einkaufstherapie.

Die Straßen sind verstopft mit rangelnden Schulkindern, die gerade Ferien haben. Manche von ihnen sind allein unterwegs, andere werden von ihren beunruhigten, zähneknirschenden Eltern begleitet. Es regnet. Ich werde naß. Danach knallt die Sonne erst recht, und plötzlich ist es viel zu heiß. In einer Apotheke kaufe ich ein paar Kleinigkeiten für gerade mal fünf Pfund und vergesse dafür meine achtzig Pfund teure Sonnenbrille, die natürlich auf Nimmerwiedersehen verschwunden ist. Ich fange mit irgendeiner Omi einen Streit wegen einer Bluse an, einem Einzelstück, setze mich durch, kaufe das verdammte Ding, und plötzlich frage ich mich, warum ich auch nur im entferntesten daran denke, sie zu tragen, wenn eine Omi mit blaugetönten Haaren sie unbedingt haben will. Dann entdecke ich die süßeste, bezauberndste Hose, die ich je in meinem Leben gesehen habe, aus weinrotem, flauschigem Baumwollstoff. Der Schnitt muß von einem Künstler stammen, und der Preis ist für meine Verhältnisse durchaus akzeptabel – aber dann muß ich feststellen, daß gerade das letzte Modell in meiner Größe verkauft worden ist und daß es auch nicht mehr nachgeliefert wird, nie mehr.

Der Nachmittag endet mit dem Versuch, gegen achtzehn Uhr in der Kensington High Street, einer der Haupteinkaufsstraßen, ein Taxi herbeizuwinken. Ich verrückter, hoffnungsloser Trottel. Schließlich komme ich spät nach Hause, zerzaust, erhitzt, verärgert und noch um einiges stinkiger als vorher.

»Geh niemals einkaufen, wenn du schlechte Laune hast«, grummele ich, als ich zu Emma stoße, die in der Küche über dampfenden Kochtöpfen hantiert, mit Mehl bestäubt ist und um sich herum Kochbücher ausgebreitet hat. »Ich habe mir gerade ein Kleid gekauft, das ich kaum wage, in die Altkleidersammlung zu geben, geschweige denn, es in der Öffentlichkeit anzuziehen.«

»Also hat die Therapie nicht funktioniert?« fragt sie und streut Oregano über eine brodelnde Pfanne.

»Nein. Mein Tag war anschließend nur noch mieser. Das war einer der beschissensten Tage, die ich je erlebt habe. Also habe ich auf dem Nachhauseweg einen Abstecher gemacht und ein paar Glücksbringer mitgebracht.« Ich halte die zwei Tragetaschen mit billigem Wein hoch.

»Ooooh, toll.« Emma betrachtet die zwei Plastiktüten mit wesentlich mehr Interesse als vorhin beim Reinkommen mein Gesicht. »Ich habe Pasta gemacht. Laß uns was essen, was trinken und versuchen, dich ein bißchen fröhlich zu stimmen.«

Das Telefon klingelt. Emma hört auf, in einer der Schubladen nach dem Korkenzieher zu suchen, und greift nach dem Hörer an der Wand, während ich mich verdrießlich am Tisch niederlasse und Streifen aus einem Klumpen halb zerkleinertem Mozzarella picke.

»Hallo«, zwitschert sie fröhlich und klemmt den Hörer unter das Kinn. Doch dann ändert sich ihr Tonfall, sie hört sich reserviert und ablehnend an.

»Ah, ja. Einen Moment, ich frag sie.«

Sie hält die Muschel mit der Hand zu.

»Das ist Max, dieser Idiot«, zischt sie wütend. »Er will wissen, wo die Unterlagen für die Hausratversicherung sind. Anscheinend hat er ein paar Probleme mit dem Fernseher. Willst du mit ihm sprechen, oder soll ich ihm sagen, er soll sich ins Knie fi ...« Sie verstummt, als der verdrießliche Ausdruck auf meinem Gesicht schließlich doch verschwindet und ich mich, Gesicht nach unten, auf die Tischplatte werfe und in hysterisches Lachen ausbreche.

Max' Anruf war der Tritt in den Hintern, den ich brauchte, der belustigte Ausbruch, der nötig war, damit ich meinen Hintern aus der Talfahrt dieser emotionsgeladenen Achterbahn hochhieve und wieder zum Höhenflug ansetze. Ich gehe am nächsten Tag viel fröhlicher zur Arbeit, fest entschlossen, alles zu ignorieren, was aus Larry Chambers' Richtung kommt. Ich habe beschlossen, daß ich einen Gegenangriff starten werde, wenn er weiterhin Gerüchte über mich verbreitet. Dann werde ich behaupten, daß zwischen uns nichts gelaufen ist, weil er keinen hochbekommen hat. Das wird ihm den Wind aus den Segeln nehmen; dann wird sein Sack endgültig absacken, um es mal so zu sagen.

Bei dieser Vorstellung muß ich kichern, genauso wie bei der Vorstellung, daß Max seinen heißgeliebten Fernseher in einer Pfütze aus Badewasser explodieren sieht. Mit einem verrückten Grinsen im Gesicht steige ich in die U-Bahn. Trotz der Tatsache, daß ich die fünfzehnminütige Fahrt damit verbringe, an einer verschwitzten Lederschlaufe hin- und herzupendeln und gleichzeitig irgend jemands ebenso verschwitzte Achselhöhle direkt vor meiner Nase habe, steige ich mit dem gleichen Grinsen im Gesicht wieder aus und nehme es mit zur Arbeit.

Unglücklicherweise ist es von äußerst kurzer Dauer, wie es bei meinen Grinsen zur Zeit leider immer der Fall ist.

Mary Piccolo, Fachfrau in Sachen Kochen und meine liebste Arbeitskollegin, erscheint an meinem Arbeitsplatz, bevor ich überhaupt den Computer einschalten kann.

»Was höre ich da über dich und Laurence Chambers?« fragt sie mich mit vor Interesse weit aufgerissenen Augen.

»Äh ... was genau hast du denn gehört?« frage ich sie nervös, und mein Lächeln erlischt.

»Die Neuheit des Tages ist, daß du angeblich was mit ihm hast. Ich hätte nie geglaubt, daß er dein Typ ist.«

»Da hast du recht: ist er auch nicht.«

»Dann stimmt das alles also gar nicht, daß du die Nacht mit ihm verbracht hast?«

»Na ja ... ähm, rein technisch gesehen ... nein, nicht auf die Art und Weise, an die du denkst.«

»Was meinst du damit, ›na ja ... ähm, rein technisch gesehen ... nein‹?« mokiert sie sich. »Das heißt doch nicht etwa, ›na ja ... ähm, rein technisch gesehen ... ja‹, oder?«

Typisch! Ich habe bereits meinen schlechten Ruf weg, und dabei habe ich noch nicht mal was getan. Ich überlege gründlich, bevor ich antworte. Ich könnte alles noch viel schlimmer machen mit meinem Gegenangriffsplan. Die Leute könnten denken, daß ich freiwillig an Larry Chambers' Sexspielchen teilnehme. Ich könnte immer noch einfach alles abstreiten.

Zum Teufel noch mal – was soll's? Die Leute glauben sowieso, was sie glauben wollen. Soll sich Larry doch genauso winden wie ich es getan habe.

»Tja«, ich schneide eine süßliche Grimasse, »sagen wir einfach, ich war bereit, aber Larrys ... äh ... bestes Stück war es nicht!«

4

Zitiert nach (unbekannte Quelle):

Definition eines »leichten Mädchens« – eine Frau, die sich in Sachen Sex wie ein Mann verhält.

WIR SCHLAGEN ZURÜCK

Spielregeln:

1) Die Frauen haben jederzeit das Sagen/die Kontrolle.
2) Aufreißen, abschleppen, abhaken. Ein One-Night-Stand ist ein One-Night-Stand. Es gibt keinen zweiten Durchgang. (Diese Regel tritt außer Kraft, wenn das Verlangen übergroß ist und sich eine einzigartige Gelegenheit bietet.)
3) Nie die eigene Telefonnummer rausrücken.
4) Seine Nummer notieren, versprechen anzurufen, es aber nie tun.
5) Nie behaupten, verliebt zu sein, es sei denn im Zustand seliger Betrunkenheit, so daß man es abstreiten kann, wenn man wieder nüchtern ist.
6) Nach dem Orgasmus sofort einschlafen, egal, ob er schon gekommen ist oder nicht.
7) Hinterher mit den Freundinnen darüber reden.
8) Hemmungslos mit seinen Freunden flirten und anschließend behaupten, daß man nur ihm zuliebe nett sein wollte.
9) Die Beine in die Hand nehmen bei Worten wie »Verpflichtung» oder »Beziehung«. (Die Frage »Wann sehe ich dich wieder?« ist strengstens untersagt.)

10) Sich nie entschuldigen.
11) Safer Sex oder gar kein Sex.

Die Dauer des Spiels beträgt zwei Monate.

Gewinnerin: Diejenige, die in der vorgegebenen Zeitspanne die meisten Männer aufreißt und abserviert.

Ergebnis: Die Verliererin muß ein gnadenlos extravagantes Essem im italienischen Lieblingsrestaurant bezahlen.

Mason ist groß, blond, blauäugig und widerspenstig. Er hat etwas Arrogantes, und ich finde ihn überhaupt nicht attraktiv. Was hat sich Emma bloß dabei gedacht?

»Er wird dir gefallen«, hatte sie mir versichert, nachdem sie die Absicht geäußert hatte, mich einem ihrer Arbeitskollegen vorzustellen. Sie ist meine beste Freundin, und ich vertraue ihr, also habe ich mir gesagt, zum Teufel mit den Vorbehalten.

Ich habe Anlaufschwierigkeiten. Emma und Serena haben sich mit der Leichtigkeit geborener Spieler in den Wettbewerb gestürzt. Die Gejagten werden zu Jägern. Die Männer sinken ihnen reihenweise zu Füßen wie kippende Dominosteine. Die antike Königin Boadicea hätte sie sofort als neue Rekrutinnen einkassiert, mit einem Schnippen ihrer sehnigen, schwieligen Finger, mit denen sie Speere auf verirrte Männchen schleuderte. Mir fällt das alles viel schwerer. Ich bevorzuge es, mich zurückzulehnen und den Männern die Führungsarbeit zu überlassen – aber das ist natürlich strikt gegen die Regeln, da dieses Verhalten offensichtlich voraussetzt, die Zügel aus der Hand zu geben. Außerdem führt im Moment sowieso nicht gerade der Weg vieler Männer in meine Richtung, weshalb die Mädels in all ihrer Weisheit entschieden haben, daß ein Blind Date die Lösung ist. Anscheinend ist das erlaubt, denn alle Vorkehrungen liegen in unserer Hand, weshalb auch nicht die Rede davon sein kann, den Männern die Kontrolle zu überlassen.

Ich wünschte, ich hätte auf meine Eingeweide gehört, die den ganzen Tag über kräftig rumort haben, und wäre zu Hause geblieben, ausgestattet mit einem Sixpack und einer Familienpackung gerösteter Erdnüsse, aber das habe ich nicht getan. Und jetzt sitze ich in einer Cocktailbar fest, zusammen mit Mason, dem egozentrischsten Langeweiler des Jahrhunderts.

Ich bin erst seit einer halben Stunde hier, und schon habe ich die Story seines gesamten Lebens gehört, mit allen dazugehörigen Einzelheiten über seine erstaunlich erfolgreiche Karriere, über das riesige Haus seiner Eltern in Hampshire, über seine Zeit als Rugby-Nationalspieler, über alles, was er an Frauen attraktiv oder unattraktiv findet, was Frauen an ihm attraktiv finden und über die Tatsache, daß Kenneth Branagh über zwei Ecken oder so mit ihm verwandt ist.

Ich glaube, er weiß, daß ich Alex heiße und halbtrockenen Weißwein trinke.

»Möchtest du noch einen Martini, Alice?«

Falsch.

Ich nicke. Das ist so ziemlich das einzige, was ich tun konnte, seit ich hier angekommen bin. Das und heimlich gähnen.

»Würdest du mir ein Bier mitbringen, wenn du schon zur Bar gehst? Ich muß mal eben wohin.«

In Anbetracht der Tatsache, daß ich schon die erste Runde geschmissen habe, füge ich der langen Liste seiner Fehler noch ein »geizig« hinzu und ringe mit mir, ob ich nicht einfach abhauen soll, bevor er vom Klo zurückkommt.

Zu spät. Er pißt wohl genauso schnell, wie er redet. Ich taste noch unter dem Tisch nach meiner Handtasche, da sehe ich ihn schon wieder auf mich zukommen.

»Sorry, ich hab vergessen, dir das hier zu geben.« Sagt's und wirft eine Zwanzigpfundnote auf den Tisch, wobei er entschuldigend lächelt. »Bin gleich wieder da.«

Na gut, er ist gar nicht so geizig. Aber trotzdem ist er ein Arschloch, und ich sitze jetzt fest, oder? Ich kann ja schlecht mit seinem Geld in der Hand einfach ’nen Abgang machen. Insgeheim verfluche ich meine sogenannte beste Freundin, kämpfe mich durch die lärmende Menge bis zur Theke vor und verschaffe mir ein wenig Genugtuung, indem ich dem nervösen, jungen Barkeeper bei der Bestellung auf betont männliche, lüsterne Art und Weise zuwerfe: »Aber eine ordentliche Portion, Süßer.«

Im Laufe des Abends bessert sich Mason etwas.

Dummerweise scheinen seine Fortschritte mit meinem zunehmenden Alkoholpegel in Zusammenhang zu stehen. Ich lehne mich einfach zurück, höre zu und trinke verdammt viel. Je mehr ich trinke, desto weniger kriege ich mit, aber gegen halb zehn habe ich es doch geschafft herauszufinden, daß seine Lieblingsfarbe Blau ist, daß der Mädchenname seiner Mutter Lang ist, daß er nur Armani trägt, im Moment einen Saab fährt, aber einen Mercedes kaufen wird, sobald die neuen Modelle draußen sind, daß er ein Einzelkind ist, drei Sprachen spricht, achtzig Mille im Jahr verdient, ein Apartment in Chelsea hat, allergisch gegen Käse ist, daß der Onkel des Ehemanns der Schwester der besten Freundin seiner Mutter Lord Snowdon ist, daß er Politik haßt, daß die Frau seiner Träume ein fünfzehnjähriges, französisches Model ist, von dem ich noch nie gehört habe, daß er in den vergangenen zwölf Jahren mit zweiunddreißig Frauen geschlafen hat und daß er immer noch denkt, ich heiße Alice.

Als ich einmal mehr zur Theke marschiere, mache ich Nägel mit Köpfen, lasse das mit den Gläsern und kaufe mir gleich eine ganze Flasche Weißwein, die ich im Verlauf der nächsten Stunde bis auf den Grund leere.

Ich lulle mich in meine alkoholischen Ohrwärmer, und Mason wird zu einem auf- und zugehenden Mund ohne Stimme.

Bla, bla, bla, bla. Seine Lippen bewegen sich, als wären sie ferngesteuert, aber ich höre ihm gar nicht mehr zu. Das erinnert mich an meine Schulzeit. Das einzige, worin ich wirklich gut war, war so auszusehen, als würde ich aufmerksam zuhören, während ich doch in Wirklichkeit in eine ganz andere Welt abgedriftet war. Beglückt plappert er weiter, während ich einen auf taubes, nickendes Hündchen mache, das ein Alkoholproblem hat.

Um mir die Zeit zu vertreiben, gehe ich einer meiner Lieblingsbeschäftigungen nach: Ich erfinde die Werdegänge der Leute, die um mich herum sitzen, neu, wobei ich einzig nach dem äußeren Erscheinungsbild gehe. Das ist zwar verdammt unfair, aber auch verdammt lustig.

Gegen halb elf habe ich beschlossen, daß das Mädchen mit den geblümten Leggings, der bestickten Bluse, den goldbraunen, hüftlangen Haaren, der ledernen Bikerjacke und den Doc Martens ganz offensichtlich ein Kind der Liebe zwischen Sandy Shaw und Meatloaf ist, eine aufstrebende Sängerin wie ihre Eltern, die sie wegen ihrer Liebe zum Grunge enterbt haben. Aber auch, weil sie denkt, der beste Weg nach oben ist der, ihrem Manager auf dem Rücksitz seiner überlangen Limousine einen zu blasen. Daher kommen auch die vollen, rosigen Lippen, die einer vollerblühten Fuchsie gleichen - vom vielen Blasen.

Der Typ mit dem Stoppelhaar und dem Moss-Bros-Anzug führt ein Doppelleben. Tagsüber mimt er den geschniegelten Buchhalter, aber nach Mitternacht legt er seine Strumpfhalter ab, zieht sich etwas Glitzerndes aus Lycra an und zischt dann ab nach Soho, um in einem dieser Käfigteile, die man an exponierten Punkten über der Tanzfläche in zwielichtigen Boogie Bars hängen sehen kann, die Nacht durchzutanzen.

Der kleine, fast glatzköpfige Chinese an dem Tisch in der Ecke, der Espresso trinkt und den *Daily Telegraph* liest, ist ein Elvis-Imitator, der nichts lieber macht, als sich eine Perücke mit Haartolle und einen weißen, verzierten Anzug mit hohem Kragen anzuziehen und zum *Jail House Rock* abzutanzen, mit schlenkernden Beinen und zackigen Hüftschwüngen.

Die Lady an der Bar, mit Chanelkostüm, Haarknoten und einem Konferenz-Namenssticker, ist in Wirklichkeit keine Anwältin, sondern eine Vertreterin für Sexartikel, deren große Aktentasche in geprägtem Leder eine ganze Sammlung perverser Gummispielzeuge enthält, die sie an frustrierte Hausfrauen im biederen Stadtteil Clapham Common verkauft.

Als mich das langweilt, rufe ich mir einen alten Lieblingstraum ins Gedächtnis zurück, was bedeutet, daß ich mich in Gedanken mit Tom Cruise als willigem Partner durch das ganze *Kamasutra* arbeite. Als Tom nur noch ein erschöpftes, keuchendes, übersättigtes Bündel in der Ecke meines Schafzimmers ist, und ich mich mit ihm nicht mehr amüsieren kann, werfe ich einen Blick auf die Uhr, bemerke, daß ein akzeptabler Zeitpunkt gekommen ist, um das Ganze zu beenden und unterbreche Masons Redeschwall just in dem Moment, als er gerade vom letzten Essen mit ›Ken und Em‹ – also mit Kenneth Branagh und Emma Thompson – vor ihrer Trennung erzählt, schiebe meinen Stuhl zurück und verkünde meine Absicht, jetzt aufzubrechen.

Komischerweise bietet Mason mir an, mich nach Hause zu fahren. Komischerweise nehme ich das Angebot an. Das mag daran liegen, daß sich beim Aufstehen alles um mich herum schneller dreht als der buchhalternde, glitzernde Lycra-Discotänzer. Allein die Anstrengung, ein Taxi herbeizuwinken, hätte mich schon aus dem Gleichgewicht gebracht. Wieviel habe ich bloß in den vergangenen Stunden getrunken? Ich weiß, daß ich dazu neige, zuviel zu essen, wenn ich mich langweile, aber mir war nicht klar, daß sich diese Angewohnheit auch auf meinen Alkoholkonsum erstreckt. Gott sei Dank hat Mason an der nächsten Straßenecke geparkt.

Ich klammere mich an seinen Arm wie eine alte Oma, die beim Überqueren der Straße Hilfe braucht. Mason denkt wahrscheinlich, daß ihm das Glück hold ist. Während der vergangenen Stunde habe ich ihn verzückt und wollüstig angestarrt – ich sage nur: Tom Cruise – und jetzt kralle ich mich an seinem Arm fest, als ob ich ihn niemals wieder loslassen wollte. Er merkt nicht, daß ich das nur tue, weil mich der Verdacht beschleicht, daß ich der Länge nach hinfalle, wenn ich ihn loslasse.

Zum ersten Mal an diesem Abend hält er den Mund. Schweigend fahren wir zurück nach Chelsea. Unser Schweigen wird nur unterbrochen von meinen gelegentlichen Anweisungen: »Hier nach links«, »die nächste rechts«, »geradeaus über die nächste Kreuzung«. Mehr habe ich den ganzen Abend über nicht von mir gegeben. Als wir uns dem Haus nähern, will ich plötzlich nicht, daß Mason erfährt, wo ich wohne. Statt dessen schicke ich ihn in die Straße, die direkt hinter der unseren liegt.

Er hält den großen, ledergepolsterten Wagen an und stürzt sich dann auf mich, während ich vom Alkohol benebelt versuche, den Gurt zu lösen.

Soviel zum Thema Rollentausch, denke ich, als er zur Attacke bläst und zur Vereinigung unserer Körper und Lippen schreitet. Mason benimmt sich genau so, wie ich es eigentlich tun sollte.

Sein Verhalten erinnert entfernt an einen Blutegel, der sich an einer offenen Wunde festgesaugt hat, aber es gelingt mir, mich aus dieser Umklammerung zu befreien.

Statt den Wink mit dem Zaunpfahl zu verstehen, den ich ihm gebe, indem ich wie eine Katze kämpfe, die absolut nicht gestreichelt werden möchte, grinst Mason mich nur glücklich an. Er gleicht einem übereifrigen Bernhardiner, der gerade seinen besonderen Liebling ausgiebig mit der Zunge abgeschleckt hat. Dabei glaubt er, mir einen Gefallen zu tun, weil er geruht, mich zu küssen, statt auch mal darüber nachzudenken, ob ich überhaupt Wert darauf lege, meinen Gaumen ausgerechnet von seiner Zunge kitzeln zu lassen.

Ganz offensichtlich will Mason mehr.

Ich nicht. Dumm gelaufen.

Die Gelegenheit klopft an die Tür, und ich mache nicht auf.

Larry wurde von der Liste an der Tür gestrichen, nachdem er verkündet hat, daß ich nicht – uff und nochmals uff – mit ihm geschlafen hatte. Erster Treffer.

Wenn es nach mir geht, kommt Mason nicht mal in die Startlöcher.

Zweiter Treffer.

Warum eigentlich? Er ist nicht häßlich. Er hat einen durchtrainierten Körper. Er ist Single, er ist solvent.

Zweiunddreißig andere Frauen waren bereit, mit ihm ins Bett zu steigen. Warum ziere ich mich also?

Ach, zum Teufel damit! Der hier ist für die Mädels und gegen meinen trostlosen Punktestand.

Ich atme tief durch, drücke Mason, dem der Mund offen stehen bleibt, in den Sitz zurück und küsse ihn, als würde mein Leben davon abhängen.

Er ist so überrumpelt von dieser direkten Attacke, daß er zuerst gar nicht reagiert. Er liegt einfach da wie ein toter Fisch mit aufgesperrtem Maul und hervorquellenden Augen.

Es tut mir leid, aber es macht mich nicht gerade an, einen Heilbutt zu knutschen, bei dem bereits die Leichenstarre eingesetzt hat. War vielleicht doch keine so gute Idee.

Wild entschlossen, weiter zu kämpfen, schließe ich die Augen und werde mit einer schwachen Bewegung unter mir belohnt. Zuerst kommt ein leichtes Zucken der Lippen, das aber recht schnell intensiver wird, bis er mich so heftig küßt wie ich ihn.

Er küßt eigentlich sogar ziemlich gut. Zu meiner Überraschung merke ich, wie es vor Erregung ganz leicht in meinem Magen zu kribbeln beginnt. Na endlich!

Ich öffne die Augen.

Masons Augen sind halb geschlossen. Jeder kennt doch den Ausdruck im Gesicht eines Hundes, wenn man ihn genau an der richtigen Stelle am Bauch krault.

Das Kribbeln ist weg.

Ich schließe die Augen wieder und konzentriere mich ganz aufs Küssen, nicht auf die Person, und das angenehm warme Glühen stellt sich wieder ein. Als ich aber die Augen ein zweites Mal öffne, ist das Gefühl genauso schnell wieder verschwunden.

Da merke ich, wo das Problem liegt. Er macht mich vielleicht körperlich an, aber mein Kopf blockiert bei dem Gedanken, sich gehenzulassen und diese Spielchen mitzumachen.

Er hat sehr erfahrene Hände. Gerade läßt er sie sachte über den Ansatz meiner Wirbelsäule gleiten, und mein Körper reagiert darauf wie ein Motor, der von einem professionellen Mechaniker eingestellt wurde. Aber nur, weil er weiß, wie man den Vergaser einstellt, heißt das noch lange nicht, daß er sich auch hinters Lenkrad schwingen und einen richtig lenken kann.

Ich probiere das mit den Augen noch mal. Ja, es klappt. Kaum mache ich die Augen zu, bin ich voll gut drauf. Kaum mache ich sie wieder auf, ist alles wie weggeblasen.

Mist. So sollte das eigentlich nicht laufen. Wie machen die Kerle das nur? Haben sie irgendein Ventil, das sie einfach abschalten können oder so ähnlich? Wie sehr ich mich auch bemühe, ich kann mich einfach nicht gehenlassen. Es fühlt sich ja vielleicht ganz gut an, aber auf jeden Fall nicht so, wie es sein sollte. Ich finde diesen Typ einfach nicht attraktiv. Mein Gott, ich mag den Kerl noch nicht einmal, warum also mache ich das überhaupt?

Da gibt es nur eine Möglichkeit. Ich tue so, als wäre ich eine seriöse Journalistin, entschuldige mich vielmals und gehe.

Serena und Ems sitzen zusammen auf dem Sofa unter einer Bettdecke, essen Popcorn und schauen sich alte Folgen von *Friends* auf Video an. Das Bild friert bei einer gefühlsgeladenen Auseinandersetzung zwischen Ross und Rachel ein. Erwartungsvoll sehen sie zu mir auf.

»Und?« fragen sie gleichzeitig, als ich zur Tür hereintorkele und mich neben ihnen aufs Sofa plumpsen lasse.

Ich schüttele den Kopf. Mein Gesichtsausdruck spricht Bände.

»Okay«, antworten sie wie aus einem Mund, bieten mir Popcorn an, machen Platz unter der Decke und lassen das Video weiterlaufen.

»Doch, Mutter, mir geht's gut.«

»Nein, Mutter, ich bin kein heulendes, betrunkenes, ungekämmtes Häufchen Elend. Alles läuft bestens.«

»Doch, natürlich geht das Leben weiter ohne Max. Es könnte mir gar nicht besser gehen.«

»Natürlich geht's mir gut. Würde ich dich je belügen?«

»Doch, natürlich weiß ich, daß Jem sich letztes Jahr von Alison getrennt hat.«

»Nein, natürlich habe ich es ihm nicht nachgemacht!«

»Doch, du hast mir erzählt, daß Mrs. Kempsons Tochter gerade wieder ein Kind bekommen hat. Viermal, um genau zu sein.«

»Na, wie es aussieht, mußt du halt ein paar adoptieren!«

»Nein ... nein ... es tut mir leid. Ich bin nicht angespannt. Mir geht's gut, wirklich.«

»Doch, klar, das wäre echt nett, danke. Klar besuche ich sie, sobald ich kann, aber hier ist immer alles so hektisch, ich hab endlos viel zu tun, und im Moment hören die Partys und die Einladungen überhaupt nicht mehr auf. Du weißt schon, was ich meine.«

»Ich weiß, daß du dir Sorgen machst, aber ich übernehme mich schon nicht, wirklich.«

»Ja, du auch.«

»Mach ich, versprochen.«

»Okay. Bis bald. Mach's gut.

»Ja, natürlich. Mach's gut.«

»Mutter, jetzt heul doch nicht.«

»Ja, natürlich. Mach's gut.«

»Mach ich, Mutter.«

»Schön.«

»Du auch.«

»Mach's gut.«

»Ja, versprochen.«

»TSCHÜS!«

Ich knalle den Hörer mit solcher Wucht auf die Gabel, daß irgendwo im Innern des Plastikgehäuses ein Alarmglöckchen zu bimmeln anfängt.

Warum sind Eltern bloß so anstrengend?

Meine Mutter verkraftet meine Trennung von Max schlechter als ich. Dem Himmel sei Dank, daß sie weit genug weg wohnt, um nicht alle fünf Minuten hier vorbeischauen zu können. Ich glaube, ich könnte ihren Kummer nicht noch zusätzlich zu meinem ertragen. Kummer. Ja, ich gebe zu, daß ich dieses Wort benutzt habe, denn obwohl ich mich um meiner Mutter willen am Riemen gerissen habe, trauere ich noch immer wegen Max.

Ich bin an einem Punkt angelangt, an dem ich ihn schrecklich vermisse, obwohl ich diesen Bastard für alles, was er mir angetan hat, abgrundtief hasse. Ich weiß auch nicht, ob ich ihn oder nicht doch eher die vertraute Umgebung, mein Zuhause und die Dinge, die wir gemeinsam unternommen haben, vermisse. Schwer zu erklären, aber ich fühle mich hundsmiserabel und irgendwie einsam.

Aber wahrscheinlich ist das gut für meine Texte.

Man sagt ja, daß großes Leid auch große Werke hervorbringt.

Neben meiner Arbeit bei *Sunday Best* versuche ich gleichzeitig, den Roman des Jahrzehnts zu schreiben. Ich sollte eigentlich am PC sitzen, »meine Emotionen kanalisieren« und vierzig Kapitel rausklotzen, etwas Tiefgründiges und Wunderbares, das einem zu Herzen geht.

Ich persönlich bin allerdings der Ansicht, daß großes Leid nur den Absatz von Schokolade und Alkohol fördert.

Im Moment ist mir nur nach einem zumute: mich vor die

Glotze zu hocken und mir in Gesellschaft der größten Schachtel Konfekt, die es gibt, einer Flasche Wodka und einer Packung extra reißfester Kleenex irgend etwas Hirnloses reinzuziehen.

Aber ich muß zur Arbeit. Es ist Freitag morgen, zehn Uhr. Normalerweise deichsele ich es so, daß ich Freitag nicht ins Büro muß. Ich bin ziemlich stolz darauf, das Dreitagewochenende erfunden zu haben.

Heute aber ist der Tag, an dem unser Redaktionsleiter, Rodney Slater, das Zepter aus der Hand legt und es den Ratten überläßt, das Schiff allein zu segeln. Heute morgen, ungefähr gegen fünf Uhr fünfunddreißig, ist er ins Seniorenalter eingetreten und verläßt uns nun, um die ihm verbleibenden Jahre mit Golfspielen und dem Pflanzen von Petunien in seinem taschentuchgroßen Garten in Putney zu verbringen.

Deshalb veranstalten wir für ihn eine Abschiedsparty, und vor die Wahl gestellt, ob ich zu Hause bleibe, mich vollaufen lasse und mutterseelenallein Trübsal blase oder zur Arbeit gehe, mich vollaufen lasse und in Gesellschaft Trübsal blase, entscheide ich mich für letzteres.

Einst eine Legende in Journalistenkreisen, trägt Rodney jetzt den Spitznamen »Mr. Finger weg!«, weil er nicht nur von allem, was nach Arbeit aussieht, die Finger läßt, sondern weil er außerdem die ziemlich üble Angewohnheit hat, jedes weibliche Hinterteil zu zwicken, zu kneifen oder zu tätscheln, das den Fehler begeht, sich in die Nähe seines Schreibtisches zu wagen.

Er ist ein alternder Lothario, der aussieht wie Bruder Tuck nach einer halbwegs erfolgreichen Diät. Er hat aalglatte, fettige Haare von der Sorte, die man in der ausdrücklichen Absicht auf einer Seite des Kopfes züchtet, um sie dann über den Schädel zu kämmen und die Platte kaschieren zu können. Außerdem hat er eine Brille mit braun getönten Gläsern, die so groß sind, daß sie seinen Kopf winzig klein erscheinen lassen, aber einen Schliff haben, der die Augen doppelt so groß aussehen läßt wie normal.

Während er selig auf die Pensionierung zusteuerte, hat Rodney die Zügel so sehr schleifen lassen, daß er jede Minute Gefahr lief, über sie zu stolpern und der Länge nach vor dem Vorstand hinzufallen. Doch er geht ja heute.

Diese lasche Arbeitsatmosphäre bedeutet, daß ich es normalerweise hinkriege, meinen Beitrag an einem Morgen zu verfassen, ihn Rodney für die obligatorischen zehn Sekunden vorzulegen, so als ob ich ein Blatt Papier durch den Kopierer jage, und mich dann den Rest der Woche damit beschäftige, dem hoffentlich gewaltigsten neuen Epos des Jahrzehnts einige tausend Wörter hinzuzufügen – mein Versuch, ein Jahrtausendepos à la *Vom Winde verweht* zu schreiben. Spaßeshalber hat Ems ihm den Arbeitstitel *Ein Furz, und du sitzt auf der Straße* gegeben. Traurigerweise scheinen diese lässigen Tage bald vorbei zu sein.

Ich weiß nicht, was nach Rodneys Weggang geschehen wird.

Zur Zeit erinnert das Arbeiten bei *Sunday Best* ein bißchen an das Arbeiten in einem chaotischen, undisziplinierten Kindergarten.

Trotz der Tatsache, daß wir ja eigentlich im Zeitalter der Gleichberechtigung leben, wird das Großraumbüro von einer kleinen Männerclique dominiert, die wir »Bully Boys« nennen, die tyrannischen Jungs. Eine eingeschworene Truppe, mit der sich eigentlich niemand wirklich einlassen will.

Zu den besagten »Jungs« gehören Damien Lawrence, der stellvertretende Chefredakteur, ein frustrierter Reporter, dann Harvey Manson, Feature, der viel zu gut für uns ist (als ob er das nicht wüßte!), der Große Eric Tearny, unser Hausfotograf, der aussieht wie ein mit Hormonen vollgepumpter Rugbyspieler, und schließlich noch der Junior unter den Jungs, Nigel May Davies, ein kleiner Möchtegern, der mehr Ehrgeiz im kleinen Finger hat als ein Starlet der übelsten Sorte mit gespreizten, in die Luft gestreckten Beinen im ganzen Körper.

Rodney ist der nachsichtige Mentor dieser kleinen Bande, ein kettenrauchender Fagin in einer Gruppe stümperhafter, kleiner Taschendiebe und Halunken.

Ich komme wie üblich gegen zehn Uhr dreißig zur Arbeit und muß erfahren, daß die ›Jungs‹ in Soho waren und ein aufblasbares Schaf gekauft haben, das jetzt mit Helium gefüllt an Rodneys Schreibtisch festgebunden ist und neben dem Spruchband mit der Aufschrift »Alles Gute zur Pensionierung« schwebt.

Kindisch wie sie nun einmal sind, konnten die Jungs der Versuchung, mit dem Helium herumzuspielen, nicht widerstehen, und jetzt hört man vorübergehend im Büro überall lauter Piepsstimmen. Damien stürmt gerade durch das angrenzende Büro mit der Glasfront, in dem der Sekretärinnenpool untergebracht ist – na ja, mit gerade mal drei Sekretärinnen hat er eher etwas von einem Planschbecken –, und versucht die Mädels mit dem Kanister in der Hand zu necken.

Das kann man entweder äußerst mutig oder äußerst dämlich finden.

Sandra, Rodneys persönliche Assistentin und so eine Art inoffizielle Büroleiterin, ist über einen Meter achtzig groß, muskulös und nicht gut auf solche Spaßvögel zu sprechen.

Je weiter unten in der Hierarchie die Sekretärinnen stehen, desto kleiner und unscheinbarer sind sie auch.

Glenda, die nächste in der Reihe, ein Meter fünfundsechzig, neunzig Kilo, ist grimmig, wenn sie jemanden nicht leiden kann, aber Knetmasse in den Händen derer, die sie mag. Dann ist da noch unser Küken Jenny, die jüngste der drei. Sie ist hübsch, mollig und nicht mal eins sechzig groß. Außerdem ist sie noch nicht lange genug bei uns, um sich diese »Machst du mir Ärger, dann verpiß dich oder stirb qualvoll«-Einstellung anzueignen, die durch Jahre der Zusammenarbeit mit Zeitungstypen bei den beiden anderen entstanden ist. Damien meint, sich alles herausnehmen zu können, weil er dem Schauspieler Clive Owen ein bißchen ähnlich sieht. Er atmet einen Mund voll Helium ein, faßt sich ein Herz, baut sich hinter Sandra auf, umfaßt ihre kaum vorhandene Taille und zwitschert: »Na, Süße, wie wär's mit uns zwei?«

»Mann, ich höre mich jetzt ja weiblicher an als du, Sand«, quietscht er und trippelt hinter ihr her, als sie Tupperwaredosen aus dem Sekretärinnenglaskasten holt und sie ins Hauptbüro bringt.

Sandra hat eine Stimme wie Rod Stewart – tief und rauchig, wie die eines Mannes. Diese Stimme war beständig im ganzen Gebäude Anlaß zu Spekulationen darüber, daß Sandra in Wirklichkeit ein Mann ist, der sich einer wenig erfolgreichen Geschlechtsumwandlung unterzogen hat. Sie hat immer einen Bartschatten im Gesicht, der Haaransatz weicht zurück, sie hat die Art Spitzbauch, der normalerweise die Folge jahrelanger, abendlicher Kneipenbesuche und tiefer Blicke in diverse Biergläser ist, und sie ist flach wie ein Brett. Wie um das alles zu kompensieren, hat Gott sie mit einer unglaublichen Schlagfertigkeit ausgestattet, um die ich sie glühend beneide.

»Deine Stimme hört sich überhaupt nicht anders an, Damien. Wäre es nicht allmählich an der Zeit, daß deine Eier sich senken? Die meisten Männer kommen in ihrer Jugend in die Pubertät, weißt du?«

Er schleicht mit eingekniffenem Schwanz von dannen. Sandra aber faltet weiter Servietten in der Form von Wasserlilien für das kalte Büfett und versucht gleichzeitig, den sabbernden Rupert Murdoch, den fetten, flauschigen, verwöhnten Bürokater, von einer Platte mit Thunfisch-Gurken-Sandwiches fernzuhalten, die unter den heißen Bürolampen schon völlig durchgeweicht sind.

Das kalte Büfett sieht ganz schön armselig aus.

Man hatte uns alle gebeten, etwas mitzubringen – etwas beizusteuern, wie Sandra es ausgedrückt hatte. Über allem thront stolz eine große Schokoladencremetorte, die Rodneys geplagte

Ehefrau Margaret extra gebacken hat. Unglücklicherweise sieht sie als einziges halbwegs genießbar aus. Drum herum häufen sich die eigenartigsten Dinge. Sie erinnern irgendwie an untertänige Diener, die sich vor dem höheren Rang verneigen: Würstchen in einem Mantel aus zementartigem Teig – Jennys Beitrag, zarte, bunte Sahneschnitten mit kandierten Früchten, die unter der kundigen Hand unseres Botenjungen, Lovely Lucian, entstanden sind, der tagsüber in Radlerhosen durch das ganze Gebäude wuselt und dabei Post und Ratschläge verteilt, sich jedoch nachts in eine hemmungslose *Dancing Queen* verwandelt, und schließlich die äußerst suspekt aussehenden Krabbenplätzchen, die Glenda mit stolzgeschwellter Brust beigesteuert hat. Lionel, der vegetarische Gesundheitsfreak in unserer Runde, der die Fitneßseite betreut und ein besonders aktiver Gewerkschaftler ist, hat irgend etwas aus Tofu angeschleppt. Fragt mich nicht, was das ist. Es sieht scheußlich aus, wie etwas, das man in einer geschlossenen Plastikdose beim jährlichen Entrümpeln des Kühlschranks in der hintersten Ecke findet, oder so wie ich am Morgen nach einer Nacht aussehe, die ganz besonders lang war – bleich, eingefallen und verschwitzt.

Ich habe geschummelt und ein Fertiggericht besorgt – ich habe einfach auf dem Weg hierher in der Lebensmittelabteilung von *Marks & Spencer* eine Quiche gekauft.

Es stellt sich heraus, daß die meisten anderen die gleiche Idee hatten.

Auf den Schreibtischen, die für das Büfett zusammengeschoben wurden, stapeln sich inzwischen zwölf solcher Quiches. Komischerweise sind sie alle mit Käse und Tomaten gemacht.

Alle sehen etwas bedrückt aus.

Nur Mary ist völlig aus dem Häuschen.

»Das ist mein Thema für die nächste Ausgabe.« Sie strahlt mich an. »Die Quicheküche. Die zehn besten Quicherezepte bei *Sunday Best* im Geschmackstest.«

Rodney kommt gegen Mittag und wird von einer Reihe klatschender, jubelnder Kollegen in Empfang genommen.

Er wird mehr oder weniger genötigt, sich auf einen Drehstuhl mit Rollen zu setzen, der mit aufgeblasenen, leuchtenden Kondomen dekoriert ist. Dann wird er mit Höchstgeschwindigkeit durchs Büro gerollt, und alle singen im Chor »For he's a Jolly Good Fellow«. Wir singen zwar furchtbar falsch, dafür aber um so lauter und mit grenzenloser Begeisterung.

Als er schließlich wieder zum Stillstand gekommen ist, erhebt Rodney sich leicht schwankend, zieht die Brille ab und wischt sich mit einem fleckigen Taschentuch, das lässig in der obersten Tasche seines Jacketts gesteckt hat, über die verschwitzten Schläfen. Mit demselben Taschentuch reibt er sich auch über die Augen, um anschließend geräuschvoll seine rote Nase darin zu putzen, bevor er es wieder in besagte Tasche stopft.

»Eine Rede! Eine Rede! Eine Rede!«

»Sollten wir nicht erst die Geschenke überreichen?« wirft Sandra ein, die mit einer als Geschenk verpackten elektrischen Gartenfräse und der obligatorischen Kaminuhr herbeieilt, für die wir alle zusammengelegt haben. Unter jedem ihrer muskulösen Arme trägt sie ein Päckchen.

Wir können die Jungs davon überzeugen, die Festlichkeiten aufzuschieben, bis die hohen Tiere aus dem obersten Stockwerk herunterkommen. Die »Penthousesuite«, wie wir sie nennen, beherbergt all jene, denen man zu gehorchen hat: den Herausgeber, seine Günstlinge und die Geldgeber.

Schlag fünf Uhr treffen sie ein, eine Ansammlung dunkler Anzüge. Man könnte fast meinen, gleich kommen Männer mit dunklen Sonnenbrillen und Kopfhörern, um das Gebäude abzusichern, bevor sie eintreten.

Mir sinkt das Herz in die Chanelhose aus dem Schlußverkauf, als ich Larry hinter der Gruppe lauern sehe. Ich versuche, ihm möglichst unauffällig aus dem Weg zu gehen, lungere zwischen den Würstchen im Mantel rum und verstecke mich hinter der Schokoladentorte, die so groß ist wie die königliche Yacht *Queen Mary* auf dem Trockendock.

Glücklicherweise hat Mary, die Bürotratsche, wie geplant die Neuigkeit von Larrys offensichtlichem Mangel an Standfestigkeit schneller im ganzen Gebäude verbreitet, als ein Buschfeuer sich durch die ausgedörrte, staubige Steppe fressen kann. Er versucht genauso auf Distanz zu gehen wie ich. Und so tänzeln wir in größtmöglicher Entfernung, aber völlig synchron zueinander, quer durch den Raum, angestrengt darum bemüht, immer dort zu sein, wo der andere gerade nicht ist.

Sandra kann endlich ihre Geschenke loswerden, und wieder wird Rodney aufgefordert, eine Rede zu halten, die gnädigerweise kurz ausfällt, da er schon ziemlich betrunken ist. Nach außenhin sieht es Gott sei Dank aber so aus, als wäre er eher von Gefühlen überwältigt als vom billigen Fusel.

Der Chefredakteur überreicht die obligatorische goldene Armbanduhr und einen Scheck, beäugt angewidert das kalte Büfett und enteilt so bald wie möglich, die treuen Gefolgsleute im Schlepptau wie eine Reihe watschelnder Entlein, die hinter ihrer Mutter herlaufen. Larry bildet – zu unserer gegenseitigen Erleichterung – das Schlußlicht.

Als die hohen Tiere die Bühne verlassen haben, geht das Saufgelage erst richtig los. Diejenigen, die mit spitzen Lippen verächtlich an kleinen, weißen Plastikbechern mit Mineralwasser genippt haben, um den Schein zu wahren, steuern gezielt auf die an der Wand aufgereihten Weinkanister zu und trinken jetzt um so mehr.

Deshalb hat es mir auch nichts ausgemacht, heute zur Arbeit zu gehen. Denn die Arbeit ist heute keine Arbeit, sondern eine Party.

Ich betrachte das Büfett und versuche, mich für das geringste Übel zu entscheiden.

»Wer kommt eigentlich für Rodders, wenn er weg ist?« Mary gesellt sich zu mir und bietet mir noch mehr von dem billigen, warmen, schalen Weißwein an. Mir kommt allmählich der Verdacht, daß es sich dabei um Weinessig handelt.

»Keine Ahnung.« Ich entscheide mich für eine relativ harmlos aussehende Sahneschnitte und fange an, die kandierten Früchte rauszupicken. »Wird er überhaupt ersetzt? Rodney hat gar nichts gesagt. Also habe ich angenommen, daß sie eine Zeitlang den Leerlauf einschalten.«

»Der Leerlauf geht gerade in Rente.« Mary greift zögernd nach einem der durchgeweichten Sandwiches. »Das ist es, was sie ersetzen müssen.«

»Wieso? Er hat doch nicht wirklich gearbeitet, oder?«

Damien, die Quelle sämtlicher Büroneuigkeiten – da er es zu seiner Aufgabe gemacht hat, über die Angelegenheiten aller anderen Bescheid zu wissen –, spaziert vorüber, tapfer an einem von Jennys Betonwürstchen kauend.

»Anscheinend haben sie einen echten Überflieger aus Hongkong angeheuert«, sagt er und betastet vorsichtig seine Schneidezähne, um sicherzugehen, daß sie nicht wackeln.

»Ein Chinese, hm? Die ethnischen Minderheiten könnten hier durchaus etwas stärker vertreten sein.« Lionel gesellt sich zu uns, während er Tofu in seinen Mund stopft. Auch auf den dünnen Lippen kleben Tofukrümelchen, genauso wie in seinem spärlichen Bärtchen, das an Johannes den Täufer erinnert.

»Hat irgend jemand was von einem Chinesen gesagt?« Nigel, der das Büfett ebenfalls vorsichtig beäugt, so als wollte es ihn verschlingen und nicht umgekehrt, sieht hoffnungsvoll auf.

»Ich würde alles geben für Riesengarnelen in Austernsoße.«

»Hört sich nach einer guten Idee an ... Wer ist dafür, daß wir zum Chinesen gehen?« greift jemand anderer den Faden auf.

»Hört sich eher so an, als sei die chinesische Gerüchteküche am Brodeln«, sage ich zu Mary, die zustimmend nickt.

»Aber trotzdem eine verdammt gute Idee.«

Wir beschließen, alle zusammen zu Mr. Woo's zu gehen, einem Restaurant in Soho. Der Kater Rupert Murdoch bleibt allein zurück und schleckt nachdenklich den Käse von Marys preisgekrönter Quiche.

Bei Mr. Woo's ist man nicht gerade erfreut darüber, uns zu sehen, eine lärmende Bande von ungefähr zwanzig Leuten, die sich in unterschiedlichen Stadien der Trunkenheit befinden, nicht reserviert haben, hereinplatzen, das Kommando übernehmen und verlangen, sofort einen Platz, etwas zu essen und zu trinken zu bekommen.

Der Maître d'Hotel, beziehungsweise das chinesische Gegenstück dazu, stößt einen wütenden Wortschwall in Kantonesisch aus, den man frei etwa mit »nix leselwielt, nix essen« übersetzen könnte. Erst als Damien und Nigel ihm ein fettes Trinkgeld zustecken und ihm versprechen, daß sein Restaurant ganz sicher in Marys nächstem Restaurantführer erwähnt wird, dürfen wir Platz nehmen.

Zwei mißtrauische Ober schieben einige der größten Tische zusammen, verfrachten uns dorthin, reichen uns die Karten und eilen dann zur Theke, um vierzig Flaschen chinesisches Bier zu holen. Zwei für jeden, damit wir ein bißchen in Fahrt kommen.

Unweigerlich muß ich an die Speisung der Fünftausend denken. Schale für Schale kommt durch die saloonähnlichen Schwingtüren, die von der Küche zum Restaurant führen, und sie alle werden auf den kleinen Stövchen mit den Kerzen auf der Mitte des Tisches abgestellt.

Schon Anblick und Geruch von diesem Chow Mein genügen, um mich aus der schleichenden Appetitlosigkeit der letzten paar Monate zu reißen.

Das Essen hier ist göttlich. Hier habe ich früher ziemlich oft gegessen ... mit Max.

Bei dem Gedanken an ihn vergeht mir der Appetit schlagartig wieder. Wenigstens ist das gut für meine Taille. Ich war kurz davor, eine zufriedene, leicht verfettete Hausfrau zu werden, als ich noch mit ihm zusammenlebte. Jetzt bin ich wieder bei meinem früheren Kampfgewicht von haarscharf siebenundfünfzig Kilo gelandet.

Ich lehne mich zurück und nuckele ein bißchen an meinem Bier, während die anderen meinen Appetitmangel wieder ausgleichen. Wie ausgehungerte Wölfe über die frische Beute fallen sie über die blauen Porzellanschälchen her, knurren sich gegenseitig an und streiten um die knusprige Ente.

Selbst Lionel, der sich bitter darüber beklagt, soviel Natriumglutamat zu sich nehmen zu müssen, schafft es, zwei Teller voll mit Frühlingsrollen, süßsaurem Chow Mein und – obwohl er behauptet, ein überzeugter Vegetarier zu sein – fünf Spare Ribs in Barbecue-Soße in sich reinzustopfen, bevor er nach Hause verschwindet, gerade noch rechtzeitig, um seinen Anteil an der Rechnung nicht zahlen zu müssen, die in astronomische Höhen gestiegen ist.

Der sturzbetrunkene Rodney beharrt darauf, sie auf sein nunmehr erloschenes Spesenkonto zu nehmen.

»Was solln'se denn machen?« nuschelt er und unterschreibt den Scheck mit einem Schlenker. »Mich rausschmeißen?«

Damien steht mühsam auf und hält eine Flasche chinesisches Bier in die Höhe.

»Ein Toast. Auf Rodders – möge er lange und glücklich als Rentner leben.«

»Genau, was machst du denn jetzt mit deiner vielen Freizeit, Rodney?« Der Große Eric lehnt sich in seinem Stuhl zurück und stochert mit einer von Jennys Haarnadeln, die er gerade aus ihrem schimmernden Blondschopf gezogen hat, in seinen Zähnen herum.

Auch Rodney steht auf.

»Ich«, verkündet er glücklich und schwenkt sein Glas durch

die Luft, »werde das Leben genießen. Aus und vorbei ist es mit Frühdiensten und Nachtschichten ...«

»Wann will er die denn gemacht haben?« fragt Mary.

»Weiß nicht«, antworte ich. »Muß ich verpaßt haben.«

»O nein, ich hab mein ganzes Leben über gearbeitet, und jetzt wird's Zeit für mich, mal zu entspannen ...«

»Also macht er so weiter wie in den letzten zwanzig Jahren«, sage ich zu Mary.

»Zeit, mich auf meinen Lorbeeren auszuruhen ...«

»Statt sich mal auf den Hintern zu setzen«, flüstert sie.

»Und die Früchte meiner Arbeit zu genießen.«

»Eine fette Pension, ein Sparkonto in der Karibik, angefüllt mit Bestechungs- und Schweigegeldern, und eine alternde Mätresse in einem angemieteten Penthouse in Peckham«, flüstere ich zurück.

»Cheers, Leute! Auf die Gesundheit!« Und Rodney kippt seinen achten Drink in einem Zug.

»Cheers!« erwidern wir alle mit unterschiedlicher Begeisterung.

»Und um gleich damit anzufangen«, lallt er und beäugt sein nunmehr leeres Glas beinahe traurig, »geh ich jetzt in den nächsten Nachtclub, um mal so richtig abzutanzen!«

Er kullert betrunken zur Seite. Ich bin schon fast aufgesprungen, um ihn am Fallen zu hindern, als er die gleiche Bewegung noch einmal vollführt, diesmal aber zur anderen Seite, und da wird mir klar, daß er das unter Tanzen versteht.

»Na, wie ist es? Wer ist dabei?«

Rodney, der ungekrönte Discoking.

Wir machen noch einen Umweg durch mehrere Kneipen, bevor wir in den Club gehen. Die einzigen, die abspringen, sind Mary, deren Babysitter gegen elf Uhr zu Hause sein muß, und Glenda, deren Mieze dringend Futter braucht.

Die Türsteher im Oasis gleichen einer abweisenden Wand aus

Muskeln. Ich könnte schwören, daß der eine von ihnen der jüngere Bruder von Mike Tyson ist, und der andere sieht aus wie Popeyes größter Feind Bluto, nur noch größer.

»Wo liegt denn hier die Altersgrenze?« tuschelt Damien und streicht sich mit einer Hand durch das fast schwarze, buschige Haar.

»Ab fünfundzwanzig«, antworte ich und werfe einen Blick auf Jenny, die noch nicht einmal einundzwanzig ist.

»Ich meine, in die andere Richtung.« Er deutet auf Rodney, der schon wieder mit den Beinen zuckt.

»Meinst du, die lassen Rentner rein?«

»Sei nicht so gemein.«

»Ich bin nicht gemein, ich meine es ernst. Manche Clubs haben strenge Regeln. Beispielsweise bei *Peter Stringfellow*.«

»Na ja, ich glaube, da käme sowieso keiner von uns rein. Wir sind alle entweder zu fett, zu alt oder einfach strunzhäßlich.«

»Schließ bitte nicht von dir auf andere.« Damien begutachtet sich in einer der schwarzgetönten Seitentüren aus Glas. »Ich war schon ganz oft da, und nie hatte ich auch nur das kleinste Problem.«

»Du warst vielleicht da, aber warst du auch drin?« scherzt Nigel, der ebenfalls überaus wohlgefällig sein Spiegelbild betrachtet.

Der Große Eric trägt keine Krawatte. Harvey hat Jeans an. Rodney ist alt und betrunken. Aber indem wir uns dicht aneinanderdrängen und als Gruppe auftreten, wobei wir die Zweifelsfälle nach innen nehmen und die halbwegs Normalen außen sind, verschaffen wir uns alle Zugang.

Rodney, der sehr früh geheiratet hat, hat mir in der letzten Kneipe gestanden, daß er noch nie in seinem Leben in einem Nachtclub war. Er stolpert in den riesigen, verrauchten, klimatisierten Raum, und die Augen fallen ihm fast aus dem Kopf, als er die Scharen spärlich bekleideter Frauen sieht, die heftig zuckend zum lärmenden Beat der Musik abtanzen, und sich dabei gegenseitig im Licht der Laser rempeln und stoßen.

Er schnappt sich eine liegengelassene Freikarte von einer nahen Ablage, fächelt sich damit Luft zu, murmelt aufgeregt vor sich hin und grinst breit.

»O Mann, verdammt!« stammelt er. »Die haben ja alle nur Unterwäsche an!«

Während Rodney schnurstracks auf die Tanzfläche zustrebt und dabei eine Sabberspur nach sich zieht, gehen die anderen in Richtung Bar. Ich aber gehe zum Klo, um mich frisch zu machen.

Es kommt mir wie ein *Déjà vu* vor, so bald wieder hierzusein, aber ich sage mir, wenn dem schon so ist, kann ich ja auch gleich versuchen, meine Nummer eins aufzureißen. Die Küchentür weist unter meinem Namen nämlich immer noch eine traurige Null auf, während die anderen eifrig Striche machen durften. Aber eines ist klar: Auf keinen Fall lasse ich mich wieder vollaufen, um dann mit einem Arschloch nach Hause zu gehen. Ich will nicht, daß sich das »Larry-Abenteuer« noch einmal wiederholt. Doch es scheint, daß alle Männer, die ich treffe, »Larrys« sind. Ich wünschte, ich könnte ein bißchen mehr Begeisterung für meine Mission an den Tag legen. Ich fange allmählich an, mich zu fragen, warum wir diesen blöden Wettbewerb überhaupt begonnen haben. Serena kennt kein Halten mehr, und Emma kommt jedes Mal o-beinig und mit einem breiten Grinsen im Gesicht nach Hause. Ich bin die einzige Untaugliche, weil ich noch immer viel zu sehr durch meine Pleiten und Pannen gehemmt werde.

Ich muß an Larry denken.

Ich muß an Emmas Bekannten Mason denken.

Nummer eins und Nummer zwei.

Es ist ja schön und gut, in der Hitze des Augenblicks zu geloben, die Spielchen der Männer nachzuahmen, aber wenn es zu einem Zusammentreffen kommt, in einer etwas anderen Hitze des Augenblicks, dann kann ich es einfach nicht. Ich kann es einfach nicht durchziehen.

Manchmal vergesse ich völlig, was mich ursprünglich dazu bewogen hat, die ganze Sache anzufangen. Max, der war's. Max und seine Moralvorstellungen, genauer gesagt, sein Mangel daran. Max, dieses verlogene, betrügerische Schwein. Dieser Ausbeuter. Max, der mich gebeten hat, zu ihm zurückzukehren, um wenige Wochen später um die Hand einer anderen anzuhalten.

»Fick dich ins Knie, Max«, sage ich etwas zu laut zu meinem Spiegelbild.

Das Mädchen neben mir, das gerade seinen Schmollmund in dem kalten, harten, klinischen Licht knallrot anmalt, sieht mich an und lächelt ironisch.

»Fick sie alle, sage ich. Diese Schweine!« erklärt sie und rümpft die Nase.

Fick sie alle. Das ist doch eigentlich genau meine Aufgabe, oder?

Sie alle ficken. Rache für das unterdrückte Geschlecht.

Aufreißen, abschleppen, abhaken.

Jetzt höre ich Emmas Stimme.

»Geh hin, und schnapp sie dir, Mädchen.« Genau das würde sie mir jetzt sagen. »Hör auf damit, dich wie ein Schwächling auf dem Klo zu verstecken. Sei wie ein Mann!«

Entschlossen lege ich noch ein bißchen Lippenstift auf, öffne zwei weitere Knöpfe an meinem Oberteil, so daß bei jeder Bewegung der schwarze Spitzen-BH zu sehen ist, und kehre zurück zu meiner Mission.

Die anderen sind in absoluter Partylaune.

Rodney tanzt mit Sandra zur Musik von Sash und blickt dabei breit grinsend um sich, wie ein alter Zuchthengst, den man zum Grasen auf eine Weide voller springlebendiger Stutenfohlen gelassen hat.

Sandra steht mit beiden Füßen wie angewurzelt auf demselben Fleck und wiegt ihren kräftigen Körper im Rhythmus der Musik – eine Art Zentrum für den frenetisch um sie kreisenden Ping-Pong-Ball Rodney.

Rodney kann nicht tanzen. Jedenfalls nicht in der heutigen Zeit. In den Siebzigern ist es ihm wahrscheinlich noch gelungen. Diese Kombination aus Seitschritt, Rückschritt, Seitschritt, Rückschritt, die er da vollführt, würde recht gut zu so etwas wie *Saturday Night Fever* passen, wenn er dazu auch ein bißchen die Hände bewegen und die Finger verdrehen würde.

Sein über den Kopf gekämmtes graues Haar wird allmählich dunkel vom Schweiß, und seine Stirn glänzt feucht unter den Lasern, die über ihm zucken und schwenken.

Zum ersten Mal in seinem Leben hat er sein obligatorisches Jackett ausgezogen. Der Schlips hängt auf Halbmast, und in den Achselhöhlen zeichnen sich große, dunkle Schweißflecken ab. Aber das ist ihm egal, denn heute ist sein großer Abend.

»On kor üüün fwaa.« Laut grölend singt er den Text mit und beäugt gleichzeitig hochbeglückt die hüpfenden Busen der frenetisch rings um ihn tanzenden jugendlichen Schönen, wie ein Schokoholic, den man zum ersten Mal in der lila Milkawelt losläßt.

Lucian trägt noch immer seine Radlershorts, heute in fluoreszierendem Orange, dazu Doc Martens und ein dünnes Designer-Rippenshirt von Paul Smith, und er stolziert über die Tanzfläche wie ein Ballettänzer. Sandra wirft ihm ab und zu bewundernde Blicke zu, sie weigert sich zu glauben, daß »so ein hübscher Junge« schwul sein kann.

Der Junior Nigel, Damien und der Große Eric, unser Fotograf, sind gerade dabei, an einer der zahlreichen Theken ihre eigene Version eines Tequila-Wettkampfes auszufechten.

Salz auf die Hand, schleck, Zitrone auslutschen, Tequila kippen.

Alle zugleich, wie ein Team beim Synchronschwimmen, das in den Alkohol abtaucht.

Ich bin mir nicht sicher, ob sie auch wirklich die richtige Reihenfolge beibehalten, aber das scheint ihnen egal zu sein.

Junior Nigel sieht eindeutig grünlich im Gesicht aus. Er kämpft tapfer, um mit seinen älteren, erfahreneren Kumpanen mithalten zu können. Er kommt auch ganz gut zurecht, bis ihn irgendeine freundliche Seele auf den Wurm am Flaschenboden aufmerksam macht. In dem Moment nimmt seine Haut den allererstaunlichsten Pistazien-Grünton an, er preßt eine Hand auf den Mund und sprintet schneller zur Tür mit der Aufschrift »Männer«, als sich ein Schnäppchenjäger am ersten Tag des Winterschlußverkaufs ins Gewühl stürzt.

Harvey, der seit seinem ersten Arbeitstag bei uns ein Auge auf Jenny geworfen hat, hat allen Mut zusammengenommen und sie zum Tanzen aufgefordert. Jetzt wirft er gerade dem DJ bettelnde Blicke zu, damit dieser ein paar langsame Nummern spielt. Rodney nimmt ihm die Arbeit ab, weil er einer schlanken Blondine hinterherwill, die einen glitzernden Silberbikini, Lycra-Strumpfhosen, hochhackige Westwood-Sandalen und sonst gar nichts trägt. Statt dessen rempelt er Jenny an und katapultiert sie geradewegs in Harveys wartende Arme. Trotz des Tempos verharren sie auch weiterhin so, mit geschlossenen Augen und entrücktem Gesichtsausdruck.

Ich versuche, möglichst lässig an der Bar zu sitzen, während ich mich nach geeigneten Kandidaten umsehe.

Das Leben wäre so viel einfacher, beschließe ich nach einem Rundblick durch den Saal, wenn ich mich nicht immer so anstellen würde.

Ich weiß auch, daß ich nicht gerade Miss World bin. Und ich habe mich wiederholt gefragt, welches Anrecht ich darauf habe, so wählerisch zu sein. Aber so bin ich nun mal.

In meinem Kopf läuft das Ganze ungefähr so ab.

Der ist nicht schlecht, schöne Haare, schöne Arme, aber die Augen stehen etwas zu eng beinander. Außerdem sind sie braun. Ich glaube, ich mag keine braunen Augen.

Hm, der da ist ganz okay. Ach, doch nicht, der hat so einen komischen Mund. Wenn er anfängt zu lachen, sieht er aus wie Freddy Mercury, und den mochte ich noch nie. Der in dem blauen Hemd, drüben in der Ecke ... vielversprechend, hübscher Arsch, kann echt gut tanzen, was ja bei Männern selten ist. Das Gesicht ist auch ganz hübsch, aber er sieht ein bißchen dünn aus. Die Brust ist nicht breit genug. Nee, also wirklich, der macht zu wenig her. Ich mag Männer, die ein bißchen Fleisch auf den Knochen haben.

Aber *der* da sieht wirklich kräftig aus. Tolle Arme, breite Brust, und erst die Beine ... Oder ist er einfach nur fett? Und dieses Gesicht. Brr! Nein, danke.

Ein Typ im kurzärmeligen Ralph-Lauren-Shirt. Nein, nettes Gesicht, aber ein Hängearsch. Es gibt nichts Schlimmeres als einen Mann mit Hängearsch.

Und der Kerl in dem T-Shirt von *Red or Dead?* Verdammt süß, der Kleine, aber er tanzt wie ein völlig unmusikalischer Elefant auf Rollerskates und stellt sich dabei wohl vor, er wäre der Balletttänzer Wayne Sleep.

Und so geht's weiter.

Entscheidend ist doch die Frage: Muß ich, wen ich aufreiße, auch mögen – wenn ich ihn denn aufreiße?

Und wie geht man eigentlich vor, auf Männerweise?

Frauen verfügen über ganz eigene, subtile Signale, die sie aussenden, wenn sie einen Mann sehen, der ihnen gefällt. Es ist ein Spiel mit dem Flirt, ihm einmal zu oft in die Augen blicken, vielleicht ein kleines Lächeln, der Rest bleibt dann ihm überlassen. Wenn ich so darüber nachdenke, haben wir es ganz schön leicht.

Wie machen das die Männer? Ich muß mir darüber Klarheit verschaffen. Emma, Serena und ich haben unsere eigenen Regeln aufgestellt, aber wir sind alle Frauen. Vielleicht muß ich das aus dem Mund des Opfers selbst vernehmen.

Mit dem Opfer ist natürlich ein Mann gemeint.

Um mich in dieser Situation wie ein Mann verhalten zu können, muß ich wissen, wie ein Mann sich in dieser Situation verhält. Da liegt, glaube ich, das Problem. Ich versuche, mich so zu verhalten, wie sich meiner Meinung nach ein Mann verhält, aber ich weiß nicht wirklich, wie sich ein Mann verhält. Können Sie mir folgen?

Ich muß mich wie eine gute Journalistin verhalten und ein bißchen recherchieren.

Ich pirsche mich an Damien und Eric heran, die ihr Trinkspiel abgebrochen haben, nachdem Nigel sie sitzengelassen hat, der jetzt lieber Porzellan im Arm hält. Sie sind in ein Gespräch vertieft und in den Anblick der »heißen Nummern« auf der Tanzfläche.

Damien: »Wie wär's mit der da?« *(schlürft den Schaum von seinem Bier)*

Eric: »Welche?«

Damien: »Die Blonde da drüben. Der vorne das Kleid überquillt.«

Eric: »Nette Titten ... Den Rest kannst du vergessen. Nee.«

Damien: »Aber *die* ist wirklich nicht übel.«

Eric: »Welche?« *(blickt um sich wie ein kurzsichtiger Maulwurf)*

Damien: »Die Brünette da drüben. Die mit den Beinen und den Titten.«

Eric: »Wow, yeah. Hätte nichts dagegen, es der mal ordentlich zu besorgen.« *(Augen quellen ihm aus dem Kopf)*

Damien: »Na, dann mal ran, Kumpel.« *(er verpaßt ihm mit dem Ellenbogen einen wohlplazierten, aufmunternden Stoß in die Rippen)*

Eric: »Nee!«

Damien: »Die wartet doch nur auf dich.« *(lüsterner Blick)*

Eric: »Meinst du echt?« *(hoffnungsvoller Blick)*

Damien: »Guck doch mal. Na los, bei der kannst du landen, ich sag's dir. Los doch!«

So von Damien angestachelt, stakst Eric zur Tanzfläche.

Ich sehe genau hin, völlig fasziniert.

Erics Technik besteht darin, sich hinter die Erwählte zu schleichen und dann zu tanzen, wobei er ihr immer näher und näher kommt, bis er sie fast schon berührt. Sie tut so, als würde sie ihn nicht wahrnehmen. Er rückt noch ein bißchen näher. Absichtlich streicht er ihr ganz leicht mit den Händen über die Hüften, und sie dreht sich zu ihm um, in gespielter Entrüstung.

»Alles klar, Süße? Wie wär's mit einem Tänzchen?«

»Ich tanze bereits«, antwortet sie.

»Ich hab auch eher an eine nackte Nummer in der Horizontalen gedacht.« Eric grinst breit. Ich warte darauf, daß sie ihm eine runterhaut, statt dessen fängt sie jedoch an zu lachen. Das nächste, was ich mitkriege, ist, daß sie die Tanzfläche verlassen und er ihr an der Bar einen Drink spendiert, wobei er Damien heimlich den hochgestreckten Daumen hinhält.

Also, so funktioniert das.

Bin ich bereit, es nach nur einer Lektion zu versuchen?

Zum Teufel damit! Ich kippe einen doppelten Wodka hinunter.

Okay, zuerst muß ich jemanden finden, der mir gefällt, denn dem Gespräch nach zu urteilen muß das so sein. Na, das habe ich schon versucht. Ich gehe meine Liste noch mal durch und entscheide mich schließlich für den Typ im blauen Hemd, weil er derjenige mit den wenigsten Negativpunkten ist.

Er fetzt immer noch über die Tanzfläche. Also genehmige ich mir noch ein paar Gläser, um mir Mut anzutrinken, warte, bis ein Stück kommt, das ich mag, und nehme es dann in Angriff. Ich komme mir vor wie ein Kamikazeflieger, der in den sicheren Tod geht. Wenn ich die Augen zumachen könnte, würde ich es tun, aber wahrscheinlich falle ich dann hin.

Ich kann nicht einfach die direkte Hüft-Hand-Technik von

Eric anwenden. Deshalb tanze ich so dicht wie nur möglich an ihn heran, bis er schließlich bemerkt, wie ich – einem lästigen, kitzelnden Grashalm gleich – hinter ihm rumhüpfe, und sich umdreht, um mich anzusehen.

Ich lächele matt, atme dann tief durch und lege einfach los.

»Na? Wie wär's mit einem Tänzchen?« Hört sich verdammt komisch an, so aus meinem Mund.

Er mustert mich von oben bis unten wie etwas, in das er gerade reingetreten ist.

»Zieh Leine.«

Er wendet sich wieder seinen Kumpanen zu, die schallend lachen.

Wo ist das Mäuseloch, in dem ich mich verkriechen kann?

Die Erniedrigung trifft mich wie ein Schlag ins Gesicht. Ich ziehe mich eiligst zurück und verschwinde auf dem Damenklo, das Gesicht röter als der Hintern eines Pavians.

Es ist fast zwei Uhr früh. Endlich bringe ich soviel Mut auf, die Toiletten zu verlassen, wo ich die vergangene Stunde verbracht habe. Mein Gesicht gleicht noch immer einem glühenden Holzkohlegrill. Mit eingezogenem Schwanz schleiche ich zurück in den Saal. Gott sei Dank leert er sich allmählich, auch dieser Fiesling mit dem blauen Hemd ist verschwunden.

Meine Leute kommen allmählich zum Ende ihres Trinkgelages, das den ganzen Tag gedauert hat.

Rodneys Füße schleifen. Er stützt sich mit dem Gesicht ab, das im Ausschnitt einer sturzbetrunkenen Blondine steckt, die wie die Schauspielerin Diana Dors in jungen Jahren aussieht.

Harvey und Jenny stehen immer noch engumschlungen da. Sie sehen aus wie die zwei Hälften einer geflochtenen, verdrehten Brezel.

Der Große Eric verspricht gerade einer üppigen Brünetten, sie zu fotographieren und auf Seite drei herauszubringen.

Unser hübscher Junior Nigel hat seinen Magen wieder runtergeschluckt und bildet jetzt den Mittelpunkt einer Gruppe betrunkener, kichernder Mädchen, die davon überzeugt sind, er wäre der Popstar Peter André.

Sogar Sandra wird von dem Türsteher zugequatscht, der aussieht wie Bluto.

Alle haben ihren Spaß.

Alle außer mir.

»So ganz allein?« sagt eine Stimme neben mir.

Damien.

»Sieht ganz so aus«, seufze ich, versunken in die Erkenntnis meines Versagens.

»Ich würde dich ja noch auf einen Drink einladen, aber ich glaube, wir stehen kurz vor dem Rausschmiß.«

»Macht nichts. Ich hatte sowieso dreimal mehr, als ich vertrage.«

Einen Moment lang verfallen wir in geradezu einvernehmliches Schweigen. Damien und ich tolerieren uns gegenseitig. Ich bin der Ansicht, daß Damien ein ziemlicher Blödmann ist, und er weiß das. Wir kommen gut miteinander aus, solange wir nicht miteinander reden.

»Es wird nicht mehr das gleiche sein, wenn der alte Rodders nicht mehr am Steuer sitzt.« Er deutet mit dem Kopf auf Rodney.

»Na ja, viel gesteuert hat er ja nicht gerade, oder?« gebe ich zurück. »Das ist ein bißchen so, als würde man die Galionsfigur von einem Schiff abnehmen. Man kann trotzdem problemlos weitersegeln, und nach einer Weile vergessen die Leute, daß je eine da war.«

Ein bißchen wie mit Max. Die gute, alte Alex wird schon nicht untergehen, nur weil diese Ratte ausgekniffen ist. Ich schnappe mir Damiens Flasche Budweiser und stürze sie runter.

Schließlich teile ich mir mit ihm, Harvey und Jenny ein Taxi für die Heimfahrt.

Die beiden Turteltauben harren die ganze Fahrt über mit aufeinandergepreßten Lippen aus, wie zwei miteinander kämpfende Saugglocken. Sie schlecken sich über die feuchten, glitschigen Zungen wie Kinder, die an schmelzenden Eistüten schlabbern.

Unangenehm berührt schaue ich aus dem Seitenfenster, während Damien, der immer auf der Suche nach einer guten Story ist, sich mit dem Taxifahrer über irgendwelche Berühmtheiten unterhält, die er mal gefahren hat, in der Hoffnung, daß dabei irgend etwas Schmutziges ans Licht kommt.

Harvey und Jenny steigen zusammen aus, obwohl ich genau weiß, daß sie überhaupt nicht in Harveys Nähe wohnt. Nachdem sie im Büro umeinander herumgeschlichen sind, sich gegenseitig sehnsüchtige Blicke zugeworfen haben, wenn der andere gerade nicht hinsah, nach all diesem gut viermonatigen Liebesgeplänkel haben sie es jetzt aber ziemlich eilig.

Warum sind Beziehungen bloß immer so verdammt kompliziert? Und warum sieht das jetzt bei den beiden so einfach aus?

»Ist das nicht niedlich?« fragt Damien und sieht zu, wie sie Hand in Hand zu Harveys Eingangstür gehen und dann im Schatten stehenbleiben, um weiterzuschmusen.

»Liebe … bäh!« blaffe ich. »Wer braucht die schon?«

»Höre ich da etwa Enttäuschung raus? Hat dein Freund dich mal wieder genervt?«

Das ist keine teilnahmsvolle Frage, sondern pure Stichelei.

»Ich bin nicht mehr mit Max zusammen«, antworte ich gereizt.

Damien, der aufmerksam nach draußen gesehen hat, dreht sich zu mir um und verzieht das Gesicht ironisch und überrascht.

»Na, also das hast du aber gut geheimgehalten.«

»Seit wann bin ich dazu verpflichtet, dir meine Privatangelegenheiten mitzuteilen?« schnauze ich ihn an. »Es sei denn, ich will, daß alle Welt davon erfährt.«

»So denkst du also von mir? Also wirklich, Alex, so schlimm bin ich nun auch wieder nicht.«

»Ach nein?«

»Natürlich nicht.« Er wirft mir einen bettelnden Blick aus treuen Hundeaugen zu.

Ich werfe ihm einen Blick zu, aus dem klar hervorgeht, daß es mich nicht überzeugt hat.

»Warum haßt du mich eigentlich so sehr?« fragt er traurig.

Ich versuche herauszufinden, ob dieser verletzte Ausdruck echt ist oder nicht.

»Ich hasse dich nicht, du bist mir nur völlig gleichgültig.«

»Wenn das keine Herausforderung ist für einen Mann«, lacht er und sieht mich schamlos und arrogant wie immer an.

Jetzt weiß ich, warum ich Damien nicht ausstehen kann. Weil er mich an Max erinnert. Egozentrisch, gutaussehend, einer von der Sorte, die meinen, nur mit den Fingern schnippen zu müssen, und sofort werfen sich ihnen alle zu Füßen. Genau die Art Mann, an der meine Freundinnen und ich unsere Rache ausüben wollten.

Das wäre allerdings ein gelungener Coup. Damien flachlegen und ihn dann in die Wüste schicken. Es gibt nur ein Problem: Mich beschleicht das Gefühl, daß wir ein Rennen darum veranstalten würden, wer wen zuerst flachlegt, und er hat mir einiges an Erfahrung voraus. Ich frage mich, wer letztlich wen erniedrigen würde. Und ist es das wert, sich mit so einem Arsch einzulassen, nur um einen Punkt zu machen?

Damien wohnt ganz in der Nähe von Emma in Chelsea, im Erdgeschoß eines umgebauten viktorianischen Hauses. Es erinnert ein bißchen an das, in dem ich mit Max gelebt habe.

Ich rechne damit, daß er aus dem Taxi springt und mir das Bezahlen überläßt, statt dessen zahlt er, wendet sich dann zu mir und lächelt mich richtiggehend nett und freundlich an. »Wie wär's noch mit einem Kaffee?«

Welche Absichten verbergen sich hinter so einer Frage, wenn sie von einem Typ wie Damien kommt? Ich weiß nicht, was meine Sinne vernebelt. Ob es an den sechs Gläsern warmen Weißweins liegt, gefolgt von mehreren Bierchen und einer größeren Menge Wodka, die fröhlich in meinem Magen durcheinander wirbeln, oder daran, daß mir mein trostloser Punktestand an der Küchentür wieder einfällt? Aber als ich den Mund öffne, um »Vergiß es, Kleiner« zu zischen, höre ich mich selbst »Okay« sagen. Es klingt wie meine eigene Stimme, aber sie ist irgendwie vom restlichen Körper losgelöst, abgetrennt, wie ein abgehackter Kopf. Auf jeden Fall ist sie losgelöst von meinem Gehirn, das bei dem Gedanken daran, mit Damien allein in seiner Wohnung zu sein, sofort anfängt, vor Grauen stumm zu jammern. Aber genau dort befinde ich mich nur wenige Minuten später.

Es handelt sich um eine erstaunlich angenehme Behausung für jemanden wie ihn. Ich weiß auch nicht, was ich erwartet habe. Ich hatte ja auch nie wirklich einen Grund dazu, mir vorzustellen, wie er lebt, aber vermutlich hätte ich ihn eher in einem Reihenhaus in Islington mit gemusterten Teppichböden, braunen Nylonbettbezügen und Militärpostern anstelle von Tapeten gesehen.

Damiens Wohnung hat Parkettboden, eine Küche aus heller Eiche, eine Musikanlage, die auf dem neuesten Stand ist, blaßgrüne Wände und Vorhänge mit edlen Mustern an den Fenstern.

Die größte Überraschung aber ist, daß Damien sich als ziemlich netter, unterhaltsamer Mensch entpuppt, wenn man allein mit ihm ist.

Ich mag die meisten seiner CDs und die Art, wie er seine Wohnung eingerichtet hat. Er bietet mir echten Kaffee anstelle von löslichem an, und dazu gibt es Schokokekse, was ihm natürlich sofort mehrere Gummipunkte einbringt.

Er ist charmant, aber nicht aufdringlich, witzig, aber nicht derb, sehr belesen und man kann sich überraschend gut mit ihm unterhalten.

Das ist eine Seite an Damien, die ich vorher nie kennengelernt habe.

Vielleicht stellen die spitzzüngigen Anspielungen und das kindische Verhalten bloß einen Teil seines Charakters dar, der nur gegenüber seinen Kumpanen im Büro ans Tageslicht kommt.

Es gelingt mir sogar, auch ein bißchen zu flirten. Nicht viel, nur ein bißchen. Aber genug, um vom Kaffee zum Brandy überzugehen, und von Radiohead zu Portishead. Genug, damit Damien sich von dem blaßvioletten Armsessel, in dem er saß, zu dem Sofa vorarbeitet, auf dem ich mich gerade viel zu wohl fühle.

Er beginnt am anderen Ende des langen Dreisitzers und arbeitet sich behutsam über das weiche Leder, bis sein Schenkel den meinen berührt.

Er gähnt und reckt sich, und sein Arm gleitet hinter meinen Nacken.

Ich will ihm gerade eine runterhauen, weil er sich so kindisch wie ein Sechzehnjähriger im Kino benimmt, als ich seine Finger spüre, mit denen er anfängt, meine verspannten Schultermuskeln zu kneten. Widerwillig stelle ich fest, daß es sich unglaublich gut anfühlt. Falsch. Er fühlt sich einfach sagenhaft an. Ich habe so viele Knoten in meinen Schultermuskeln, man könnte fast meinen, sie hätten die letzten paar Wochen bei einer ganzen Schwadron kleiner Pfadfinder verbracht, die eifrig Knoten in Seile machen.

Damien massiert mich so lange, bis ich vornübergebeugt dasitze und er ganz dicht hinter mir ist. Seine Hände kneten meine Muskeln wie ein Bäcker, der Brotteig bearbeitet, er drückt mit den Daumen, greift zu und bearbeitet die Milchsäure, bis ich nur noch eine weiche, biegsame Stoffpuppe in seinen Händen bin.

Mein Gott, wie gut er das kann. Unter dem Einfluß des Alkohols und dieser überwältigenden Nackenmassage entschwebe ich in eine andere Dimension.

Ich bin so abwesend, daß ich ihn noch nicht mal daran hindere, die Hände von hinten nach vorne gleiten zu lassen und seine Aufmerksamkeit fortan meinen Brüsten zu widmen. Die Hände gleiten unter mein Baumwollshirt, mit den Daumen umfährt er die Brustwarzen und reibt sie mit langsamen, zarten, zielstrebigen Bewegungen, bis sie ganz hart sind.

Im nächsten Moment küssen wir uns.

»Ich küsse gerade Damien«, warnt mich eine leise Stimme in meinem Hinterkopf. Die leise Stimme hört sich sehr überrascht und etwas entrüstet an und fügt noch hinzu: »Ich finde wirklich, du solltest aufhören, Damien zu küssen.«

Mein Körper aber signalisiert meinem Verstand, sich zu verdünnisieren, und macht weiter.

»Hör sofort auf, Damien zu küssen!« befiehlt die leise Stimme, diesmal in einem entschiedenerem Tonfall. »Er verführt dich. So sollte das eigentlich nicht ablaufen!«

Unglücklicherweise antwortet der Rest von mir gar nicht. Man muß berücksichtigen, daß es durchaus kein unangenehmes Erlebnis ist, Damien zu küssen. Das überrascht mich sehr. Aber ich komme mir auch immer noch so losgelöst vor, als ob ich mir selber aus einer Zimmerecke oder so zuschauen würde.

Die leise Stimme, die etwas weiter sieht als bis heute abend, die auch an den morgigen Tag und an den Rest meines Lebens denkt, weiß um den ernsthaften Verdruß und die tödliche Gefahr, in der mein Stolz schwebt. Also rollt sie die Ärmel hoch und bereitet sich auf einen Kampf mit meinem betrunkenen, dümmlichen Hirn vor, das keine Vernunft annehmen will. Mein Hirn beschäftigt sich nämlich viel zu sehr damit, was mit meinem Körper geschieht, und es hat beschlossen, daß es diese Empfindungen genießt und sich überhaupt nicht darum schert, wer sie auslöst. Es erinnert ein wenig an diese alten Cartoons von Warner Brothers. Das gute Gewissen und das schlechte Gewissen veranstalten in meinem Kopf ein Wettrennen. Gerade liegen sie Kopf an Kopf und streiten, was sich etwa so anhört:

»Das ist doch eine einzigartige Gelegenheit.«

»Du kannst Damien nicht leiden.«

»Aber er macht mich an.«

»Aber du bist doch ein braves Mädchen, du wirst doch nicht bloß Sex haben, nur weil es Spaß macht.«

»Wenn ich ein Mann wäre, schon.«

»Wenn du ein Mann wärst, würdest du dann mit dem weiblichen Gegenstück von Damien schlafen?«

»Gutaussehend. Durchtrainiert. Hat was von einer Blondine. Klar, das würde ich.«

»Aber du bist kein Mann.«

»Was zählt, ist die männliche Denkweise. Denk dran – Regeln bleiben Regeln. Ich armes Mädel habe noch keinen einzigen Punkt gemacht.«

»Warum spielen wir bei diesem blöden Spiel überhaupt mit?«

Gut packt schließlich Böse an der Kehle und haut ihm links und rechts ein paar runter, um zu versuchen, mich aus meiner trunkenen Abgestumpftheit herauszureißen. Es klappt. Vor Grauen schreie ich innerlich auf, als mir endlich klar wird, *was* ich gerade mache.

Ich beschließe, daß ich damit aufhören muß, aber es gibt keine Ausweichmöglichkeit. Ich bin eingekeilt zwischen dem Sofaende und Damiens Körper. Ich könnte mich zu Boden gleiten lassen, aber ich glaube, daß er dann auch fallen würde, und dann würden wir uns in einer überaus peinlichen Lage wiederfinden.

Als das gute Gewissen das schlechte Gewissen im väterlichen Ton niedergerungen und zu einer Bauchlandung gezwungen hat und es jetzt ultimativ auffordert, sich ja zu unterwerfen, unterbricht Damien den Kampf von sich aus, indem er aufsteht. Sein Mund und seine Augenbrauen lächeln mich an, und er haucht mir ins Ohr, »warte auf mich, ich bin gleich wieder da«.

Ich warte, aber nur, weil ich Mühe habe, wieder zu Atem zu kommen und die Kontrolle über meine Beine zu erlangen. Was soll ich jetzt machen? Bei den beiden letzten Malen habe ich gekniffen, und jetzt, wo der schwarze Kaffee den Zugriff des Alkohols allmählich löst, wie ein Schaber, der das Rührei von einer Antihaftschichtpfanne kratzt, deren Antihaftschicht dahin ist, jetzt würde ich auch liebend gern vor diesem Mal kneifen.

Als Damien auf dem Weg vom Badezimmer das Licht abdunkelt, gerate ich in Panik. Das liegt nicht daran, daß er versucht, den passenden Rahmen zu schaffen, sondern daran, daß er seine Kleidung im Badezimmer gelassen hat.

Als er ins Zimmer zurückkommt, trägt er nichts mehr außer einem breiten Grinsen im Gesicht, einem Paar Mickey-Maus-Socken an den Füßen und einem fluoriszierenden Kondom auf seinem beachtlichen Ständer, das in dem schwachen Licht grün und unheimlich glüht.

Ich kriege den Mund nicht mehr zu.

Und Sie dürfen mir glauben, das soll keine Einladung zum Oralsex sein.

»Damien ist nackt, Damien ist nackt!« Dieser Gedanke geht mir nicht mehr aus dem Sinn, wie ein dummer Kinderreim.

Völlig überrumpelt starre ich auf die selbstbewußte, prahlerische Figur vor mir. Er hat leichte X-Beine und eine stark behaarte, dunkle Brust; über dem Bauch läuft das Haar spitz zusammen und führt als dünne Linie nach Süden, wo es auf einen gewissen Appendix trifft, der seinerseits entschieden nach Norden deutet.

»Alles klar?« krächzt er.

Ich kann nur eines tun.

Ich fange an zu lachen. Erst ganz leise, dann aber schüttele ich mich kichernd, bis ich schließlich schallend lache wie ein asthmatischer Esel. Tränen laufen mir über die Wangen. Damiens Ständer sinkt schneller in sich zusammen als eine Hüpfburg, der man einen üblen Tritt mit dem Stöckelschuh verpaßt hat. Man stelle sich nur mal den schiefen Turm von Pisa vor, der da groß, leicht schräg und selbstbewußt aufragt, und plötzlich umkippt wie der letzte Dominostein in einer langen Reihe. Er verschwindet zwischen den Eiern wie eine mißmutige Schildkröte, die sich verstecken will. Plötzlich wird selbst Damien bescheiden, bedeckt seinen geschrumpften Pimmel mit den Händen und starrt mich mit weit aufgerissenen Augen gekränkt und empört an.

Ich grabsche nach meiner Handtasche und stolpere rückwärts. Mein Gesicht ist zu einer clownesken, lachenden Grimasse verzogen, und ich versuche, den hysterischen Ausbruch zu unterdrücken. Ich schaffe es irgendwie, mich zurückzuhalten, bis ich aus der Wohnung heraus und an der frischen Luft bin. Dort sinke ich brüllend vor Lachen gegen den schmiedeeisernen Zaun.

Ein zornrotes Gesicht erscheint kurz am Fenster von Damiens Wohnzimmer.

»Treffer Nummer drei!« rufe ich ihm zu, bevor es hastig im Schatten verschwindet und ich handtaschenschwingend die Straße hinuntergehe.

»Hast du's getan?«

So lautet seit neuestem Emmas Standardbegrüßung. Sie sagt nicht länger hallo, wenn sie mich begrüßt.

Ich hocke am Küchentisch, versunken in Selbstmitleid. Wir haben keinen Eisbeutel, wir haben noch nicht mal kleine Gefrierbeutel für Tiefkühlgemüse. Ich war also gezwungen, eine alte Bademütze mit Speiseeis, Marke Cookies and Cream, zu füllen – o welch Schande, welch Verschwendung – und sie mit einer Kordel zuzubinden, um mir damit den hämmernden Schädel zu kühlen.

»Habe ich«, murmele ich mit schwerer Zunge, wie das nun mal am Morgen danach so ist. »Aber ich befürchte, ich habe mal wieder gekniffen. Tut mir leid.« Ich lasse den Kopf hängen, direkt über meinem unberührten Müsli. »Ich hab's versucht, wirklich. Ich komme bis zum entscheidenden Moment, aber ich kann es nicht durchziehen. Ich sollte wohl besser aufgeben. Offensichtlich bin ich nicht dafür gemacht, mich wie ein männliches Chauvischwein zu verhalten.«

»Quatsch!« Emma lacht. »Du wirst es schon noch schaffen, laß dich von deinem Versagen nicht abhalten.«

Versagen? Herzlichen Dank, du meine beste Freundin. Genau das wollte ich hören. Versagen.

»Du darfst noch nicht aufgeben. Das ist so, als würde man vom Pferd fallen«, fährt sie fort. »Steh wieder auf, klopf den Staub ab, und dann steig wieder auf, und reite um dein Leben.«

Ich muß wieder an den nackten Damien mit seinen Disney-Socken und dem fluoreszierenden Pimmel denken. Ich stelle mir vor, wie ich auf diesem fluoreszierenden Pimmel um mein Leben reite und wie meine Hände dabei die Motive an seinen Knöcheln umklammern. Mir macht schon mein Katzenjammer zu schaffen. Aber bei dem Gedanken will ich nur noch den Kopf in die Kloschüssel stecken und mir die Seele aus dem Leib kotzen.

»Würdest du auf Damien Lawrence um dein Leben reiten wollen?« frage ich sie.

»Damien?« wiederholt sie entsetzt. »Damien? Warst du etwa letzte Nacht mit dem zusammen? Himmel, Lex, warum bist du bloß mit diesem Wurm ausgegangen?«

»Ich war halt unkritisch.«

»Das kannst du laut sagen!« Ems reißt vor Entsetzen die Augen auf. »Ich weiß, daß unsere Regeln besagen, es mit jedem zu treiben, der das geeignete Werkzeug besitzt, aber doch nicht mit so einem Abschaum!«

»Aber genau das sollte ich doch tun, oder? Männer sind doch auch unkritisch, stimmt's?«

»Aber nur, wenn sie besoffen oder verzweifelt sind. Warst du besoffen?«

»Na ja, ich hatte schon einiges getankt. Aber ich muß zugeben, daß ich allmählich ziemlich verzweifelt bin. Das muß ich wohl sein, sonst hätte ich doch nicht zugestimmt, bei ihm Kaffee zu trinken. Glücklicherweise war ich nicht besoffen oder verzweifelt genug, um mich vor diesem Idioten nackt auszuziehen.«

»Dem Himmel sei Dank!«

»Aber fällt er nicht unter die Regel: ›eine einzigartige Gelegenheit, also greif zu‹?«

»Damien ist doch keine einzigartige Gelegenheit. Bei der Warteschlange, die er hat, stehst du dir die Beine in den Bauch. Ach, Lex, ich weiß auch, daß wir Regeln ausgemacht haben, aber die sind doch alle relativ. Was hat es für einen Sinn, deine zukünftigen Fickchancen zu ruinieren oder deine Gesundheit zu gefährden, nur um einen Punkt zu machen?«

»Kann schon sein, aber bisher läuft es nicht so gut bei mir. Es sind bereits vier Wochen vergangen, und ich hatte noch nicht mal einen One-Night-Stand. Serena ist schon bei Nummer drei.«

»O ja, sie entwickelt eine geradezu beängstigende Professionalität bei diesem Spiel, stimmt's?«

»Und du läßt auch nichts anbrennen ...«

»Mmmm.« Ems geht nicht darauf ein, wahrscheinlich will sie mich nicht noch mehr verletzen, indem sie ihren Erfolg mit meinem eigenen, traurigen Versagen vergleicht.

»Ahhh!« kreische ich und stoße meinen Kopf gegen die Holzplatte des Tisches. »Wie soll ich ihm bloß im Büro gegenübertreten? Ich marschiere schon im Zickzack wie eine Küchenschabe, um Larry aus dem Weg zu gehen, und der kommt nur ein paarmal pro Woche in unser Gebäude. Damien sitzt auch noch im selben Büro wie ich!«

»Es wäre noch zehnmal schlimmer, wenn du wirklich mit diesem Kerl geschlafen hättest.«

»Ich weiß. Gut, daß ich die nächsten Wochen sowieso nicht da bin.«

»Schon wieder ein Aufbruch ins Unbekannte?«

»Ja, ich soll in die Cotswolds in Gloucestershire fahren«, seufze ich, »und dann zu einem dieser schrecklichen Ferienparks in Devon. Ach, mein Leben ist einfach so … so aufregend.«

»Um einiges besser, als in einem Büro mit vierzig hormongeschüttelten Typen zu hocken, die den ganzen Tag am Telefon rumbrüllen.«

»Meinst du? Ich würde gern mal mit dir tauschen. Ganz bestimmt würde ich an einem Ort mit so vielen Männern ein paar geeignete Zielscheiben finden.«

»Hört sich gut an. Ich tausche gerne mein Kostüm gegen deine Reisetasche.«

»Schön wär's. Sag mal, wie ist das wirklich, so als einzige Frau in einem Raum voller Männer?«

»Die Hölle.« Emma stößt einen pathetischen Seufzer aus, greift nach meinem Löffel und taucht ihn in die geschmolzene Eiscreme, die auf meinem Kopf thront. »Einfach die Hölle!«

5

Montagmorgen. Ich packe die üblichen Utensilien – Diktiergerät, Laptop und ausreichend Gepäck für einen Monat – in den Kofferraum meines Ford Fiesta.

Obwohl ich beruflich dauernd verreisen muß, gehöre ich nicht zu den Menschen, die einfach ein paar Kleidungsstücke und einige Accessoires in einen Koffer werfen können und dann für jede Gelegenheit gerüstet sind. Ich packe immer zuviel Kleidung ein, so daß ich mehr als doppelt soviel habe, als ich für den jeweiligen Zeitraum brauche, und für jede Eventualität gerüstet bin. Wenn ich mich in die Arktis zum Hundeschlittenfahren begeben würde, ich würde garantiert einen Bikini einpacken, für den tropischen Strandurlaub auf den Seychellen würde ich einen Wollpulli und meine Wärmflasche mitnehmen – man weiß ja nie.

Das Wetter in den Cotswolds ist nicht gerade tropisch – es sei denn, man denkt an tropische Regenwälder anstelle von tropischen Stränden. Ein feiner Sprühregen begleitet mich den ganzen Weg über die M40, und erst als langsam die Dämmerung einsetzt, kämpft sich die freundliche Aprilsonne durch die Wolken, um die liebliche Landschaft um mich herum zu bescheinen. Ihre Strahlen saugen die glitzernden Wassertropfen auf, die überall glänzen, wie verschütteter Champagner.

Trotz meiner ablehnenden, widerspenstigen Einstellung dieser Reise gegenüber verbessert sich meine Laune mit jedem Kilometer, den ich weiter nach Warwickshire hineinfahre.

Ich hatte ganz vergessen, wie wunderschön dieser Teil der Welt doch ist.

Die großartige Landschaft um mich herum beeindruckt mich so sehr, daß ich sogar den Klassiksender einstelle und das Ganze noch mit ein bißchen Vivaldi unterlege.

Als ich dann schließlich das Hotel erreiche, bin ich in der richtigen Stimmung für ein wenig imposante Pracht. Sie wissen schon, was ich meine: eine lange Auffahrt, die Mr. Darcy wie in *Stolz und Vorurteil* auf seinem schweißbedeckten Roß entlanggaloppieren kann; zauberhafte Gartenanlagen, in denen Jane Eyre mit ihrem Mr. Rochester spazierengehen kann; efeuumrankte Schlafzimmerfenster, zu denen ein hoffnungslos verliebter romantischer Held hinaufklettert.

Ich werde nicht enttäuscht.

Als ich das Hauptportal des Hotels *The Priory* erreiche, über das ich eine Besprechung schreiben will, empfängt mich eine lange, kurvenreiche Auffahrt, die von dunklen Bäumen wie von Wächtern gesäumt wird. Es kreuzt zwar kein Darcy auf seinem Vollblut meinen Weg, während ich die Allee entlangfahre und das Anwesen rund um mich herum bewundere, aber dieser Ort ist trotz allem sehr romantisch.

Die Auffahrt führt zu einem großen alten Haus aus Sandstein, die Butzenscheiben der Fenster spiegeln das goldene Licht in der Dämmerung des frühen Abends.

Ein Portier mit grüngoldener Livree eilt aus dem Haus herbei, um mir mit dem Gepäck behilflich zu sein, wartet geduldig, bis ich eingecheckt habe, und führt mich dann über den linken Flügel des reichverzierten Treppenhauses zu einem im Renaissancestil dekorierten Zimmer, das ein Himmelbett hat und auf einen umfriedeten Blumengarten zeigt, in dem sich sogar ein Springbrunnen befindet. Darüber steht auf Zehenspitzen Cupido, der in hohem Bogen pinkelt und direkt auf mich zielt.

Wäre ich ein Location Scout und würde Drehorte für Filme aussuchen, dann würde ich angesichts dieses Ortes in Verzückung geraten. Da ich aber Schriftstellerin bin, gerate ich in eine völlig übersteigerte Verzückung, gebe dem Portier ein völlig überzogenes Trinkgeld und greife zu meinem Laptop.

Ich kann es nicht glauben, daß die Zeitung mich endlich mal an einen Ort geschickt hat, der es wert ist, besucht zu werden. Rodney muß wohl zum Abschied sein Budget einmal großzügig gehandhabt haben.

Als dem Thesaurus auf meinem Computer die Synonyme für bezaubernd ausgegangen sind, nehme ich eine Dusche, ziehe mir das obligatorische kleine Schwarze an und begebe mich nach unten in den eichenholzgetäfelten Speisesaal zum Abendessen.

Ich habe berufsbedingt schon an so vielen Orten allein zu Abend gegessen, daß mich das in der Regel überhaupt nicht mehr stört. Doch andere Menschen scheinen das viel verwirrender zu finden als ich. Eine Frau, die allein ißt, scheint die gleiche Wirkung auf ein Restaurant zu haben wie eine junge Mutter, die in der Öffentlichkeit ihre Brust entblößt, um zu stillen. Ich kann die neugierigen, mitleidigen oder auch ablehnenden Blicke geradezu spüren, die auf mich gerichtet sind.

Nach einer umwerfenden Mahlzeit tun mir diese armen Leute leid, die sich in meiner Gegenwart so unbehaglich fühlen, und ich steuere die Bar an, nachdem ich meinen Oberschenkeln zuliebe auf den Nachtisch verzichtet habe. Wenigstens habe ich hier – zumindest in den Augen anderer Leute – einen Grund, allein zu sein: Ich will ganz offensichtlich jemanden aufreißen. Wenn sie wissen – oder zu wissen meinen –, warum ich allein bin, können sie wenigstens meinen Einzelgängerstatus akzeptieren. Früher habe ich die üblichen Krücken des einsamen, alten Trinkers zu Hilfe genommen, die Zeitung, ein gutes Buch oder unter erschwerten Umständen sogar meinen Laptop. Aber jetzt habe ich kein Bedürfnis nach solchen Stützen. Wenn ein Mann in eine Bar gehen und allein einen trinken kann, dann kann ich das in meiner neuen Rolle, in der ich geschlechtsspezifische Stereotypen einfach umdrehe, auch.

Trotz dieser neuen Entschlossenheit fühle ich mich etwas verunsichert, als ich meinen Hintern auf einen Barhocker schiebe und ein Glas Weißwein bestelle. Restaurants sind okay. Da habe ich ein Messer und eine Gabel und Essen, um damit herumzuspielen, und eine Karte, die ich mit professionellem Blick studieren kann. Bars sind ein bißchen schwieriger. Ich bin ja nicht wirklich in der Bar, um sie zu bewerten. Ich bin hier, um mich vollaufen zu lassen.

Ich habe Glück. Der Barmann, ein liebenswerter Schwuler, langweilt sich und freut sich über Gesellschaft. Er bewundert mein Kleid, während er mir das erste Glas Weißwein serviert. Innerhalb von fünf Minuten habe ich herausgefunden, daß sein Name Aidan lautet, daß er fünfundzwanzig ist, ursprünglich aus Edinburgh stammt, sich vor mehr als einem Jahr von seinem langjährigen Freund getrennt hat und nach hier unten kam, um all das hinter sich zu lassen. Daß er tagsüber als Grafikdesigner arbeitet, aber eigentlich Modeschöpfer ist, und daß er seit einigen Monaten abends in der Hotelbar arbeitet, um neue Leute und den Mann seiner Träume kennenzulernen.

»Und was machst du so, Sweetie?« stellt er schließlich die gefürchtete Frage.

»Ich bin Vertreterin«, lüge ich. Ich erzähle nie jemandem, was ich mache, wenn ich unterwegs und »an einer Story dran« bin. Sobald ich sage, daß ich eine Besprechung für eine mehr oder weniger landesweit erscheinende Zeitung schreibe, werde ich überaus zuvorkommend bedient. Ich will aber sehen, was die Regel ist.

»Das überrascht mich.« Er stellt ein glänzendes Bierglas ab und greift nach einem anderen. »Du siehst gar nicht so aus. Was verkaufst du denn?«

»Maschinen für Großwäschereien.« Eine weitere Lüge, obwohl ja die Zeitungen die Schmutzwäsche anderer Leute in der Öffentlichkeit waschen.

»Wirklich? Dann solltest du dich mal mit der Haushälterin unterhalten. Bei uns tut sich zur Zeit so einiges. Ich glaube, es werden für eine ganze Menge Dinge neue Lieferanten gesucht.«

Huch! Ich habe nicht die leiseste Ahnung von dem, was ich da angeblich verkaufe. Ich versuche, mich an ein paar Reinigungsprodukte zu erinnern, aber alles, was mir einfällt, sind Jiff, die WC-Ente und Meister Proper. Ich muß mir mal etwas Leichteres ausdenken, sonst verrate ich mich noch selbst.

»Mmmm. Danke ...« murmele ich unverbindlich, und mein Gehirn brummt angestrengt, während ich krampfhaft nach einem anderen Gesprächsthema suche. »Wie war denn das Wetter hier so in letzter Zeit?« frage ich ganz platt.

Glücklicherweise rettet mich die Ankunft eines etwa achtzehn Jahre altes Mädchens. Ihre langen, weißblonden Haare fallen offen über den Rücken, und ihr Gesicht gleicht einem gereizten Frettchen. Sie soll Aidan für den Rest des Abends aushelfen. Offensichtlich kommen neben den Hotelgästen auch Einheimische in die Hotelbar, die sich im Laufe unseres Gesprächs allmählich gefüllt hat. Frettchengesicht hat anscheinend auch ein Frettchenhirn, weshalb man ihr ungefähr achtmal hintereinander erklären muß, wie sie die elektronische Kasse zu bedienen hat. Als Aidan schließlich zu mir zurückkehrt, ist er so überdreht wie ein überstrapaziertes Spielzeug, das man aufziehen kann. Er will nur noch grollen. Deshalb wird mein angeblicher Beruf glücklicherweise nicht mehr erwähnt.

»Was fürrr eine Platzverrrschwendung«, stöhnt er mit seinem schönen, gerollten Schotten-R, »aber die ist so hohl im Kopf, daß man sie schon als Stauraum verwenden könnte. Alles, was ich zu ihr sage, geht zum einen Ohr rein und zum anderen wieder raus. Pfff. Ich weiß auch nicht, warum die eingestellt wurde. Sie behindert mich eher, als daß sie mir hilft.«

»Aber sie ist ziemlich attraktiv. Ist wahrscheinlich gut fürs Geschäft.«

»Attraktiv? Meinst du wirklich? Kennst du das Lied? *Nice legs* ...«

»... *shame about the face?*« fahre ich an seiner Stelle fort und versuche, ein Kichern zu unterdrücken. »Aidan, das ist gemein, so zu lästern.«

»Hh-hm, und genauso gemein ist es, daß ich mit diesem Hohlkopf arbeiten muß.«

»Die Gäste scheinen sie aber zu mögen.« Ich beobachte, wie eine Gruppe von Männern, die vorher langsam an ihrem Bier getrunken haben, plötzlich dazu übergeht, das Flaschenbier runterzustürzen, das im untersten Regal gelagert wird. Jedesmal, wenn sie sich nach unten beugt, um noch eine Flasche zu holen, gewährt sie dem sabbernden Haufen Einblick auf ein Stück schlanken Oberschenkel und eine weiße Spitzenunterhose unter einem Röckchen, das kaum mehr als ein breiter Gürtel ist. O hätte ich doch nur auch so schlanke Oberschenkel, um so einen Rock tragen zu können, denke ich und verspüre einen leichten Stich, weil sie so viel Aufmerksamkeit auf sich zieht.

»Mmmm, du weißt ja, wie die meisten Männer so sind, Sweetie. Das Hirn sitzt bei denen geradewegs zwischen den Beinen.« Mißbilligend und neidisch verzieht er den Mund. »Ich hab mich doch damals immer mit so einem Typen getroffen – bevor ich mit John ging, also diesem Scheißkerl, der mich sitzengelassen hat. *Der* war vielleicht eine Schlampe. Der war glatt beidseitig befahrbar, weshalb er natürlich eine viel größere Auswahl hatte, mit wem er bumsen wollte. Ich schwör' dir, der war so sexbesessen, der hat auch beim Essen, Trinken und Atmen an nichts anderes gedacht ...«

Das Grollen hört schlagartig auf. Gerade hat ein Mann den Raum betreten und sich nur wenige Schritte von mir entfernt auf einem Barhocker niedergelassen. Aidans bereitwilliges Lächeln ist mit einem Schlag wieder da.

»Das nenne ich einen richtigen Mann.« Er lehnt sich nach

vorne und wispert verschwörerisch, wobei er sich unbewußt über die Lippen leckt. »Aber leider die totale Verschwendung. Der ist so straight, das glaubst du gar nicht. Ich würde ihn ja gerne bekehren, aber dieser Traum wird wohl nie wahr werden.«

Er zwinkert mir zu.

»Na, ich bediene ihn besser mal in der einzig mir erlaubten Art, bevor *sie* aufkreuzt. Bin gleich wieder da.«

Das blonde Frettchen und Aidan tragen einen Kampf darum aus, wer den Neuankömmling nun bedienen darf, während ich das Objekt ihrer Rivalitäten genauer unter die Lupe nehme.

Er ist Anfang bis Mitte Dreißig, lässig und bequem in Baumwollhosen und ein verwaschenes, grünes Ralph-Lauren-Shirt gekleidet. Er hat braunes Haar, das an den Seiten sehr kurz geschnitten ist, das Deckhaar jedoch etwas länger läßt und von einzelnen grauen Strähnen durchzogen ist. Eine leicht gekrümmte Nase, ein hübscher Mund. Ein attraktives Gesicht, aber es haut mich nicht sofort um.

Ich sehe genauer hin, weil ich zu verstehen versuche, warum Aidan und Frettchengesicht so einen Wirbel um diesen Typ veranstalten. Vielleicht hat er dieses gewisse Etwas, auf das Emma und Serena schwören. Ich muß zugeben, daß da etwas ist. Das süffisante Lächeln wirkt ansteckend, ich habe Lust, mit ihm gemeinsam zu kichern, obwohl ich nicht genau hören kann, über was gesprochen wird.

Was mir am meisten ins Auge sticht, ist seine zufriedene Ausstrahlung. Er sitzt ganz relaxed da, folgt offensichtlich Jems Maxime, mit sich selbst im reinen zu sein, und das besagte süffisante Lächeln taucht immer wieder auf, während er mit Aidan plaudert, der sich bei dem Kampf, wer ihn bedienen darf, durchgesetzt hat.

Ich beschließe, daß dieser Mann wirklich attraktiv ist, er hat das gewisse Etwas. Ich sehe noch ein wenig genauer hin. Er hat blaue Augen, zumindest glaube ich das, denn es ist schwer zu sagen von meinem Platz aus. Ich schiebe mich noch ein bißchen näher ran. Stimmt, sie sind blau. Na ja, eine Art blaugrün, und der Effekt wird noch dadurch gesteigert, daß sie haselnußbraun gesprenkelt sind. Ein Füllhorn der Farben, die glitzern und sich verändern wie die Muster in einem Kaleidoskop.

Plötzlich wird mir bewußt, daß diese bläulich-grünlichbräunlichen Augen mich ansehen. Er hat mich dabei ertappt, wie ich ihn anstarre. Er lächelt. Normalerweise würde ich jetzt die übliche, weibliche Reaktion zeigen und mit einem empörten Ausdruck im Gesicht wegsehen, als wäre ich der Meinung, daß er ungefähr so attraktiv ist wie ein alter Putzlappen, den man zum Auswischen des Hundenapfs verwendet. Oder ich würde, wenn er mir gefällt, schüchtern und etwas langsamer die Augen niederschlagen, um dann vielleicht nach kurzer Zeit wieder hinzusehen und ihm ein Lächeln zuzuwerfen, ganz nach dem Motto: Ich bin verklemmt, aber komm, und hol mich, Big Boy. Oder aber ich würde in das altbekannte Schema zurückfallen, einfach zu Tode erschrecken, und mein Gesicht peinlich berührt hinter meinem Drink verbergen.

Aber all das mache ich nicht. Die Augen blicken so fröhlich und so freundlich, daß ich es tatsächlich schaffe, einfach ganz normal und unverkrampft das Lächeln zu erwidern.

Frettchen beobachtet mich und beginnt, mich mit Blicken wie mit Dolchen zu durchbohren. Jeden Moment wird sie sich die Stöckelschuhe von den Füßen reißen und beginnen, damit auf mich einzuhacken. Zu meiner Erleichterung wird sie bald durch einen weiteren Neuankömmling in der lärmenden Gruppe lüsterner Geschäftsmänner weiter unten an der Bar abgelenkt.

Ein Toupet hat die Räumlichkeiten betreten, es kleidet einen Geschäftsführer. Ich sage das bewußt so, weil das Haarteil wesentlich mehr Präsenz ausstrahlt als das blasse, ergraute Stück dubioser Männlichkeit darunter. Trotzdem muß es so ziemlich das armseligste Toupet in der Geschichte der Haarteile sein, was ja auch eine Menge über den Mann aussagt, oder? Es sieht aus, als hätte er irgendein altes, graues, plattgefahrenes Nagetierchen von der Straße gekratzt und es sich einfach auf den Kopf geklatscht, ohne vorher den Straßendreck rauszuwaschen oder den verklebten Pelz durchzukämmen.

Da ich mich bereits zu meinem vierten Glas Wein vorgearbeitet habe, dem bereits eine halbe Karaffe der exquisiten Hausmarke beim Abendessen vorausgegangen ist, fange ich vor Lachen zu glucksen an, und ich muß den Rest meines Getränkes auf einmal runterschlucken, um das Glucksen zu unterdrücken.

Aidan eilt mit einer Flasche herbei und schenkt mir nach.

»Das ist einer der reichsten Männer der Gegend.« Er folgt meinem Blick mit den Augen. »Macht in Geflügel.«

»Ist das, was er da auf dem Kopf trägt, etwa ein Musterstück?« Das Kichern kommt wieder. »Er sieht wie ein Truthahn damit aus, findest du nicht?«

Aidan berührt meinen Arm und unterdrückt ein Lachen.

»Furchtbar, nicht? Er ist wegen einer Konferenz hier, weißt du? Hat das halbe Hotel gebucht.«

»Die Tagung der toten Hühner. Wie aufregend!«

»Anscheinend ist er Junggeselle.«

»Das wundert mich nicht.« Ich muß husten, als ich mich am Wein verschlucke. »Wie wohl seine Schamhaare aussehen? Wahrscheinlich klebt eine vor Schreck erstarrte kleine Wüstenmaus an seiner Leiste?«

Aidan preßt sich die Hand vor den Mund, um nicht laut herauszuplatzen.

»Ich wäre bestimmt wie erstarrt vor Schreck, wenn ich mich in seiner Unterhose wiederfinden würde«, grunzt er. »Aber er ist einer der reichsten Männer in dieser Gegend«, wiederholt er, als ob ihn das sofort begehrenswert machen würde.

»Man sollte meinen, daß er sich dann auch eine anständige Perücke kaufen könnte.«

»Mmmm.« Aidan nickt zustimmend. »Oder er könnte diesen Deckel einfach ganz weglassen. Jemand sollte ihm mal stecken, daß Glatzen in sind.« Er greift nach einem Tuch und beginnt, einige Biergläser zu polieren, die frisch gewaschen und dampfend aus der heißen Spülmaschine kommen. »Sieh dir doch nur mal die Mitchell-Brüder an. Die tragen zu ihren Dreitagebärten Glatzen, die wie Billardkugeln glänzen, und sie scheinen ganz gut damit zu fahren. Mein letzter Lover ... also der vor dem, der vor diesem Scheißkerl John kam, der mich sitzengelassen hat ... der hatte einen polierten Schädel, und ich sage dir, das war vielleicht sexy! Er hat sich wie ein kleiner Maulwurf angefühlt ...«

»Ooooh, entschuldige, aber unser süßer Jake hat ein halbleeres Glas vor sich stehen, und wenn ich nicht sofort zu ihm eile, kommt *sie* mir wieder zuvor, und wir wollen doch nicht, daß *sie* am Zapfhahn rumpfuscht, oder? Das letzte Mal, als sie versucht hat, für jemanden ein Bier zu zapfen, war die Hälfte davon Schaum. Weißt du, nicht jeder steht auf Mädchen, die so viel Schaum schlagen.«

Aidan schießt davon, um »unseren süßen Jake« mit dem sexy Lachen zu bedienen, und kommt Frettchengesicht zuvor, die prompt von Mister Tatter-Toupet zurückgehalten wird, der, dem Rat seiner angesäuselten Kumpane folgend, eine Flasche vom Besten aus dem unteren Regal ordert.

Gereizt seufzt sie auf und verfolgt nun an meiner Stelle Aidan mit ihren dolchgleichen, giftigen Blicken. Dann beugt sich Frettchengesicht nach unten, um eine Flasche Budweiser für Tatter-Toupet zu holen. Er erhascht einen Blick auf den knappen, weißen Schlüpfer, verfällt daraufhin in einen Zustand der totalen, hemmungslosen Gier, und jede einzelne Vene in seinem aufgeschwemmten, grauen Gesicht droht zu platzen, als er sie anbaggern will.

»Was macht denn so ein nettes Mädchen wie du an einem Ort wie diesem?« lautet sein erster erbarmungswürdiger Versuch.

»Ich arbeite hier, klar?« antwortet sie in einem gleichgültigen, flachen, sarkastischen Ton. »Hier.« Sie zerrt das Namensschild, das an ihrem Oberteil befestigt ist, hervor und läßt einen Finger über die eingravierten Buchstaben gleiten wie ein Blinder, der die Braille-Schrift entziffert. »Da steht Baaar Staaaff.« Sie betont die Worte wie eine Grundschullehrerin, die mit einem besonders schwierigen Dreikäsehoch spricht. »So ähnlich wie Bastard, nur mit einem D anstelle von dem F. F wie in uff.«

Ich frage mich, welche Benimmschule sie wohl besucht hat. Tatter-Toupet hört aber gar nicht hin.

»Helen«, sagt er und wendet seine Augen mühsam von dem Ausschnitt ab, den sie ihm gerade vors Gesicht gehalten hat, um den Namen über der Bezeichnung zu lesen. »Ein hübscher Name für ein hübsches Mädchen. Wußtest du schon, Mädel, daß du eine ganz Flotte bist? Süße *Belle Hélène,* dich würde ich gerne zum Nachtisch vernaschen.«

Ich kann mich nicht mehr halten und kichere hinter vorgehaltener Hand. Ich kann nichts dafür, aber ich habe noch nie in meinem Leben solch grobe Plattheiten gehört.

Tatter-Toupet versucht, seinen Ellenbogen lässig und cool auf den Tresen zu stützen, langt daneben und reißt schnell den Kopf hoch, als er merkt, daß sein Kinn nichts hat, auf das es sich stützen kann. Das Nagetier aus dem Autounfall rutscht über seinen Glatzkopf, bis es in einem Fünfundvierziggradwinkel zur Spitze seines Kopfes zum Stillstand kommt. Er bemerkt es gar nicht, starrt blöde auf das Frettchen und fängt an, ziemlich falsch einen Song über hübsche Mädchen zu summen.

Zu diesem Zeitpunkt ertrinke ich schon fast in meinem Weißweinglas, und der Alkohol blubbert mir in der Nase, weil ich ein schallendes Lachen kaum noch zu unterdrücken vermag.

»Unser süßer Jake« bricht auch fast über seinem Bier zusammen, die Schultern zucken vor Vergnügen. Unsere lachenden, strahlenden Augen treffen sich.

Dieses Mal schaue ich weg. Ich weiß auch nicht warum, aber ich fühle mich plötzlich ein bißchen linkisch.

»Sag ihr, daß ich sie liiiiiebe, sag ihr, daß ich ihren Körper wiiiiil …«, fährt Tatter-Toupet jaulend fort, wobei er anfängt, den Text zu improvisieren.

Ich sehe wieder hinüber, Jake erwidert meinen Blick, wir verdrehen die Augen in spöttischem Einverständnis. Er schüttelt den Kopf und verzieht den Mund.

»Wenn ich Ihnen verspreche, daß das keine plumpe Anmache sein soll, darf ich Ihnen dann einen Drink spendieren?« Ich will mich schon umsehen, um sicherzugehen, ob wirklich ich diejenige bin, mit der er redet, aber Blondie hat Tatter-Toupets Tändeleien abgewürgt, die Dolche fallen gelassen und mäht mich jetzt sprichwörtlich mit einem imaginären Maschinengewehr platt.

»Und wenn ich Ihnen sage, daß ich es enttäuschend fände, wenn dem nicht so wäre, wollen Sie mir dann immer noch was zu trinken spendieren?« antworte ich scherzhaft und mit einer plötzlichen Kühnheit, die ich fast sofort bereue. Glücklicherweise bringt ihn das wieder zum Lachen.

»Na, wenn das nicht eindeutig eine Anmache war.« Er grinst, als ich so rot werde wie das glühende Holzfeuer, das im Kamin auf der anderen Seite des Raums fröhlich vor sich hin knistert. Er gibt Frettchengesicht ein Zeichen, die sich bis vor kurzem noch darum geschlagen hätte, ihn zu bedienen, jetzt aber so widerwillig ist wie ein Pferd, das nicht durstig ist, aber zur Tränke geführt wird. Wenn niemand hinsehen würde, würde sie bestimmt in mein Glas spucken, da bin ich mir sicher.

Aidan ist im Keller, um ein Bierfaß auszuwechseln. Als Frettchengesicht schließlich begriffen hat, was die Grundlagen des Getränkeservierens sind, und daß man nicht nur einfach den Deckel abmacht, kommt mein Barnachbar herüber.

»Jake.« Er stellt die zwei vollen Gläser ab und reicht mir die Hand.

»Ich weiß«, sage ich und schüttele sie.

»Und Sie?«

»Oh, Entschuldigung. Alex.«

»Wissen Sie, das hört sich jetzt zwar bestimmt wie ein weiterer dummer Spruch an, aber Sie kommen mir irgendwie bekannt vor.«

»Da haben Sie recht. Ich muß lachen. Und ich mag seinen festen, warmen Händedruck. »Das klingt wirklich wie ein weiterer dummer Spruch.«

»Sollte es allerdings nicht sein. Aber ich war ja auch an der Reihe. Sie haben damit angefangen.« Er läßt sich auf einen Hocker neben mir gleiten. »Aber jetzt mal Scherz beiseite, Ihr Gesicht kommt mir bekannt vor.«

Ich erlebe es manchmal, daß Leute so etwas zu mir sagen. Das mag an der Tatsache liegen, daß in jeder Ausgabe von *Sunday Best* neben meiner Kolumne ein unverschämt schmeichelhaftes Foto von mir prangt. Weil es sich dabei um ein solch erstaunliches Bild handelt – kunstvolles Profi-Make-up, gut inszeniertes Licht, Nachbearbeitung am Computer –, sieht es mir ähnlich, gleichzeitig aber auch nicht. Im Vergleich zu dem Foto von der Reisejournalistin Alex hat die echte Alex, also ich, etwas von einem Doppelgänger von George Michael oder Liz Hurley: Die Ähnlichkeit ist groß genug, damit die Leute zweimal hinsehen, aber bei näherem Hinsehen ist man enttäuscht. Und trotzdem, eben weil eine gewisse Ähnlichkeit besteht – ich meine, unter all diesen Schönheitskorrekturen bin das ja immer noch ich – und weil unsere Auflage ziemlich hoch ist, bekomme ich manchmal solche Fragen zu hören. Man darf das jetzt nicht mißverstehen. Ich werde nicht auf der Straße angefallen oder bei Sainsbury's von Autogrammjägern belagert wie etwa Max, der einst einen richtigen Fanclub hatte, nachdem er in einem TV-Mehrteiler, der Sonntags abends lief, einen besonders schneidigen Offizier gespielt hatte. Eingebildet, wie er nun mal ist, hat er jede einzelne Minute seiner kurzen Berühmtheit genossen. Er hat seine Koteletten noch mindestens acht Monate nach Ausstrahlung der letzten Folge stehenlassen. Bei mir kommt es nur ab und an zu einem beinahen Erkennen.

»Ich kriege immer zu hören, daß ich Elle Macpherson wie aus dem Gesicht geschnitten bin«, witzele ich.

Aidan kommt grummelnd aus dem Keller zurück. Er hat sich einen seiner gut gepflegten Fingernägel abgebrochen, als er das Faß ausgetauscht hat.

»Also habt ihr zwei euch gefunden?« Er hält mir die Hand hin, damit ich den besagten Nagel inspizieren kann. Mitleidig puste ich darauf. »Sehr gut, ich wollte dir sowieso sagen, daß du Alex ein bißchen Gesellschaft leisten sollst, Jake. Sie ist nämlich allein, und wir wollen doch nicht, daß dieser traurige, erbärmliche Haufen da ihr auch noch das Leben schwermacht, stimmt's?« Er deutet mit einem Kopfnicken in Richtung der lautstarken Geschäftsleute und zwinkert mir verstohlen zu.

Ich glaube, da versucht jemand zu kuppeln. Aidan, der sehr wohl weiß, daß jedwede Anwandlung von Liebe oder Lust auf seiner Seite von diesem speziellen Mann nicht erwidert werden wird, scheint ganz offensichtlich Großmut walten lassen zu wollen.

»Mach dir mal keine Sorgen, Alex, Schätzchen, Jake wird sich schon um dich kümmern. Laß dich doch von ihm ein bißchen rumführen, wie wär's? Die Parkanlagen sind um diese Uhrzeit ja sooo schön.« Wieder zwinkert er mir zu, dieser durchtriebene Kerl. »Wahnsinnig romantisch – Mondlicht, Rosenduft und was sonst noch so dazugehört.«

Jake, der sich über Aidans knallharte Kupplermasche fast genauso amüsiert wie über Tatter-Toupets Tändeleien mit unserem Frettchengesicht, versucht, eine unauffällige Miene zu machen, und fragt mich, wie mir das Hotel gefällt.

»Es ist bezaubernd«, begeistere ich mich. »Genau die Art Haus, in der ich immer wohnen wollte, als ich noch ein Kind war. Sie wissen schon, man hat diese Phase, in der man felsenfest davon überzeugt ist, adoptiert worden zu sein. In Wirklichkeit hat man reiche adelige Eltern, die zudem noch genug Platz für ein Pony haben.«

Er lacht. »Ich bin froh, daß es Ihnen gefällt.«

»Das hört sich ja beinahe so an, als hätten Sie ein berechtigtes Interesse daran?«

Er nickt. »Ein Familienunternehmen.«

»Ah, ich verstehe.« Das erklärt das übereifrige Verhalten des Barpersonals. »Also arbeiten Sie hier?«

Er schüttelt den Kopf.

»Nein, ich habe im Ausland gearbeitet. Das Hotel gehört meinen Eltern, aber mein Vater war sehr krank, da wurde manches ein bißchen vernachlässigt. Sie brauchen Hilfe, um alles wieder auf Vordermann zu bringen. Sie haben das Geschäft schleifen lassen, weil sie zu sehr mit anderen Dingen beschäftigt waren.«

»Also sind Sie zurückgekommen, um es für sie zu leiten?«

Wieder schüttelt er den Kopf.

»Ich helfe nur eine Zeitlang aus. Das ist eigentlich nicht mein Beruf.«

»Sondern?«

Er lächelt trocken. »Sagen wir mal, ich bin so eine Art Troubleshooter. Wenn etwas nicht läuft und wieder in die Gänge gebracht werden soll, dann ruft man mich, um das zu erledigen.« Er scheint genauso reserviert zu sein wie ich, wenn es darum geht, seine beruflichen Angelegenheiten offenzulegen. Hastig kehrt er zu mir zurück.

»Aidan hat gesagt, Sie sind Vertreterin?«

»Mmmm.« Wieder murmele ich unverbindlich.

Also darüber haben er und Aidan sich vorhin unterhalten … über mich. Ich weiß auch nicht, warum, aber ich bin geradezu irrsinnig darüber erfreut, daß ich einen Beweis für ein gewisses

Interesse seinerseits erhalte. Ich lenke unsere Unterhaltung wieder auf ein sichereres Thema.

»Wie es aussieht, haben Sie hier alles ziemlich gründlich auf Vordermann gebracht. Es ist eines der besten Hotels, in denen ich dieses Jahr war.«

»Danke, wir bemühen uns sehr. Sie reisen also viel?«

»Das gehört zu meinem Beruf. Es gab Zeiten, da habe ich schon in ganz üblen Löchern übernachtet, das können Sie mir glauben.«

»Mmm.« Er nickt zustimmend. »Die einzige Qualifikation, die ich habe, um meiner Familie hier weiterzuhelfen, ist die, daß ich in einigen der schlimmsten Hotels dieser Welt übernachtet habe. Ich weiß nicht besonders viel über das Geschäft, aber ich weiß verdammt genau, was man vermeiden sollte.«

»Ja.« Ich lache. »Ich habe mal an einem Ort übernachtet, der so feucht war, daß sogar die Holzwürmer Gummistiefel anhatten. Man brauchte noch nicht mal ein Zimmer mit Bad zu buchen, weil man sich einfach unter ein Rinnsal in der Ecke des Raumes stellen konnte.«

Er lacht zustimmend.

»Das kenne ich. Ich glaube, das Schlimmste, was ich je erlebt habe, war dieses Loch in Torquay. Ich war wegen einer Konferenz dort und das eigentliche Hotel war ausgebucht. Genauer gesagt war sogar die ganze Stadt so gut wie ausgebucht. Das Unternehmen, für das ich damals arbeitete, war ein ziemlich wichtiger Kunde, also haben sie mich und einige meiner Kollegen in einem sogenannten Anbau untergebracht, der sich aber als ein eigenständiges Hotel am Ende der Straße entpuppte. Ich hab's geschafft, innerhalb von gerade mal einhundert Metern von fünf auf null Sterne zu kommen. So etwas haben Sie in Ihrem ganzen Leben noch nicht gesehen. Ich dachte, ich sei gestorben und in meine Kindheit zurückversetzt worden. Sie wissen schon, was ich meine – solche Hütten wie bei den Pfadfindern. Es hat mich überrascht, daß wir nicht auf Eisenpritschen schlafen mußten.

Wir waren zu zweit in einem Zimmer, die Kakerlaken nicht mitgerechnet, und wir mußten uns zu sechst ein Bad teilen, um zweiundzwanzig Uhr war Zapfenstreich, Frühstück gab's um Punkt acht oder gar nicht, wobei man immer noch die Möglichkeit hatte, die Pilze zu essen, die an der Decke wuchsen, wenn man allzu hungrig war. Ach, Gott«, seufzt er, »bei der Konferenz ging es um das Thema Teamarbeit. Die drei Nächte im Hotel haben uns mehr gelehrt als irgendeiner dieser Vorträge.«

»Wem erzählen Sie das«, stimme ich zu. »In manchen dieser Löcher gilt, nur der Stärkste überlebt, und die Bettwanzen sind in der Regel besser akklimatisiert als man selber ...«

»Und besser genährt«, scherzt er. »Zumindest sind sie immer sicher, einen guten Zimmerservice zu bekommen.«

Noch nie ist es mir so leichtgefallen, mich mit jemandem zu unterhalten, den ich nicht kenne. Eigentlich ist es sogar leichter, sich mit Jake zu unterhalten, als mit manchen Leuten, die ich ziemlich gut kenne.

Er ist originell und geistreich, und die Zeit, die wir im Gespräch verbringen, verfliegt so schnell wie der Alkohol, den Aidan beständig in mein Glas schüttet. Sobald es leer auf dem Tresen steht, stürzt mein neuer Freund wie ein Bernhardiner auf einer Rettungsmission herbei und schenkt mir nach.

Zu einem Zeitpunkt, als die letzte Bestellrunde nur noch eine vage Erinnerung ist und die Zapfhähne fest unter ihren Abdeckungen schlummern, sind nur noch ich, Jake, eine exquisite Flasche Pouilly Fumé und das offene Kaminfeuer übriggeblieben.

Die Lichter sind aus, und wir sitzen einträchtig Seite an Seite vor dem warmen, flackernden, goldenen Widerschein des Feuers, wiegen unsere Gläser und schwätzen wie alte Freunde.

Aus der Nähe sieht man die feinen Falten um seine Augen, die sich vertiefen, wenn er lächelt. Im Verlauf der letzten Stunden habe ich entdeckt, daß Jake sehr viel lächelt. Und ich habe entdeckt, daß wir beide gerne reisen, den gleichen Geschmack in Sachen Musik haben und beide gutes Essen und guten Wein schätzen. Wir haben kurz über Politik geredet, die Gleichberechtigung zwischen Mann und Frau diskutiert, mehrere schmutzige Witze erzählt, und nun sind wir beide auf wohlige, glückliche und entspannte Weise reichlich betrunken.

Jake greift nach der Flasche, die zwischen uns auf dem Boden steht. Sie ist leer.

»Wie wär's mit noch einer?«

»Wenn ich noch ein einziges Glas trinke, mußt du den Arzt rufen!« kichere ich.

»Wieso? Ist dir schlecht?«

»Nein, aber du holst dir einen Bandscheibenvorfall, wenn du mich die zwei Treppen zu meinem Zimmer hochschleppen mußt, nachdem ich ohnmächtig geworden bin.«

»Na, wie wär's dann mit der Besichtigungstour?« Er sieht mich von der Seite an. Die zuckenden Flammen werfen ein sanftes Licht auf sein Gesicht, als würden sie ihn streicheln. Fragend hebt er die Augenbrauen.

Ich werfe einen Blick auf die alte Uhr, die friedlich in einer Ecke des Raumes vor sich hin tickt. Es ist Mitternacht.

»Meinst du wirklich, daß wir das um diese Uhrzeit machen sollten? Was ist mit den anderen Hotelgästen?«

»Sie sind wahrscheinlich alle bewußtlos, wenn man bedenkt, welche Mengen Alkohol die heute abend hier getrunken haben.«

»Also, wie steht's?« fragt er, steht auf und hält mir die Hand hin. »Ich könnte dir den Pavillon zeigen, wo Lady Elizabeth Beauchamp beim heimlichen Stelldichein mit einem hiesigen Mönch ertappt und von ihrem eifersüchtigen Gatten ermordet wurde ... und die Allee, wo angeblich jede Nacht ein Geist mit dem Kopf unter dem Arm wandelt, seit ihn sein eigener Bruder abgeschlachtet hat.«

»Wie könnte ich solchen Verlockungen widerstehen?«

Der Nachthimmel draußen gleicht einem Überwurf aus schwarzem Samt, an dem die Sterne sich ausbreiten, als hätte jemand mit unsichtbarer Hand funkelnde Punkte über der Oberfläche verteilt. Es ist mild, eine sanfte Brise raschelt in den Blättern der Bäume, so daß sie in der Dunkelheit wispern.

Jake führt mich zur Rückseite des Hauses. Jedes Geräusch, mag es noch so leise sein, wirkt in der Stille der Nacht geradezu unheimlich laut.

»Das sind die französischen Gärten«, tuschelt er.

»Nicht möglich!« bemerke ich voller Sarkasmus.

»Hör mal zu, ich mache die Führung, klar? Es ist meine Aufgabe, dich herumzuführen, und deine, hingerissen allem zu lauschen, was ich von mir gebe.«

»Okay. 'tschuldigung.« Ich unterdrücke ein Grinsen und versuche, wieder ein normales Gesicht zu machen. »Ist es so gut?«

»Was?«

»Sehe ich für deine Begriffe hingerissen genug aus?«

Schnell nimmt er meinen Kopf in die Zange und schleift mich auf den Rasen.

»Ich bin der Geist vom *Priory*«, kichere ich und atme den zitronigen Duft seines Aftershaves ein.

»Das sind die französischen Gärten«, wiederholt er und unterbindet jede weitere Unterbrechung durch einen spöttischen Blick. »Angeblich wurden sie von Calamity Jones entworfen ...«

Ich fange spontan an, *Whip Crackaway* zu singen – im Gedenken an *Calamity Jane* mit Doris Day.

Er läßt meinen Kopf los und setzt sich mitten auf den Rasen.

»Okay, dann eben keine Besichtigung«, mault er und tut so, als wäre er tödlich beleidigt.

»O bitte, bitte, bitte, bitte, biiiiiitte. Ich verspreche auch, daß ich dich nicht mehr unterbreche. Warum zeigst du mir nicht die Stelle, an der Lady Elizabeth ihr Stelldichein mit dem sexbesessenen Mönch hatte?«

»Wer sagt denn, daß der Mönch der Sexbesessene war?« murmelt er und tut so, als würde er immer noch schmollen. »Es hätte ja sein können, daß Lady Liz die ganze Anmache gestartet hat.«

»Komm schon, üblicherweise ist es der Mann, der den ersten Schritt macht.«

»Stimmt nicht!« behauptet er kategorisch. »Alles Quatsch.«

»Glaub mir, der Mönch war's.« Ich lasse mich neben ihm auf den Boden plumpsen. »Er hat ihr dieses unmoralische Verhalten beigebracht… ›Wollen Euer Ladyschaft unter meiner Soutane die Kommunion empfangen?‹, ›O Mann, was hab ich da doch für eine interessante Reliquie in meiner Unterhose, Euer Ladyschaft‹, ›Das ist nicht die einzige nackte, glänzende Kugel, die ich habe – wollt Ihr die andere sehen?‹, ›Vertraut mir, Euer Ladyschaft, sich nackt zu geißeln ist gut für die Seele‹, ›Aber, Euer Lordschaft, ich dachte, Ihr sagtet, ich solle Ihrer Ladyschaft einen Dienst der Nächsten*liebe* erweisen?‹«

Jakes Schmollmund gibt schließlich nach und verzieht sich zu einem breiten Grinsen.

»Also zeigst du mir jetzt, wo Lady Liz Ehr' und Leben verloren hat oder was?« becirce ich ihn.

Er steht auf, nimmt meine Hände und zieht mich nach oben.

»Da entlang«, bedeutet er mir stumm und beginnt, über den Rasen zu stapfen, wobei er noch immer eine meiner Hände festhält.

Ich folge ihm. Mein Hintern ist etwas feucht vom Nachttau auf dem Rasen. Er zieht mich hinter sich her bis zum Ostflügel des Hauses, durch den Küchengarten, in dem es nach einer wundervollen Mischung aus Estragon und Thymian, Petersilie, Minze, Basilikum und anderen Kräutern, deren Namen ich nicht kenne, duftet.

»Jetzt sag aber nicht«, kichere ich, und ahme Horrorschauspieler Vincent Price nach, »daß das hier der Kräutergarten ist, in dem um Mitternacht der Geist irgendeines verrückten französischen Küchenchefs wandelt, das Hackbeil in der einen Hand, eine Knoblauchzehe in der anderen, und nach einem armen, unschuldigen Opfer Ausschau hält, an dem er seine neuesten Rezepte ausprobieren kann ...«

Ich unterbreche meine Rede, als wir eine Buchsbaumhecke umrunden, und bemerke, daß wir vor dem Schwimmbecken stehen.

»Hat Lady Liz es etwa im Pool mit dem Mönch getrieben?« Verwirrt sehe ich zu ihm auf. »Jetzt erzähl mir bloß nicht, daß sie in Ungnade gefallen ist, weil sie neun Monate später im Wasser ein Baby zur Welt gebracht hat!«

»Ich glaube, den Pool gab es im späten siebzehnten Jahrhundert noch nicht.«

»Natürlich nicht. Wie dumm von mir.« Ich habe einen Schluckauf. »Zu der Zeit waren Badeanzüge noch nicht in Mode, oder?«

»Nein«, antwortet er. »Damals hat man wohl das Schwimmen in Kleidern bevorzugt.«

Wir sehen uns an, dann blicken wir auf das tintenschwarze Schwimmbecken vor uns, in dem sich das silberne Mondlicht spiegelt. Die Oberfläche kräuselt sich leicht, wie Samt, durch den eine sanfte Brise streicht. Wieder sehen wir uns an, grinsen albern und rennen dann in stummer Übereinkunft darauf zu, kreischend und schreiend wie die Kinder.

Als wir an den Rand des Beckens kommen, schrecke ich zurück. Ich bin noch immer von Kopf bis Fuß angezogen, und das schwarze Wasser sieht plötzlich eiskalt aus. Ich veranstalte eine Art verzweifelten Sprung auf der allerletzten Sandsteinplatte, halte abrupt inne, bevor ich falle, und schwanke auf der Kante wie ein Kreisel, der kurz davor ist umzukippen.

Nicht so Jake. Er bremst gerade mal so weit ab, um mich angrinsen zu können, während er an mir vorbeifliegt. Er wirft sich nach vorne, direkt ins Wasser. Als er eintaucht, durchnäßt das aufspritzende Wasser meine Füße und meine Unterschenkel.

Als er wieder auftaucht, prustet er wie ein Wal. In seinen fröhlichen Augen blitzt es schalkhaft. »Feigling! Jetzt komm aber schnell hier rein!« ruft er. Seine Arme rotieren wie die Flossen eines Seelöwen, während er fünf Meter von mir entfernt im Wasser paddelt.

Zweifelnd runzele ich die Stirn.

»Ich bin ganz schön besoffen«, rufe ich ihm zu, »aber auch wenn der Alk mein Gehirn in die Irre führt, macht er das nicht mit meinem Körper.«

»Es ist beheizt.«

Ich zögere immer noch.

»Na, komm schon, das Wasser ist toll.«

»Den Spruch kenne ich«, antworte ich zweifelnd.

»Alex!«

Ich ziehe einen Schuh aus und halte zaghaft einen bestrumpften Zeh hinein.

»Kommt mir nicht gerade sehr beheizt vor«, murre ich, als das lauwarme Wasser in den Strumpf dringt.

»Es ist wärmer, als es scheint.« Er grinst, dreht sich auf den Bauch und kommt mit kräftigen Stößen zu mir herüber geschwommen.

Ich stehe immer noch zögernd am Rand und kreische auf, als er mit einer Hand meinen Knöchel umklammert. Ein geschickter Ruck, und ich verliere das Gleichgewicht und falle.

Er fängt mich ab, kurz bevor ich untergehe, und richtet mich wieder auf. Infolge des Schreckens schnappe ich nach Luft, nasse Haare kleben vor meinen Augen. Zärtlich streicht er mir die feuchten Locken aus dem Gesicht, und einen Moment lang habe ich den Eindruck, daß er mich küssen wird, aber er grinst mich nur durchtrieben an und schwimmt dann davon wie Patrick Duffy in *Der Mann aus Atlantis*. Sein Körper windet sich aalgleich, er taucht von der Oberfläche ab und verschwindet in der spiegelnden Schwärze des Wassers.

Ich trete auf der Stelle und genieße, wie das Wasser sanft, warm und zärtlich meine Haut streichelt.

»Genial«, rufe ich ihm zu, als er am anderen Ende wieder auftaucht.

»Hab ich dir doch gesagt. Glaubst du wirklich, ich wäre so grausam gewesen, dich sonst hier reinzuholen?«

Erneut verschwindet er und taucht dann tropfnaß wie eine Robbe genau vor mir auf, meine verlorenen Schuhe in den Händen.

»Es gibt nur ein Problem«, fahre ich fort, als er sie am Poolrand ablegt.

»Ach ja? Was denn?«

»Ich glaube, ich sinke.« Meine vollgesogenen Kleider fühlen sich plötzlich an, als würden sie mehr wiegen als ich. Ich plansche mutig und verschwinde unter der Oberfläche, hinabgezogen vom vervielfachten Gewicht durchnäßter Cashmerewolle.

Jake zieht mich wieder nach oben.

»Baywatch ist nichts dagegen«, kichere ich, als er mich an den Rand bugsiert.

»Ich hab dabei eher an die Richtlinien von Greenpeace gedacht«, murmelt er mit zusammengebissenen Zähnen. »Von wegen: Rettet die Wale.«

»Ich weiß auch, daß ich nicht gerade wie Pamela Anderson aussehe ...« knurre ich.

»Wenn du Pamela Anderson wärst, würdest du ganz von selbst oben treiben«, brummt er.

Dankbar halte ich mich am Rand des Beckens fest, während er als erster hinaufklettert, meine Hand nimmt und mich aus dem Wasser zieht.

Ich stehe in meinem durchweichten, schwarzen Cashmere-Kleid da wie ein ersoffener Maulwurf. In seinen Wimpern glitzern Wassertropfen. Seine Augen sehen in diesem Licht nicht mehr blaugrün aus, sondern braun, aber sie lachen immer noch.

Er hält noch immer meine Hand. Mit der anderen Hand nähert er sich meinem Gesicht und reibt mit dem Daumen eine Schliere schwarzer Wimperntusche unter meinem Auge weg. Der Daumen wandert nach unten, umfährt die Konturen meiner Wangenknochen und gleitet dann sachte und zärtlich über meine Lippen.

Ohne meine Schuhe bin ich runde fünf Zentimeter kleiner als er – eine gute Größe, wie ich finde, damit sich unsere Körper zärtlich aneinanderschmiegen können, während wir uns umarmen.

Wir küssen uns. Wie kann ich nur dieses Gefühl beschreiben, als unsere Lippen aufeinandertreffen und sich bewegen, als unsere Zungen sich berühren, so warm und weich und zart? Vielleicht kann man es mit den allerersten Strahlen der Sommersonne vergleichen, die sanft über die nackte Haut streichelt, oder mit dem Saft reifer Erdbeeren, der beim ersten Biß in die saftige Frucht durch den Mund rinnt. Ganz schön poetisch für meine Verhältnisse, aber was soll's, so ein Gefühl habe ich vorher schließlich auch noch nie erlebt. Sein Mund ist verführerischer und leckerer als alles, was Cadbury je an Schokolade erfinden könnte. Das ist, als würde man in eine Tüte mit Schokorosinen eintauchen. Man kann einfach nicht aufhören zu essen und ist gezwungen, sich daran gütlich zu tun, bis man pappsatt ist.

Sofortige sexuelle Anziehungskraft.

Allerdings sollte ja gemäß den Grundregeln ich diejenige sein, die den Aufriß startet, also weiß ich nicht, ob das hier zählt.

Zum Henker mit den Grundregeln! schießt es mir durch den Kopf, während sein Mund weiter nach unten gleitet. Das war doch sowieso ein Aufriß, an dem beide Seiten beteiligt waren. Und darum geht's doch bei der Gleichberechtigung, oder? Eine gemeinsame Anstrengung zu machen.

»Ich habe eine Flasche verdammt guten Brandy auf meinem Zimmer.« Sein Atem und seine Lippen streichen über meinen Nacken, während er spricht.

Ich lächele zustimmend, und er nimmt meine Hand.

Auf Zehenspitzen schleichen wir tropfend, die Schuhe in den Händen, die Treppe hinauf und kichern wie zwei Teenager.

In dem Moment, als wir zur Tür hereinkommen, ist der Brandy schon vergessen.

Er zieht mich an sich, und wieder küssen wir uns. Ganz automatisch schlinge ich die Arme um ihn, fahre ihm mit den Händen zärtlich über den Nacken und kraule sanft das weiche, kurzgeschnittene Haar an seinem Hinterkopf, während ich mich noch enger an ihn schmiege.

Ich warte auf die üblichen Warnglocken, die automatische Abschottung meines Körpers, aber umsonst. Je länger wir uns küssen, desto erregter werde ich. Selbst als ich die Augen öffne, bleibt die Erregung, ja, sie steigert sich noch, als seine Augen, die ebenfalls geschlossen waren, sich langsam öffnen und mich anlächeln.

Ich sollte mich doch eigentlich nicht so entspannt und wohl fühlen. Ich kenne diesen Mann schließlich gar nicht. Ich habe ihn vor drei Stunden getroffen, und jetzt stehe ich hier in seinem Zimmer und vibriere vor Leidenschaft, während er mir das Cashmere-Kleid über den Kopf zieht und es zu Boden fallen läßt.

Das alles kommt mir völlig unwirklich vor. Sind das wirklich meine Hände, die da die Knöpfe an seinem tropfnassen Ralph-Lauren-Hemd aufmachen, ist das wirklich mein Mund, der da seinen Nacken entlanggleitet? Und ist das meine Zunge, die da sachte, aber begierig über seine Brust fährt, als ich das Hemd über seine breiten Schultern ziehe?

Schritt für Schritt ziehen wir uns gegenseitig aus, unser Atem vermischt sich, und die Finger gleiten auf der Suche nach nackter Haut unter den Stoff.

Er hat eine breite Brust, starke Arme, kräftige Beine und einen süßen Hintern. Aber was mir sofort besonders ins Auge sticht, ist der Unterschied zwischen ihm und Max. Max war schlank, geschmeidig und hübsch und – ja, jetzt wird es mir klar, Max war ein Knabe.

Jake ist, im wahrsten Sinne des Wortes, ein Mann.

»Wie schön du bist«, murmelt er, und seine Hände umgreifen zärtlich das volle Fleisch meiner Brüste. Mit den Fingerspitzen umkreist er spielerisch die Brustwarzen, die unter dieser Berührung in Ekstase geraten und ganz hart werden.

Das bist du auch, erwidere ich in Gedanken, fasziniert von seinem muskulösen Körper, hingerissen von dem Kontrast, in dem die weiche Haut dazu steht, über die ich meine Fingerspitzen gleiten lasse.

Zusammen lassen wir uns auf das Bett fallen. Wir wühlen uns in die Laken, Lippen und Glieder streichen übereinander, Hände, Mund und Gefühle explodieren förmlich und kosten alles intensiver aus. Fordernd und zärtlich, verhalten und begierig.

Wie kann sich etwas so Festes so weich anfühlen? Die Haut ist wie Samt und scheint bei jeder Berührung zu glühen. Ich habe ein unstillbares Verlangen danach, ihn in den Mund zu nehmen, ihn zu schmecken, mit der Zunge über jede einzelne Kurve und Linie, jede Erhebung und Vertiefung zu fahren, während seine Zunge genießerisch über die empfindsamsten Stellen meines Körpers gleitet.

Bei Max habe ich mich in der Regel schon gelangweilt, bevor es überhaupt losging. Jetzt will ich nur noch, daß es immer so weitergeht, nie mehr aufhört. Die Berührung seiner Haut, ihn zu riechen und zu schmecken, das alles ist geradezu schwindelerregend erotisch. Ich lege einen Finger unter sein Kinn und ziehe ihn zu mir. Ich kann mich auf seinen Lippen und seiner Zunge schmecken.

Ich wache auf und spüre ihn neben mir. Sein Körper ist an meinen gekuschelt, sein sanfter Atem bläst mir warm in den Nacken. Einen Arm hat er um meine Taille geschlungen.

Es ist noch dunkel, doch draußen singen irgendwo die Vögel.

Und was mache ich jetzt? Was besagen die Regeln über das

Danach? Bleibe ich einfach hier liegen und genieße das Gefühl, seine Haut auf meiner zu spüren, und aale mich in dem wunderbaren, warmen Nachklang, der noch immer in meinem Körper kribbelt wie der Nachhall eines starken elektrischen Schocks? Ich bin erstaunt darüber, wie angenehm es ist, in den Armen eines Quasi-Fremden zu ruhen, wie gut sich seine Haut auf meiner anfühlt.

Langsam schließe ich die Augen wieder, das regelmäßige Heben und Senken seiner Brust lullt mich in den Schlaf.

Ich reiße die Augen auf.

So etwas habe ich vorher noch nie gemacht. Ich kann nicht hierbleiben und schlafen. Ich kann morgen früh nicht aufwachen und ihm ins Gesicht sehen. Ganz vorsichtig ziehe ich mich zurück.

Er murmelt im Schlaf und rollt sich auf den Bauch. Plötzlich fällt das Dämmerlicht auf sein Gesicht, das durch den Spalt in den hauchdünnen Vorhängen hereindringt. Die langen, goldbraunen, geschwungenen Wimpern ruhen auf der weichen Haut seiner Wangen.

Wie konnte ich jemals denken, sein Gesicht sei nur *hübsch?* Sein Gesicht ist schön. Stark, mit ausgeprägten Konturen und wunderschön.

Halt dich an die Regeln, Lex, ermahne ich mich. Aufreißen und abhaken.

Außerdem bin ich wahrscheinlich sowieso nur eine weitere Kerbe im Bettpfosten, der, seiner absoluten Kunstfertigkeit beim Sex nach zu urteilen, einem über und über geschnitzten und geritzten Stück Holz gleichen muß.

O Gott, wenn ich nur an vergangene Nacht denke, schießt mein Magen vor Begierde schon in mein Diaphragma.

Versuchsweise strecke ich die Hand aus und lasse sie zart und sanft über die glatte, fest Haut seines Rückens gleiten. Dann zucke ich zurück, so als ob ich etwas Verbotenes getan hätte.

Himmel, bin ich durcheinander.

Ich will mich nur noch anziehen und so schnell wie möglich hier raus.

Ich will ihm meine Telefonnummer dalassen.

Nein, ich will darauf pfeifen, am Montag wieder zur Arbeit zu gehen, um hier in diesem warmen, einladenden Hafen mit meinem gerade gefundenen Liebesgott für immer ausharren zu können.

Er rührt sich, sein Mund bewegt sich lautlos im Schlaf.

Ich sehne mich danach, ihn wieder zu küssen, seinen Mund auf meinem zu spüren …

Ich darf ihn nicht aufwecken. Wie kann ich ihm jemals wieder ins Gesicht sehen, nachdem … nachdem … Ich spüre, wie sich alles in mir zusammenzieht. Ein komisches Gefühl, wenn der Kopf einem befiehlt abzuhauen, der Körper aber darum bettelt, dazubleiben und es noch mal zu tun, und zum Teufel mit den Konsequenzen, zum Teufel damit, daß man einem fast gänzlich fremden Menschen ins Gesicht sehen muß, der mehr von einem gesehen hat als … Zeit zu gehen. Außerdem weiß ich ja immer, wo ich ihn finden kann, oder?

Ich summe »aufreißen und abhaken, aufreißen und abhaken« vor mich hin wie ein Mantra, ziehe mein durchweichtes Kleid an und haste zurück in mein Zimmer, wo ich mit Lichtgeschwindigkeit zusammenpacke.

Unten wecke ich den dösenden Nachtportier, begleiche meine Rechnung und schleiche mich zum Parkplatz.

Die Nacht hat gerade den Punkt erreicht, an dem sie in den Tag übergeht und der Mond für kurze Zeit heller erscheint als die Sonne, bevor er dann allmählich im Schatten verschwindet und blaß und unbedeutend neben ihrem Glanz wirkt.

Ich habe nur etwa zwei Stunden geschlafen, aber ich komme mir vor, als würde ich ein paar Zentimeter über dem Boden schweben und leichtfüßig über eine Hüpfburg schreiten.

Ich pfeife auf die Theorie, soeben habe ich nämlich die wahren Freuden beim Sex kennengelernt.

Mein nächster Halt führt mich zu diesem schrecklichen Ferienpark. Ich werde einen halben Tag zu früh an einem Ort ankommen, wo ich eigentlich gar nicht hin wollte, aber ich singe während der ganzen Fahrt auf der M5.

6

Ich schleppe Koffer, Reisetasche, Laptop und meine Wenigkeit die Treppe hinauf und breche müde, aber glücklich auf der letzten Stufe zusammen.

»Haaallllooooo.« Emma kommt aus der Küche gelaufen. Sie winkt mit einem kartoffelverkrusteten Mixstab und umarmt mich liebevoll, wobei sie mir in ihrer Begeisterung Kartoffeln ins Haar schmiert.

»Mensch, es kommt mir vor, als wärst du eine Ewigkeit weggewesen«, ruft sie und quetscht noch die letzte Unze Kraft aus meinem völlig zermarterten Körper. »Ich hab dich *echt* vermißt.«

Ich weiß nicht, ob ich mich darüber freuen soll, daß sie mich vermißt hat, oder ob ich mich ärgern soll, weil sie darüber so erstaunt zu sein scheint.

Sie läßt mich los und schleckt nachdenklich Kartoffeln von ihren Fingern.

»Ich muß mich wohl daran gewöhnt haben, ständig dein miesepetriges Gesicht um mich zu haben ...«

Alles klar, ich entscheide mich für Verärgerung. Ich versuche, ein beleidigtes Gesicht zu machen, aber es gelingt mir nicht. Dieses dämliche Grinsen hat sich auf meinem Gesicht breitgemacht und weigert sich strikt, wieder zu verschwinden. Da sitzt es jetzt schon seit acht Tagen und hat wunderbarerweise das Abenteuer im Ferienpark *Howkins Holiday* überlebt, offensichtlich nicht abzuschrecken durch das obligatorische Minigolfspielen, den hawaiianischen Abend mit Plastikbaströckchen und Piña Coladas, die aus Piña und sonst nichts bestanden, den frühmorgendlichen zwanzig Dezibel lauten Weckrufen aus dem Dreihundertsechziggradlautsprecher und den Alleinunterhalter, der so blau war wie eine Flasche Curaçao Blue und ungefähr so lustig wie eine besonders schmerzhafte Regelblutung.

Ach, und dann war da ja noch das gemeinsame Singen beim Abendbrot. Zwei Strophen von *Oh, I do like to be beside the seaside – Oh, wie schön ist's am Meer,* bevor man in den zweifelhaften Genuß eines sogenannten Schafhirtenauflaufs mit Kartoffelbrei und Erbsen kam, die auch gekocht noch genauso steinhart waren wie gefroren. Und trotzdem grinse ich immer noch wie ein übereifriger Jim Carrey.

Emma sieht mich neugierig an.

»Da ist noch etwas, was ich seit längerem nicht gesehen habe.« Sie nimmt mein Lächeln so genau in Augenschein, als wäre sie ein Experte auf einer Antiquitätenauktion. »Das Lächeln der Alex Gray, ein ganz seltenes Exemplar, zuletzt gesichtet um 1992, ein Unikat von unschätzbarem Wert.«

Emma hält den Kopf schräg, während sie mich beobachtet, und umschleicht mich wie eine große, lauernde Katze, die gleich zuschlagen wird.

»Du hast es getan, stimmt's?« sagt sie schließlich und blickt mich prüfend an, als wollte sie in meinem Gesicht irgend etwas erkennen.

Ist es so offensichtlich? Ehrlich gesagt war ich versucht, mir ein T-Shirt drucken zu lassen, aber anscheinend besteht dafür keine Notwendigkeit, da man es mir wohl ansieht.

»Du hast es also endlich getan, du hast jemanden aufgerissen, stimmt's?« fragt Emma ganz direkt.

Ich höre einfach nicht auf zu lächeln.

In Sachen mysteriöses Lächeln ist Mona Lisa gar nichts gegen mich.

»Wie war's ... wie war er ... war's gut ... hat's dir Spaß gemacht

… wer war's …« Sie bombardiert mich geradezu mit Fragen und läßt mir gar keine Zeit, auch nur eine zu beantworten. Eigentlich braucht sie auch gar keine Antworten, sie wartet nur einfach darauf, daß dieses dümmliche Grinsen endlich aus meinem Gesicht verschwindet.

Tut es aber nicht. Nicht mal das leiseste Anzeichen eines Bröckelns zeigt sich. Das Grinsen, das fetter ist als ein Käse der Doppelrahmstufe, klebt so fest und unverrückbar auf meinem Gesicht wie der abgebrochene Henkel einer Tasse, den man mit Sekundenkleber wieder angeklebt hat. Das Grinsen bleibt erst einmal eine Weile unverändert, selbst als Emma sofort zum Telefon greift, allen unseren Freunden die gute Nachricht mitteilt und Serena zu einer feierlichen Kreidezeremonie mit Würstchen, Kartoffelbrei, Coca-Cola light und einer Million Fragen einlädt.

Erst vier Tage später verliert es ein bißchen an Glanz, als ich Montag morgen aufwache und feststelle, daß ich heute zur Arbeit muß. Dorthin, wo Glühdödel Damien lauert.

Ich schleiche mich ins Büro wie James Bond auf geheimer Mission. Die Außentemperaturen sind angenehm mild. Wir haben dieses klare, schöne Wetter, das in der Werbung immer für Weichspüler herhalten muß – man gibt einfach einen wohlriechenden Zusatz in die Waschmaschine und findet sich plötzlich in einer grandiosen Landschaft wieder.

Aber trotz dieser freundlichen, warmen Brise, von der die Pendler an diesem staubigen Londoner Montagmorgen umweht werden, bin ich ganz in ein Geheimagentenoutfit gehüllt, angefangen von meiner dunklen Sonnenbrille bis hin zu dem knöchellangen Regenmantel. Dazu trage ich Emmas Designerhut (er ist riesig und besteht aus einem nicht identifizierbaren Synthetikpelz), den ich bis über die Ohren heruntergezogen habe.

Ich weiß nicht, warum ich mich so angezogen habe. Ich habe vor, unerkannt an Damien vorbeizukommen, aber aufgrund der Tatsache, daß alle um mich herum in Sommerklamotten rumlaufen, falle ich auf wie ein Eisbär in einem Käfig voller gerupfter Papageien.

In dem kleinen Park, durch den ich auf dem Weg von der U-Bahn zum Büro spaziere, entledige ich mich des Hutes, und prompt verliebt sich ein graues Eichhörnchen in ihn. Kaum bin ich im Gebäude, merke ich, daß sich irgend etwas verändert hat. Ich weiß, daß Rodney weg ist, aber das ist es nicht.

Ich ziehe meine Sonnenbrille ab, die alles um mich herum von unserer kleinen Jenny bis hin zu den Computern gelblich aussehen läßt.

Das ist es auch nicht.

Ich fühle mich verändert. *Mann,* was fühle ich mich verändert. Trotz der Tatsache, daß ich mir völlig sicher bin, Damien so lange wie möglich aus dem Weg gehen zu wollen, habe ich doch noch ein ganz schönes Après-Super-Sex-Hoch. Aber auch das ist es nicht.

Irgendwie scheint sich die Atmosphäre im Büro vollständig geändert zu haben. Die ehemalige, lässig entspannte Stimmung ist verschwunden.

Dann merke ich endlich, was es ist. Es ist zehn Uhr früh an einem Montagmorgen. Normalerweise gehöre ich zu den ersten, die ankommen, aber heute sind alle schon da, und anstelle der üblichen Grüppchen, die sich im Raum verteilen, übers Wochenende schwätzen, Kaffee trinken, lachen und Witze machen, arbeiten jetzt alle. Das meine ich ernst: Sie sitzen an ihren Plätzen, hacken auf die Tastatur ein, die Telefone klingeln, der Kopierer ist besetzt – sie arbeiten!

Da fällt es mir wieder ein. Vor zwei Wochen ist Rodney in Rente gegangen, und letzte Woche hat ein neuer Boß angefangen. Jetzt wird mir alles klarer.

Ich mache mich auf die Suche nach Mary, um Genaueres zu erfahren.

Sie sitzt an ihrem Platz.

Ich kann es deshalb sofort erkennen, weil ihr Schreibtisch blitzblank ist.

Normalerweise muß man Mary hinter Stapeln von Kochbüchern, Freiexemplaren, welken Topfpflanzen und aufeinander getürmten, überquellenden Ordnern suchen, in denen sie Anregungen und Rezepte sammelt.

»Mare! Was um Himmels willen geht hier vor?«

»Hi, Lexy!« Mary schaut auf, ihre goldbraunen Locken hüpfen, und sie grinst. »Willkommen in unserem brodelnden Bienenstock.«

»Sehe ich das richtig, daß wir all das hier dem neuen Boß zu verdanken haben?« Ich deute mit der Hand auf den besagten Bienenstock.

Sie nickt.

»Klar.«

»Wow, dieser neue Besen scheint ja echt gut zu kehren, hm?«

»Der ist kein neuer Besen«, kichert Mary. »Der ist einer von diesen Überschallstaubsaugem mit ganz viel Zubehör. Brrrrm!« brummt sie scherzeshalber.

»Wie ist er denn?«

»Wundervoll.« Sie deutet auf die Wand hinter ihrem Kopf, wo das wirre Durcheinander ihres Arbeitsplatzes nun ordentlich gestapelt auf Brettern aus geschnitzter Buche steht. »Siehst du, er hat mir Regale besorgt. Ich habe Rodney so oft gefrag ... nein, ich habe gebeten und *gebettelt*, daß er mir ein paar Regalböden besorgt, zwei Jahre lang habe ich das, solange ich hier bin ... und nur eine Woche, nachdem Jack Daniels hier angefangen hat, sind sie da. Läutet's da bei dir?«

»Jack Daniels? Das ist doch nicht dein Ernst, oder?«

Sie lacht und schüttelt den Kopf.

»Aber das ist ein Whisky.«

»Weiß ich. Und er ist genauso feurig, das kannst du mir glauben!«

»Wo ist Damien?«

»Bei einem Vortrag. Kommt erst nächste Woche wieder. Warum?«

Uff. Eine kleine Gnadenfrist.

»Ach, nichts. Ich wollt's halt nur wissen.« Ich kauere mich auf die Ecke von Marys Schreibtisch und überlege, ob ich nachhaken oder lieber abwarten soll, um zu sehen, ob er etwas gesagt hat. Wenn dem so ist, dann wage ich zu behaupten, daß ich es eher früher als später herausfinden werde. Da aber Warten noch nie zu meinen Stärken gehört hat, beschließe ich nachzuhaken.

»Maaary ...?« Ich gebe meiner Stimme einen Unterton, der besagen soll, daß ich nicht neugierig sein, es aber trotzdem wissen will. »Hat Damien zu irgend jemandem irgendwas über – äh, über Rodneys Abschied gesagt?«

»Nichts, außer daß er behauptet hat, er hätte sich an Glendas Krabbenzeug den Magen verdorben. Er ist dann auch ein paar Tage nicht gekommen. Warum?«

»Ach, nichts.« Ich rutsche vom Tisch runter und steuere meinen eigenen an. »Gar nichts. Bis später.«

Irgend jemand hat sich mit Scheuerpulver an meinem Platz zu schaffen gemacht. Mein Computer, der normalerweise aussieht, als hätte er sich gerade im Dreck gewälzt, und in einer Wolke aus Elektrosmog steht, glänzt wie neu. Er ist cremefarben. Es ist mir nie aufgefallen, ich habe immer gedacht, er wäre von einem dreckigen Beige. Das Alpenveilchen, das die letzten sechs Monate in einem traurigen, verwelkten, totenähnlichen Zustand auf meinem Tisch gestanden hat, ist verschwunden und durch ein großes, quietschgrünes, überaus lebendiges Teil mit glänzenden Blättern ersetzt worden, das ein bißchen an eine Kreuzung aus einer Hanfpflanze und einem Pfennigbaum erinnert. Könnte gut für die Moral der Truppe sein. Dope oder Knete im Eigenanbau.

Auf meinem Schreibtisch steht sogar ein Körbchen, ein kleines, rotes, rundes Ding, in das irgendeine gute Seele meine geklauten Kulis und die Kette aus Büroklammern gelegt hat.

Was für eine seltsame Erfahrung, für eine Woche wegzufahren und in eine völlig veränderte Umgebung zurückzukommen. Irgendwie verwirrend. Ich komme mir vor wie in einem Remake des Films *Die Frauen von Stepford*. Der Titel lautet: *Die Schreiberlinge von Stepney* – eine Kombination aus *Stepford* und *Rodney*.

Der neue Boß ist offensichtlich ein ganz Flotter. Den Gerüchten zufolge ist er irgendein hohes Tier, das hierher geschickt worden ist, um uns alle mal ein bißchen wachzurütteln. Wie es aussieht, behält die Gerüchteküche dieses Mal recht. Ich erkenne meine Kollegen kaum wieder, wie sie so durchs Büro flitzen und beschäftigt aussehen. Ich weiß ja, daß beschäftigt aussehen zu den Sachen gehört, die sie im Laufe der letzten Jahre zur Perfektion gebracht haben, ohne je *wirklich* beschäftigt zu sein, aber jetzt scheint es wirklich zu stimmen.

In den asiatischen Ländern gibt es ja bekanntlich einige recht seltsame Praktiken zur Motivationssteigerung. Vielleicht hält er uns alle jeden Morgen zu gemeinschaftlicher Gymnastik und zu Singübungen an, bevor die Arbeit beginnt. Vielleicht enden wir alle noch in diesen formlosen, blauen, durchnumerierten Anzügen mit Stehkrägen und verbeugen uns vor seinem Bildnis, wenn wir zur Tür hereinkommen. Oder macht man das in Japan und nicht in Hongkong?

Die radikalste Veränderung aber hat unsere Sandra durchgemacht. Unsere Sand ist nicht mehr die alte. Sie hat sich aus einer dicken, haarigen Raupe in eine ... na ja, eine dicke, haarige Raupe in einem schicken Kleid verwandelt.

Sie trägt etwas, das offensichtlich ein Korsett mit eingearbeitetem Wonderbra ist, der ihre fast nicht vorhandenen Brüste in eine dekolleté-ähnliche Form zwingt. Vergessen Sie das mit dem Wonderbra. Das muß ein *Zauber*Bra sein. Wo gibt's die?

Sie hat sich den Schnurrbart abrasiert und war beim Friseur: Ihre Haare liegen nun in zahlreichen, kleinen Löckchen um ihre Stirn und wippen vorteilhaft über ihr Gesicht, um eine ganze Menge Sünden zu kaschieren, zu denen der hohe Haaransatz, die Lachfalten und mehrere geplatzte Äderchen gehören. Und sie hat ihren massigen Körper in ein geblümtes Chiffonkleid gehüllt, das so feminin, fließend und durchscheinend ist, daß sie sich noch einen passenden Hut dazu aufsetzen und durch die Gärten des Buckingham Palastes schweben sollte, in der einen Hand eine Tasse aus erlesenem Porzellan mit Earl-Grey-Tee, in der anderen ein Erdbeertörtchen. Die absolute Veränderung gegenüber ihren üblichen formlosen, ausgebeulten Strickjacken, soviel ist mal sicher.

Der neue Boß ist ganz offensichtlich eine Verbesserung im Vergleich zu unserem rüden Rodney, wenn er bei unserer Sand solch eine erstaunliche Verwandlung auslöst.

Sogar ihre Stimme klingt nicht mehr wie knirschender Kies in einer Kaffeemühle, als sie mich beim Hereinkommen mit einem »Hallo« begrüßt. Sie hört sich jetzt tief, leise und heiser an, weil sie nicht als Mannweib dastehen will.

Ich beschließe, sie ein bißchen auszufragen.

»Na, wie ist er denn so, unser neuer Boß?«

»Oh, Mr. Daniels ist ein ganz, ganz wunderbarer Mann!« Sie strahlt.

Das ist völlig untypisch für Sandra. Sie pflegt Leute nicht Mr. Soundso zu nennen, nie würde sie jemanden als ganz, ganz wunderbar bezeichnen, und sie strahlt andere Leute *einfach nicht* an. Ich gelange zu der Erkenntnis, daß die echte Sandra von Außerirdischen entführt worden ist, und just in dem Augenblick, da wir uns unterhalten, werden an ihrem ausgestreckten Körper seltsame Experimente durchgeführt, während diese Replikantin hier wie eine Neuzüchtung aus der biederen Prinzessin Margret und der Speerwerferin Fatima Whitbread durchs Büro schwebt. Ob ich diese Sensation wohl an die Klatschpresse verhökern könnte? frage ich mich.

Sandras Haustelefon klingelt.

»Ja, hier ist Sandie. Aber natürlich, Mr. Daniels. Sofort, Mr. Daniels.«

Ich bleibe mit offenem Mund zurück, als Sandie (?!?) mehr oder weniger hüpfend im innersten Heiligtum verschwindet. Sie erinnert mich an eine griesgrämige, alte Mähre, die sich bei der Ankunft eines geschmeidigen, jungen Hengstes in eine ausgelassene, junge Stute verwandelt. Unser neuer Boß muß schon etwas ganz Besonderes sein, um einen so radikalen Einfluß auf Sandras Hormonhaushalt zu haben. Das könnte interessant werden. Aber nur weil Sandra offensichtlich schon ganz betört von ihm ist, muß das noch nicht heißen, daß er wirklich süß ist. Sie hat nämlich einen ziemlich zweifelhaften Geschmack in bezug auf Männer, wenn man bedenkt, daß sie achtzehn Jahre lang ein Bild von Barry Manilow in ihrer Geldbörse herumgetragen hat.

Ich versuche, einen Blick in das Innere des Heiligtums zu erhaschen, aber Sandra schlüpft hinein wie ein munteres Lamm und zieht eiligst die Tür hinter sich ins Schloß, Die Jalousien sind alle heruntergelassen und verleihen Rodneys altem Büro eine Aura des Privaten, Mysteriösen. Ich kann zwar nicht hineinsehen, mir aber lebhaft vorstellen, wie Sandra – sorry, Sandie – ihren Hintern auf eine Ecke des Schreibtischs hievt, ihre wuchtigen Oberschenkel in den neuen Nahtstrumpfhosen übereinanderschlägt und sich für ein Diktat oder einen anderen schnellen Job bereithält.

Allmählich mache ich mir Sorgen.

Ich pirsche mich wieder zu Marys Platz. Sie ist gerade dabei, sich durch einen Stapel Farbfotos von unterschiedlichen Cremetorten zu arbeiten, die der Große Eric aufgenommen hat.

»Ist er wirklich so nett, oder hast du mich bloß auf den Arm genommen?«

»Wer?« Mary schaut von einem großen Klacks aus Baisermasse, Himbeeren und Sahne auf.

»Der neue Boß natürlich.«

»Hast du ihn etwa noch nicht gesehen?«

»Ich war doch gar nicht hier.«

»Ich weiß, du hast mal wieder eine Spritztour gemacht«, seufzt sie voller Neid. »Was würde ich nicht alles dafür geben, wenn ich meine Leserrezepte und Geschmackstests gegen deinen Job tauschen könnte.«

»Wenn's um Schokotorten mit Schokoguß geht, tausche ich gerne meine zwei Tage in dem schottischen Wintersportkaff Aviemore nächsten Monat dafür ein.«

Voller Mitleid rümpft sie die Nase.

»Ich beschäftige mich gerade mit dem perfekten Picknick, weil sich das Wetter jetzt wieder bessert. Vielleicht könntest du beides kombinieren und mir die Mühe ersparen. Motto: *Aviemore al fresco?*«

»Ich weiß nicht, ob das paßt. Jedesmal, wenn ich nach Schottland fahre, regnet es. Wie wär's also mit *Picknick unterm Regenschirm?*«

»Hallo, Kinderchen!« ruft eine melodische Stimme quer durchs Büro. Das ist Astro-Astrid, die Astrologin des Hauses, die die Horoskope für diese Woche vorbeibringt.

Obwohl sie auf ihrem Kolumnenfoto wie eine Zigeunerin gestylt ist, ist Astro-Astrid in Wirklichkeit eine völlig normale Frau aus dem Stadtteil Neasden mit Namen Nuala – eine charmante, hübsche Dubliner Exhausfrau in mittleren Jahren, die lässig in Sweatshirt, Bluejeans und Leinenschuhe gekleidet ist. Sie sieht ungefähr so mysteriös aus wie ein Vorstadtsupermarkt.

Wie üblich will jeder sein Horoskop für die kommende Woche lesen. Ich schnappe mir meines.

Widder: Neptun steht im Zeichen der Sonne. Sie müssen in nächster Zeit mit einigen Schwierigkeiten rechnen. Als ob ich das nicht längst wüßte. *Aber erheben Sie sich über den Sturm, und bieten Sie ihm die Stirn.* Sehr geistreich, Nuala. *Stellen Sie sich auf eine Woche voller Überraschungen ein. Die Leidenschaft erwartet Sie dort, wo Sie am wenigsten damit rechnen.*

»Ich weiß nicht, warum du die immer liest«, brummelt sie mit ihrem weichen, irischen Akzent. »Das ist nur ein Haufen verdammter Unsinn. Ich muß es doch wissen, ich schreibe die verdammten Dinge ja schließlich. Macht mir vielleicht mal jemand 'ne Tasse Tee? Ich hab Stunden in der verdammten U-Bahn gesteckt und bin so ausgedörrt wie eine Wüstenoase.«

Leidenschaft, wo ich sie am wenigsten erwarte, ja? Vielleicht sollte ich mal anfangen, mich anderswo aufzuhalten. Ich weiß, daß die üblichen Aufreiß-Schuppen Pubs, Clubs, rund um die Uhr geöffnete Waschsalons und das Kaufhaus Sainsbury's sind, aber wenn ich den Punktestand an meiner Schlafzimmertür erhöhen will, sollte ich mich vielleicht zum Lamareiten aufmachen, Schnitzeljagden in der Retortenstadt Milton Keynes veranstalten oder mich im Bungee-Jumping von der Tower Bridge versuchen.

Und was hat es mit den Schwierigkeiten in der nächsten Zeit auf sich? Sollte das vielleicht eine Anspielung auf den geheimnisvollen Jack Daniels sein? Werde ich etwa wirklich arbeiten müssen, um meinen Job zu behalten?

»He, Nuala«, rufe ich ihr zu, »was hat die Woche denn für Widder arbeitsmäßig in petto?«

»Oh, da sieht's ganz düster aus ...«, ruft sie zurück und wendet sich dankbar Sandra zu, die gerade mit einem Teewagen gekommen ist.

»Wirklich?« Mir sinkt das Herz in die Hose.

»Wie soll ich das denn verdammt noch mal wissen?« Sie lacht. »Aber wenn du nicht gleich an deinen Schreibtisch gehst und zu arbeiten beginnst, bevor Mr. Daniels aus seiner Höhle kommt, brauchst du keine Wahrsagerin, um vorherzusehen, daß du in ernsthafte Schwierigkeiten gerätst.«

Sandra kommt durch den Raum gerollt, der Teewagen rattert über den blaßblauen Teppichbelag. In einer Schale stapeln sich verführerisch aussehende, glänzende Schokolädchen. So etwas hat es an diesem Ort, wo es schon als absolut exotisch gilt, trockene Butterkekse zum Tee zu knabbern, noch nicht gegeben.

»Oooh, Schoookiii.« Ich greife zu.

Sandra schlägt mir beinahe auf die Hand.

»Die sind für Mr. Daniels«, knurrt sie.

»Daniels hört sich aber nicht gerade Chinesisch an.« Schmollend greife ich nach einem wesentlich unscheinbareren, einfachen Keks und komme damit ungeschoren davon.

Dennoch sieht Sandra mich immer noch entrüstet an, aber nicht wegen des gemopsten Kekses.

»Das ist er auch nicht.«

Ich bin etwas verwirrt.

»Man sollte doch meinen, eine Reisejournalistin weiß, daß man nicht unbedingt Chinese sein muß, um in Hongkong zu leben und zu arbeiten«, sagt sie steif und stolziert in einer Wolke aus Chiffon und Rüschen von dannen. Eifersüchtig schützt sie ihre Schokokekse vor den Händen der Plünderer.

Ich versuche, die Schamesröte zu unterdrücken.

»Natürlich weiß ich das«, murmele ich. »Aber es wäre hilfreich, wenn ich als Reisejournalistin ab und zu auch mal an etwas exotischere Orte als Clacton-on-Sea geschickt würde.«

»Vielleicht solltest du dich an Mr. Daniels wenden ... bitte doch mal um ein paar Reiseziele, wo du hinfliegen mußt, statt mit dem Auto hinzufahren, schlägt Mary vor, die von der Großzügigkeit unseres neuen Chefs fest überzeugt ist, bloß weil sie ihre neuen Regalböden bekommen hat.

»Ja, klar. ›Entschuldigen Sie, neuer Boß, aber Sie wissen doch, daß ich nächsten Monat für zwei Tage nach Schottland muß? Wie wär's, wenn sie mich statt dessen für zwei Wochen auf die Seychellen schicken. Das würde viel mehr hermachen ...‹ Als ob das so leicht wäre!«

»Ich habe meine Regale bekommen«, strahlt Mary glücklich.

»Ich glaube, daß zwei Holzbohlen und ein paar Winkel viel eher im Budget vorgesehen sind als weiße Sandstrände, Palmen und Cocktails.« Ich seufze tief. »Dabei könnte ich nach den letzten Wochen weiß Gott einen ordentlichen Urlaub brauchen.«

Mary tätschelt mir mitfühlend die Hand.

»Immer noch unglücklich wegen Max?«

»Max? Wer ist das denn?« scherze ich.

»Ich vermute, das soll nein heißen?«

»Na, sagen wir einfach, daß ich mich in gewisser Weise schon sehr viel besser fühle.« Ich überlege, ob ich Mary von meiner überwältigenden, leidenschaftlichen Nacht erzählen soll, mache es dann aber doch nicht. Ich bin nicht die einzige, mit der die Gute tratscht. Außerdem habe ich selbst noch reichlich gemischte Gefühle, was diese Geschichte betrifft. Ich habe in den letzten Tagen ungefähr dreißig Mal zum Telefon gegriffen, um das *Priory*-Hotel anzurufen und mich für mein überstürztes Verschwinden zu entschuldigen, doch jedes Mal habe ich gekniffen.

»Ich bin einfach nur erschöpft, Mare. Ich könnte 'ne Pause brauchen.«

Neugierig sieht sie mich an.

»Was redest du denn da, Alex? Komm schon, raus mit der Sprache. Du weißt doch, ich kann Geheimnisse, die ich nicht kenne, nicht ausstehen.«

Wieder denke ich an die Nacht im *Priory* und versuche, gegen das verräterische Grinsen anzukämpfen, das sich auf meinem Gesicht breitmachen will.

»Paß auf, ich erzähl dir alles später beim Kaffee, okay?« lüge ich und schiebe meinen Hintern von ihrem Schreibtisch runter. »Diese neue Arbeitswut wirkt ziemlich ansteckend. Ich komme mir komisch vor, wenn ich als einzige nicht produktiv bin.«

Ich kehre zu meinem Schreibtisch zurück und fange an, meine Notizen der letzten zwei Wochen von meinem Laptop auf meinen PC zu übertragen.

Es ist wohl vorhersehbar, daß mein Bericht über das *Priory* vor Begeisterung nur so strotzt. Ich gebe diesem Hotel die höchste Wertung. Ich bin nicht voreingenommen, schließlich hatte ich dort wirklich eine schöne Zeit, oder?

Vielleicht wird Jake diese Besprechung lesen und dann merken, daß ich ihm wegen des Fotos neben meiner Kolumne bekannt vorkam. Vielleicht, aber auch nur vielleicht, meldet er sich dann und bittet um eine zweite Runde. Sind Two-Night-Stands den Regeln zufolge erlaubt? Ich habe da so meine Zweifel, es würde nicht zu unserer Strategie passen, aber was würde ich nicht für eine Wiederholung geben!

Ganz gegen meinen Entschluß, arbeitsam zu sein, gönne ich mir einen kleinen Tagtraum. Ich genieße es, die Geschehnisse dieser Nacht in meinem Kopf wieder und wieder ablaufen zu lassen, wie einen Lieblingsfilm.

Ich denke an Jakes Gesicht … und wandere dann in Gedanken zu anderen interessanten Punkten weiter unten. Es ist erstaunlich, wie jede Einzelheit an diesem Mann sich so tief in meine Erinnerung graben konnte. Die Art, wie er aussieht, wie er sich anfühlt, wie er riecht, wie seine Haut die meine berührt.

Jetzt kann ich ihn sehen, es ist fast so, als ob er vor mir stünde, angezogen natürlich, wir sind ja im Büro, aber …

»Morgen, Mr. Daniels.« Lucian schlüpft mit seinem Postwägelchen vorbei. Moment mal, eine Sekunde, wie ist der denn in meinen Traum gekommen? Ich bin doch auf der Arbei … Scheiße! Ich schrecke hoch. Der neue Boß ist im Büro, und ich muß gerade an meinem Schreibtisch vor mich hin dösen!

Okay, jetzt bin ich wach. Wie kommt es dann, daß ich Jake immer noch sehen kann? Zugegebenermaßen ist er jetzt wirklich angezogen, aber er geht in Lebensgröße an Marys Platz vorbei.

»Morgen, Mr. Daniels«, säuselt sie.

Er lächelt strahlend. Dieses Lächeln würde ich unter Tausenden wiedererkennen.

Mr. Daniels. Jack Daniels. Jake?

O mein Gott, ich sterbe.

Und wenn ich nicht sterbe, dann würde ich es gern.

Kann mir jemand sagen, daß ich schlafe und alles nur träume? Ja, ich schlafe noch. Das ist es: Ich schlafe und habe einen Alptraum.

Zeit aufzuwachen. Ich kneife mich. Ganz fest.

»Au!«

»Was machst du denn, Alex?« Mary sieht mich an, als ich vor Schmerzen aufschreie.

»Ich hab nur mal gecheckt, ob ich auch wach bin«, antworte ich und reibe mir über den schmerzenden Arm.

»Das solltest du auch«, zischt sie. »Da drüben steht nämlich der neue Boß, und ich kann mir nicht vorstellen, daß du einen besonders guten ersten Eindruck hinterläßt, wenn er dich schlafend vor deinem Computer sitzen sieht.«

»Was für einen ersten Eindruck würde ich deiner Meinung nach machen, wenn ich mir die Klamotten vom Leib reißen, meine Hemmungen über Bord werfen und mit ihm ins Bett hüpfen würde?« platze ich dümmlich heraus.

»Was?« Marys Augenbrauen kleben förmlich an der Decke. »Was ist heute morgen nur mit dir los, Alex?«

»Ich weiß auch nicht«, erwidere ich, »aber ein paar Aufputschpillen wären ganz nett.«

Ich beobachte, wie Jake lächelnd den Raum durchquert und jedem einen guten Morgen wünscht. O Mann, an dieses Lächeln kann ich mich erinnern! Es war eines der ersten Dinge, die mir an ihm aufgefallen sind. Die lässige Kleidung ist verschwunden. Jetzt trägt er einen grauen Armani-Anzug und auch das Haar ist ein bißchen kürzer, aber es besteht überhaupt kein Zweifel daran, daß der Mann vor mir der ist, mit dem ich vor nicht einmal zwei Wochen eine wundervolle Nacht verbracht habe.

Ich bemerke, daß Mary mit mir redet.

»... anscheinend hat sein Vater ihn aus Spaß immer Jack genannt, weil er Gastwirt oder so was Ähnliches ist.«

»Hotelier«, antworte ich benommen und verfolge, wie Jake wieder in seinem Büro verschwindet.

»Richtig, Hotelier«, fährt sie fort. »Moment mal, woher weißt du denn ...«

Ohne eine Antwort schieße ich von meinem Platz hoch und lasse eine völlig verblüffte Mary zurück. Mit gesenktem Kopf stürze ich aus dem Büro und steuere den Waschraum an.

Glücklicherweise ist er leer.

Ich versuche, tief durchzuatmen, um mich zu beruhigen. Es funktioniert nicht. Was machen sie denn in den amerikanischen Seifenopern immer? In eine Papiertüte atmen! Genau, ich werde in eine Papiertüte atmen. Nein, lieber doch nicht, wenn ich es mir genau überlege. Die einzigen greifbaren Tüten sind die für die Entsorgung von Binden, und ich habe irgendwie keine Lust darauf, mir so was über die Birne zu stülpen.

Ich spritze mir Wasser ins gerötete, brennende Gesicht und lehne dann meinen Kopf gegen die kühle, harte Spiegelfläche über dem Waschbecken. Dabei unterdrücke ich den Drang, mit dem Kopf mehrmals fest gegen die Wand zu donnern.

Warum? Warum? Warum? So was kann auch nur mir passieren. Erst Larry, dann Damien, jetzt das. Warum nur habe ich die Begabung, immer wieder vor meiner eigenen Tür zu landen? Aber ich wußte ja überhaupt nicht, daß ich vor meiner eigenen Tür landen würde. Wie zum Teufel hätte ich denn vorhersagen können, daß der erste Mann, den ich meiner Liste hinzuzufügen beschließe, sich als mein zukünftiger Boß entpuppen würde? Das hätte selbst Nuala nicht vorhersehen können.

Plötzlich kommt mir ein furchtbarer Gedanke. Bin ich etwa deshalb ausgeschickt worden, das *Priory* zu besuchen? Wußte er etwa die ganze Zeit, wer ich war? Hat er mit mir geschlafen, damit ich eine gute Kritik schreibe? Jetzt mache ich mich lächerlich. In Gedanken haue ich mir selber eine runter. »Reiß dich zusammen, Alex«, befehle ich meinem vor Panik erstarrten Spiegelbild. Ich atme einige Male tief durch, dann fühle ich mich etwas besser.

Und was mache ich jetzt, verdammt noch mal? Ich habe eine Nacht wilder, hemmungsloser Leidenschaft mit dem attraktivsten Mann verbracht, dem ich je begegnet bin. Dann habe ich die Regel befolgt und bin verschwunden. Nur, um eine Woche später herauszufinden, daß ich dummerweise für ihn arbeite! Wie soll ich ihm denn jemals gegenübertreten? Wenn ich es schon am Morgen danach nicht hingekriegt habe, wie soll es dann jetzt funktionieren?

Was um Himmels willen muß er jetzt von mir denken?

Ich verspüre den Drang, aus der Tür und einfach immer weiter zu gehen.

Meine Mutter sagte immer: »Die Vergangenheit kann man nicht hinter sich lassen, sie holt einen immer ein.«

Ich habe eine neue Variante. »Wenn man die Vergangenheit hinter sich läßt, holt sie einen nicht nur ein, sie *überholt* einen!«

Ich schleiche mich, das Gesicht hinter einer Hand verborgen, an meinen Platz zurück und richte die neue Pflanze und den Computer so aus, daß man fortan Röntgenaugen braucht, um zu sehen, wer dahinter sitzt.

Ich weiß, daß ich mich nicht für immer vor ihm verstecken kann. Dieser Mann ist mein Chef. Ich könnte kündigen, aber um das zu machen, müßte ich ihm auch gegenübertreten. Vor meinem inneren Auge sehe ich, wie ich mit einer über den Kopf gestülpten Papiertüte in sein Büro marschiere und ihm erzähle, daß ich an akuter Platzangst leide und von jetzt an nur noch zu Hause arbeiten kann. Das Problem dabei ist: Eine Reisejournalistin darf nicht an Platzangst leiden, denn Leute mit Platzangst vertragen das Reisen ungefähr so gut wie ein monatealtes, in Cellophan gehülltes Käsesandwich im Nachtzug von London nach Glasgow.

»Alex … hallooo … Erde an Alex.«

Ich spähe über die Pflanze und sehe Nigel vor meinem Schreibtisch stehen, mit Notizbuch und Stift bewaffnet.

»Los, komm.« Er macht mit dem Kopf eine Bewegung in Richtung Inneres Heiligtum, in Richtung Chefredakteur.

»Was denn?«

»Redaktionssitzung«, antwortet er. »Findet jetzt jeden Morgen statt.«

»Ist nicht dein Ernst!«

Redaktionssitzungen? Üblicherweise haben wir uns über dem Morgenkaffee ein paar Ideen wie Bälle zugeworfen. Entweder das oder einfach eine Idee herausgepickt und sie dann ausgearbeitet.

Ich reiße mich innerlich zusammen, halte mir eine große, rote Mappe vors Gesicht, folge Nigel, schlüpfe in Jakes Büro und steuere die dunkelste Ecke an. Ich kenne diese Typen, von denen wird sich keiner die Mühe machen, mich vorzustellen. Also hoffe ich, daß es mir möglich ist, mich einfach unbemerkt irgendwohinzusetzen, die rote Mappe während der gesamten Sitzung vorm Gesicht und ich mich dann für den Rest meiner Laufbahn hinter der Topfpflanze verschanzen kann.

Unglücklicherweise bemerke ich, wie er mich, als ich an seinem Schreibtisch vorbeigehe, gespannt ansieht und darauf wartet, daß ich mich vorstelle.

»Ähm … Hallo.« Ich blinzele über den Rand der Mappe, meine Wimpern berühren dabei den oberen Plastikrand. »Ich bin Alex … äh … Alexandra Gray.« Äußerst zögerlich strecke ich ihm die

Hand entgegen, und zwar die, die nicht die rote Mappe krampfhaft vor mein Gesicht hält.

»Ah, ja. Reisen. Freut mich, Sie kennenzulernen, Alexandra.«

Er steht auf und schüttelt meine Hand, ohne das leiseste Zeichen des Erkennens. »Nehmen Sie Platz.«

Langsam schlägt mir das Herz nicht mehr bis zum Halse, sondern kehrt wieder an seinen Stammplatz zurück, wo es weiter vor sich hin pocht, wenn auch noch nicht wieder mit der normalen Geschwindigkeit. Immerhin weiß ich jetzt, daß ich nicht sofort sterben muß.

Er benimmt sich, als wüßte er nicht, wer ich bin.

Ich weiß nicht, ob ich erleichtert oder beleidigt sein soll.

Mir ist ja klar, daß es über eine Woche her ist, aber ich glaube nicht, mich so verändert zu haben, daß er mich nicht mehr erkennt. Immerhin hat er mehr von mir gesehen als mein Gynäkologe, aber er scheint wohl nicht besonders auf mein Gesicht geachtet zu haben. Vielleicht würde ich ihm irgendwie bekannt vorkommen, wenn ich nackt reinspazieren und mich auf sein Gesicht setzen würde? Vielleicht hat er letzte Woche auch so viele Frauen gebumst, daß alles, was von uns geblieben ist, eine gesichtslose Masse aus Körpern und Striche von Eins bis Zwanzig sind.

Vielleicht bin ich auch nur die letzte Ergänzung seiner ganz persönlichen Liste. Oder aber er kommt sich vielleicht mißbraucht und benutzt vor und will vergessen, daß das jemals geschehen ist. Denn wie hätte ich mich wohl gefühlt, wenn die Rollen umgekehrt gewesen wären? Wenn Jake mitten in der Nacht ausgekniffen wäre? Wahrscheinlich haßt er mich. Aber so sind nun mal die Regeln, was ich ihm ja wohl kaum erklären kann. »Tut mir leid, Jake, ich wäre ja geblieben, aber Regel Nummer zwei besagt nun mal …«

Ich kauere mich auf einen neuen, gepolsterten, steifen Lederstuhl neben einer neuen, monstermäßig aussehenden Pflanze und versuche, während des Meetings möglichst zwischen ihren üppigen Blättern zu verschwinden.

Während er redet, sitzt Jake lässig zurückgelehnt auf seinem Stuhl, ein Bein über das andere gelegt, so daß der linke Knöchel auf dem rechten Knie ruht, ganz entspannt, aber dabei souverän und gelassen ... ganz so wie in besagter Nacht – entspannt, aber souverän. Himmel. Ich weiß, daß man sich, um die Nervosität vor einem Treffen abzubauen, sein Gegenüber nackt vorstellen soll, aber das ist doch lächerlich! Ich schüttele den Kopf und versuche so, das Bild von mir und Jake – erhitzt, nackt und lachend – loszuwerden und es durch das zu ersetzen, was ich vor mir sehe. Jake Daniels. Mein Chef. Der Mann, der mich mit einem Fingerschnippen rauswerfen könnte. Dieser Gedanke wirkt irgendwie ernüchternd auf mich.

Er hatte wohl auch auf meine Kollegen einen ziemlich ernüchternden Effekt. Ich habe sie, glaube ich, noch nie so ... so lebhaft und begeistert erlebt, alle sitzen aufrecht und sind hellwach, ganz im Gegensatz zum üblichen Dämmerzustand oder Katzenjammer. Alle sind völlig wild darauf, Ideen in die Runde zu werfen, statt vage um sich und auf die anderen zu blicken und darauf zu hoffen, daß jemand anderer einen Geistesblitz hat und ihnen die Anstrengung erspart.

Jake verströmt einfach Coolness, Ruhe und Zuversicht.

Selbst Harvey ist bemüht, Eindruck zu schinden, dabei denkt er sonst eigentlich immer, daß er das nicht nötig hat.

Jetzt sieht Jake mich direkt an. Ich glaube, gerade hat er mich etwas gefragt. Wenn ich doch nur wüßte, was.

Zaghaft tauche ich hinter meiner Mappe auf, schließlich liegt mein Gesicht völlig bloß. Er läßt keine Gelegenheit aus, mich zu drangsalieren.

»Nachdem Ihnen die Einleitung letzte Woche entgangen ist, Alex, könnten Sie mir vielleicht ein bißchen über sich erzählen und darüber, wie Sie Ihren Job hier bei *Sunday Best* sehen.«

Er schaut mir direkt in die Augen, ich muß seinem klaren Blick standhalten. Sämtliche Gedanken an meinen Job sind so weit von meinem Kopf entfernt wie Clacton vom Taj Mahal.

»Ähhh …« erwidere ich wortgewandt.

Super, Alex. Eine Journalistin, der absolut die Worte fehlen.

Den ganzen Tag warte ich darauf, daß er einen ruhigen Moment abpaßt, um etwas zu sagen, mich in sein Büro kommen zu lassen, mich rauszuschmeißen, mir eine geharnischte Rede zu halten über das, was sich für geschäftliche Beziehungen gehört – Himmel, sogar um mir anzubieten, mich ein paarmal um seinen Schreibtisch zu jagen, bevor er es mir dann ordentlich auf seinem Drehstuhl besorgt.

Nichts.

Wir treffen uns sogar einmal in einem leeren Korridor, aber er sieht mich einfach nur mit diesem entwaffnenden Lächeln an.

Es scheint seit neuestem zum guten Ton zu gehören, erst nach dem Chef das Büro zu verlassen. Das ist kein Problem für mich, den größten Teil des Tages habe ich geradezu wie festgenagelt an meinem Schreibtisch gesessen und mir die Finger wundgeschrieben, den Kopf tief gebeugt. Nur, wenn er nicht in seinem Büro war, habe ich es gewagt, aufs Klo zu flitzen oder mir eine Tasse Tee zu holen. Ich habe nicht die Absicht, die Aufmerksamkeit dadurch auf mich zu lenken, daß ich früher als er gehe. Um zwanzig nach acht verläßt er endlich das Büro. Dem folgen kurze Zeit später ein kollektiver Seufzer der Erleichterung und der allgemeine Aufbruch.

Bis ich zu Hause bin, ist es fast schon dunkel.

»Emma!« schreie ich laut und renne ins Haus. »Emma!«

»Ich bin hier«, ruft sie aus der Küche.

Sie sitzt am Tisch und liest einen Finanzbericht, der fast so dick ist wie das örtliche Telefonbuch.

Als sie mein rotes Gesicht und meine Aufregung sieht, schiebt sie ihn zur Seite, zieht einen Stuhl im rechten Winkel zu sich heran und klopft einladend auf den Sitz.

»Reg dich ab, und setz dich, Babe. Was ist denn los?«

Ich setze mich neben sie an den Tisch und fühle mich so angespannt wie Katzendärme, die auf einen Tennisschläger aufgezogen sind. Ich kralle mich an der soliden Tischplatte fest, um Halt zu finden.

»Der neue Boß ... du wirst es nicht glauben ...«

»Er ist wahnsinnig süß, reich, hat dich gefragt, ob du ihn heiratest, und ihr werdet aufs Land ziehen, großartigen Sex und genau zwei Komma fünf bezaubernde Kinder haben, stimmt's?« Ems lacht.

»Mach dich nicht darüber lustig!«

»Was, ist er etwa wirklich süß und reich und hat dich gefragt, ob du ihn ...«

»Emma! Halt die Klappe, mir ist es ernst!«

Sie sieht den Ausdruck der Panik in meinem Gesicht.

»Ja, es scheint so, hm? Sorry.« Sie steht auf und setzt den Teekessel auf, greift in den Wandschrank, nimmt wieder Platz und hält mir die Keksdose hin.

»Okay. Leg los. Ich bin ganz Ohr.«

»Der neue Boß ...«, keuche ich.

»Ja, so weit waren wir schon mal.«

Ich werfe ihr einen strafenden Blick zu, und sie verfällt in ein halbwegs schuldbewußtes Schweigen.

»Das ist der Typ, mit dem ich ... na ja ... du weißt schon ... nicht letzte Woche, aber die Woche davor ... der Typ, mit dem ...«

»... du wahnsinnig leidenschaftlichen, traumhaften Sex hattest?« Wieder scherzt sie und merkt gar nicht, daß sie den Nagel mit einem wohlgezielten Schlag auf den Kopf getroffen hat.

»Ja, ähm, genau«, antworte ich matt.

»Echt?« Sie glotzt mich verwirrt an.

Ich nicke und nage vor Aufregung an meiner Unterlippe.

»Wie ist das möglich?«

»Weiß ich doch nicht!« kreische ich. »Künstlerpech, Murphys Gesetz, irgendein Schwein da unten hat es auf mich abgesehen! Ich weiß es nicht, aber er ist es!«

»Komm zurück, Rodney, wir verzeihen dir«, stößt Emma ungläubig hervor. Der Kessel pfeift, und sie wirft Teebeutel in Tassen und gießt heißes Wasser hinein.

»Was soll ich nur machen?« Ich versuche, drei Kekse auf einmal in den Mund zu stopfen.

Sie hält einen Moment inne.

»Mußt du denn etwas machen?«

»Natürlich muß ich«, nuschele ich mit vollem Mund und kaue wie wild. »Ich kann nicht mit ihm im selben Büro arbeiten. Ich muß kündigen!«

»Jetzt sei nicht so melodramatisch!«

»Ich war mit meinem Boß im Bett, Emma«, sage ich langsam und betont, so als wollte ich es einer Zweijährigen erklären. »Zugegeben, damals wußte ich ja nicht, wer er war, aber die Tatsache bleibt, daß ich mit dem neuen Chefredakteur im Bett war. Was wird jetzt aus mir?«

»Vielleicht wirst du befördert?« stichelt Ems. »Komm schon, Lex«, redet sie dann auf mich ein, weil ich den sterbenden Schwan spiele und das Gesicht auf den Tisch lege. »So schlimm ist das auch nicht... Schon so viele Leute haben mit ihrem Chef geschlafen. Wenigstens war's nicht Rodney.«

Sie setzt sich wieder und reicht mir eine Tasse Tee.

Ich eise mein Gesicht vom Tisch los und fange an, gut acht Löffel Zucker aus der getöpferten Zuckerdose in meinen Tee zu schaufeln.

Emma beobachtet mich und den Zuckerlöffel wortlos und schüttelt verzweifelt den Kopf.

»Das tut gut nach einem Schock«, murmele ich verdrießlich. »Warum? Warum muß das ausgerechnet mir passieren?«

»Von allen Zeitungen in der ganzen Welt kommt er ausgerechnet zu meiner.« Ems' matte Humphrey-Bogart-Imitation ist ein mißlungener Versuch, mich zum Lachen zu bringen. »Vielleicht tröstet es dich, daß es für ihn wahrscheinlich genauso unangenehm war. Was hat er gesagt, als er dich gesehen hat?«

»Er hat gar nichts gesagt. Er hat einfach so getan, als würde er sich nicht an mich erinnern, so als ob es nicht wahr wäre, daß wir über zwei Stunden damit verbracht haben, uns gegenseitig auf den Höhepunkt sexueller Erregung zu katapultieren. Aber vielleicht war das für ihn ja gar nicht so außergewöhnlich wie für mich.« Ich schniefe laut.

»Aha. Jetzt kommen wir der Sache schon näher«, sagt Ems sachkundig.

»Wie bitte?«

»Das eigentliche Problem. Jetzt kommen wir zu seiner Wurzel.«

»Worauf willst du hinaus?«

»Du bist doch nicht so aufgebracht, weil dieser Kerl sich als dein Chef entpuppt hat. Du bist aufgebracht, weil er beschlossen hat, so zu tun, als hätte das, was für dich die wohl bedeutendste Nacht deines ganzen bisherigen Sexlebens war, gar nicht stattgefunden.

»Das stimmt doch überhaupt nicht«, grolle ich und merke plötzlich, daß es doch stimmt. Wenigstens zum Teil.

»Ach, Ems, was soll ich denn nur tun?«

»Du könntest um eine Wiederholung bitten.« Sie grinst breit.

»Ha ha, sehr witzig!«

»Warum spielst du dann nicht das gleiche Spiel wie er?«

»Und was soll das sein? Mensch-ärgere-dich-nicht, Scrabble, Dame?«

»Also, wer macht jetzt hier Witze? Ich meine ja nur: Wenn er so tut, als hätte es nicht stattgefunden, dann solltest du vielleicht seinem Beispiel folgen und es genauso machen. Das ist wahrscheinlich der beste Weg. Streich es aus deinem Gedächtnis, und fang wieder von vorn an.«

»Mmmm.« Ich denke nach. »Vielleicht hast du recht.«

Das Problem besteht einzig und allein darin, daß ich die Ereignisse nicht einfach aus dem Gedächtnis streichen kann, weil sie in Technicolor und Breitwandformat in mein Gehirn eingebrannt sind.

»Vergiß einfach, daß es jemals passiert ist, das ist der beste Weg.«

Ich kann es nicht vergessen, weil ich es nicht aus meinem Gedächtnis streichen will. Ich hatte nur ein einziges Mal in meinem Leben tollen Sex, und jetzt soll ich das einfach vergessen? Ach, warum ist das Leben nur so grausam? Ich brauche noch mehr tollen Sex. Je eher, desto besser. Als ich heute in diesem aufgeheizten Büro saß, konnte ich seinen Geruch wahrnehmen. Nicht nur den intensiven Zitrusduft seines Aftershaves, sondern den frischen Duft seiner warmen Haut. Das letzte Mal, als ich diesen Geruch in der Nase hatte, konnte ich ihn auf meiner Zunge schmecken ...

Ich verpasse mir das gedankliche Gegenstück zu einer kalten Dusche und stelle mir Damien vor, nackt bis auf die Mickey-Maus-Socken und mit fluoreszierendem Kondom. Dieser Gedanke hat etwa die gleiche Wirkung auf meine Libido wie ein starker Strahl kalten Wassers auf ein Flämmchen.

Traurig, wirklich.

Ich habe immer gedacht, daß Sex völlig überbewertet wird. Jedesmal, wenn Emma von einer heißen Nacht mit irgendeinem Mordskerl schwärmte, habe ich mich gefragt, weshalb sie bloß soviel Wirbel darum macht.

Jetzt habe ich endlich entdeckt, daß auch ich einen Sex-Drive habe. Und der ist nicht wie ein alter verrosteter, Nullachtzehn-Lada mit 0,9-Liter-Motor, wie ich immer geglaubt habe. Mein

Sex-Drive gleicht einem schnellen, röhrenden, benzinschluckenden Ferrari. Ich weiß, ich weiß, Ferraris sind stromlinienförmiger als ich. Ich werde wohl ewig mit mir hadern, weil ich erst nach meinen besten Jahren entdeckt habe, daß ich es genieße, nackt mit Angehörigen des anderen Geschlechts zusammenzusein. Ich habe die zellulitisfreien, schmalhüftigen, knackarschigen Jugendjahre damit vergeudet, eine professionelle Jungfrau zu sein, und war auch noch stolz darauf, alle erotischen Angebote auszuschlagen und auf den Richtigen zu warten. Wenn ich einige dieser Angebote angenommen hätte, dann wäre mir vielleicht viel, viel früher aufgefallen, wie *unrichtig* der angeblich Richtige, nämlich Max, war. Es deprimiert mich, daran zu denken, daß ich die Erfahrungen, die ich mit Jake gemacht habe, schon seit zehn Jahren hätte machen können.

Noch mehr aber deprimiert mich der Gedanke, daß ich vielleicht weitere zehn Jahre warten muß, bis ich wieder solche Erfahrungen mache. Wenn ich Glück habe. Wenn ich kein Glück habe, dann werde ich nie wieder die Erfahrung machen, wie es ist, überwältigenden Sex zu haben.

Die Türklingel verkündet Serenas Ankunft. Ich muß alles noch mal von vorn erzählen, diesmal aber detailgetreu, weil sie zu den Leuten gehört, die alles ganz genau wissen wollen, damit sie es sich bildlich vorstellen können.

Genau wie Emma findet sie das alles höchst amüsant.

Könnte ich es doch nur genauso betrachten wie die beiden.

Das kann ja heiter werden. Jedesmal, wenn ich den Kerl jetzt treffe, werde ich an nichts anderes als an die Nacht im Hotel denken können, wo ich meine Kleider und meine Hemmungen mit beängstigender Eile losgeworden bin.

Jake Daniels. Der erste Strich auf meiner Liste.

Jake Daniels. Mein neuer Boß.

Vielleicht sollte ich sie wie zwei völlig verschiedene Personen betrachten. Die eine existiert in der Erinnerung, die andere in der

Gegenwart. Ich muß nur darauf achten, sie bei der Arbeit auseinanderzuhalten. Heute habe ich jedesmal, wenn ich Jake angesehen habe, daran gedacht, wie er und ich ... na ja, der Rest ist wohl ausreichend bekannt.

Die Arbeitswoche verläuft ziemlich ereignislos.

Obwohl die Gerüchteküche brodelt und es heißt, daß große Veränderungen ins Haus stehen, Einschnitte, Entlassungen, ist noch niemand vor die Tür gesetzt worden.

Nach zwei Jahren der Mißwirtschaft unter dem rüden Rodney, in denen ich meine Arbeit habe schleifen lassen, verspüre ich plötzlich das intensive Verlangen, meinen Job zu behalten.

Ich schreibe mir die Finger wund, das andauernde Rattern der Tastatur gleicht dem Scheppern eines Maschinengewehrs.

Ich hoffe nur, daß ich nicht gefeuert werde. Mein Posten war nie wirklich ein Vollzeitjob, normalerweise arbeite ich etwa drei Tage in der Woche für die Zeitung, den Rest der Zeit schreibe ich an meinem Roman. Diese Woche aber habe ich episch lange Artikel für die Zeitung verfaßt, statt Romanseiten für einen noch unbekannten Verleger.

Gott sei Dank sehe ich nicht allzuviel von Jake, anscheinend verbringt er den größten Teil seiner Zeit in endlosen Meetings mit den Typen aus der Chefetage. Doch ich bin immer noch völlig am Ende mit den Nerven und jederzeit bereit, eiligst hinter einem Aktenschrank zu verschwinden oder etwas in die Druckerei zu bringen, sobald er in der Nähe meines Platzes auftaucht.

Als das Wochenende naht, bin ich wild entschlossen auszuspannen. Ich habe noch nie in meinem Leben so hart gearbeitet wie in der vergangenen Woche. Ich bin völlig erledigt. Ich werde ausschlafen, gesund essen, meinen Alkoholkonsum einschränken, mir eine Gesichtsmassage, eine Maniküre und eine Pediküre gönnen und mich achtundvierzig Stunden lang grundsätzlich nur in Baumwolle hüllen.

Dummerweise zieht das Eintreffen der Post am späten Samstag morgen einen Schlußstrich unter meine Hoffnungen auf ein streßfreies Wochenende.

Zunächst aber bin ich ziemlich aufgeregt wegen eines großen, cremefarbenen Umschlags.

»Eine Einladung!« Ich grinse Emma hoffnungsvoll an und wedele mit dem Umschlag unter ihrer Nase hin und her, während sie im Bademantel am Küchentisch sitzt und sich durch eine große Portion selbstgemachten Obstsalates arbeitet. Sie hat ein Handtuch um ihr Haar gewickelt, dem sie gerade eine Packung verabreicht hat. Sie versucht, den Mund zu öffnen, ohne daß die eklig aussehende, blaßgrüne Maske abplatzt, die sie sich ins Gesicht geschmiert hat. Wie können diese Dinger nur Schönheitsmasken heißen, wenn sie einen so verdammt häßlich aussehen lassen, wenn man sie aufträgt?

Ich schlitze den dicken Umschlag auf, ziehe die Karte heraus und lese den Text im vergoldeten Prägedruck.

»Das kann er doch nicht ernst meinen!« platze ich heraus.

»Wer?« Ems jagt mit dem Löffel eine große Weintraube durch die Schale.

»Max.«

»Was will er denn diesmal?«

»Er schickt mir eine verdammte Einladung zu seiner verdammten Hochzeit!«

»Soll das ein Witz sein?« Emma läßt von ihrem Obstsalat ab und schenkt mir ihre ungeteilte Aufmerksamkeit. Dabei bröckelt ihre Maske langsam ab, weil sie die Stirn runzelt, wie sie es immer macht, wenn sie Max' Namen hört.

»Ich wünschte, es wäre einer ... was soll ich jetzt machen?« Ich starre auf die goldgeprägte Einladung und halte sie auf Armeslänge von mir, als ob sie vergiftet wäre oder so was.

»Was meinst du damit, was du jetzt machen sollst?« Emma nimmt mir die Karte weg und liest sie voller Verachtung. »Der

Mülleimer steht da in der Ecke ... es sei denn, du bevorzugst einen feierlichen Verbrennungsakt. Für diesen Fall habe ich ein Feuerzeug in meiner Handtasche.«

»Ich kann sie nicht einfach wegwerfen!«

»Warum nicht? Jetzt erzähl mir bloß nicht, daß du mit dem Gedanken spielst, dort hinzugehen!«

»Wenn ich nicht gehe, denkt er bestimmt, daß ich mich zu sehr ärgere.«

»Aber das tust du doch.«

»Ja, aber ich ärgere mich auf andere Weise, als er es vermutet. Wenn ich nicht hingehe, denkt er, ich hocke irgendwo in einer dunklen Ecke und schluchze herzzerreißend, weil nicht ich diejenige bin, die den Mittelgang in der Kirche entlangschwebt wie eine frisch gebackene Cremetorte auf Beinen. Statt dessen sollte ich mir den größten Hut der Welt kaufen, hingehen und von sämtlichen Fotos grinsen, als würde ich mich wahnsinnig für die beiden freuen. Ich sollte Champagner in mich reinschütten, lächelnd Kuchenberge vertilgen, und überhaupt sollte ich mich amüsieren wie nie zuvor in meinem Leben.«

»Na ja, du könntest immer noch von deinem Einspruchsrecht Gebrauch machen, so nach dem Motto: Hat irgend jemand Einwände gegen diese Hochzeit?«

»Dummerweise ist es nicht verboten, ein Arschloch zu heiraten, oder?«

»Glaubst du wirklich, es ist eine gute Idee, da hinzugehen?« Emma kratzt sich an der Wange und eine grüne Flocke fällt in ihr Frühstück. »Ich meine, ich habe keine Probleme, deine Gedanken nachzuvollziehen, aber man kann den Bogen auch überspannen, und dann denkt jeder, daß alles nur Fassade ist und du am Boden zerstört bist, weil nicht du die Cremetorte mit einer Spitzengardine auf dem Kopf bist.«

»Da ist was dran ... Kommst du mit? Dann kannst du mich warnen, wenn ich über die Stränge schlage.«

»Kommt nicht in Frage.« Entschlossen schüttelt Emma den Kopf.

»Biiiitte, da steht ›mit Begleitung‹.«

»Ich kann nicht mitkommen. Wenn du wirklich gehen willst, dann mußt du mit einem Mann hingehen.«

»Wirklich? Ich könnte ja Jem fragen, oder?«

»Diese Sorte Mann habe ich nicht gemeint.«

»Ich wußte gar nicht, daß es verschiedene Sorten gibt.«

»Ich hab die Sorte gemeint, die man sich um den Arm drapiert, so nach dem Motto: Sieh her, ich hab was viel Besseres aufgetan. Ein verdammt knuddeliger, höllisch toller Typ, der dir den ganzen Abend zu Füßen liegt und dich für das absolut Genialste seit der Erfindung des praktisch fettfreien Kuchens hält.«

Das hört sich in meinen Ohren sehr vielversprechend an, aber da wäre einiges zu klären, zum Beispiel die Frage nach dem Wem und dem Wie.

»Wo soll ich denn so einen herkriegen?« frage ich sie.

»Wie wär's mit Mason?«

»Glaubst du wirklich, daß der alle Kriterien erfüllt?« schnaube ich verächtlich.

»Dann Damien«, sagt sie lauernd, den Anflug eines Lächelns auf den Lippen.

»Wehe, wenn du frech wirst... und wenn du als nächstes Larry vorschlägst, dann warte ich, bis du eingeschlafen bist, und klebe dir Wachsstreifen in die Achselhöhlen.«

»Iiiih!« Emma zuckt bei dem Gedanken zusammen. »Ich glaube, wir sollten uns lieber nach einem geeigneteren Mann umsehen, hm?«

Sie schiebt den Stuhl zurück und steht auf.

»Heiz schon mal die Betonmischmaschine, Mädel, und wirf dich in Schale. Wir gehen aus.«

Eine Stunde später sind wir auf der Autobahn, auf dem Weg zu einem Empfang im Haus von Emmas Eltern. »Was tue ich nicht alles für dich«, murmelt sie, tief über das Lenkrad gebeugt wie ein Dämon, den Bleifuß auf dem Gaspedal – so malträtiert sie ihr achtundzwanzigjähriges, ächzendes und protestierendes Auto.

»Für mich? Das sind doch *deine* Eltern.«

»Genau, meine *Eltern*«, antwortet sie trocken. »Und ich fahre doch tatsächlich aus freien Stücken hin, um mit ihnen Smalltalk zu machen!«

»Also willst du eigentlich gar nicht zu der Party, auf die du mich da gerade schleppst?«

»Himmel, nein ... natürlich nicht. Aber ich habe eine Idee. Wir werden uns Guy ausleihen.«

»Wen ausleihen?«

»Guy. Ein Freund meines Vaters. Wir werden ihn überreden, mit dir zu der Hochzeit zu gehen.«

»Ein Freund deines Vaters ... na toll!« stöhne ich und zupfe am Saum des unverschämt kurzen Cocktailkleidchens aus Samt, in das Emma mich gesteckt hat, obwohl ich geschrien und gestrampelt habe. »Ich tauche bei Max' Hochzeit mit einem Zigarren qualmenden, perversen Tattergreis auf, und jeder soll denken, was für einen guten Fang ich doch gemacht habe ...«

»Nicht alle Freunde meines Vaters sind so wie er, Alex. Guy ist jung, reich, sieht echt gut aus, ist Single ...«

»Also, Ems, wo ist der Haken an der Sache?«

Sie grinst mich an. Es ist ein falsches Lächeln, das mich beruhigen soll, mich jedoch statt dessen weit mehr beunruhigt als die Tatsache, daß sie gerade nicht auf die Straße schaut.

»Warum muß es da einen Haken geben?« fragt sie viel zu salbungsvoll.

»Er soll jung, reich, geradezu ein Augenschmaus und *trotzdem* Single sein?« Ich lege den Kopf schräg. »Raus mit der Sprache, Ems.«

»Vielleicht hat er einfach noch nicht die Richtige getroffen ...

Idiot!« Ems steigt in die Eisen, als ein Laster von links herüberzieht und sie schneidet. Sie weicht auf die Überholspur aus, fährt zu ihm auf, wobei ihr Wagen wie eine alte Wäscheschleuder am Ende eines Durchgangs rumpelt, und zeigt ihm im Rückspiegel den Stinkefinger.

»Emma! Wo ist der Haken?« Elend und verängstigt habe ich mich unter das Armaturenbrett geduckt, jetzt aber schwinge ich meinen Hintern wieder auf das rissige Leder des ausgeleierten Autositzes.

»Warum sollte es einen Haken geben? Manche Männer sind nun mal überzeugte Junggesellen ...«

»EMMA!«

»Okay, okay.« Sie zuckt die Achseln. »Er hat etwa so viel Grips wie eine sprechende Puppe, in der gerade nicht die Hand des Bauchredners steckt, aber er macht was her. Steck ihn in einen Smoking, und du meinst, Timothy Daltons hübscheren Bruder vor dir zu haben.«

»Na toll! Also muß ich ihn nur den ganzen Abend mit mir rumschleppen und darauf hoffen, daß er die Klappe hält.«

»Er soll ja nicht reden, er soll nur gut aussehen. O Mann, und das tut er auch.«

»Ich glaube nicht, daß das eine gute Idee ist, Emma ...«

»Er sieht wahnsinnig gut aus. Ja, man könnte sogar sagen, daß er der vollkommene Mann ist.«

»Nicht, wenn du besoffen bist«, erwidere ich griesgrämig.

»Er ist gut betucht.«

»Na und? Ich brauche einen Lockvogel und niemanden, der mich durchfüttert.«

»Er fährt dein absolutes Lieblingsauto«, sagt sie sanft und mit verführerischer Stimme.

Damit hat sie mein Interesse geweckt. Obwohl ich nur einen kleinen Ford Fiesta fahre, hatte ich schon immer eine überwältigende Leidenschaft für Sportwagen – solche, in denen man wirklich fahren kann. Und besonders natürlich für den einzig wahren *Italian Stallion,* den italienischen Hengst.

»Ist das wahr?« Mir stockt der Atem vor Aufregung.

Sie nickt langsam und beißt sich auf die Unterlippe. Dann wirft sie mir von der Seite einen Blick zu.

»Und ob. Es ist scharf, rot und hört auf den gleichen Namen wie Fred Feuersteins Lieblingstier ...«

»Und du bist dir sicher, daß er am siebenundzwanzigsten Zeit hat?«

Emmas Eltern leben in einer wirklich sehr wohlhabenden Gegend von Berkshire. Meine Eltern leben auch in Berkshire, allerdings in einer nicht ganz so wohlhabenden, aber immer noch recht netten Gegend. Wenn man von uns zu Emma fährt, ist das so, als würde man einem Trampelpfad folgen, der gesellschaftliche Ambitionen hat.

Man merkt, wie man aufsteigt, weil sich die Namensschilder ändern, je weiter man vorankommt. Wenn man bei meinen Eltern losfährt, trifft man noch auf Häusernamen wie *White Gates* oder *Five Acres,* die in Holz geschnitzt oder von den örtlichen Gartencentern umständlich in gußeisernen, schwarzen Lettern gefertigt worden sind. Dann kommt man in die besseren Gegenden und zu den Messingschildern, die besagen, daß man soeben in *The Grange* oder *Highfield House* angekommen ist. Wenn man dann die Gegend von Emmas Eltern erreicht, findet man gar keine Namensschilder mehr, sondern nur noch eine kuriose Tafel, auf der die Öffnungszeiten der jeweiligen Schlösser stehen.

Wir verlassen die Hauptstraße und passieren die – das muß man sich mal vorstellen! – Pförtnerhäuschen. (Zugegeben, jedes hat höchstens zwei Räume, die selbst für einen Zwergpygmäen zu klein sind, trotzdem ist es beeindruckend, denn meine erste Wohnung in London war noch kleiner!) Wir fahren eine imposante Allee hinunter. Die untersten Äste der großen, alten Eichen sind von grasendem Vieh ganz abgeknabbert. Sie zieht sich über eine Meile hin, bevor wir zum Haus kommen.

Das Haus von Emmas Eltern ist eines dieser großen, alten Gebäude im georgianischen Stil, die riesigen verwilderten, überwucherten Puppenhäusern gleichen. Die Auffahrt führt in einem Bogen vor der Hausfront entlang, die jetzt von einer hohen Steinmauer anstelle der Bäume begrenzt wird, und schließt sich vor dem Haupteingang zu einem Kreis, der früher den Kutschen als Wendepunkt diente. Emma parkt ihre kleine rote Schrottlaube zwischen einer Ansammlung von gepflegten, sportlichen BMWs, Geländewagen und Porsches, die bereits kreuz und quer auf dem Rasen und in der Auffahrt stehen wie im Vorführraum eines Luxusautohändlers in Knightsbridge.

Ich steige aus. Es ist vier Uhr nachmittags, die Sonne steht hoch an einem blaßblauen Himmel, vom See auf der Rückseite des Hauses schallen die Rufe der Moorhühner herüber, am Horizont sieht man Pferde mit wehendem Schweif vorbeigaloppieren, und aus dem Haus dröhnen die *Chemical Brothers* so laut, daß die georgianischen Sprossenfenster in ihren Rahmen erzittern.

»Ich sehe, mein kleiner Bruder ist zu Hause«, bemerkt Emma trocken. Angus ist sieben Jahre jünger als sie, und beide freuen sich bei jedem Treffen ungefähr so sehr wie ein englischer Brummifahrer, der auf einen französischen Bauern trifft, welcher mit seinem quergestellten Traktor gerade die Autobahn blockiert.

»Was ist eigentlich der Anlaß für dieses Fest?« frage ich, als die Vordertür aufgeht und einige bereits betrunkene Gäste heraustorkeln, sich gegenseitig und ihre Gläser im Arm haltend. Sie wanken in Richtung Pferdekoppel, um eine Szene aus einem John-Wayne-Film nachzuspielen.

»Glaubst du etwa, meine Eltern brauchen einen Anlaß, um sich vollaufen zu lassen?« Emma knallt die Fahrertür zu, und auf meiner Seite bröckeln mehrere Roststücke vom Türrahmen ab. »Sie könnten vielleicht als Grund angeben, daß sie es die letzten dreißig Jahre miteinander ausgehalten haben ...«

Wie zur Antwort auf Emmas letzte Mutmaßung kommt eine Frau aus dem Haus gestürzt. Sie schluchzt laut und schleift in jeder Hand ein Gepäckstück aus geprägtem Leder hinter sich her. Es wundert mich nicht, daß sie weint. Sie trägt ein Cocktailkleid, das einem großen, blauen Samtzelt gleicht und eine ganze Horde von Pfadfindern aufnehmen könnte. Jeden Tag eine gute Tat. Wenn der Ostwind stärker bliese, würde sie glatt Segel setzen. Ich würde auch weinen, wenn ich so ein Kleid tragen müßte. Es ist schon schlimm genug, von Emma dieses kleine, juckende, schwarze Samtteil aufgenötigt zu bekommen, dem nur noch ein spießiger Haarreif und eine größere Nase fehlen, die man affektiert in die Luft recken kann, um das Ganze abzurunden, aber dieses mitternachtsblaue, monströse Nonnengewand, ist doch noch bedeutend schlimmer.

Erst in diesem Moment begreife ich, daß der wandelnde Theatervorhang Emmas Mutter Juliana ist, kurz »Juwel« genannt, was auch ziemlich passend ist in Anbetracht der großen Menge an Gold und Diamanten, mit denen Kopf und Hände geschmückt sind. Sie ist eine lebende Cartier-Werbung. Jeden ihrer Wurstfinger schmücken ein oder zwei Ringe, eine glitzernde Ansammlung, ein unbezahlbarer, dauerhafter Schlagring für ihre Knöchel. Es heißt, eine Frau, die viele Ringe trägt, stellt das Verlangen zur Schau, von ihrem Mann besessen und dominiert zu werden.

Juliana versucht, diese Theorie zu widerlegen.

»Ich verlasse deinen Vater«, bellt sie Emma an, gerade als wir versuchen, durch die Tür zu gehen, und sie hinausdrängt.

Ohne Rücksicht darauf, daß in ihrem Haus gerade eine ziemlich wüste Party im Gange ist, fängt sie an, das Gepäck in den offenen Kofferraum eines dreckigen, grünen Range Rovers zu laden, hält dann inne, feuert alles auf den Boden, dreht sich zu ihrer Tochter und sinkt ihr wie ein schlechter Schmierenkomödiant, der gerade auf der Bühne erdolcht wurde, in die Arme. Sie fängt an, laut zu schluchzen.

Emma, die sich ganz eindeutig fragt, was, zum Teufel, in sie gefahren ist, daß sie überhaupt in Erwägung gezogen hat hierherzukommen, schafft es, Juliana zu beruhigen und sie zurück ins Haus zu bringen. Drinnen wogt eine erlesene Menge, die trinkt und sich über den Lärm der Musik hin anschreit wie eine kunterbunte Ansammlung von Raubvögeln. Das einzige, was ihnen allen gemein zu sein scheint, ist die Neigung, sich nachmittags vollaufen zu lassen. Die Kleiderordnung reicht vom Ballkleid bis zum Overall; einige Leute stehen noch immer in ihren dreckbespritzten, roten Jagdröcken rum und labern sich gegenseitig voll. Als ich dann noch einen voll ausstaffierten Vikar mit einem Glas Chablis in jeder Hand durch den Raum gehen sehe, bin ich fast schon davon überzeugt, auf einer Kostümparty zu sein, bis ihn jemand wirklich mit »Hochwürden« anspricht.

Juliana gestattet es Emma, sie durch die Menge zu geleiten. In der Küche läßt sie sich auf einen Stuhl fallen und streckt die Beine von sich. Ihr gewaltiger Busen wogt, als sei sie völlig erschöpft, und sie verlangt nach einem großen Gin Tonic. Emma überhört diese Bitte, doch Juliana scheint es gar nicht zu merken, sie nimmt das Glas Wasser, das ihr hingehalten wird, und kippt es in einem Zug hinunter, wobei sie sich lediglich über das Fehlen von Eiswürfeln und Zitronen beschwert.

»Er hat heimlich eine andere«, trompetet sie ohne jede Einleitung, und ihr Gesicht taucht aus dem Wasserglas auf wie ein tropfnasser Labrador aus einem See.

»Sie machen doch Witze, oder?« frage ich erstaunt. Emmas Vater ist ungefähr so attraktiv wie ein zwei Wochen alter Naturjoghurt, der nicht im Kühlschrank gelagert wurde.

»Würde ich über so etwas Witze machen? Was soll ich nur tun?« schluchzt sie. »Ich bin so verzweifelt, so deprimiert!«

Ich ziehe in Erwägung, ihr von meiner kleinen Rache zu erzählen, beschließe dann aber, daß sie auch so schon labil genug ist, ohne daß ich ihr einen Tip in Sachen Akkubohrer oder heißgeliebte Besitztümer gegeben hätte.

»Das kann ich mir bei Dad gar nicht vorstellen.« Emma nimmt Juliana in den Arm und schneidet über die breite Schulter ihrer Mutter gelehnt eine Grimasse. »Reg dich nicht so auf, ich bin sicher, daß sich für alles eine vernünftige Erklärung finden läßt.«

»Ach, du bist ja so ein kluges Mädchen. Du bist mir eine wirkliche Stütze, Liebes. Was würde ich nur ohne dich tun?« Wieder beginnt Juliana, an ihrer Schulter zu schluchzen. Wieder tauschen Emma und ich hinter ihrem Rücken Blicke aus und verdrehen gleichzeitig die Augen himmelwärts.

Ich beschließe, die beiden allein zu lassen, und setze mich ab, um mir einen Drink zu holen. In dem großen Wintergarten auf der Rückseite des Hauses finde ich ein stilles Plätzchen für mich und eine Flasche gestohlenen Château Neuf du Pape. Die ursprünglich geplante Männerjagd lege ich erst mal zu den Akten und lasse mich nieder, um mich zu betrinken und die Ausschweifungen um mich herum zu verfolgen.

Emmas kleiner Bruder war von Kindheit an ein verwöhntes Balg. Jetzt ist er einundzwanzig, studiert im letzten Jahr in Oxford Politikwissenschaften und ist, soweit ich das beurteilen kann, immer noch ein verwöhntes Balg. Er und seine Freunde jagen durch das Haus wie völlig überdrehte Kinder bei einer Geburtstagsfeier. Sie sind total betrunken, und einige von ihnen, da bin ich sicher, sind auch noch total bekifft. Wie die Gewinner beim Autorennen von Silverstone bespritzen sie sich gegenseitig mit erlesenem Champagner, zertrampeln Garnelen mit Knoblauch auf den Orientteppichen und spielen Himmel und Hölle auf dem schwarzweiß gemusterten Boden der Eingangshalle.

Einer von Angus' Freunden rutscht mit den glatten Ledersohlen seiner brandneuen Schuhe auf den Terracottafliesen im Wintergarten aus, stößt mit dem Schienbein an eine schwere, verschnörkelte Urne, in der eine kleine Palme steht, stolpert und schlägt mit dem Kopf gegen die Statue einer nackten Persephone.

Ich komme zu der Überzeugung, daß es in der Küche bei der theatralischen Juliana sicherer ist.

Vielleicht sollte ich dorthin zurückkehren und die ganze Litanei über die Tugend des Vergebens und Vergessens abspulen. Ich weiß sehr wohl, daß ich just in diesem Moment nicht gerade die geeignetste Anwältin dafür bin – man denke nur mal an Max und mich oder vielmehr an die Tatsache, daß es Max und mich wegen seiner ähnlich gelagerten Indiskretion nicht länger gibt – aber sicher ist das in Julianas Alter doch etwas anderes, oder? Sie und Roger sind seit Jahrhunderten verheiratet, und im Unterschied zu Max und mir, die wir uns für die Streitolympiade bewerben könnten, kommen sie normalerweise ganz gut miteinander aus, verrückt, wie sie beide sind. Also ist ihr Fall etwas anders gelagert, wenn ich mich nicht irre.

Nach fünfzehn Minuten taucht Emma wieder auf, läßt sich neben mir nieder und stößt einen tiefen Seufzer aus.

»Wo ist deine Mutter?« frage ich sie.

»Ach, die ist nach oben gegangen, um ihr Make-up in Ordnung zu bringen«, erwidert Emma, greift nach meiner Flasche und setzt sie direkt an den Mund.

»Aber sie wollte doch abhauen?«

»Ach, das. Das will sie doch ständig. Das dauert aber nie lange. Ich glaube, länger als drei Tage ist sie noch nie weggewesen. Da hat sie wirklich Blut und Wasser geschwitzt. Hat sozusagen Höllenqualen gelitten, um nicht zu Hause anzurufen, und als sie schließlich nachgegeben hat und zu Dad zurückgekehrt ist, hatte der es noch nicht mal bemerkt. Er hatte gedacht, daß sie das Wochenende bei Oma in Sussex verbringen würde oder so was.«

»Und was ist mit Rogers anderer Frau?«

»Es gibt keine andere. Anscheinend hat sie eine Kreditkartenabrechnung für irgendwelche Juwelen gefunden, von denen sie noch nichts gesehen hat, woraufhin sie völlig ausgerastet ist. Du kennst sie ja, sie liebt das Melodramatische.«

»Na ja, hört sich trotzdem verdächtig an.«

»Mutter hat nächste Woche Geburtstag. Dann wird sich wohl alles aufklären.«

»Ah, alles klar ... eine Überraschung.«

»Wird aber nicht mehr lange eine bleiben, wenn es nach meiner Mutter geht.«

Juliana kehrt mit frisch nachgezogenem, blauem Lidstrich und rosaroten Apfelbäckchen wie bei einer alten, bemalten Porzellanpuppe zurück. Die gebleichten, platinblonden Haare türmen sich auf ihrem Kopf wie ein Teller Kartoffelpüree.

Vor Überraschung bleibt mir der Mund offenstehen, als sie zu uns herüberkommt und mich gin-selig umarmt.

»Hör auf meinen Rat, Liebes, laß sie nicht zu frech werden«, haucht sie mir ins Gesicht. Allein von dem Geruch könnte man betrunken werden. »Verpaß Max eine Probe seiner eigenen Medizin, bevor du zu alt bist, um es genießen zu können, eine Dosis davon zu verabreichen.«

Sie drapiert ihre Brüste vorne im Kleid wie zwei übergroße Melonen in einem Obstkorb und taumelt dann hinüber zu einer Gruppe, in der ihr Gatte wortgewaltig die Vorzüge von Trockenfutter und Vitaminpillen für Cockerspaniel darlegt. Dort tätschelt sie erstmal ihren Bankmanager.

Ich sehe Emma an.

Sie zuckt die Achseln und lächelt mir zaghaft zu.

»Ich glaube, ich wurde adoptiert.«

Plötzlich wenden sich die Blicke aller Frauen zur Tür.

Meine Kinnlade neigt eigentlich nicht dazu, beim Anblick des anderen Geschlechts nach unten zu klappen, aber gerade ist die perfekte Version eines Traummannes eingetreten. Die Gespräche versiegen, als die Leute sich umdrehen und ihre Aufmerksamkeit augenblicklich abgelenkt wird, wie das nur bei wahrer Schönheit der Fall ist. Das Objekt all dieser Bewunderung scheint sich des Eindrucks kaum bewußt zu sein, den es auf die Menschen im Raum hat – mich eingeschlossen. Er kratzt sich am Kinn. Leicht nervös sieht er sich in der heftig trinkenden, gaffenden, quatschenden Menge um und nimmt sich dann ein Glas Champagner von einem der Tabletts, die ihm von dem Schwarm junger Serviererinnen, die sich auf ihn gestürzt haben wie Motten auf das Licht, unter die Nase gehalten werden.

»Wow!« entfährt es mir, als ich den perfekt geformten Körper, das zerzauste, dunkle Haar und die leuchtenden, jadegrünen Augen erblicke. Ich suche nach etwas Passenderem, aber ich kann nur einfach und ohne jede Eloquenz das letzte Wort wiederholen, das mir unfreiwillig über die Lippen gekommen ist.

»Wow!« Dieses Mal atme ich gleichzeitig und hörbar aus.

»Genau!« konstatiert Emma mit einem gewissen Stolz. »Verstehst du jetzt, was ich meine?«

»Das ist er?« frage ich atemlos.

Sie nickt.

»Das ...« sagt sie, amüsiert über meine Reaktion, »... ist Guy.«

Ich weiß nicht, ob ich beeindruckt oder enttäuscht sein soll. Ich kann mir einfach nicht vorstellen, daß so jemand mit mir ausgehen wollen würde, Schein oder nicht Schein, egal.

Der goldige Guy wird sofort von Emmas Mutter und einigen ihrer Freundinnen in Beschlag genommen, die die Serviererinnen mit ihren Gucci-Täschchen böse aus dem Weg prügeln. Während er den Raum durchquert, bleiben sie dicht an ihm dran wie eine Meute knöchelleckender, schwanzwedelnder, hechelnder Pudel.

»Er ist toll«, gestehe ich. »Gekauft.«

Emma lächelt und streicht mir das Haar aus dem Gesicht, um nachzusehen, wieviel von dem Make-up, das sie heute früh so sorgfältig aufgetragen hat, noch da ist.

»Das habe ich mir gedacht. Na, dann wollen wir mal sehen, für welchen Preis er zu haben ist.«

Wir brauchen eine ganze Weile, um den goldigen Guy von dem geifernden Aufgebot alternder Verehrerinnen loszueisen. Genaugenommen wird es sogar schon Abend, und die Sonne versinkt allmählich hinter den hügeligen, grünen Rasenflächen auf der Rückseite des Hauses. Am Himmel über uns bilden sich erst rosa-orange Streifen, dann wird es immer dunkler, während die Sonne hinter den Bäumen verschwindet. Schließlich wechseln die geifernden Geier widerstrebend von Guy hinüber zum wieder aufgefüllten Büfett, um dort weiterzugeifern. Sie stopfen sich gefüllte Pilze in die Gurgel, in der Hoffnung, damit einen Teil der riesigen Mengen an Alkohol aufzusaugen, die sie im Laufe des Nachmittags zu sich genommen haben.

Es gelingt uns, ihn im Wintergarten in eine Ecke zu drängen.

Aus der Nähe ist er noch beeindruckender, eine Art weichgezeichneter El Greco mit einem langen, schlanken, geschmeidigen Körper, kantigen Wangenknochen, dem verführerischsten Mund, den ich je bei einem Mann gesehen habe, und mit schmalen Augen wie bei einer verwöhnten siamesischen Katze, umgeben von den längsten, dichtesten Wimpern, die es je gab.

Er gehört zu der Sorte Männer, die man im Morgengrauen im Smoking über den Markusplatz schlendern sieht, die Hände lässig in den Hosentaschen, die Fliege lose am Kragen, das Haar zerzaust und glänzend, und dazu werfen rassige italienische Weiber Rosen von den Balkonen. So wie in einem Werbespot für exklusiven Champagner oder hormonankurbelndes Aftershave oder so etwas.

Wenn er einen ansieht, will man am liebsten dahinschmelzen wie Eis in der Sonne.

Um es mal ganz direkt zu sagen: Er ist total geil.

Eine ganze Schar honigsüßer Mädels sollte ihm zu Füßen liegen, und er sollte ein kleines schwarzes Büchlein haben, das voller Handynummern ist. Hat er wahrscheinlich auch. Ich habe heute genau gesehen, wie Frauen ihm ihre Nummern zugesteckt haben. Die Frage ist nur, ob er genug Scharfsinn besitzt, um herauszufinden, wie man ein Telefon benutzt … Ehrlich, man trifft selbst in einer Sonderschule auf mehr Intelligenz.

Hätte er wiederum mehr als eine einzelne graue Zelle, dann wäre er wahrscheinlich unausstehlich. So jedoch ist er einfach strohdumm … ganz süß, ganz lieb, ein wahrer Adonis, aber dafür absolut megastrunzdumm.

Wir müssen ihm unseren Plan etwa achtmal hintereinander erklären, doch schließlich hat er kapiert und äußert sich mit überraschender Begeisterung.

»Also machst du mit?« fragt Emma, nachdem sie es ihm noch einmal mit kurzen einfachen Wörtern erklärt hat.

Ein Haufen furchtbar betrunkener, jugendlicher Snobs läuft schreiend am Fenster vorbei. Sie tragen Kleider, die sie aus Julianas zurückgebliebenen und vergessenen Koffern gemopst haben. Unter ihnen ist auch Angus, der nach dem literweisen Konsum von Champagner und Guinness über den Saum eines roten, schulterfreien Satinkleides stolpert. Er fällt der Länge nach mit dem Gesicht zuerst in den Zierteich.

»Okay, also du willst, daß ich mit Alexandra zu dieser Hochzeit gehe, ja? Aber, also nicht so, als würde ich richtig ein Date mit ihr haben.« Guy fährt sich mit der Hand durch das zerzauste Haar und versucht, dadurch sein Gehirn wachzurütteln. »Ich tue also nur so, yeah?«

Den Tumult im Garten kriegt er überhaupt nicht mit.

»Yeah … äh, ich meine, ja. Du weißt schon: The-a-ter-.«

Er runzelt einen Moment lang die Stirn, um es auf sich einwirken zu lassen, dann verzieht sich sein Mund zu einem niedlichen Lächeln und offenbart dabei das perfekteste weiße Gebiß, das ich je in meinem Leben gesehen habe.

»Okay, yeah, super. Ein echter Spaß!« Jetzt hat er endlich den Faden wiedergefunden und fängt an zu lachen wie ein Esel, der ohne Narkose kastriert wird.

»Also machst du mit?« Emma und ich seufzen vor Erleichterung, nicht so sehr, weil er zugestimmt hat, mit mir zu der Hochzeit zu gehen, sondern weil wir jetzt nicht noch einmal versuchen müssen, ihm alles zu erklären.

»Yeah, sicher, toll. Hört sich echt nach einem guten Scherz an. Und ich hab mir schon immer gewünscht, mal bei einem solchen Akt mitzumischen.«

»Äh, tut mir leid«, antwortet Emma schelmisch und legt demonstrativ eine Hand auf meinen Arm, »aber du wirst nicht engagiert, um dich nackt auszuziehen.«

Das wiehernde Lachen bricht abrupt ab. Verwirrt sieht er uns an.

»Hä?«

Emma und ich verdrehen die Augen.

7

Montag morgen. Ich sitze an meinem Platz und verschlinge ein Sandwich mit Käse, Schinken und Gürkchen, das ich mir zum Mittagessen gekauft habe. Dabei verstecke ich mein Gesicht hinter der Zeitung von letztem Wochenende und überlege mir, wie ich sicherstellen kann, daß Guy während der ganzen Hochzeit mit keiner Menschenseele spricht. Plötzlich erklingt die übliche Begrüßungskakophonie – ein weiterer Kollege nähert sich. Ich erkenne die antwortende Stimme sofort.

Nach einigen Augenblicken des Herzklopfens, in denen ich über das bestmögliche Vorgehen nachdenke, beschließe ich, einfach den direkten Weg einzuschlagen.

Ich wappne mich innerlich, lasse die Zeitung sinken, sehe ihm gezielt in die Augen und versuche, trotz meiner Nervosität mit möglichst fester Stimme zu reden.

»Morgen, Damien.«

Ich bemühe mich, ihm geradewegs in die Augen zu sehen, doch sein Blick weicht meinem aus. Verzweifelt versucht er, auf etwas anderes zu schauen. Als Antwort erhalte ich ein genuscheltes »Mmmnnn«, dann stürzt er davon, um es wie ich zu machen und sich hinter dem bunten Zubehör auf seinem Schreibtisch zu verstecken. Plötzlich dämmert mir, daß die Situation für Damien peinlich ist. Das ist ja auch logisch, jetzt, wo ich darüber nachdenke. Mir ist die *ganze* Angelegenheit peinlich, dabei war nicht ich es, die einen Striptease hingelegt und einen leuchtenden Ständer zum sexuellen Genuß dargeboten hat, um dann von johlendem Gelächter empfangen zu werden.

Erleichtert komme ich zu dem Schluß, daß Damien sicher kein Sterbenswörtchen über die Ereignisse nach Rodneys Abschied verlieren wird. Obwohl das alles erst drei Wochen her ist, scheint es doch schon ein Jahrzehnt zurückzuliegen. Für ihn steht viel mehr auf dem Spiel als für mich, wenn die Geschichte publik wird. Was würde aus Damiens Ruf, wenn sich das Ganze herumspricht? Sexy, sinnlich, ein toller Typ zum Vernaschen – das soll man von ihm denken. Aber so einer kommt nicht an und trägt nichts außer einem Paar Mickey-Maus-Socken und einem fluoreszierenden Kondom. Und eine Abfuhr erteilt man so einem schon gar nicht.

Wiederholt ertappe ich ihn, wie er mir verstohlen nervöse Blicke zuwirft. Zu meinem Entsetzen fange ich an zu kichern. Ich weise mich zurecht. Wie konnte ich nur so grausam sein? Ich bestrafe ihn für das, was Larry mir angetan hat, das ist nicht fair.

Vielleicht gelingt es mir endlich, in Sachen Sex Gleichberechtigung zu erlangen, aber wenn die nur darin besteht, einen Mitmenschen der Lächerlichkeit preiszugeben, bin ich mir gar nicht sicher, ob ich Wert darauf lege.

Ich versuche statt dessen, Damien einfach anzulächeln. Doch dann mache ich mir Sorgen, weil er denken könnte, daß es eine Anmache ist und ersetze das Lächeln durch ein knappes, sachliches, anerkennendes Nicken.

Ich sollte wohl am besten wieder hinter meinem Schreibtisch in Deckung gehen.

Meine Erleichterung ist nur von kurzer Dauer.

Gerade will ich mich wieder hinter meiner schnell wachsenden Mauer aus Topfpflanzen niederlassen – zu der Kiffer-Knete-Pflanze sind noch einige andere hinzu gekommen (das Militär wußte schon, warum es Grün als Tarnfarbe wählte) – als Sandra mich ruft.

»Alex, hast du einen Augenblick Zeit? Mr. Daniels möchte mit dir sprechen.«

O je.

Jetzt ist es soweit. Die Stunde der Wahrheit.

Vor diesem Augenblick habe ich mich gefürchtet, und es stimmt, daß mir das Herz in die Hose sinkt, wie ich es vermutet habe. Plötzlich kommt es mir so vor, als wäre mein Hintern am Stuhl festgeschweißt. Wie sehr ich auch versuche aufzustehen, ich schaffe es nicht.

Ich signalisiere Mary mit den Händen, daß mir jetzt gleich die Kehle durchgeschnitten wird. Sie lächelt mir aufmunternd zu.

Ich werfe einen Blick auf Jakes Horoskop. Ich weiß, wann sein Geburtstag ist, weil Sandra ihn fett und unübersehbar mit Rotstift in ihren Wandkalender eingetragen und mit zwei Ausrufezeichen versehen hat. Und dann hat sie es noch mit einem grünen Leuchtstift eingekreist.

Waage: Diese Woche ist jemand darauf angewiesen, mit Ihnen in Kontakt zu treten. Es ist Zeit, die Samthandschuhe auszuziehen und zu kämpfen. Sie haben sich viel zu lange hinters Licht führen lassen. Nehmen Sie Hinterlist und Enttäuschung nicht länger hin.

Na toll.

Ich brauche zehn Minuten für die zehn Meter von meinem Schreibtisch bis zur Tür von Jakes Büro. Inzwischen ist Sandra vor Ungeduld puterrot geworden. Sie legt mir die Hand auf den Hintern und schiebt mich einfach rein, bevor ich überhaupt die Chance habe, mir eine Ausrede auszudenken, damit ich nicht hinein muß.

Jake sitzt am Schreibtisch. Er dreht mir den Rücken zu und brütet über einer alles andere als interessant aussehenden Computertabelle. Zahlenreihe um Zahlenreihe flutscht vor seinen Augen vorbei, schneller als Damon Hill in Silverstone seine Runden drehen kann.

»Hallo«, sagt er, ohne sich umzudrehen. »Setzen Sie sich. Es dauert nicht mehr lange.«

Hm, er hört sich ganz freundlich an. Aber man muß sich ja

auch nicht wie ein Arschloch benehmen, um jemanden zu feuern. Er wird mich voller Güte fertigmachen, mich zärtlich kaltstellen, mir zuckersüß meinen Rausschmiß verkünden.

Er drückt die Control-S-Taste. Die Tastatur klickt befriedigt, als er sich ausloggt, dann schwenkt er auf seinem Stuhl herum, um mich anzusehen.

Er lächelt wieder.

Das ist viel irritierender, als wenn er ernst aussehen würde.

Als er sich zu mir umgedreht hat, traf mich dieses strahlende Lächeln wie der Lichtkegel eines Leuchtturms. Mit hoher Wattleistung glitt es über mein Gesicht und schickte geradewegs einen Schauer durch meinen ganzen Körper.

Das ist eine völlig neue Erfahrung für mich. So neu, daß ich einige Minuten brauche, um zu erkennen, was ich eigentlich fühle.

Begierde. Schlicht und einfach eine ungezügelte, kribbelnde, brennende Begierde.

O Himmel, ein weiteres Problem in meinem Leben.

Ich stehe immer noch auf den Kerl.

Ich habe eine Höllenangst, und ich bin so lüstern wie nie. Eine höchst seltsame Kombination. Man fühlt sich etwa so wie beim ersten verbotenen Joint: Man hat lähmende Angst vor den Konsequenzen, aber nach den ersten paar Zügen schwebt man auf einer Welle der sexuellen Erregung.

»Alex.«

Ich antworte irgendwas in der Art von »Mmmh?«

Glücklicherweise platzt Sandra in diesem Moment mit dem Kaffee herein. Das gibt mir kurz Gelegenheit, die Fassung wiederzuerlangen. Er wartet, bis sie das Zimmer verlassen hat, bevor er weiterspricht. »Tut mir leid, daß wir noch keine Zeit hatten, uns mal zu treffen ...«

Wir hatten noch keine Zeit, uns zu treffen! Ich verschlucke mich fast an meinem Kaffee. Und was war im *Priory*? Jetzt kommt's gleich: Das war der mieseste Sex, den er je hatte, und nun hat er Angst davor, es mir zu sagen, falls ich eine Neuauflage fordere.

Jake spricht mit mir. Ich versuche, mich wieder auf seine Worte zu konzentrieren, statt auf meine Gedanken.

»... Ihre Arbeit im Reiseressort ist großartig. Ich mag Ihren Stil. Sie schreiben sehr gut«, sagt er. »Die Orte, die wir vorstellen, könnten allerdings ein wenig aufregender sein.«

Aufregender! Er nimmt mich doch wohl hoch, oder? Mir sinkt das Herz. Er macht sich über mich lustig.

»Es ist ja gut und schön, daß wir unser eigenes Land bewerben, aber es gibt noch mehr auf der Welt als Großbritannien ...«

Jetzt hört er sich ganz normal an, völlig ernst. Bilde ich mir den Unterton etwa nur ein? Vielleicht spielt er nur mit mir, um sich zu rächen.

Ich nehme mein Herz in beide Hände, blicke auf und ihm geradewegs in die Augen. Ich suche nach etwas, ich bin mir nicht sicher was, irgend etwas hinter dieser coolen Fassade, das mir die Wahrheit verrät. Ein Aufleuchten, nur ein Flackern, das zeigt, wir verstehen uns. Unsere Blicke treffen sich.

Er ist völlig undurchschaubar.

Beim Poker wäre er unschlagbar.

Bisher habe ich mich zurückgehalten, doch nun bin ich wirklich versucht, den Stier bei den Hörnern zu packen und meinen Artikel über das *Priory* vorzulegen. Nur um zu sehen, ob er reagiert.

Er redet immer noch.

»Und ich bin auch nicht der Ansicht, daß wir ein wöchentliches Erscheinen dieser Rubrik rechtfertigen können ... Mögen Sie Ihre Arbeit, Alex?«

Diese Frage lenkt mich endgültig von jedwedem Gedanken an heiße Hotelnächte ab und bringt mich zurück zum eigentlichen Gesprächsthema.

Ich nicke langsam.

»Ich persönlich denke ja, daß Sie Ihr Talent vergeuden.«

Hilfe! Wie ich es vermutet habe: Er haßt mich, und das ist die Einleitung, um mich loszuwerden.

»Sie schreiben verdammt gut, Alex.«

Jämmerlich sitze ich da und warte auf das ›Aber‹.

»Aber ...«

Jetzt kommt's.

»Ich denke, daß Sie Ihre Zeit vergeuden.«

Warteschlange Arbeitsamt, ich komme. Ich starre auf meine Füße.

»Ich sähe Sie gerne auf einem anspruchsvolleren Posten.«

Juchheee, ich bin nicht gefeuert! Fortan stricke ich das Muster des Monats, oder ich mache das Wochenendwetter.

Stürmische Aussichten. Drohende Sintflut.

Ich beiße mir auf die Unterlippe, weil sie zittert.

»Harvey verläßt uns.«

»Ich weiß«, murmele ich.

»Ihn verlangt es nach Höherem. Er hat sich von den Jungs in der Fleet Street Sand in die Augen streuen lassen. Der bessere Journalismus«, sagt Jake und hebt spöttisch die Augenbrauen. Offensichtlich zitiert er den Mann wörtlich. Er hält inne, als würde er eine Antwort erwarten.

»Das wollte er schon immer machen«, ist alles, was ich zustande bringe.

»Das bedeutet, daß ich jemand Neuen für das Ressort Feature brauche, aber mein Budget reicht nicht aus, um ihn zu ersetzen. Theoretisch gesehen haben wir schon zu viele festangestellte Redakteure. Und ich befürchte, daß das, was Sie machen, eine Vollzeitstelle nicht rechtfertigt.«

Jake lehnt sich zurück und verschränkt die Hände unterm Kinn.

Ertappt! Jetzt wird er mir gleich in Aussicht stellen, als freie Redakteurin weiterzumachen. Nie wieder ein monatlicher Gehaltsscheck. Ich werde als armer Schreiberling mein Dasein fristen, in einer zugigen, unmöblierten Mansarde hausen und auf die Ränder der alten Zeitungen schreiben, unter denen ich schlafen muß …

»… bitte ich Sie, beides zu kombinieren und fortan auch Features für mich zu schreiben.«

»Wirklich?« Ein Hoffnungsschimmer keimt in mir auf. Es gelingt mir, den Blick von den glänzenden Spitzen meiner Schuhe loszueisen, und zu ihm hinüberzuschielen.

Er sieht mich mit diesem irritierenden, direkten Blick an, der für ihn typisch ist. Bei dem man am liebsten anfangen möchte, wie ein ungezogenes Schulmädchen, das vor dem Büro der Direktorin wartet, zu zappeln.

»Meinen Sie wirklich, daß ich die Richtige dafür bin?« Plötzlich komme ich mir völlig unzulänglich vor. Die einzige Abwechslung zum Reiseressort, die ich unter der Ägide des alten Rodders hatte, waren die blöden Füllsel. Top-Ten-Listen, banale Rätsel und solche Sachen. Ich habe immer davon geträumt, die Chance zu erhalten, etwas Anspruchsvolleres zu machen. Aber dann habe ich mich mit dem Routinejob abgefunden und meine Ambitionen und die Hälfte meiner Arbeitszeit in meinen unvollendeten Roman gesteckt.

»Sie schreiben sehr gut, Alex. Ich glaube nicht, daß das Reiseressort Sie voll auslastet. Und ich bin der Ansicht, daß Sie unterfordert waren. Ich behaupte nicht, daß das Ihr Fehler ist, aber wir müssen wohl Ihren Horizont ein bißchen erweitern.«

»Damit ich mich bezahlt mache«, platze ich heraus.

»Nun, so hätte ich es nicht unbedingt ausgedrückt.« Er zieht die Brauen in die Höhe, doch das Lächeln bleibt unverändert. »Ihnen ist wahrscheinlich bewußt, daß mein Vorgänger die Dinge ein wenig hat schleifen lassen.«

Das ist zwar eine heftige Untertreibung, aber ich hüte mich, etwas zu sagen.

»Meine Aufgabe ist es nun, diese Beilage wieder auf Vordermann zu bringen. Etwas daraus zu machen, das die Leute wieder lesen wollen. Leider haben eine Menge Leute vergessen, wie wichtig unsere Beilage für die Zeitung ist, ärgerlicherweise vor allem diejenigen, die *Sunday Best* herausgeben. Wir sollten ein Joumal machen, das einen wesentlich höheren Standard hat. Mit moderneren Themen. Wir müssen aus *Sunday Best* etwas machen, was die Leute auch am Kiosk kaufen würden, wenn sie es nicht umsonst mit ihrer Zeitung bekämen ...«

Es kommt mir so vor, als hätte ich während der letzten zehn Minuten nicht ausgeatmet. Ich werde meinen Job nicht verlieren. Das hier ist sogar eher so etwas wie eine Beförderung. Ich atme aus und entspanne mich ein bißchen.

»Sie wissen, wie das funktioniert: Wir alle sammeln Ideen. Auch Sie tragen einige dazu bei, und wenn sie ins Konzept passen, dann dürfen Sie sie ausarbeiten. In Zukunft gilt die übliche Deadline, aber da Harvey noch einige Wochen bei uns bleibt, haben Sie ein bißchen mehr Zeit, um sich mit Ihrem ersten Thema zu beschäftigen. Ich gebe Ihnen jetzt einen groben Aufriß, und Sie legen mir dann einen Entwurf vor, in ... sagen wir, drei Wochen?«

Ich nicke. Es gelingt mir sogar, etwas Begeisterung an den Tag zu legen und kurz zu lächeln.

Jake reicht mir eine blaue Akte.

»Lesen Sie sich das mal durch. Es enthält Angaben dazu, wie ich mir den Artikel vorstelle. Ein paar Ideen, mit denen Sie anfangen sollten: Hintergründe, Quellen, Sachen in der Art.«

Ich öffne die Akte und werfe einen Blick auf das Deckblatt.

Ich lese den Titel oben auf der ersten Seite: »Das unfaire Geschlecht.«

»Mmm.« Jake nickt. »Ich meine das so: Zur Abwechslung schlüpft einmal die Frau in die Rolle des Mannes. Das ganze Konzept vom Mann als dem ewigen Raubtier wird auf den Kopf gestellt. Wie verändert sich die Rolle der Frauen beim Sex im ausgehenden Jahrtausend? Wollen sie nur die Gleichberechtigung, oder sind sie auf völlige Dominanz aus? So was in der Art.«

Er verarscht mich doch, oder? Seine Mundwinkel zucken, während er spricht.

»Werden Frauen in sexueller Hinsicht aggressiver? Nehmen sie ihr Liebesleben selbst in die Hand, oder ahmen sie nur das Spiel der Männer nach? Wenn das der Fall ist, dann will ich wissen, wer als Gewinner hervorgeht. Das Ganze soll unterhaltsam sein. Schreiben Sie im Plauderton, wenn Sie können. Bei diesem Projekt würde ich gerne sehr eng mit Ihnen zusammenarbeiten ... weil es Ihr erstes Projekt ist. Ich erwarte etwas ganz Besonderes von Ihnen, Alex. Sie werden das sicher sehr gut machen.«

Warum klingt aus seinem Mund alles so doppeldeutig? Ich bin mir sicher, daß er sich einen Spaß mit mir erlaubt. Wahrscheinlich denkt er, daß ich eine gefühllose Schlampe bin, die sich genommen hat, was sie wollte, um danach einfach zu gehen. Aber genau so sollte ich mich ja auch verhalten, oder? Warum bin ich dann so aufgebracht darüber, daß Jake das denkt?

Ich beiße mir fest auf die Unterlippe, damit sie aufhört zu zittern, weil ich den Tränen nahe bin. Sie wird ganz taub.

Jetzt muß ich wohl etwas sagen. Aber was?

Da lächelt er mich an. Ein offenes, ehrliches, direktes, sogar freundliches Lächeln. Keine Spur von Ironie, kein Zynismus, keine Tücke.

Das haut mich völlig um.

Es wird noch schlimmer, als er aufsteht, um den Schreibtisch herumgeht und mir seine Hand hinhält.

»Natürlich gibt's auch ein bißchen mehr Geld. Ich bin leider im Moment nicht in der Lage, Ihnen viel anzubieten, fürchte ich ... wären zweitausend mehr okay für Sie?«

Ich nicke wie gelähmt.

»Wunderbar. Ich lasse Ihnen einen neuen Vertrag zukommen.« Er ergreift meine Hand. Er schüttelt sie nicht, wie ich angenommen habe. Er hält sie nur kurz. Meine zittert. Seine ist warm, fest und ganz ruhig.

Dann läßt er los.

Alles, was er gerade zu mir gesagt hat, mein gesunder Menschenverstand, mein Gleichgewichtssinn, alles ist mit dieser einen, kurzen Berührung wie weggewischt. Diese Berührung löst Erinnerungen aus, heiße Erinnerungen an den besten Sex, den ich je in meinem Leben hatte … Erinnerungen, die für mindestens eine Woche ein Lächeln auf mein Gesicht gezaubert haben, und die ich jetzt zu meiner Verwirrung höchst peinlich, aber auch höchst erotisch finde.

Ich stolpere ziemlich verwirrt aus seinem Büro und lasse mich auf meinen Stuhl fallen. Gerade habe ich die Chance bekommen, nach der ich mich immer gesehnt habe: einmal richtig für die Zeitschrift zu schreiben. Aber jetzt bin ich mir plötzlich nicht mehr so sicher, ob ich überhaupt noch hier arbeiten will.

In mir brodeln die unterschiedlichsten Empfindungen. Der tollste Sex meines Lebens, und der Kerl, der dafür verantwortlich war, tut so, als würde er sich an nichts erinnern. Ist das normal, wenn man ein Mann ist? Den erstaunlichsten, tollsten Sex mit jemandem zu haben und dann einfach weiterzuziehen, als sei nichts gewesen? Ist es das, was wir Frauen immer falsch machen? Wir, die wir alle Männer detailliert auflisten können, mit denen wir einen Orgasmus hatten – oder in manchen Fällen auch nicht. Vielleicht finde ich deshalb die ganze Sache mit der Hitliste so schwierig.

Vielleicht sollte ich konzentrierter vorgehen. Vielleicht sollte ich – ich bitte, meine Geschmacklosigkeit zu entschuldigen – die männliche Sicht der Dinge übernehmen, in der wir als ein Loch zwischen zwei Beinen erscheinen, und Männer nur noch als ein baumelndes Teil zwischen zwei Beinen betrachten. Mich auf die

Ausstattung konzentrieren, das Werkzeug, um es mal so zu nennen, und nicht auf die Hydraulik, die diese Maschine bedient.

Mein unmittelbares Problem aber ist Jake. Wie soll ich mit ihm zusammenarbeiten nach allem, was zwischen uns ist? Er mag sich vielleicht dafür entschieden haben, sich an nichts zu erinnern, aber jedesmal, wenn ich ihn ansehe, läuft bei mir im Geist der ganze Film noch einmal ab.

Erschöpft lasse ich meinen Kopf gegen den Bildschirm sinken und schließe die Augen.

Nigel dreht sich zu Harvey um.

»Ich glaube, Alex versucht sich an einer Gedankenübertragung, um ihren Text nicht eintippen zu müssen. Hey, Alex«, ruft er mir zu und grinst breit, »du mußt schon die Tastatur benutzen, Süße. Dein Computer ist nämlich noch nicht mit einem telekinetischen Chip ausgestattet.«

Gott sei Dank noch nicht, denn was mir da gerade durch den Kopf geht, ist viel zu obszön für eine Familienzeitung.

Den Freitag abend verbringen wir damit, bei Serena abzuhängen, Pizza zu essen, Wein zu trinken und fernzusehen.

Wir haben eine unausgesprochene Übereinkunft, die besagt, daß wir mucksmäuschenstill sein müssen, abgesehen von dem seltsamen Kichern der beiden während *Friends* und *Frasier*. Aber sobald eine Werbepause kommt, nutze ich die Gelegenheit und beklage mich über meine Situation auf der Arbeit. Die Mädels verdrehen mal wieder die Augen und kommen mir mit solch alten Weisheiten wie »sich nie im nachhinein entschuldigen« und »warum es am Morgen danach bereuen – passiert ist passiert«.

Es ist auch nicht so, daß ich wirklich bereue, was und mit wem es passiert ist. Ich bereue nur, daß die entsprechende Person sich als mein neuer Chef entpuppt hat.

»So was konnte auch nur mir passieren.« Ich seufze tief, und mein Frust wird kaum von der Ladung karamelisiertem Popcorn gemildert, die ich mir in den Mund stopfe, und auf der ich wie ein trübsinniges Kamel herumkaue.

»Unsinn! So was passiert ständig«, nuschelt Serena, den Mund voll Pilze, Salami und Mozzarella. »Leute bumsen mit ihrem Chef, der Chef bumst mit seinen Angestellten. Du bist nicht die einzige, weißt du?«

»Ja, aber ich wette, daß ich die einzige bin, die zu diesem Zeitpunkt gar nicht wußte, daß er mein Chef ist.«

»Wetten?« Serena und ich sitzen zusammengekauert auf dem Sofa, Emma hockt zwischen uns auf dem Boden und malt sich die Fußnägel mit den verschiedensten Farben aus Serenas üppiger Nagellackkollektion an. »Du warst noch nie auf einer unserer Weihnachtsfeiern. Da habe ich Sekretärinnen gesehen, die waren so besoffen, daß sie nicht mal wußten, ob sie auf dem Fotokopierer gerade mit einem aus dem Vorstand oder mit dem Weihnachtsmann gevögelt haben.«

»Oho!« Bei dem Gedanken leuchten Serenas Augen. »Vielleicht sollte ich mal zu einem eurer Feste kommen. Dann könnte ich ein paar mehr Kreidestriche auf der Tafel an der Küchentür machen.«

»Du brauchst doch gar keine mehr.« Emma hebt die Augenbrauen. »Du bist uns anderen schon meilenweit voraus.«

»Vielleicht sollte ich kündigen. Mir einen andern Job suchen«, grübele ich, lasse von dem Popcorn ab und stibitze mir das letzte Stück Pizza. Hartnäckig weigert sich der Käse den Boden der Schachtel zu verlassen, und die Fäden bleiben an Serenas nackten Zehen hängen, als ich mich wieder zurücklehne. »Am besten einen, wo ich keinen One-Night-Stand mit dem Chef hatte.«

»Wozu denn, um Himmels willen?« fragt Emma ungläubig. »Jake schikaniert dich doch gar nicht, oder? Entweder er erinnert sich nicht daran, oder er hat einfach kein Problem damit. Sonst hätte er etwas gesagt. Aber sicher hätte er dich nicht befördert. Siehst du«, kichert sie und malt den kleinen Zeh an ihrem linken Fuß quietschpink an, »hab ich dir nicht gesagt, wenn du mit dem Boß schläfst, kriegst du vielleicht 'ne Gehaltserhöhung? Und du mußtest noch nicht mal mehrfach ran.«

»Zieh Leine, Emma!« erwidere ich griesgrämig.

»Du kannst doch schon von Glück reden, daß du deinen Job nicht verloren hast ... also kannst du im Bett gar nicht so ganz schlecht gewesen sein.«

Ich werfe ein Kissen nach Serena, von der diese Bemerkung kam. Sie duckt sich, und das Kissen landet statt dessen weich auf ihrem enormen, flauschigen, verwöhnten Ersatzkind, ihrer Mieze mit dem passenden Namen ›Fat Cat‹. Fat Cat faucht, plustert ihren riesigen, getigerten Schwanz auf wie einen Staubwedel und stapft majestätisch aus dem Zimmer.

»Na prima.« Liebevoll blickt Serena ihr nach, wie sie in der winzigen Küche verschwindet und schmollend den leeren Freßnapf inspiziert. »Jetzt ist sie eingeschnappt.«

»Serena!« Emma verdreht die Augen. »Das ist eine Katze!«

»Ich weiß es, du weißt es, aber glaubst du wirklich, sie auch? Außerdem ist Fat Cat eine sehr intelligente Katze. Durchaus fähig, auch mal eingeschnappt zu sein, weißt du.«

»Ja, genau wie Alex.« Emma zieht eine Grimasse, um mich zum Lachen zu bringen. »Also, um des lieben Friedens willen«, lenkt sie ein, weil ich immer noch wie ein schmollendes Baby aussehe. »Du warst glücklich ... zum ersten Mal, seit du Max verlassen hast, bist du mit einem breiten Grinsen im Gesicht rumgelaufen. So hast du mir gefallen, Alex. Das hat *mich* glücklich gemacht. Biiitte, können wir die glückliche Alex wiederhaben?« Sie legt den Kopf auf mein Knie und sieht mit treuen Hundeaugen zu mir auf. »Bittebittebitte ... Du hattest super Sex, und du hast jetzt einen viel besseren Vertrag – kannst du dich nicht einfach darüber freuen und die Kleinigkeiten außer acht lassen?«

»Na, das ist ja schön, daß du es als eine Kleinigkeit betrachtest, daß die Beförderung und der super Sex beide aus ein und derselben Quelle stammen«, antworte ich spöttisch.

»Aaaahhh!« kreischt Emma, schnappt sich das Kissen, das Fat Cat so beleidigt hat, und drischt damit auf mich ein. »Alex Gray«, schnauft sie und bläst sich den Pony aus den Augen, »du bist meine beste Freundin, und ich liebe dich heiß und innig, aber um Himmels willen, hör endlich auf damit! Du bist völlig paranoid. In letzter Zeit glaube ich fast, du bist nur dann glücklich, wenn du über etwas unglücklich sein kannst!«

Ich versuche es mit einem sicheren Trick und tue so, als würde ich in Tränen ausbrechen. Sie sind noch nicht einmal ganz unecht. Ich bin im Moment so durcheinander und verletzt, daß ich gar nicht mehr weiß, was ich machen soll.

Emma ist sofort reuevoll und versöhnlich gestimmt.

Sie läßt von dem Nagellack und ihrer Haltung mir gegenüber ab und kriecht aufs Sofa, um mich in den Arm zu nehmen. Die feuchten Nägel bleiben am ausgebleichten Polsterstoff von Serenas durchgesessenem Sofa kleben.

»Reg dich nicht auf, Kindchen.« Serena kommt mit Taschentüchern zurück und schenkt mir Wein nach. »Ich weiß, daß das alles ein bißchen viel war in letzter Zeit, aber mach dir nicht in die Hosen wegen etwas, das es gar nicht wert ist.«

»Ren hat recht. Das Leben ist schön, Lexy.« Emma zieht eine verdrießliche Schnute, die meinen Gesichtsausdruck widerspiegelt. »Wenn du nur sehen könntest, was du alles hast: Du hast tolle Freunde, die dich lieben, du bist Mad Max losgeworden – und es ist mir egal, was du sagst, das ist nämlich ein verdammtes Glück –, du hast herausgefunden, daß Sex tatsächlich besser sein kann als eine Schachtel Pralinen und ein guter Film, und du bist gerade befördert worden. Du wolltest doch immer schon mehr für die Zeitschrift schreiben, oder etwa nicht?«

Ich verstecke das Gesicht in einem weichen, weißen Taschentuch, schniefe kleinlaut und nicke dann.

»Warum erzählst du mir nicht, worum es in deiner ersten Story geht?« gurrt Serena und berührt meine Schulter.

»Wenn es euch wirklich interessiert?« hauche ich mit meiner überzeugendsten Jammerstimme.

»Natürlich interessiert es uns.« Serena lächelt Emma an. »Stimmt doch, Ems?«

Emma ist sich da nicht so sicher. Sie kennt den Verlauf meiner Sitzung mit Jake bereits und hat eine Stunde lang versucht, mich davon zu überzeugen, daß seine Themenwahl nur das Resultat eines absoluten und ziemlich unglücklichen Zufalls ist. Problematisch an der Sache ist nur, daß es schwer ist, jemanden von etwas zu überzeugen, wenn man nicht genau weiß, ob man es selbst glaubt. Aber ich lasse Emma dieses Mal nicht die Gelegenheit zu protestieren oder taktvoll das Thema zu wechseln.

In Wahrheit brenne ich nämlich darauf, die Mädels für meine Reportage zu interviewen. Das ist eine verdammt gute Entschuldigung dafür, einige Tips von ihnen zu bekommen. Ich glaube, irgend etwas läuft bei mir völlig schief. Vor der Geschichte mit Jake war meine Medaillenausbeute bei dieser Sex-Olympiade aufgrund meiner halbherzigen Beteiligung gleich null. Seit dieser Nacht mit Jake bin ich nicht mal mehr an den Start gegangen. Jedesmal, wenn wir ausgehen, holen die anderen ihre Strichlisten hervor, ziehen die übliche Masche ab und reißen die Männer auf, während ich mich in eine Ecke verkrümele, mich vollaufen lasse und mir die Frage stelle, warum ich mir nur die Mühe gemacht habe, mich aufzudonnern. Der einzige Grund, warum wir heute zu Hause geblieben sind, liegt darin, daß ich mich grollend geweigert habe auszugehen. Ich hätte es einfach nicht ertragen, mich schon wieder an potentiell attraktive Männer heranpirschen zu müssen.

Es führt kein Weg an der Erkenntnis vorbei, daß ich keinen ausgeprägten Jagdinstinkt habe.

Ich erkläre Serena grob die Aufgabenstellung. Sie hört mir aufmerksam bis zum Schluß zu.

»Du meine Güte, das ist doch ein Witz, oder?« Ihr Gesichtsausdruck erinnert mich an den Schauspieler Kenneth Williams. »Wenn er dich mit so was beauftragt, dann muß er ...«

Emma rammt ihren Ellenbogen irgendwo in die Gegend von Serenas oberem Schienbein.

»... denken, was für ein Talent du doch hast«, folgert sie. »Hört sich an, als ob es eine ziemlich schwierige Aufgabe wäre. Also, einen tiefen Einblick in die Materie zu bekommen.« Sie bricht ab, schnappt hastig ihr Weinglas, nimmt einen tiefen Schluck und grinst mich töricht an.

Aus der Küche dringt das Geräusch von Plastik, das über den Boden schleift, weil Fat Cat mürrisch ihren leeren Freßnapf inspiziert.

»Na ja, ich hatte irgendwie darauf gehofft, daß ich euch dazu befragen kann.« Ich ziele mit meinem nun nicht mehr benötigten Taschentuch auf den Mülleimer und werfe daneben.

»Du solltest Sukey fragen.« Serena hebt es angeekelt auf und wirft es in den Müll. »Sie ist diese Woche jeden Abend mit einem anderen Mann ausgewesen.«

Sukey, Serenas neunzehnjährige Schwester, befindet sich auf einem außerplanmäßigen Besuch hier, der angeblich eine Woche dauern sollte, aber schon vor fünf Wochen begonnen hat, und dessen Ende immer noch nicht abzusehen ist. Während Serena ein bezauberndes, junges Ding ist, ist Sukey ein noch bezaubernderes, noch jüngeres Ding mit einer göttlichen Figur – sagenhaft schlank und knackig, aber mit den Kurven an den richtigen Stellen – und mit einem Gesicht, das dem Cover von *Vogue* ohne die geringste Einschränkung zur Zierde gereichen würde. Sie wissen schon, was ich meine: riesige Augen, hohe Wangenknochen, üppige Lippen. Haß, Haß, Haß. Sie ist von so vielen Männern umgeben, die versuchen, ihr an die Wäsche zu gehen, daß man meinen könnte, sie sei ein Dessousversorgungsunternehmen für Transvestiten.

»Wo ist sie denn?« frage ich hoffnungsvoll.

Serena lacht und schleckt den Schaum vom überquellenden Rand einer frischgeöffneten Flasche Budweiser.

»Wo soll sie schon sein? Auf der Piste ... mit einer weiteren Eroberung. Verstehst du, sie braucht einen Mann nur anzusehen, und er läßt erwartungsvoll die Hose fahren.«

»Oje!« grolle ich. »Wenn ich einen Mann ansehe, dann ist das einzige, was er ›fahren‹ läßt, sein Interesse an mir.«

»Es kommt nur darauf an, die richtigen Signale auszusenden.«

Emma setzt Serenas Budweiser an, nimmt einen tiefen Zug und fährt sich mit dem Handrücken über den Mund.

»Na, dann muß ich wohl so was signalisieren wie ›Vorsicht nicht anmachen, ich bin lahm und langweilig, und mein Höschen ist an meinem Popo festgeschweißt‹«, jammere ich, »ich werde nämlich nie angequatscht.«

»Ich denke, du signalisierst eher etwas in der Art von ›Verpiß dich, ich bin schlecht drauf, will nicht mit dir reden, und ihr habt sowieso keine Chance‹«, entgegnet Emma nicht unfreundlich und gibt Ren widerstrebend die Bierflasche zurück.

»Stimmt. Ich will ja nicht zu hart sein, aber du bist nicht gerade zugänglich, wenn wir ausgehen, Lex«, ergänzt Ren. »Du errichtest eine quasi unüberbrückbare Barriere. Dabei fürchten Männer sich doch so davor, abgelehnt zu werden.«

»Wirklich?« frage ich und stelle mir vor, daß ich mit einer Art Kraftfeld aus zähem Haferschleim umgeben bin, das jeden Mann, der näher als einen Meter an mich herankommt, sofort befällt.

Diese Vorstellung finde ich gar nicht so schlecht.

Emma nickt zustimmend.

»Du wirst nur deshalb nicht angequatscht, weil die Männer Angst davor haben, sich dir zu nähern.«

Ob sie damit recht haben? Das wäre immer noch besser als meine Theorie, daß mich niemand anspricht, weil ich so attraktiv bin wie ein Heilbutt, der schon seit einer Woche tot ist.

»Aber ich dachte, daß wir diejenigen sein sollen, die die Anmache starten, und nicht darauf warten, daß die Männer auf uns zugehen?« frage ich leicht verwirrt.

»Tja, die Antwort liegt im Detail. Subtile Signale sind wichtig.« Soweit Emma, die sich gerade ein Fläschchen *Smartie Blue Hard Candy* schnappt und beginnt, jeden zweiten Nagel ihrer linken Hand anzumalen. »Wenn du die richtigen Signale aussendest, dann kommt der Mann auf dich zu, aber du hast ihn dazu gebracht, das zu tun, indem du eben die richtigen Signale ausgesandt hast, also hast eigentlich du den ersten Zug gemacht.«

»Genau«, stimmt Serena zu. »Du entdeckst etwas, was du haben willst, und du mußt es dir holen.«

Sie erklärt diese Philosophie, indem sie mir von ihren beiden letzten Eroberungen erzählt. Serena macht also einen Typ in einem gut besuchten Bistro aus – der Rahmen ist ja allseits bekannt – und befindet, daß er durchaus passabel ist. Sie beobachtet ihn eine Zeitlang, bewundert den knackigen Hintern in der Levi's, die Art, wie das schimmernde braune Haar über die blauen Augen fällt. Ihr gefallen die kleinen Fältchen um Mund und Augen, wenn er lächelt, und die Häufigkeit, mit der das geschieht. Sie überstürzt nichts. Sie wartet ab, bis er zur Theke geht, dann nähert sie sich langsam, bis sie neben ihm steht. Es ist gedrängt voll, weshalb sie dauernd aneinanderstoßen. Augenkontakt wird hergestellt. Das nächste Mal, wenn sie von der Menge gerempelt wird, sorgt sie dafür, daß sie etwas heftiger gegen ihn stößt. Höfliche Entschuldigungen folgen. Sie lächelt und macht eine Bemerkung darüber, wie lange man doch warten muß, um bedient zu werden, dann kommt die Masche mit dem »Kennen wir uns nicht von irgendwoher?« – sie gibt ja zu, daß das ziemlich abgedroschen ist, aber abgedroschen scheint zu funktionieren – und so wird ein Gespräch angeknüpft. Als sie schließlich zuerst bedient wird, lädt sie ihn auf einen Drink ein, und presto, presto geht's weiter im Takt.

Das gefällt mir. Was für eine Subtilität! Auch die Souveränität gefällt mir. Serena zufolge kann man bei dieser Methode einfach sein Getränk bestellen und verduften, falls man im Gespräch feststellt, daß der Auserwählte ein absoluter Blödmann ist.

Einen anderen Kerl hat sie anscheinend zusammen mit den Lebensmitteln im Supermarkt um die Ecke eingekauft. Er wartete neben einem Schild, auf dem stand »Für jedes gekaufte Exemplar eins gratis dazu«. Ich glaube, Ren hat ihm ein besseres Angebot gemacht. Das ist nicht fair. Alles, was ich außer Lebensmittel aus dem Supermarkt mitnehme, ist eine fette Rechnung.

Das alles notiere ich in dem kleinen Notizbuch in meinem Kopf, für meine Reportage und für den späteren persönlichen Gebrauch. Das nächste Mal, wenn ich ausgehe, sollte ich vielleicht einige von Serenas Techniken ausprobieren. Wenn ich dazu bereit bin ... Oder sollte ich sagen, wenn ich dazu *fähig* bin? Nicht zum ersten Mal frage ich mich, warum ich diesem Wettkampf überhaupt zugestimmt habe.

Emma hält sich erstaunlich bedeckt, was ihre Masche beim Aufreißen betrifft. Man sollte meinen, ein solcher Männermagnet wie sie hätte eine Menge Geschichten zu erzählen, aber die muß man erst mal aus ihr herauskitzeln. Das ist so schwer, als wollte man gesunde Zähne ziehen.

»Ich will dem Gegner keine Bälle zuspielen.« Verschlagen grinst sie mich an. »Ich kralle mich mit meinen abgeknabberten Fingernägeln mühsam am zweiten Platz fest. Wenn ich dir jetzt verrate, wie man Männer aufreißt, dann bin ich womöglich zum Schluß noch die unglückliche Dumme auf dem letzten Platz, die beim *Winner's Dinner* die Zeche übernehmen muß.«

Im Moment bin *ich* diese unglückliche Dumme, und die Zeit läuft mir davon. Hinter Serenas Namen stehen unglaubliche sieben Kreidestriche, Emma kommt immer noch auf respektable vier, und ich habe nur einen einsamen, aber höchst erotischen, einzelnen Strich aufzuweisen.

Es ist schon komisch. Es war doch so leicht, einfach mit Jake ins Bett zu springen, leichter noch, als mit ihm in den Pool zu springen, aber es fällt mir so schwer, mich dazu aufzuraffen, es noch mal mit jemand anderem zu tun.

Sieht so aus, als wäre ich jetzt aufgeflogen.

Emma und Serena geben nichts mehr preis.

Da keine weiteren Informationen darüber, wie man seine Libido auf die richtige Anmachfrequenz einstellen kann, zu erwarten sind, muß ich mir eine neue Quelle für irgendwelche Auskünfte suchen.

Meine große Schwester Erica kommt nächste Woche aus den Vereinigten Staaten, vielleicht kann sie meiner Story den internationalen Touch geben. Wie stellt man es an, mehr als nur ein doppelt belegtes Käsesandwich in einem Imbiß in Madison Square Garden aufzureißen? Würde man wirklich den Tom Hanks seiner eigenen schlaflosen Träume treffen, wenn man nur lange genug auf der Freiheitsstatue wartet? Sehen alle New Yorker Männer aus wie Robert de Niro, Al Pacino oder Michael Douglas?

»Ich muß Erica darüber ausquetschen, wie die Frauen in New York vorgehen ...«

»Glaubst du etwa, daß sich das von einem zum andern Kontinent ändert?« Emma marschiert in die Küche, um noch mehr Bier aus Serenas Kühlschrank zu stibitzen. Sie pustet auf ihre feuchten Fingernägel, damit sie trocknen. »Ich dachte immer, die Sprache der Liebe wäre universell!« ruft sie uns zu und reißt mehrere von den kleinen Magneten an der Kühlschranktür ab, als sie versucht, diese mit dem Po zuzumachen, weil sie drei Flaschen Bud und ein Päckchen Quarkdip in den Händen balanciert.

»Wann kommt Erica denn?« Serena nimmt Emma den Dip ab, zieht hungrig die Plastikfolie runter und schaufelt mit den Tortilla-Chips die cremige Paste in sich rein.

Eigentlich sollte Erica ja bei Max und mir übernachten, aber da es Max und mich nicht länger gibt, ist Serena eingesprungen und hat die Situation gerettet, indem sie ihr Gästezimmer zur Verfügung gestellt hat.

»Donnerstag nachmittag. Ist es auch wirklich okay, daß sie hier übernachtet?«

»Klar. Sukes fährt dieses Wochenende nach Edinburgh zurück. Letztlich hat sie dann doch eingesehen, daß es besser ist, wenn sie an die Uni zurückkehrt und vor den Prüfungen noch ein paar Vorlesungen mitkriegt, also wird das Gästezimmer wieder frei.«

Lächelnd überläßt Serena die Chips und den Dip Emma und schnappt sich statt dessen die Katze. Fat Cat ist zu hungrig, um zu schmollen, und umstreicht deshalb schmeichelnd ihre Knöchel und bettelt nach Futter.

»Sie ist doch nicht allergisch gegen Katzenhaare, oder?« Serena streichelt mit beiden Händen den langen, flauschigen Schwanz, und Fat Cat fängt wieder an zu fauchen. Ihr Gesicht bringt klar zum Ausdruck, daß Serena gefälligst mit dem Quatsch aufhören und ihr etwas zwischen die Kiefer schieben soll.

»Nein, aber sie ist allergisch gegen Penicillin, also solltest du besser mal deine Kaffeetassen abwaschen, bevor sie kommt«, scherze ich und deute auf die Spüle, in der sich das Geschirr so hoch stapelt, daß man es sogar vom Wohnzimmer aus sieht.

»Das ist alles von Sukes. Sie ist ja so schlampig! Sie behauptet, das sei völlig typisch für Studenten. So als wäre es ihre Pflicht, nie Hausarbeiten zu erledigen, den ganzen Tag billiges Bier zu saufen, all ihr Stipendiengeld in der ersten Semesterwoche für Nicole-Fahri-Klamotten auszugeben und jede Nacht bis zum Morgengrauen durchzufeiern.«

»Hört sich nett an, finde ich.« Ich versuche, mir die Flasche Bud unter den Nagel zu reißen, die Emma gerade geöffnet hat, kriege aber nur einen Klaps auf die Hand. »Meinst du, ich würde als reife Studentin durchgehen?«

»Kaum«, Emma köpft eine andere Flasche und reicht sie mir. »Du schaffst es ja noch nicht mal, eine reife Erwachsene zu sein!«

Ich liebe Flughäfen. Es umgibt sie immer so eine Atmosphäre der Erwartung und der Aufregung. Glückliche Leute, die zu fremden Ufern aufbrechen und für vierzehn Tage die erdrückende Routine hinter sich lassen. Andere kommen – erschöpft, aber bereichert und braungebrannt – in Kleidern nach Hause, die viel zu dünn sind für unser britisches Klima, die dafür aber ihre Bräune zur Geltung bringen.

Ericas Flug hat Verspätung, aber das ist mir egal. Ich mache einen Schaufensterbummel, kaufe mir ein überteuertes Sandwich, einen frisch gepreßten Saft und eine Zeitschrift und lasse mich mit einem zufriedenen Seufzer in einen der verstellbaren Wartesessel sinken. Ich esse, lese und beobachte die Leute um mich herum, bis die Monitore schließlich ankündigen, daß Ericas Flug gelandet ist.

Typisch – sie ist eine der ersten, die in der Ankunftshalle erscheinen. Ein Träger schiebt unterwürfig einen Wagen hinter ihr her, auf dem sich Louis-Vuitton-Taschen stapeln. Die Augen hat er fest auf ihren knackigen Po und die langen, schlanken Beine geheftet.

Meine Schwester sieht aus wie das Ich, das ich gerne wäre. Schlanker, größer und viel, viel schöner. Das Haar ist dunkler, kürzer und glänzender, die Augen größer, brauner und mit langen Wimpern versehen. Habe ich mich deutlich ausgedrückt? So etwa meine ich auszusehen, wenn ich einen guten Tag habe – bis ich der Wahrheit ins Auge sehe, wenn ich in einen Spiegel schaue. Erica ist elegant, erfolgreich, selbstbewußt. Ist sie wirklich meine Schwester?

Ich habe ja den Verdacht, daß ich adoptiert wurde, aber bisher weigern sich meine Eltern, das zu bestätigen.

»Alex, du meine Güte, bist du gewachsen!« ist das erste, was sie sagt, als sie mich auf eine alles andere als elegante Art umarmt und mir ihre knallroten Lippen auf beide Wangen drückt. Sie lebt und arbeitet jetzt seit fast drei Jahren in New York und hat sich eine leicht kehlige amerikanische Aussprache zugelegt. Sie riecht teuer, nach einem Parfüm, von dem jede Unze über dreihundert Dollar kostet, und nach Designerwolle, die wahrscheinlich über hundert Dollar oder so pro Quadratzentimeter kostet.

»Erica! Ich bin fast achtundzwanzig. Ich habe vor etwa zehn Jahren mit dem Wachsen aufgehört«, protestiere ich und befreie mich verlegen aus dieser schwesterlichen Umarmung.

»Na, dann sind halt einfach die Absätze hier höher. Du bist mir doch immer nur bis zur Nasenspitze gegangen.«

»Das macht der Stein, der mir vom Herzen gefallen ist, als ich Max verlassen habe«, murmele ich verdrießlich und streiche meine Jacke glatt. »Der hat mich immer bedrückt.«

»Ah, ja. Max.«

Als das M-Wort fällt, umarmt sie mich wieder. Dann hält sie mich auf Armeslänge an den Schultern gepackt von sich, und ihr perfekt geschminktes Gesicht wird überflutet von Mitgefühl, als sie mich betrachtet.

»Wie *fühlst* du dich?«

»Gut.«

»Bist du sicher?« Sie runzelt ihre normalerweise makellose Stirn.

»Klar bin ich sicher. Sind das alles deine Sachen?«

»Natürlich.«

»Du weißt aber, daß Ren nur ein freies Zimmer hat. Für all die Sachen brauchst du ja ein extra Zimmer.«

»Ihr Angebot ist wirklich lieb, aber ich gehe auch gerne in ein Hotel, weißt du?«

»Nie im Leben! Ich will freien Zugriff auf dich haben, während du hier bist. Du sollst nicht in einem Designer-Hotel hocken, in das ich nicht hineingelassen werde, weil ich zu gewöhnlich bin.«

Erica lacht und hakt sich bei mir unter.

»Natürlich, wie gedankenlos von mir, klar willst du mich in deiner Nähe haben ... keine Sorge, Kleines, die große Schwester ist wieder da. Ich kümmere mich um dich – und ich fange damit an, daß ich diesem Hurensohn Max mal den Kopf wasche!«

Sie schleift mich quer durch die Flughafenhalle zu den Schiebetüren am Ausgang. Der Träger flitzt ungefragt hinter uns her, als ob seine Gelüste ihn an den Gummibund ihres Höschens gefesselt hätten.

»Danke für das Angebot, aber ich glaube nicht, daß dieser Hurensohn Max eine Kopfwäsche braucht. Dafür hat er mehr oder weniger schon selbst gesorgt.« Ich atme tief durch, und dann erzähle ich ihr, was ich bei unseren letzten Telefongesprächen ausgelassen habe. »Er wird heiraten.«

Erica sieht zu, wie der Träger ihr Gepäck in den Kofferraum des Taxis lädt, reicht ihm mit einem huldvollen Lächeln eine Zwanzigpfundnote und dreht sich dann, immer noch lächelnd, zu mir um.

»Weißt du, ich könnte schwören, du hast gerade gesagt, daß Max heiratet«, sagt sie ruhig und schlägt ihre endlos langen Beine auf dem Rücksitz des Taxis übereinander. Der hechelnde Träger bleibt nach dem Empfang des Trinkgeldes noch in unserer Nähe, bloß um das Vergnügen zu haben, ihr die Tür aufhalten zu dürfen.

»Wahrscheinlich, weil ich es tatsächlich gesagt habe«, antworte ich und kraxele längst nicht mit derselben Anmut wie sie in den Wagen. Warum höre ich mich an, als wollte ich mich entschuldigen?

»Das ist nicht dein Ernst, oder?« Das Lächeln ist nicht verschwunden, hat sich aber verkrampft.

»Na klar doch«, erwidere ich trocken. »Das hab ich mir zu meinem eigenen Vergnügen ausgedacht.«

»Mach keine Witze, Alex!«

Ich gehe nicht darauf ein, sondern lehne mich vor, um dem Fahrer die Adresse zu sagen.

»Aber wen?« fragt sie und zerrt an meiner Schulter.

»*Wen* meinst du denn?« entgegne ich wütend, lasse mich in die Polster zurückfallen und starre aus dem Fenster.

»Etwa sie?« fragt Erica ungläubig.

»Tu dir keinen Zwang an. Mir ist es wirklich egal.«

»Aber ich hatte die ganze Zeit den Eindruck, das alles ist nur ein Mißverständnis … Ich dachte, ihr zwei rauft euch wieder zusammen?«

»Ich habe dir schon am Telefon gesagt, daß es aus ist. Es gibt kein Zurück.«

»Aber Mutter schien doch zu glauben, daß es sich nur um eine Krise handelt, um einen Krach, und daß ihr das klärt.«

»Du weißt doch, wie sie ist. Sie lebt die meiste Zeit in ihrer eigenen kleinen Traumwelt.«

»Also willst du ihn gar nicht zurück? Ich bin also nicht hier, um einen Schiedsspruch abzuliefern?«

»Nein«, schluchze ich. »Zum letzten Mal, ich bin froh, daß ich ihn los bin. Doch, es hat weh getan. Doch, es war eine Schande, wie es gelaufen ist. Aber ich will ihn nicht zurück, nie und nimmer.«

»Na Gott sei Dank.« Auf Ericas Gesicht macht sich ein erleichtertes Lächeln breit, während sie ihre Tasche durchwühlt, einen Zerstäuber hervorholt und heimlich den unangenehm riechenden Fahrer besprüht. »Ich fand immer, daß er nicht der Richtige für dich war.«

Wir schleppen Ericas Koffer und die vier Portionen Fish&Chips, auf denen sie bestanden hat, und für die wir extra halten mußten – so als hätte sie gerade den Film *Brigadoon* oder so was Ähnliches wiederentdeckt –, das alles schleppen wir die drei Etagen zu Serenas Dachwohnung hinauf.

Erica ißt ihre ganze Portion Fish&Chips und den größten Teil von meiner. Ich weiß nicht, wie sie es schafft, so schlank und durchtrainiert zu bleiben. Sie verputzt soviel wie ein kleiner

Sumoringer. Nach dem Essen quartieren wir sie in Serenas Gästezimmer ein.

Jetzt weiß ich endlich, warum meine Schwester so viele traumhafte Klamotten hat. Das bedeutet nämlich, daß sie einfach auf dem Bett sitzen und hofhalten kann und keinen einzigen ihrer perfekt lackierten Fingernägel krumm machen muß, während meine Freundinnen und ich alles auspacken, nur um bestaunen zu können, was da alles zum Vorschein kommt. Alle drei notieren wir in Gedanken, was wir unbedingt ausleihen müssen - oder sollte ich sagen abkassieren? –, bevor sie in die Staaten zurückkehrt.

»Wir bleiben aber nicht die ganze Nacht hier eingesperrt, oder?« beschwert Erica sich, während wir um sie herumspringen und alle möglichen Sachen anprobieren. »Die Stadt wartet auf uns, ich will Spaß haben. Männer aufreißen.« Ihre Stimme senkt sich zu einem lasziven Schnurren.

»Männer?« frage ich zweifelnd.

»Aber ja doch. Ich hatte seit mehr als fünf Monaten keinen Sex mehr - auf meinem Po steht wohl so was wie ›außer Betrieb‹, seufzt sie. »Bei mir bebt in letzter Zeit nicht das Bett, sondern nur mein Zwerchfell, wenn ich vor lauter Frust mal wieder laut aufschreie!«

Emma schüttelt sich vor Lachen. Sie kriegt den Weißwein in den falschen Hals und prustet ihn durch die Nase wieder raus.

Meine Augen weiten sich ungläubig.

»Jetzt guck nicht so schockiert, Alex. Ich bin keine keusche Jungfrau. Obwohl ich mir im Moment eher wie eine vorkomme! Das letzte Mal ist so lange her, daß mir in der Zwischenzeit wahrscheinlich ein neues Jungfernhäutchen gewachsen ist.«

Ist das meine Erica? Vielleicht wurde sie ja zur gleichen Zeit verwandelt, als aus Sandra Sandie wurde?

»Was ist los mit dir, Alex? Du siehst mich an, als würden mir plötzlich Hörner oder etwas Ähnliches sprießen.«

»Ich weiß auch nicht. Aber seit du nach Amerika gegangen bist, hast du dich wirklich ... wirklich ...« Ich suche nach einem Wort, das nicht beleidigend ist.

»Weiterentwickelt?« schlägt Erica von sich aus vor. »Himmel, Mädchen«, sie lacht, »da drüben gibt es so wenige attraktive, begüterte, heterosexuelle Singles, da muß man sich einfach auf dieses Niveau herablassen, zugreifen und dranbleiben. Das ist so, als würde man sich im Schlußverkauf um das letzte Donna-Karan-Stück in der passenden Größe balgen.«

»Ich dachte immer, New York wäre voll von Typen, die wie Andy Garcia und Al Pacino aussehen? Du weißt, was ich meine: diese dunkelhaarigen, düsteren Machotypen.«

»Glaub einfach nicht alles, was du in irgendwelchen Filmen siehst.« Sie grinst. »Die einzigen vernünftigen Männer sind entweder schwul oder verheiratet.«

»Ich dachte, da drüben wäre die Scheidungsrate so hoch?«

»Schon, aber man muß seinen Namen bei der Geburt in die Warteliste für geschiedene Männer eintragen lassen. Warum, glaubst du wohl, bin ich nach Großbritannien zurückgekommen?«

»Um mich zu besuchen?« frage ich hoffnungsvoll.

»Klar, aber ich will auch ein bißchen auf Schnäppchenjagd gehen, während ich hier bin. Ich will mir ein Souvenir mitbringen, das etwa einsachtzig groß und männlich ist.«

Ich sagte ja, daß ich einige Tips von meiner großen Schwester haben wollte. Erica weiß immer, was sie will, und sie weiß immer, wie sie es anstellen muß. Ich dagegen weiß, daß ich, falls mir jemals klar wird, was ich will, nicht die leiseste Ahnung davon habe, wie ich es in die Tat umsetzen soll.

Den beiden anderen fällt es nicht schwer, Erica davon zu überzeugen, ihnen ein Outfit zu leihen, und wir ziehen los, in eines unserer Lieblingslokale – die Bar, in der ich mit Mason war. Wir finden sogar einen Tisch und ordern zwei Flaschen Chablis.

Es ist unglaublich, wie viele Männer Erica »absolut bezaubernd« oder »einfach göttlich« findet. Ich denke, daß drei Jahre in so einer Männerwüste ausreichen, die eigenen Ansprüche zu senken. Was mir wie ein Wassertropfen vorkommt, ist für meine Schwester wie eine Oase.

Vielleicht sollte ich es mit einem selbstgewählten Exil versuchen, dann würde es mir vielleicht nicht so schwerfallen, auch nur einen Kerl zu entdecken, den ich ansatzweise attraktiv finde.

»Oh, ist der süß«, schnurrt Erica, als sie ein weiteres dieser Vorzugsexemplare entdeckt und es mir zeigt.

Vor Schreck schnappe ich nach Luft.

Mason.

Ich versuche, mich unter den Tisch zu verkrümeln, aber es ist zu spät, wir wurden bereits gesichtet. Und Emma, diese untreue, blöde Kuh, winkt ihn sogar noch herbei.

Ich flüchte an die Bar, um noch etwas zu trinken zu holen, und hoffe, daß Mason und seine Freunde nur kurz hallo sagen und dann wieder abhauen, aber als ich an den Tisch zurückkehre, hat er seinen Knackarsch auf meinen freigewordenen Stuhl plaziert und ist in ein angeregtes Gespräch mit Erica vertieft.

Erica sieht irgendwie interessiert aus. Entweder ist sie es oder auch sie hat die Technik perfektioniert, hingerissen auszusehen, während sie innerlich Millionen von Kilometern entfernt ist. Ich schaue ihr genauer in die Augen, aber sie scheinen nicht diesen entrückten Ausdruck zu haben.

»Was ist los mit ihr?« flüstere ich Emma zu.

»Mason baggert sie an.«

»Das sehe ich auch. Was mir Kopfzerbrechen bereitet, ist die Tatsache, daß sie auch noch von ihm angetan zu sein scheint.«

»Ist das etwa so ungewöhnlich? Hör doch mal zu, er ist ganz unterhaltsam.«

»Findest du wirklich, daß jemand, der drei Stunden ohne zu atmen über sich selbst sprechen kann, *unterhaltsam* ist?«

»Falls du auf dein desaströses Date anspielst, so hat er mir erzählt, daß du den Abend über wirklich sehr ruhig warst. Er dachte wahrscheinlich, daß er das kompensieren müßte.«

»Das hat er allerdings getan.«

»Vielleicht waren die Umstände einfach etwas unglücklich.«

»Vielleicht konnte ich ihn auch einfach nicht leiden.«

»Na ja, es kann ja auch nicht jeder zu jedem passen, oder? Erica scheint er jedenfalls gut zu gefallen.«

Sie hat recht, Erica lächelt und sieht aus, als ob sie sich wirklich gut unterhalten würde. Ich fühle mich als ihre Schwester dazu verpflichtet, sie vor einem groben Fehler zu bewahren, und bei der nächstmöglichen Gelegenheit gebe ich ihr ein Zeichen, daß sie mich auf dem Damenklo treffen soll. Ich bin dann schon fünf Minuten drin und tue so, als würde ich wieder und wieder mein Haar ordnen, als sie endlich kommt.

»Was ist denn los, Alex?«

»Weißt du, mit wem du da redest?«

»Jaaaa …« antwortet sie gedehnt. »Er heißt Mason. Emma hat uns vorgestellt, wie du dich vielleicht erinnern kannst.«

»Und das stört dich nicht?«

»Alex, Liebes, ist mir da etwa was entgangen?«

»Sieh mal, ich weiß doch auch, wie das ist, wenn man verzweifelt nach einem Mann sucht …« Selbst wenn man nur so tut als ob, ergänze ich in Gedanken und denke an unsere laufende Olympiade – und an mein Versagen, wenn es darum geht, mich an die Spitze zu setzen.

Erica fängt schallend an zu lachen.

»Liebes, du bist doch noch ein Baby! Wie willst du denn jemals verzweifelt gewesen sein?«

»Ich bin immerhin siebenundzwanzig. Ich komme mir alt *vor*.«

»Na und, ich bin *dreiunddreißig*. Wie fühlt man sich denn da deiner Meinung nach?«

»Ach, also du redest nur mit ihm, weil du verzweifelt bist?«

»Ich würde es nicht verzweifelt nennen, Alex, das hat so einen Beigeschmack von absolutem Loser, und so sehe ich mich nicht. Aber ich komme allmählich an einen Punkt, wo ich gerne eine ernsthafte Beziehung hätte und sie auch behalten möchte.«

»Wirklich? Aber du wolltest doch immer nur Karriere machen?«

»Habe ich ja auch, Lex. Ich habe ein Penthouse, eine Firmenlimousine, den Schlüssel zum Managerklo, das alles habe ich. Aber weißt du auch, wie leer und öde mein Leben ist ohne jemanden, mit dem ich es teilen kann?«

»Aber du liebst deinen Job doch?«

»Natürlich liebe ich meinen Job, aber das reicht nicht. Jetzt will ich auch den Ehemann und die Kinder, die dazugehören. Ich bin dreiunddreißig, und meine biologische Uhr tickt so laut, daß jeder denkt, ich bin das Krokodil aus *Peter Pan*.«

»Denkst du etwa darüber nach, ein *Baby* mit Mason zu haben?« Entsetzt sehe ich sie an.

»Wie wär's, wenn ich erst mal Sex mit ihm habe und dann gucke, wie ich mich fühle?«

»Denkst du etwa darüber nach, Sex mit Mason zu haben?« frage ich genauso ungläubig.

»Er ist Single, betucht, heterosexuell, sportlich, hat noch seine eigenen Zähne und Haare, und soweit ich erkennen kann, sind alle seine Körperglieder intakt. Ich würde mal sagen, er ist ein ziemlich guter Fang.«

»Er hat die Persönlichkeit eines Narziß.«

»Willst du etwa auch noch Persönlichkeit bei all den anderen Vorteilen?« Sie spricht nur halb im Scherz. »Himmel, Alex, ihr Briten seid so kleinlich.«

»Falls du es vergessen haben solltest, auch du bist britisch«, erwidere ich säuerlich.

»Aber ausgebürgert, Kleines. Das macht einen Riesenunterschied.«

»Genau, du verlierst nämlich in jedem Jahr, das du in den Staaten verbringst, ein Zehntel deiner Hirnmasse! Erica, Mason ist ein egoistischer, egozentrischer, selbstverliebter, karrieregeiler Angeber.«

»Ja. Genau, wie wir New Yorker sie mögen. Weißt du, vielleicht nehme ich ihn mit nach Amerika.« Sie bricht ab, um sich mit dem Lippenstift über die gespitzten Lippen zu fahren. »Wenn ich ihn leid bin, kann ich ihn immer noch für ein paar tausend Dollar an meine Freundinnen verkaufen ... Jetzt schau nicht so besorgt, Alex, ich finde ihn echt nett.«

»Wirklich?«

»Logisch. Er ist intelligent, aufmerksam und ziemlich brillant ...«

»Entschuldige mal, aber sprechen wir hier eigentlich über ein und dieselbe Person?«

»Alex! Er hat gedacht, du wärst der Typ Frau, die nach außen still und schüchtern, aber tief in ihrem Innern eine unterdrückte Nymphomanin ist.«

»Das hat er gesagt?« erwidere ich entsetzt.

»Klar. Erkennst du jetzt, wie leicht es ist, einen falschen Eindruck von jemandem zu bekommen?« Sie hakt sich bei mir unter. »Na komm schon, trink noch was, und entspann dich ein bißchen. Ich verspreche dir nachzudenken, bevor ich loslege.«

Vielleicht lag Mason doch nicht so verkehrt. Natürlich bin ich nach außen nicht still und schüchtern, aber vielleicht bin ich eine unterdrückte Nymphomanin.

Alles, woran ich im Moment denken kann, ist Sex.

Sex mit Jake, um genau zu sein.

Während ich mich in die allgemeine Unterhaltung einschalte und immer noch ein schwesterlich besorgtes Auge auf Erica und diesen Egoisten habe, den Raum nach geeigneten Typen absuche, zugebe, daß der Kerl in den Calvin-Klein-Jeans eigentlich ganz sexy ist, sogar diese komische Sache mit dem Augenkontakt hinkriege, während all dieser Zeit huschen mir diverse Bilder durch den Kopf, wie bei einem Diavortrag – ein Zusammenschnitt der Höhepunkte eines verblüffend pornographischen Films, in dem mein Chef und ich die Hauptrollen spielen.

Als ob ich einer Gehirnwäsche unterzogen worden wäre.

Ich versuche, mich auf die Suche nach einem möglichen Kandidaten zu konzentrieren, der sich als Strich auf der Schiefertafel eignet.

Nach einer Dreiviertelstunde – ich habe inzwischen aus den unterschiedlichsten Gründen jeden einzelnen Mann im Raum verworfen – gähnt Erica auffällig und räkelt die schlanken Arme so über dem Kopf, daß ihr lose sitzendes Top bis über die Taille hochrutscht.

»Mein Gott, was bin ich fertig. Das muß der *Jet Lag* sein.«

Aha. Dachte ich's mir doch. Mason hat sie tödlich gelangweilt, und das ist jetzt ein Wink für Schwesterherz, ihr zu Hilfe zu eilen und sie verdammt noch mal loszueisen.

»Ich hole unsere Jacken, dann können wir gehen, wenn du willst.«

»Mason holt mir meine gerade.« Sie lächelt mich mehr als verlegen an. »Er bringt mich nach Hause. Das stört dich doch nicht, oder?«

Ich versuche, nicht zu lange zu zögern. »Nein, aber leg den Sicherheitsgurt nicht an. Der stört bei der Flucht.«

Verwirrt lächelt sie mich an, bevor ein überaus aufmerksamer Mason sie ablenkt, indem er ihr die Jacke um die Schultern legt.

»Ooooh, wie galant von dir.« Sie lächelt ihn einladend an.

Brrr! Ich kann nicht einfach hier stehen und mit ansehen, wie meine Schwester tatsächlich mit diesem Mr. Bombastic flirtet. Ich umarme sie ein letztes Mal, so als wäre sie auf dem Weg zum Galgen, dann kehre ich zu den anderen an der Bar zurück.

»Ich brauch noch was zu trinken.« Ich lasse mich neben Ems auf den Sitz fallen und blicke säuerlich in mein leeres Glas.

»Wieso? Weil Erica da Erfolg hatte, wo du versagt hast?«

»Das ist doch lächerlich!« schnaube ich verächtlich. »Versagt? Ich? Ich hätte ihn haben können, wenn ich nur gewollt hätte. So.« Ich schnippe mit den Fingern. »Locker. Ich wollte eben nicht.«

Emma grinst wie ein Honigkuchenpferd.

»Super!«

»Was?«

»Jetzt hast du dich genau wie ein Typ angehört. Weißt du, ich glaube, allmählich bist du auf dem richtigen Weg. Siehst du den knuffigen Kerl dort drüben? Du bist ja anscheinend gerade in Macholaune, also warum gehst du nicht einfach mal rüber und fragst ihn, was er von einem Quickie auf dem Parkplatz hält?«

Verzweifelt lasse ich die Stirn auf die Tischplatte sinken.

8

Mason läuft meiner Schwester hinterher wie ein kleines Hündchen. Meiner Meinung nach ist er verliebt. In Sachen Hartnäckigkeit hat er zehn von zehn möglichen Punkten verdient. Eigentlich ist es ja ganz nett, einen so verzweifelt anhänglichen Mann zu sehen, aber schließlich fällt mir ein Weg ein, Erica zu überreden, ihre Wahl noch einmal zu überdenken.

Ich mache ihr einfach klar, daß ihr jeder andere männliche Augenschmaus entgeht, den unsere wundervolle Hauptstadt zu bieten hat, wenn sie all ihre Zeit in London mit Mason verbringt. Sie würde ja auch nicht in ein einziges Geschäft gehen und das erstbeste Kleid kaufen, das sie entdeckt, oder?

Erica sieht die Logik meines Arguments ein und schafft es, Mason für einen Abend abzuschütteln, um mit uns Mädels einen draufzumachen, das heißt mit mir, Emma, Serena und Jude, einer alten Schulfreundin von Ems und mir, die für das Wochenende aus dem Norden zu Besuch gekommen ist.

Wir haben alle irgendwelche Sachen von Erica an, bis auf Erica selbst, die aus unerfindlichem Grund ihre Klamotten mit Jude getauscht hatte, kaum daß diese in Emmas Haus eingetroffen war. Ich habe mir das verdammt schnuckelige Kleid von Moschino geschnappt, mit dem ich schon geliebäugelt habe, seit Erica mit ihren zum Bersten vollen Koffern hier eingetroffen ist. Es ist eine wahre Wucht, schwarz und nicht nur figurbetont, sondern auch figurformend. Wie das Ganzkörpergegenstück zu einem Wonderbra. Ich mußte mich mit Serena und Emma darum streiten, aber da Erica meine große Schwester ist, habe ich erfolgreich meine Beziehungen spielen lassen, bevor die anderen ihre Krallen ausfahren konnten.

Serena hat sich für ein enganliegendes Paillettenkleid von Gaultier entschieden, in dem sie sensationell aussieht, und Emma hat sich das Galliano-Modell geangelt, das meine zweite Wahl gewesen wäre, wenn meine Krallen sich als nicht scharf genug erwiesen hätten. Die internationale Kosmetikfirma, bei der Erica als Kreativdirektorin arbeitet, hat uns für den Abend mit Make-up versorgt, und – um ganz ehrlich zu sein – das Wort »Glamour« hat durch uns eine neue Dimension! Wenigstens finden wir das, und wie man sich fühlt, so sieht man auch aus, was einen weitaus größeren Anteil an dem Spielchen hat als die Tatsache, wie man wirklich aussieht.

Das *Oasis* steht heute abend definitiv nicht auf unserem Programm. Wir wollen frische Jagdgründe testen, und zwar einen neuen Club im Westen, dem die Londoner Nachtschwärmer wahrscheinlich genausoviel Aufmerksamkeit entgegenbringen wie die entzückten Verwandten einem Neugeborenen. Einem der Mädels aus der Rechnungsabteilung zufolge ist er zur Zeit das In-Lokal schlechthin, bis zum Rand voll mit schnuckeligen Männern. Er quillt geradezu über vor Testosteron und vor berstenden Brustmuskeln. Wo man hinsieht, Waschbrettbäuche und Knackärsche in Hülle und Fülle …

Ich bin ganz schön aufgeregt.

Ich bin überrascht, was für einen Einfluß der Gedanke an muskulöse Männerkörper mittlerweile auf mich hat.

Das *Planet Sex* wird seinem frevelhaften Namen gerecht. Es ist nicht von dieser Welt. Ein Alien-Raumschiff, das auf der Erde gelandet ist, ein außerirdisches Gebäude, das im Rhythmus der Musik pulsiert, das von seltsam gekleideten Körpern erbebt, die in einer Art fremdartigem Ritual zum Beat zucken und sich aneinanderreiben.

Ich brauche gar nicht viel zu trinken, die Atmosphäre allein macht schon high. Die Menge drängt mich auf die Tanzfläche, und ich bin entzückt darüber, daß ich mich daran erinnern konnte, wie man tanzt. Was für ein Rhythmus!

Mit einem ausgelassenen, fröhlichen Jauchzen und dem Enthusiasmus eines olympischen Tauchers, der sich in die Fluten stürzt, stürze ich mich in den Beat.

Das Beste aber ist, daß Kate aus der Rechnungsabteilung recht hatte. Dieser Club ist ein Himmel voller Männer, randvoll mit Leckerbissen, die geradewegs von einem Gaultier-Laufsteg entsprungen sein könnten.

Erica befindet sich, metaphorisch gesehen, in einem Riesenpott Mousse au Chocolat, ausgestattet mit einem großen Löffel und einem noch größeren Appetit. Mason ist nur noch eine entfernte, schwache Erinnerung – die Betonung liegt auf schwach –, wie sie da so über die Tanzfläche wirbelt und anfängt, in Richtung eines Zwillingspaars zu grooven, das schön genug ist, um neben uns eine kleine Sensation auszulösen, und das in aufeinander abgestimmten, knappen, silbernen Bodys im Synchronstil abtanzt.

Jude, an deren schmeichelhaftem Körper ein spinnennetzartiges Kleid von Issey Miykake wie angegossen sitzt, schlüpft hinter mich, legt mir die Hände auf die Schultern und paßt sich dem Rhythmus an. Sie wirft den Kopf nach rechts, und das lange, dunkle Haar, das zu Hunderten von Rastazöpfen geflochten ist, fällt über ihren Rücken wie ein ausgefasertes Seil.

»Dreh dich nicht gleich um, aber da drüben ist ein echt *süßer* Typ, der seine Augen seit zehn Minuten nicht von dir gelassen hat. Nicht gucken, hab ich gesagt!« quietscht sie, als ich mich sofort umdrehe.

Ich drehe den Kopf schnell wieder zurück und sehe meine Freundin an, die heimlich über meine Schulter lugt, während sie so tut, als wären wir in ein Gespräch vertieft.

»Er guckt immer noch«, teilt sie mir mit.

»Wie sieht er aus?«

»Hab ich doch schon gesagt … süß.«

»Ja, aber ist er süß und blond, süß und dunkel oder was?«

»Oh, äh, sorry. Kurze Haare, so mittel- bis dunkelbraun, schwer zu sagen bei dem Licht, mittelgroß, nettes Gesicht … sehr nettes Gesicht. Sieht ein bißchen wie George Clooney aus …«

»Echt?« frage ich und kann nicht glauben, daß jemand, der auch nur ein bißchen wie George Clooney aussieht, sich für mich interessieren könnte.

»Echt«, versichert Jude mir, und ihre Stimme klingt irgendwie panisch. »Und er kommt auf uns zu …«

»Er kommt auf uns zu?!?«

Jude nickt eifrig.

»Alex?« Der George-Clooney-Doppelgänger, der bei näherer Betrachtung gar nicht so George-mäßig aussieht, aber trotzdem ganz süß ist, steht plötzlich vor mir.

Er kommt mir bekannt vor.

»Du bist doch Alex, oder?«

Ich nicke.

»Alex.« Er hält mir die Hand hin. »Ich meine, ich bin der andere Alex – Alex Pinter. Wir haben uns im *Oasis* kennengelernt. Ich arbeite mit Laurence Chambers zusammen.«

Also, das ist eine Nacht, die ich mit einigem Erfolg aus meinem Gedächtnis gestrichen habe, wie ich nicht ohne Stolz behaupten kann. Dennoch erinnere ich mich an Alex Pinter, und ich erinnere mich auch daran, daß ich ihn ziemlich sexy fand.

Er lächelt mich an. Ein nettes Lächeln, es erinnert an Jake: freundlich, sexy, mit einem Anflug von einem Lachen und gleichzeitig mit sympathischen Fältchen um die Augen.

Ich habe mich geirrt. Er ist nicht nur ziemlich sexy, er ist SEHR sexy.

»Ich bin überrascht, daß du dich an mich erinnerst«, antworte ich leicht verschüchtert.

Emma bleibt vor Bewunderung der Mund offen stehen, als sie ihn ansieht. Selbst Erica, die immer noch im glitzernden, silbernen Zwillingshimmel schwebt, kommt ganz langsam in unsere Richtung zurückgetanzt.

»Wie könnte ich dich denn vergessen?« Sein Blick gleitet anerkennend und bewundernd an mir herab. »Du siehst einfach sensationell aus. Darf ich dich und deine Freundinnen auf einen Drink einladen?«

»Äh, wir ...«

»Das wäre wirklich nett.« Serena rammt mir den Ellbogen in die Rippen. »Oder nicht, Lex? Danke.«

»Super. Wir sind alle da drüben.« Er deutet auf eine dunkle Ecke. »Kommt und setzt euch zu uns.«

»Äh ...« Ich zögere.

»Gerne.« Serena springt ein. »Wir kommen gleich. Wir müssen nur vorher noch mal für kleine Mädchen.«

»Ich warte auf euch.« Er grinst.

»Zwei Minütchen.« Sie lächelt verführerisch. »Dann sind wir da.«

»Warum hast du das gemacht?« stoße ich hervor, sobald er weg ist. Plötzlich bin ich völlig verkrampft. »Vielleicht möchte ich ja gar nichts mit ihm trinken.«

»Alex! Er ist wunderbar, und er mag dich, und die zwei Monate sind fast um, und du bist die letzte auf unserer Strichliste, und bald ist dein Geburtstag, und – ach, zum Teufel! Er ist ein Mann, du bist eine Frau. Jetzt überwinde dich mal, Mädchen, und greif zu. Außerdem hat er ›wir‹ gesagt und ›alle‹. Das bedeutet, daß da noch mehr von der Sorte sind, und wenn sie alle so sind wie er, dann werde ich dich für immer lieben.«

»Das mußt du sowieso, du bist schließlich eine meiner besten Freundinnen«, knurre ich düster. Serena beschließt, daß ich sogar ihre allerbeste Freundin auf Erden bin, als wir Alex Pinters dunkle Ecke ansteuern und acht Flaschen Moët Chandon und eine Gruppe attraktiver Männer vorfinden, die ungeduldig unserer Ankunft harren.

Das einzige Problem ist, daß es mir wie ein *Déjà vu* vorkommt. Es könnte eine glatte Wiederholung des letzten Mals sein, als ich diesen zusammengewürfelten Haufen in einem Club getroffen habe. Ich wäre gar nicht überrascht, wenn ein Continuity Girl mit Polaroidfotos, Stoppuhr und Maßband auftauchen würde. Zu der Gruppe gehören auch die blonde Anti-Bombe Marcus Wentworth, der schon wieder fast eingeschlafen ist, dieses Mal auf einem silberfarbenen Space-Age-Sofa, den Mund sperrangelweit offen und in die Polster verbissen, und Tony, der Wolf im Armani-Anzug, der sich schon gierig seine ruhelosen Hände reibt und gleichzeitig in Serenas und in Judes Richtung schielt.

Mir rutscht das Herz in die Hose, als mir klar wird, daß es, wenn die übliche Anzugarmee hier versammelt ist, gut möglich ist... Hastig werfe ich – die Finger abergläubisch über Kreuz – einen Blick in die Runde. Aber natürlich, da ist er, der einzig wahre Lounge-Laller, der Lüsterne Larry. Er lehnt an der Bar und versucht, eine desinteressierte Bedienung anzubaggern.

Aber das Schlimmste kommt noch. Auf einem Sofa entdecke ich ein weiteres bekanntes Gesicht, ein Glas in der einen Hand, eine kichernde Blondine in der anderen. Und obwohl mein Gehirn geradezu darum fleht, zugeben zu dürfen, daß hier eine Verwechslung vorliegt, gibt es nichts an der Tatsache zu rütteln, daß da Damien sitzt.

O verdammt! Wahrscheinlich haben sich die beiden Männer vollaufen lassen und dann über mich gelästert. So nach dem Motto: »Also, wir hätten ja, aber dann ist sie ohnmächtig geworden« und »Also, wir hätten auch, aber sie ist abgehauen – was für ein Reinfall!«

Alex Pinter taucht wieder neben mir auf.

»Lexy! Schön, daß du da bist. Willst du etwas trinken oder lieber tanzen?« fragt er, und seine grauen Augen glitzern.

Weder noch, ich will verdammt noch mal einfach nur raus hier! Der Himmel voller Männer hat sich in meine ganz persönliche Hölle voller Männer verwandelt.

»Alex? Erde an Alex ... worauf hast du Lust? Trinken oder tanzen?«

Was soll's, ich kann ja nicht den Rest meines Lebens damit verbringen, mich mit hochrotem Kopf und peinlich berührt vor ihnen zu verstecken. Ich bin schließlich hier, um mich zu amüsieren, also werde ich das verdammt noch mal auch tun. Wenn ich jetzt wieder auf die Tanzfläche zurückkehre, komme ich wenigstens weg von diesen ... diesen ... gibt es einen Sammelbegriff für Wichser?

Ich schnappe mir das volle Champagnerglas, das Alex mir hinhält, und stürze es in einem Zug runter. »Wie wär's mit beidem?« Ich grinse ihn an.

Wir tanzen und lachen uns durch die nächste halbe Stunde und unterhalten uns brüllend über die Musik hinweg, bis die langsamen Titel kommen. Ich gehöre normalerweise nicht zu den Leuten, die über die Tanzfläche wanken und sich dabei an einen anderen verschwitzten Körper krallen, und das zu Melodien, die ich normalerweise sofort abschalte, wenn sie im Radio laufen. Aber Alex tanzt wirklich gut, und ich sträube mich nicht, als er mich an sich zieht und anfängt, sich zu den Klängen von Dina Carroll sinnlich hin und her zu wiegen.

»Ich habe da einige interessante Sachen über dich gehört«, murmelt er mir ins Ohr.

Hat er das? Von wem? frage ich mich.

»Ich glaube, wir würden gut zusammenpassen.« Seine Hände gleiten über meinen Rücken und streicheln zärtlich über die leichte Kurve zwischen Taille und Hüften. Dann tasten sie sich langsam zu meinem Po, den er zu tätscheln beginnt, wie jemand, der wiederholt über den seidenweichen Kopf eines Cockerspaniels fährt.

Ziemlich angenehm, dieses Gefühl. Genaugenommen wird mir plötzlich bewußt, daß dieser Mann mich anturnt. Eine Woge der Erleichterung macht sich in mir breit.

Hipp hipp hurra! Jetzt weiß ich wenigstens, daß ich kein frigides Monstrum bin, kein hoffnungsloser, hormonarmer, sexsaurer, trauriger Tropf.

Ich will mich gerade mit einem glücklichen, lustvollen Seufzer an ihn lehnen, als ich Erica entdecke, die mich zu sich auf die andere Seite der großen Tanzfläche winkt.

Widerwillig steuere ich die Ecke des Clubs an, in der meine Freundinnen und Alex' Kumpels eine wilde Party der ganz eigenen Art feiern. Leere Moët-Flaschen liegen verstreut auf den Tischen, und eines der Sofas besteht nur noch aus einer wogenden Masse männlicher und weiblicher Körperteile – überall Beine, nur Hände sind nicht zu sehen. Ich entdecke Serenas Lackschuhe mitten im Getümmel. Damien sitzt noch immer auf demselben Platz, aber nun mit einem anderen Mädchen. Dieses Mal ist es eine kichernde Brünette, deren Zunge so tief in seinem linken Ohr steckt, daß es so aussieht, als wollte sie einen Weg auf die andere Seite suchen. Jetzt entdeckt er mich, aber glücklicherweise ist er ganz offensichtlich nicht in der Stimmung, in Erinnerungen zu schwelgen. Er nickt mir nur einmal kurz und höflich zu. Alex zieht davon, um uns noch mehr Alkohol zu besorgen. Aber erst gibt er mir noch einen liebevollen Klaps auf den Allerwertesten, der mich total ankotzen würde, wenn er von jemand anderem käme, mich so aber nur zu dem Gedanken anregt, wie es wohl wäre, wenn sich dieser liebevolle Klaps in einen etwas kräftigeren, liebevollen Schlag auf mein bloßes Fleisch verwandeln würde ...

In Gedanken nehme ich eine kalte Dusche. Wach auf, Lex. Das ist ja so, als ob plötzlich jemand nach einigen Wochen der Einsamkeit meine Hormone freigelassen hat, und jetzt überstürzen sie sich geradezu, um die verlorene Zeit wieder aufzuholen. Nur weil dieser Kerl ganz unterhaltsam ist und ein Lächeln hat, das dich an eine bestimmte Person erinnert, die hier lieber ungenannt bleiben soll, heißt das noch nicht, daß du ihn mit nach Hause nehmen und versuchen mußt, deinen Sex-Drive wiederzubeleben.

Erica torkelt, einen Champagnercocktail schwenkend, zu mir herüber und packt meinen Arm. »Da bist du ja, kleine Lexy Wexy. Ich hab dich schon seit Ewigkeiten gesucht. Weißt du ... weißt du ...«, wiederholt sie, »... du hattest recht, Schwesterherz. Es gibt doch mehr im Leben als nur ein einziges Kleid.«

Auf was will die denn hinaus? Genauer gesagt, was hat die denn eingenommen? Ich hatte ja schon mehr als genug zu trinken, aber sie schwankt wie die *Titanic* in einem Sturm Stärke zehn.

»Ich glaube, ich bin verliebt«, lallt sie.

Ach ja, die Analogie mit dem Kleid. Mir dämmert's. Und mir fällt ein Stein vom Herzen. Hurra, Mason ist abgehakt.

»Schön. In wen denn?« frage ich sie, löse die klauengleichen Fingernägel von meinem Arm und führe sie zu einem silbernen Stuhl.

»In den da drüben, der so sexy aussieht. Er ist so lieb. Lieb, lieb, lieb.« Sie schwankt betrunken auf ihrem Stuhl von einer Seite zur anderen, wie eine schlanke Pappel, die sich im Wind wiegt. »Er denkt, ich sei Liz Hurley.« Sie hat Schluckauf. »Er bittet mich dauernd um ein Autogramm. Ich mag ihn. Hab ich dir schon gesagt, daß er glaubt, ich sei Liz Hurley?«

»Welcher denn?«

»Na der, der aussieht wie ein dünner Michael Douglas.«

»Larry?« frage ich ungläubig.

»Ja, genau der. Der liebe Larry.« Sie grinst.

Diese Charakterisierung habe ich vorher noch nie gehört. Lüstern, lasziv, lächerlich, liederlich ... aber nie lieb.

»Weißt du, der könnte mir wirklich gefallen«, nuschelt sie, kneift die Augen zusammen und spitzt die Lippen.

Meine Schwester und Larry. Die *Titanic* hat ihren Eisberg gefunden und steuert genau darauf zu – Volldampf voraus! Das ist heftig! Hoffen wir mal, daß das bloß ein Nebeneffekt ihrer absoluten Besoffenheit ist.

»Findest du nicht, daß er wie Michael Douglas aussieht?« wiederholt sie. »Ich mag Michael Douglas wirklich gern.«

»Was?« Ich habe nie bemerkt, daß sie so einen zweifelhaften Geschmack hat. Mason war eigentlich schon ein Anzeichen dafür, aber jetzt … Ungläubig schüttele ich den Kopf.

»Okay, Rics, vielleicht tust du das. Schließlich sind Geschmäcker bekanntermaßen verschieden. Und schließlich hat Lady Di auch Prinz Charles geheiratet, hm? Aber Larry …« Ich schüttele wieder den Kopf und stoße einen tiefen Seufzer aus. »Denk doch mal an Michael Douglas in der Rolle von Gordon Gekko. Der Eidechsenmann, dieser widerwärtige, böswillige Wichser in *Wall Street*.«

Sie nickt.

»Dann stell ihn dir zehnmal so schleimig und zwanzigmal so brutal vor, und du hast Larry.«

»Wirklich?« Dummerweise scheint diese Information sie eher zu beeindrucken als abzuschrecken.

»Er ist ein schlechter Mensch, Erica.« Ich packe sie an den Schultern und zwinge sie, mir in die Augen zu sehen. »Glaub mir, du willst es gar nicht wissen, okay? Aber das Wort ›Schleimscheißer‹ wurde nur für Larry erfunden, verstehst du?«

Sie nickt langsam. Ihre Augen sind immer noch glasig, aber ich glaube, allmählich dringe ich zu ihrem Gehirn durch.

»Hey, Riccy Baby, komm und tanz mit mir.« Eddie Maynard, den ich fast schon mag, weil er einer der nicht ganz so vertrottelten Typen aus Larrys Büro ist, springt auf und zieht meine Schwester mit hoch. »Du nimmst es mir doch nicht übel, daß ich deine bezaubernde Schwester entführe, Lexy?«

»Aber woher denn? Paß aber auf sie auf, okay?«

»Avec plaisir.« Er wirft mir eine Kußhand zu und zerrt Erica in Richtung Tanzfläche. Schwer zu sagen, ob sie wirklich tanzt oder nur betrunken gegen ihn schwankt, aber ich glaube nicht, daß Eddie das stört.

Alex kommt mit dem Alkoholnachschub wieder. In jeder Hand hält er eine Flasche Becks, und im Mund klemmt ein Päckchen gerösteter Erdnüsse.

»Wirr du drr hnserrsen?«

Ich nehme ihm die Erdnüsse ab.

»Willst du dich hinsetzen?« wiederholt er und deutet mit einem Kopfnicken auf einen freien Sessel.

Wir quetschen uns beide in den Sessel. Das Design und die Dynamik der Erdanziehung schaffen eine intime Nähe, bei der unsere Oberschenkel eng zusammengepreßt werden und die Beckenknochen so hart aneinanderreiben, daß wir ein Streichholz dazwischenstecken und ein Feuer entzünden könnten.

»Du zuerst.« Ich stemme mich hoch, so daß Alex halb unter mir zum Sitzen kommt. Mein rechtes Bein baumelt über seinem linken, so daß ich mehr oder weniger auf seinem Schoß sitze und an seine Brust gedrückt werde. Ich spüre, wie sein Herz sanft gegen die Wölbung meiner rechten Brust schlägt.

Unsere Köpfe lehnen aneinander. Er dreht sich mir zu, um mich anzusehen, und ist mir so nah, daß seine Nasenspitze meine fast berührt.

In der Erwartung, daß er mich küssen wird, schließe ich halb die Augen. Aber er tut es nicht.

»Ich sollte dich besser nach Hause bringen«, sagt er nach einem Moment des Schweigens.

»So?«

»Du siehst völlig fertig aus.«

Wie zum Beweis entwischt mir ein heftiges Gähnen, das sich nicht unterdrücken läßt und mir fast den Kiefer ausrenkt.

»Siehst du, ich hatte recht. Willst du gehen?« beharrt er.

»Was ist mit meiner Schwester? Ich kann sie nicht einfach hierlassen.«

»Sie ist erwachsen, oder? Außerdem läßt du sie ja auch nicht allein zurück.«

»Ich weiß, aber sie ist völlig blau ...«

»Wenn du dir Sorgen machst, warum fragst du dann nicht einen von den anderen, damit er ein Auge auf sie hat?«

»Ich weiß nicht ...«

»Ihr geht's gut. Sie sitzt da drüben mit deiner Freundin Samantha.«

Er deutet auf das Sofa, auf dem sich vorhin die Mini-Orgie abgespielt hat. Serena hockt auf Tonys Schoß, dessen Hände fröhlich unter dem Saum ihres Kleides herumstöbern. Sie unterhält sich angeregt mit Erica, die rasch die Tanzfläche verlassen hat und jetzt Gott sei Dank wieder etwas wacher aussieht, trotz der Tatsache, daß Eddie gegenwärtig seinen Kopf selig in ihren tiefen Ausschnitt geschmiegt hat und fest schläft.

»Rics«, rufe ich ihr zu, »ich fahre jetzt nach Hause. Willst du mit?«

Sie dreht sich um, lächelt und schüttelt den Kopf.

»Bist du sicher?«

Sie nickt, ihre Lippen formen ein »Absolut«.

»Alles in Ordnung mit dir?«

Sie grinst breit, hält einen Daumen hoch, zeigt auf den schlafenden Kopf in ihrem Ausschnitt und verdreht amüsiert die Augen.

Alex und ich kommen gerade mal bis zur Taxitür. Dann zieht er mich an sich und küßt mich, bis ich nach Luft schnappe. Er küßt erfahren und gekonnt, und dabei ganz entspannt. Er ist gut. Es fühlt sich gut an. Die Alarmglocken haben noch nicht angefangen zu bimmeln.

Auf dem ganzen Weg nach Hause küssen wir uns auf dem

Rücksitz des Taxis und schmusen wie Teenager, ohne nach Luft zu schnappen.

»So, hier wohne ich.« Widerwillig entziehe ich mich seiner Umarmung, als das schwarze Taxi vor der roten Eingangstür hält.

Alex lächelt verhalten.

Und wieder ist da etwas in seinen hellgrauen Augen, das mich an Jake erinnert. Ein gewisses Selbstvertrauen, die Andeutung eines Lachens. Ich weiß auch nicht warum, aber jetzt verstehe ich, was die anderen meinen. Ich weiß einfach, daß Alex gut im Bett ist.

Es liegt an dem direkten Blick, so als ob er nichts zu verbergen hätte, dafür aber eine ganze Menge vorzuzeigen. »Willst du mich etwa nicht auf einen Kaffee zu dir hineinbitten?«

Das ist die alles entscheidende Frage.

Werde ich ihn hineinbitten? Wahrscheinlich hat er noch ganz andere Absichten, als nur Kaffee zu trinken, aber ich bin mir immer noch nicht sicher, ob ich das will. Aber was soll's? Das alles geschieht schließlich im Dienst der Forschung.

»Möchtest du noch auf einen Kaffee hereinkommen, Alex?« Ich lache.

»Kaffee?« Er grinst breit. »Eine gute Idee. Klar, gerne.«

»Nur einen Kaffee, denk dran«, sage ich streng.

»Na klar. Was immer du befiehlst.«

Er gleitet hinter meinen Rücken, als ich den Teekessel an der Spüle fülle. Einen Arm legt er um meine Taille, mit dem anderen streift er mir das Haar aus dem Nacken, um seinen Lippen Zugang zu gewähren, die langsam und gezielt von meinem Nacken zu meinem linken Ohr wandern.

In meinem Magen macht sich ein zartes Kribbeln bemerkbar. Den Kaffee lasse ich vorläufig außer acht, drehe mich zu ihm um, lege die Arme um seinen Nacken und erwidere seine Küsse mit eifriger Hingabe.

Alex legt die Hände auf meine Hüften, schwingt mich herum und hebt mich auf den Küchentisch. Kaffeetassen, Kekse, Überbleibsel früherer Mahlzeiten, alles kippt um und kullert über den Boden, als ich mich nach hinten auf die Platte lege und Alex auf mich fällt. Wir lachen beide und küssen uns weiter, ungeachtet des Ortswechsels, so als wären wir elektrisch aufgeladen und höchst explosiv wie ein bloßliegendes Kabel, das unter Strom steht.

»Wow!« murmelt er, und seine warme, champagnergetränkte Zunge erforscht meine Plomben. »Larry hatte wirklich recht mit dem, was er über dich gesagt hat.«

»Was?« Ich spucke seine Zunge mehr oder weniger wieder aus.

Unbeeindruckt fängt er an, meinen Hals mit Küssen zu bedecken.

»Mach's für mich, Alex.«

»Was?« wiederhole ich und werde dabei so steif und empfänglich wie ein kürzlich verstorbener Hamster.

»Mach's für mich … Mach für mich, was du für Larry getan hast.«

Will er etwa, daß ich ohnmächtig werde?

»Mach mir den Pudel, du wilde, kleine Bestie!« grunzt er. »Mach sitz, und bettel mich an, Baby. Wuff! Grrrrrr … wuff!«

Sind denn alle Männer Schwachköpfe? Oder nur die, denen ich begegne? Trage ich etwa ein Schild mit der Aufschrift »Naiv, bitte ausbeuten« oder so was auf meinem Hintern? Sorry, nein. Laut Larry steht ja auf dem Schild »Leicht flachzulegen, bitte in die Warteschlange für perversen Sex einreihen«.

Alex ist aus dem Feld geschlagen.

Und ich bin niedergeschlagen.

Emma und Jude kommen eine Stunde später zurück.

Ich sitze am Küchentisch, allein und ungebumst, nachdem ich einen ziemlich verwirrten Alex vor die Tür gesetzt habe. Jetzt versuche ich, meinen Kummer in Fett zu ertränken – ein Sandwich mit Bacon, einen fetten Milkshake, ein großes Stück Kuchen mit Kaffee und Walnüssen, eine halbleere Schachtel Pralinen, eine Packung halbgeschmolzener Eiscreme und ein großes Stück Quiche liegen in einem Halbkreis vor mir auf dem Tisch.

Die beiden sind so high wie fliegende Drachen. Jude raucht etwas, das wie eine Kippe aussieht und verdächtig süßlich riecht. Ihre schwarzen Augen glänzen wie taubedeckte Schlehen, und sie lacht wie eine hysterische Hyäne, als sie und Ems über die Mätzchen reden, die ein Typ bei dem krampfhaften Versuch veranstaltet hat, sie aus ihren glänzenden Dessous zu schälen.

Serena amüsiert sich offensichtlich mal wieder mit einer weiteren Eroberung in ihrem kleinen Unterschlupf in St. Giles. Meine Schwester ist nirgends zu sehen.

»Wo ist Erica?«

»Weiß nicht.« Ems zuckt die Achseln, geht zum Kühlschrank und holt sich eine Flasche Evian heraus. »Ich dachte, sie wäre bei dir.«

»Ist sie nicht«, schnauze ich, vor Sorge ganz aufgeregt.

»Frag Jude.« Bei dem Versuch, den Plastikverschluß zu öffnen, bricht er Ems ab. »Ich glaube, sie war zuletzt mit ihr zusammen.«

Jude kommt aus dem Bad gestapft. Sie kichert immer noch wie eine Verrückte, schnappt sich meinen halbgegessenen Kaffeekuchen und fängt an, die Überreste in ihren Mund zu schaufeln, als hätte sie seit einer Woche nichts mehr gegessen.

»Hast du Rics gesehen, Jude?«

»Hast du das etwa nicht mitgekriegt?« fragt sie und beißt in eine Walnuß. »Sie ist mit dem Typ nach Hause gegangen, mit dem du arbeitest.«

»Was?«

»Der Typ, mit dem du arbeitest… du weißt schon.« Sie verdreht die Augen in der Anstrengung, ihrem vom Dope vernebelten Hirn mehr Details zu entlocken.

»Damien?« frage ich ungläubig.

»Damien?« Sie runzelt die Stirn, zuckt die Achseln. »Ist das der, der etwa vierzig ist, graue Haare ha...«

Lieber Gott, bitte nicht!

»... im grauen Armani-Anzug und mit einem Gesicht wie ein dünner Michael Douglas?«

Schlaflosigkeit. Ich liege wach. Alles, woran ich denken kann, ist meine arme Schwester in den Klauen von Larry, dem Lüstling.

Die ganze Nacht wandere ich durch den Flur wie ein werdender Vater und bringe dann die ansonsten so gelassene Serena zum Ausrasten, weil ich von sieben Uhr früh an alle halbe Stunde anrufe, um zu erfahren, ob Erica schon nach Hause gekommen ist.

Irgendwann kann Serena nicht mehr.

»Hör mal, Lex, ich schätze dich sehr«, nuschelt sie, »aber ich habe den Kater des Jahrhunderts, und ich konnte nur etwa zwei Stunden ungestört schlafen. Ich sage Erica, sie soll dich anrufen, sobald sie da ist, okay? Und falls du heute morgen noch einmal hier anrufst, dann komme ich rüber zu eurem Haus, wickele dir die Telefonschnur um den Hals und erwürge dich dann ganz langsam damit! Verstanden?«

Schließlich kommt der Anruf.

»Also, du hast die Nacht bei Larry verbracht?« Ich versuche, ganz beiläufig zu klingen.

»Klar.«

»Was hast du gemacht? Dich zurückgelehnt und an England gedacht?«

»Nein, ich habe mich zurückgelehnt und an Alex gedacht, was mich ziemlich aus dem Konzept gebracht hat. Es kam mir vor, als würdest du auf meiner Schulter hocken wie mein lautstarkes Gewissen, das leiert, ›Tu's nicht, Erica, tu's nicht!‹«

»Siehst du, wie gut, daß ich da bin«, antworte ich und weiß selbst nicht, warum ich so erleichtert bin.

»Du bist ungefähr so gut für mein Liebesleben wie eine Portion Gift, Schwesterherz! Aber freu dich nicht zu früh. Ich habe zwar letzte Nacht gekniffen und in seinem Gästezimmer übernachtet, aber heute abend gehe ich mit ihm essen. Und wer weiß? Vielleicht verbringe ich ja einen Abend, der frei ist von dieser Flüsterstimme, die mir vorschreibt, was ich zu tun und zu lassen habe.«

»Du gehst heute wieder mit ihm aus?« frage ich besorgt. »Ich dachte, du bist gekommen, um deine Familie zu sehen?«

»Hey«, stichelt sie, »Larry könnte schon bald zur Familie gehören, wenn er mich nett darum bittet. Findest du, daß ich bis zur Hochzeitsnacht keusch bleiben sollte?«

»Hochzeitsnacht?« kreische ich. »Hochzeit... Verdammt, wenn du es unbedingt willst, dann bums ihn jetzt, und bring's hinter dich!«

Erica lacht. »Ich hatte gehofft, daß du das sagst. Wir sehen uns dann zum Mittagessen.«

Komm zurück, Mason, alle deine Sünden wurden dir vergeben.

Ich treffe mich mit Erica in einer beliebten Pizzeria in Knightsbridge.

Jem, der geschäftlich zwei Wochen verreist war, soll sich eigentlich zu uns gesellen, aber wie üblich hat er Verspätung. Er kommt genau in dem Augenblick herein, als ich versuche, Erica davon abzubringen, ihre Bekanntschaft mit Larry, dem Lüstling, weiter zu vertiefen.

»O Mann! Du bist erst seit zwei Minuten wieder im Land, und schon streitet ihr euch!« Die Stimme meines Bruders unterbricht unsere ziemlich hitzige Diskussion.

»Jeremy!«

Die schwesterliche Feindschaft ist fürs erste vergessen, als Erica aufsteht, um unseren Bruder zu begrüßen, den sie seit fast einem Jahr nicht gesehen hat.

»Wie geht's dir, Kleines? Amerika scheint dir gut zu bekommen, du siehst phantastisch aus!«

»Wow! Du aber auch. Du siehst so fit aus. Gehst du zum Krafttraining?«

Für die Belange der anderen Gäste um uns herum umarmen sie sich viel zu überschwenglich und zu gefühlvoll, dann zieht Jem einen Stuhl herbei und setzt sich hin, um den Schiedsrichter zu spielen.

»Also, raus damit. Warum streitet ihr beiden euch schon wieder?«

»Wir streiten nicht, wir diskutieren.« Ich schenke meinem Bruder ein Glas gut gekühlten Weißwein ein und reiche ihm die Speisekarte.

»Ich dagegen bin der Meinung«, Erica lächelt mich schalkhaft an, »daß wir Streit haben. Alex glaubt, sie ist berechtigt, über mein Liebesleben zu bestimmen.«

»Ich fühle mich dazu verpflichtet, denn meine Schwester hat vor, mit einem totalen Idioten ins Bett zu gehen«, blaffe ich.

»Na und?« antwortet Jem und entfaltet seine Serviette. »Du hast fünf Jahre lang mit einem geschlafen. Man sollte meinen, das gibt Erica das Anrecht auf eine einzelne Nacht, oder?«

Er grinst uns beide an und freut sich über seinen Scharfsinn.

Wütend starre ich ihn an.

»Ich will nur nicht mit ansehen müssen, wie sie die gleichen Fehler macht wie ich, klar?«

»Entschuldige mal«, unterbricht Erica mich, »aber ich bin hier die große Schwester, und die Sache mit dem Vorbild und dem Ratgeber ist mein Part, verstanden? Außerdem sind die Fehler des einen der große Erfolg des anderen.«

»Im Kopf ist Larry sicher einer von den ganz Großen.«

Erica schüttelt ihre Serviette und den Kopf.

»Ich verstehe nicht, warum du so schlecht auf ihn zu sprechen bist, Alex.«

»Ich glaube, daß unsere Alex im Moment auf Männer im allgemeinen schlecht zu sprechen ist«, sagt Jem und drückt unter dem Tisch meine Hand. »Dieser Larry sollte das nicht persönlich nehmen.«

»Ich glaube, da liegst du falsch, Jeremy.« Erica zieht ihre perfekt gezupften Augenbrauen in die Höhe. »Lex ist gar nicht schlecht auf Männer zu sprechen, es sei denn, du meinst damit, sie spricht nicht mit ihnen, weil sie was anderes mit ihnen macht ... Tatsache ist, daß sie selber nichts gegen ein bißchen Abwechslung hat.« Sie sieht mich wissend an. »Emma hat mir von Jake erzählt, Alex.«

Ich höre auf, an meiner Salzstange zu knabbern, und sehe meine Schwester verdrießlich an.

»Emma redet zuviel.«

»Ach ja?« Jem grinst uns beide an, er genießt das Wortgefecht in vollen Zügen. »Wer ist denn Jake?«

»Niemand«, murmele ich.

»Jake Daniels«, erwidert Erica. »Er ist Lex' neuer Boß, und sie kennt ihn schon weitaus besser, als sie sollte – der Himmel weiß also, warum sie mir eine Moralpredigt hält, wenn die Möglichkeit besteht, daß ich ein bißchen Spaß mit Larry habe.«

»Möglichkeit? Möglichkeit! Ich würde mal sagen, das war weitaus mehr als nur die Möglichkeit, stimmt's?«

»Und warum sollte das ein Problem für dich sein?«

»Jake Daniels?« unterbricht Jem.

»Weil Larry ein absoluter und vollkommener Arschkriecher ist, darum.«

»Jake Daniels?« wiederholt Jem.

»Ja«, antworte ich ihm schließlich und versuche gleichzeitig, Erica mit Blicken zu durchbohren.

»Ich dachte, daß er in Hongkong arbeitet?«

»Er ist gerade zurückgekommen ... Kennst du ihn?«

»Klar kenne ich ihn. Schon seit Jahren. Wir waren zusammen

an der Uni. Na ja, das ist fast schon zuviel gesagt. Er war im letzten Jahr, als ich im ersten war. Er hatte eine Bude mit Michael Flanagan zusammen. Du weißt doch, Lewis' älterer Bruder. Und mit Harry Lorde – du erinnerst dich doch an Harry, oder, Erica? Wir haben immer zusammen unsere Sauftouren gemacht. An einem Ende der King's Road haben wir angefangen, uns bis nach unten durchgesoffen und dann das Ganze wieder in entgegengesetzte Richtung. Echt netter Kerl, witzig. Superabschluß, sogar mit eins, glaub' ich. Wirtschaft, Politik und Publizistik, wenn ich mich recht erinnere. Hat erst für *Channel Four* gearbeitet, dann hat ihn die Verlagsgruppe, der Lexys Schuppen gehört, abgeworben. Er ist so eine Art Troubleshooter, und soweit ich verstanden habe, macht er ganz schön Karriere. Du könntest es sehr viel schlechter treffen, als dich mit einem Typen wie Jake Daniels einzulassen, Alex, das kann ich dir sagen.«

»Mich einlassen!« antworte ich verwirrt. »Aber Jem! Hast du mir nicht gesagt, ich soll ausgehen und mich amüsieren? Was erleben, hast du gesagt. Wild rumbumsen.«

»Moment mal«, unterbricht Erica mich. »Wenn du wild rumbumsen darfst, warum darf ich dann nicht?«

»Das hab ich nicht gesagt!« protestiert er.

»Ich hab nichts gegen das Rumbumsen, Rics.« Ich wende mich wieder meiner Schwester zu. »Tatsache ist, daß ich darüber sogar ganz glücklich bin. Frag Jem, er findet, daß ein bißchen Rumbumsen jedem guttut. Stimmt doch, oder, Jem? Aber wogegen ich wirklich etwas habe, ist Larry. Er ist ein totaler Schleimscheißer.«

»Also, der Larry, den ich kenne, ist garantiert keiner. Er hat sich wie ein richtiger Gentleman benommen.«

»Wolltest du nicht eher sagen, alles andere als ein richtiger Gentleman? Außerdem kennst du Larry gar nicht, du hast ihn erst letzte Nacht getroffen ...«

»Uhh, hört auf!« Abwehrend hebt Jem die Hände. »Lexy, Erica

ist alt genug, sich eine eigene Meinung über diesen Typ zu bilden, okay? Wenn er wirklich so ein Blödmann ist, dann wird sie schon so schlau sein, das selber zu erkennen, oder?«

»Ich nehm's an.« Ich zucke widerwillig die Achseln.

»Aber um dich mache ich mir Sorgen«, fährt er fort.

»Was?«

»Von wegen: Ein bißchen Rumbumsen tut jedem gut.«

»Das hast du zu mir gesagt.«

»Hast du nicht!« sagt Erica ungläubig und mit vor Empörung weit aufgerissenen Augen. »Jem! Wie konntest du nur?«

»Das habe ich überhaupt nicht gesagt.« Wieder hält er abwehrend die Hände hoch. »Ich habe gesagt, Lex soll ein bißchen lockerer werden. Nicht, daß sie ihre Hemmungen loswerden soll wie eine Stripperin im Zeitraffer ihre Klamotten, oder daß sie alles bumsen soll, was auch nur atmet.«

»Anscheinend hast du sie auf eine falsche Spur gelockt«, sagt Erica entrüstet.

»Ich verstehe nicht, wieso du plötzlich einen auf Jungfrau Maria machst«, sage ich. »Du hast selbst gesagt, daß du nur nach England gekommen bist, um dich flachlegen zu lassen.«

»Hast du nicht!« schnappt Jem glubschäugig.

Eine alte Jungfer am Nachbartisch hört auf, an ihrem Salatblatt zu kauen und dreht ihr Hörgerät lauter.

»Na ja, ich war so lange Zeit allein ...« Erica verstummt und knetet unbehaglich ihre rosafarbene Leinenserviette.

»Tja, ich bin zum ersten Mal seit Ewigkeiten allein.« Ich drehe mich zu Jem. »Ich sollte deinen Ratschlag befolgen und mich amüsieren, ausgehen, mich flachlegen lassen, Herzen brechen, ohne mir darum Gedanken zu machen, oder?«

»Ist das eine Frage oder eine Feststellung?«

»Das hast du mir gesagt«, erwidere ich wie ein gereiztes Kind.

»Normalerweise hörst du nie auf das, was ich sage, Alex. Warum machst du es diesmal?«

»Das ist alles Max' Schuld!« blafft Erica, die plötzlich eine bemerkenswerte Ähnlichkeit mit unserer Mutter hat und auch so klingt. »Es mag ja ganz okay sein, sich viele Lover zuzulegen, aber das kann auch ein ganz schön gefährliches Spiel werden, Alex. Jem hat wahrscheinlich sagen wollen, daß du ausgehen und ein bißchen Spaß haben, aber keine Mission erfüllen sollst.«

»Wenn ich eine Mission habe, wie du es nennst, dann ist es eine verdammte *Mission Impossible!* Ich bin nicht fürs Rumbumsen geschaffen, Erica.«

»Du hörst dich an, als wäre das etwas Schlimmes.«

»Das ist es auch, wenn man an einem Wettbewerb teilnimmt, um zu sehen, wer die meisten One-Night-Stands hat«, erwidere ich, ohne nachzudenken.

Der Ober, der unseren Tisch angepeilt hatte, um die Bestellung entgegenzunehmen, zieht sich wieder zurück und murmelt dabei auf italienisch etwas Abschätziges über die lockeren Sitten der englischen Frauen.

»Darauf bist du aus?« stößt Jem hervor, und seine großen, braunen Augen treten fast aus den Höhlen.

»Du hast schließlich den Anstoß gegeben mit deiner blöden Hitliste«, gebe ich scharf zurück und ziehe einen Schmollmund.

»O nein!« ruft er in gespielter Entrüstung. »Ich glaube gar, ich habe ein Monster geschaffen!«

»Alex! Wie kann man nur so unverantwortlich sein?« fragt Erica entsetzt.

»Ich bin nicht unverantwortlich«, sage ich selbstsicher. »Wir haben schließlich Regeln: Safer Sex oder gar kein Sex. Obwohl in meinem Fall eher gilt: Safer Sex, weil gar kein Sex.«

»Zum Safer Sex gehört doch nicht nur ein Kondom.« Erica sieht bestürzt aus. »Dazu benutzt man auch den Kopf, damit Gefühle und Gesundheit unter Kontrolle bleiben.«

»Kein Grund, gleich so auszurasten. Abgesehen von der Sache mit Jake bin ich eine totale Niete.«

»Du bist keine Niete, Lex. Das ist alles meine Schuld. Ich hätte erkennen müssen, daß du das alles zu persönlich nimmst.« Mein Bruder schüttelt den Kopf. »Ich hab halt eine große Klappe.«

»Vermutlich war ich auch keine große Hilfe.« Statt an ihrer Serviette zu zerren, verzerrt Erica jetzt ihren Mund zu einem zynischen Lächeln. »Ich glaube, ich war auch kein gutes Vorbild.«

»Soll das etwa bedeuten, daß du Larry nicht wiedersehen wirst?« frage ich hoffnungsvoll.

»Das würde dir so passen.« Sie lacht trocken.

»Wie würdest du dann diese Art Beispiel nennen?« frage ich übellaunig.

»Ein gutes Beispiel nenne ich, wenn man darüber entscheidet, was man will, und es dann auch tut.« Erica gibt dem Ober ein Zeichen, der in unserer Nähe mit ausgefahrenen Ohrmuscheln rumlungert. »Und genau so ein Beispiel wirst du auch von mir bekommen, Schwesterherz.«

Nach dem Mittagessen schleift sie mich zu einem wahren Einkaufsrausch mit nach Knightsbridge. Was Larry betrifft, habe ich widerstrebend in einen Waffenstillstand eingewilligt – ein überaus großmütiger Akt meinerseits –, und jetzt findet sie es in Ordnung, mich in die Aufregung über ihre heutige Verabredung einzuspannen, mich durch unzählige Edelboutiquen zu schleifen und nach einem Kleid Ausschau zu halten, das für die Oper mit anschließendem Snack im Luxustempel *La Scala* geeignet ist. Als ob sie nicht schon genug aus New York mitgebracht hätte!

Nachdem wir zwei Stunden lang sämtliche Topadressen abgeklappert haben, zückt Erica schließlich ihre Visa Gold, so als würde heute deren Gültigkeit ablaufen. Dann folge ich ihr noch in die Haushaltsabteilung von Harrods. Dort sucht sie mit schlechtem Gewissen nach einem Geschenk für unsere Mutter, die sie noch nicht besucht hat. Ich bin mit ihren Einkaufstaschen beladen wie ein Lasten-Yak im Himalaja. Da sehe ich sie.

Max und Madeleine.

Oder sollte ich besser sagen, das doppelte Lottchen?

Da stehen sie, in Lebensgröße, tragen beide Tommy-Hilfiger-Jacken – für »Sie« und »Ihn«, dazu Levi's und Timberland Boots und sehen aus wie die niedlichen Zwillinge einer übereifrigen Mama.

Ein echt komisches Gefühl, sie zusammen zu sehen. Max allein zu treffen wäre schon schlimm genug, aber Max und Madeleine, Hand in Hand, genau vor mir ... Himmel! Ich will jetzt keinen falschen Eindruck erwecken, ich bin nicht eifersüchtig oder so was. Das Ganze erinnert mehr an ein Bewerbungsgespräch, bei dem man unbedingt genommen werden will. Der altbekannte Ablauf – Schmetterlinge im Bauch und ein plötzliches Bewußtsein für das eigene Gesicht, so daß jeder Ausdruck, den man aufsetzt, verkrampft und falsch wirkt.

Da ich keine Hand frei habe, zupfe ich mit den Zähnen an Ericas Ärmel. Mit einem Kopfnicken und einem Fluch, der durch die Schurwolle gedämpft wird, die ich im Mund habe, mache ich sie auf Max aufmerksam.

Sie entdeckt ihn sofort und fixiert dann Madeleine mit kritischem Blick. »Ist sie das?« fragt sie ungläubig.

»Mm. Widerlich, oder?« antworte ich fasernspuckend.

»Sie sieht aus wie Barbie«, schnauzt Erica verächtlich.

»Ist das so was Schlechtes?«

Erica rollt die Ärmel ihrer Ralph-Lauren-Jacke hoch und macht sich zum Angriff bereit.

»Da wir ja geradezu mit der Nase auf sie gestoßen sind, kann ich die Gelegenheit nutzen und unserem tollen Max Montcrief mal sagen, was ich von ihm und seinem Verhalten dir gegenüber halte ...«

Ich lasse ein paar Dolce&Gabbana-Tüten fallen, schnappe nach der Schulterkette ihrer Chanel-Handtasche und reiße sie zurück.

»Paß auf«, zische ich, »wir schleichen uns still und leise an ihnen vorbei, okay? Ich will ihn weder sehen noch mit ihm sprechen oder die gleiche Luft atmen wie er. Verstanden?«

Aber es ist zu spät. Während ich noch auf sie einrede, erkenne ich mit Schrecken, daß auch wir entdeckt wurden.

»Alex! Hey! Hier drüben!«

Ich versuche, mich hinter einem Kosmetikregal von Lalique zu verstecken, aber es hat keinen Zweck. Max hat angebissen und geht auf Kollisionskurs.

»Ach du meine Güte, wenn das nicht Erica ist!« Er zoomt nach vorn, um ein angedeutetes Bussi auf jede ihrer Wangen zu hauchen. Meine Schwester kann sich vor Wut kaum noch halten und wird knallrot. »Dich habe ich ja seit Ewigkeiten nicht mehr gesehen. Du siehst einfach wundervoll aus. Madeleine hast du noch nicht kennengelernt, oder? Maddy, das ist Alex' große Schwester.«

Er tut so, als müßten »Maddy« und ich uns prächtig verstehen. Die Tatsache, daß sie bei unserem letzten Treffen nackt war, beide Beine in die Luft gereckt hatte und er auf eindeutig belastende Weise zwischen ihnen lag, scheint ihm offensichtlich entfallen zu sein.

Zu ihrer Entschuldigung und zu meiner Genugtuung fühlt sie sich verdammt unwohl in ihrer Haut. Max dagegen hat einen verdammt zufriedenen Ausdruck im Gesicht. Aber das hat er ja eigentlich immer. Besitzergreifend legt er einen Arm um ihre Schultern und lächelt meine Schwester liebenswürdig an. Nach außen erscheint sie souverän und gelassen, aber ihre Nasenflügel beben verdächtig.

»Wir stellen gerade unsere Hochzeitsliste zusammen«, verkündet er selbstgefällig. »Du kommst doch zu unserer Hochzeit, oder?« Er grinst mich an. »Hast du die Einladung erhalten?«

Gott, wie er es genießt. Max, der König der Melodramatik. Er hat solche Szenen schon immer geliebt, vor allem, wenn er dabei die Hauptrolle spielen durfte.

»Natürlich«, versichere ich, wild entschlossen, ihn nicht einen Moment lang auf die Idee kommen zu lassen, es könnte mich ärgern, daß er heiratet. »Mein wichtigster Termin im Kalender für dieses Jahr. Würde ich um nichts auf der Welt verpassen wollen.«

»Weißt du, ich bin schon etwas erstaunt darüber, daß du es geschafft hast, alles so schnell zu organisieren«, bemerkt Erica spitz.

Max ignoriert das und lächelt meine Schwester lediglich auf beängstigend glückselige Weise an. »Da kommt mir eine wunderbare Idee! Warum kommst *du* nicht auch auf die Hochzeit? Alex wird jemanden als Begleitung brauchen.«

»Äh, also, eigentlich habe ich schon einen Begleiter …« erwidere ich und hoffe verzweifelt, daß Guy nicht abspringt.

»Oh, wie schön.« Er lächelt herablassend. »Also, wir müssen weiter. Wie du ja selbst gesagt hast, man hat so viel zu organisieren und so wenig Zeit, sich um alles zu kümmern. *Ciao*!«

»Stellen die verdammte Hochzeitsliste zusammen!« schnaubt Erica, sobald sie außer Hörweite sind. »Eingebildeter Lackaffe!«

»Ich frage mich, ob sie zwei ineinander geschlungene Ms auf ihrem Kristall haben«, sinniere ich.

»Ich glaube, du hast es mit der Begeisterung über die Einladung etwas übertrieben.«

»Ich will nicht, daß er denkt, ich wäre sauer deswegen – eingebildeter Lackaffe!«

»Möchten die Damen etwas für die Hochzeit von Montcrief/Hurst erwerben?« Eine Verkäuferin, die ganz verzaubert in der Nähe gelauert hat, geht zum Angriff über.

»Aber sicher doch«, erwidere ich.

Überrascht sieht Erica mich an.

»Doch, das will ich.«

Das Kristall, das Porzellanservice und die schöne Leinenwäsche außer acht lassend rausche ich hinüber in die Buchabteilung und beschwichtige mich selbst, indem ich einen Do-it-yourself-

Führer für die Reparatur von Fernsehern kaufe und ein Handbuch, das den Titel trägt: *Partnerglück oder 20 Jahre Sex mit derselben Person.*

Eine neue Nacht. Ein neuer Nachtclub.

Ich habe meine übliche Position eingenommen und mich in eine dunkle Ecke zurückgezogen. Vor mir reihen sich meine leeren Gläser auf, um mich herum habe ich meine männerabschreckende, hochaktive Sperrzone errichtet.

An unseren olympischen Spielen nehme ich nur noch als Zuschauerin teil. Ich komme mir wie eine dieser alten Omis vor, die nur zur Unterhaltung strickend am Spielfeldrand sitzen und zusehen. Meine Freundinnen schöpfen derweil in der Menschenmenge auf der Tanzfläche aus dem vollen. Während ich mich hastig zurückgezogen habe, scheinen Serena und Emma noch an Geschwindigkeit zuzulegen. Bei einer Restlaufzeit von zwei Wochen ist es ein Kopf-an-Kopf-Rennen, das über die Gesamtsiegerin entscheidet.

Ich weiß, daß ich verloren habe. Es sei denn, ich ziehe los und reiße gleich ein ganzes Rugby-Team auf. Ansonsten habe ich die Rechnung bei Luigi zu tragen. Aber ehrlich gesagt ist mir das völlig egal. Ich mache mir Sorgen um Emma. Ihre Striche reichen fast bis an die lange Reihe weißer Markierungen von Serena heran.

Ich mache mir Sorgen um Erica, die heute abend von unserem Lüstling ins River Café eingeladen wurde. Er, ich bitte um Entschuldigung für das Wortspiel, läßt bei seinen Bemühungen, sie zu umwerben, wirklich die Sau raus.

Ich mache mir Sorgen wegen dieser verdammten Hochzeit. Ich will nicht hingehen, aber ich muß. Das kotzt mich wirklich an. Ich bin gezwungen, etwas zu machen, was ich nicht machen will, aus Angst davor, was andere Leute von mir denken könnten. Ich wünschte, ich hätte den Mut zu sagen: Ihr könnt mich alle mal!

und zu machen, was ich will: zu Hause bleiben und so tun, als würde sie nicht stattfinden. Habe ich aber nicht.

Ich mache mir immer noch Sorgen über meine Zusammenarbeit mit Jake. Ich dachte, ich wäre inzwischen darüber hinweg, aber jedesmal, wenn ich ihn sehe, tauchen vor meinem inneren Auge wieder Bilder davon auf, wie er und ich nackt bumsen.

Ich mache mir Sorgen, weil ich nicht mehr wirklich weiß, was ich vom Leben erwarte ... Ach, zum Teufel! Das einzige, was ich in diesem Moment sicher weiß, ist, daß ich nicht hier sein will.

Ich trinke meinen letzten Wodka-Cola aus und gehe nach Hause.

Emma schwankt am nächsten Morgen um acht Uhr herein. Sie ist immer noch betrunken und irgendwie feucht, so als hätte sie gerade schnell geduscht. Sie trägt ihr durchsichtiges Top seitenverkehrt, der Schlüpfer steckt in der Tasche ihrer Wildlederjeans.

Ich sitze am Küchentisch, zusammen mit einer Tasse Kaffee, einer Schüssel aufgeweichter Corn-flakes und meinen Komplexen.

Sie grinst mich verschlafen an und fängt vor Anstrengung, die Augen offenzuhalten, fast an zu schielen. Sie öffnet den Küchenschrank, holt sich anstelle eines Frühstücks eine Packung Chips, setzt einen Kreidestrich neben ihren Namen und taumelt dann in ihr Zimmer, um den Rest des Tages zu schlafen.

Rechtzeitig zum Ausgehen taucht sie wieder auf.

Ich beschließe, eine Auszeit zu nehmen. Die erste Samstagnacht seit Ewigkeiten allein zu Hause. Zeit zum Ausspannen und zum Erholen.

Das Highlight des Abends: Ich schalte die Krankenhausserie *Casualty* ein und entdecke, daß Max darin mitspielt. Man mag sich fragen, warum es mich so sehr freut, meine Nemesis leibhaftig und in Farbe im Fernsehen zu sehen, wo doch allein der

Gedanke an ihn üblicherweise schon ein Grund zum Griff nach der Wodkaflasche ist. Aber so habe ich das Vergnügen zu sehen, wie er blutüberströmt und ohnmächtig, dem Tode nahe, ins Krankenhaus gekarrt wird, nachdem er einen ziemlich üblen Unfall hatte. Ich bin richtig begeistert.

»Ja!« schreie ich und halte triumphierend einen Daumen nach oben, als er an einen Monitor angeschlossen wird und prompt der Herzstillstand eintritt.

Dummerweise attackiert Arzt Charlie seine Brust mit einem Defibrillator, versetzt seinen Lungen einen gewaltigen Stromschlag, und die Linie schlägt wieder aus.

»Buuuuh!« gröle ich und werfe ein zusammengeknülltes Papier nach der Mattscheibe.

Zehn Minuten und eine Reihe von Notfällen später sind wir zurück bei Max. Er liegt in einem Bett auf der Intensivstation, angeschlossen an eine ganze Reihe von Schläuchen. Alles blinkt und piepst.

»Es sieht nicht gut aus«, sagt der wahnsinnig süße schottische Doktor, Tränen in den schönen, sanften Augen. »Es scheint vielleicht so, als wäre er am Leben, aber sein Gehirn ist klinisch tot.«

»Als ob ich das nicht längst wüßte!« höhne ich gegenüber dem Bildschirm. Das ist die beste Leistung, die ich je von Max gesehen habe. Sie ist so lebensnah!

»Aber wir können nicht einfach alles abschalten, er ist doch ein Mensch, keine Maschine!« schluchzt ein Schmierenkomödiant in sein Taschentuch.

Das beweist nur, wie wenig du ihn kennst, Freundchen! Zeigt mir, wo und wie, ich schalt ihn gerne ab, den Arsch.

Eine Schwester schlägt versuchsweise eine Organtransplantation vor.

»Versucht bloß nicht, sein Hirn, sein Herz oder seinen Schwanz zu ersetzen«, schnauze ich und beiße in meinen dritten Cadbury-Schokoriegel. »Keins von den Teilen funktioniert richtig!«

Heute nachmittag mußte ich zu Jake ins Büro, um mit ihm über meine Reportage zu sprechen. Ich habe ihm die Notizen gezeigt, die ich über Serenas Aufreißtechniken gemacht hatte. Und das wenige, was ich über raubtierartige, gefährliche Karrierefrauen weiß, die die Dreißig überschritten haben und alles, was in Designerhosen rumläuft, als potentiellen Samenspender ansehen. (Ich hoffe nur, daß Erica zurück in NY ist, bevor das hier veröffentlicht wird!) Was ich hatte, schien ihm zu gefallen. Er hat mir gesagt, daß ich großes Talent zum Schreiben hätte. Buchhändler, macht schon mal Platz auf euren Regalen! Hab's dieses Mal sogar geschafft, ihm ins Gesicht zu sehen, und nicht nur auf meine Füße oder seinen Hintern!

Ich fühle mich jetzt in seiner Nähe nicht mehr ganz so unbehaglich. Ich bin mir ziemlich sicher, daß er keine schlafenden Hunde wecken will. Er ermutigt mich, das ist wirklich nett. Er hat sich für alle meine Vorschläge interessiert, ganz anders als Rodney! Und er wollte wissen, ob ich noch weitere Vorschläge habe. Aber ich glaube, daß ich mit meinem Ansatz auf dem richtigen Weg bin. Ich bin ziemlich stolz, weil ich eine halbe Stunde mit Jake durchgestanden habe, ohne ihn mir alle fünf Minuten nackt vorzustellen – nur etwa alle acht Minuten, meiner Uhr zufolge. Das ist bereits eine gewaltige Verbesserung. Es ist ganz schön schwierig, ein so widerspenstiges Gehirn vom Sex abzulenken, wenn es im Gespräch um genau dieses heiße Thema geht.

Das Wochenende der Hochzeit ist schneller da, als ich es je für möglich gehalten hätte. Erica überläßt mich nur sehr ungern meinem Schicksal. Sie ist schließlich doch gezwungen, Mutter in Berkshire zu besuchen. Sie strampelt, schreit und bettelt um Gnade, weil sie möglichst bald wieder freigelassen werden will.

Der einzige Lichtblick in dem, was zweifelsohne eine der düstersten Erinnerungen meines Lebens sein wird, wenn ich als inkontinente Oma auf dem Klostuhl hocken werde, ist das Wiederauftauchen des bezaubernden Guy. Am Vorabend kommt er für eine Hochzeitsprobe vorbei.

Es ist ein bißchen so, als hätte ich mir für das Wochenende einen Michelangelo ausgeliehen. Ganz nach dem Motto: anschauen, aber auf gar keinen Fall anfassen.

»Ich dachte immer, nur das glückliche Paar macht so etwas«, grummele ich und werfe Erdnüsse in meinen Mund und die Schalen in eine Schüssel.

»Du brauchst eine Probe viel nötiger als sie. Denn sie gehen nach einem Drehplan vor, und du mußt frei improvisieren.« Emma kommt aus der Küche und bringt eine riesengroße Flasche eisgekühlten Frascati herein sowie vier Gläser, deren Stiele sie zwischen den Fingern eingeklemmt hat. »Wir wollen doch nicht, daß du Max auftischst, ihr hättet euch beim Känguruh-Trekking im Busch getroffen, während Guy behauptet, ihr wäret euch bei Häppchen und einer Flasche Schampus anläßlich eines Open-air-Konzerts von Pavarotti nähergekommen, oder?«

»Wir müssen die Story so einfach wie möglich halten«, sage ich und nehme ihr die vier Gläser ab, bevor sie sie fallenläßt. »Sonst könnte es Schwierigkeiten geben.«

»Na ja, wenn ihr euch einfach an die banalen Sachen haltet, also wo ihr euch getroffen habt, wie lange ihr zusammen seid und solche Dinge ...«

»Ich bin mir immer noch nicht sicher, ob das eine gute Idee ist.«

Ich habe Guy seit der Party nicht wiedergesehen. Emma hat ein paarmal mit ihm gesprochen, um sicherzugehen, daß er immer noch mit ihrem verrückten Plan einverstanden ist und mitspielen will. Anscheinend brennt er geradezu darauf, bei dieser Farce mitzumachen. Das ist ja sicher sehr schön. Aber der überwältigende Eindruck, der sich bei mir festgesetzt hat, war ein anderer. Der Versuch, ihm Fakten einzubleuen, ist etwa so erfolgreich wie der Versuch, einen lebenden Fisch in feuchte Frischhaltefolie einzuwickeln.

»Vielleicht sollten wir ihn anrufen und ihm sagen, daß er nicht zu kommen braucht. Ich kann das Gesicht wahren, indem ich einen kurzfristigen, tückischen Lepraanfall oder so etwas vortäusche. So muß ich nicht zu dieser verdammten Feier.«

»Zu spät.« Emma grinst, als das unverwechselbare, heisere Röhren eines herrlichen Ferraris vor dem Haus erstirbt, gefolgt vom Klingeln an der Eingangstür.

»Willst du ihn nicht hereinlassen?« fragt sie grinsend, amüsiert über mein Unbehagen.

»Laß mich erst mal einen Blick rauswerfen. Wir wollen ja nicht, daß du mit dem Erstbesten bei Max' Hochzeit aufläufst, oder?« Serena, deren Neugier Grad neun auf der Richterskala der Neugierde erreicht hat, schiebt mich beiseite und späht aus dem Fenster.

»Wow!« Das Fenster beschlägt von ihrem Atem. »Tolles Auto. Tolles Gesicht. Toller Hintern. Wo habt ihr den her, so einen will ich auch! Der ist *mehr* als geeignet. Na, dann mal los, Mädel. Oh, und ich glaube, die hier wirst du brauchen.« Sie stopft mir eine Packung Kondome in die Tasche.

»Was!« rufe ich entsetzt, so als ob sie mir gerade eine besonders schleimige Nacktschnecke in die Tasche gestopft hätte statt eines Dreierpacks. »Ich gehe zu einer Hochzeit, nicht zu einer Orgie!«

»Na und?«

»Ich wußte nicht, daß ich dann auch ... na ja, du weißt schon, daß ich dann auch mit Guy ...? Ich dachte, wir tun nur so als ob?«

»Wir denken wie die Kerle, vergiß das nicht. Wenn die Gelegenheit, in diesem Fall also Guy, auftaucht, dann bist du vorbereitet, stimmt's?«

»Ich weiß nicht, ob ich das wirklich sein will.«

»Entschuldige bitte.« Mit einer schnellen Bewegung schiebt

Serena den Vorhang wieder zur Seite und blickt auf den bezaubernden Guy, der an der Motorhaube seines Flitzers lehnt, die langen Beine über Kreuz, sich eine Marlboro anzündet und darauf wartet, daß ihn jemand hereinläßt.

»Willst du etwa behaupten, daß du so was *nicht* bumsen willst? Daß du nicht die Neigung oder was auch immer verspürst, ihm die Kleider vom Leib zu reißen und nachzusehen, ob der Körper darunter hält, was die Ausbeulungen versprechen?«

»Äh, nein, eigentlich nicht.«

Verwirrt und ungläubig schüttelt Serena den Kopf.

»Du fängst wohl besser damit an zu sparen, Alex. Wenn du wirklich so heikel bist, dann geht die Pasta ganz sicher zu deinen Lasten.«

Ich bin ein wenig beruhigter, als Guy hereinkommt.

Ich hatte ganz vergessen, wie umwerfend er aussieht.

Wahrscheinlich würde es auch nichts ausmachen, wenn er den Mund aufmachen und anfangen würde, wie Weed aus *Bill und Ben* mit hoher Piepsstimme zu quatschen. Man ist einfach so sehr damit beschäftigt, in seine schönen grünen Augen zu blicken, daß man den Rest gar nicht wahrnimmt. Selbst Serena, die noch nie auf den Mund gefallen war, wenn es darum ging, diesen zu benutzen, verschlägt es bei näherem Hinsehen die Sprache.

Emma stellt sie einander vor.

Serena ergreift die ihr entgegengestreckte Hand, als wäre diese etwas sehr Zerbrechliches und extrem Wertvolles.

»Mmmh«, erwidert sie auf sein höfliches Hallo. Die Augen treten ihr aus den Höhlen wie bei einer rossigen Stute, die gerade den Zuchthengst des Tages getroffen hat.

Guy scheint etwas geistesgegenwärtiger zu sein.

Er schreitet auf seinen langen Beinen zu mir herüber und begrüßt mich viel eher wie eine alte Freundin denn wie jemanden, den er erst einmal gesehen hat.

»Alison! Wie schön, dich zu sehen! Weißt du, Mann, ich kann

dir gar nicht sagen, wie sehr ich mich auf morgen freue, Mann, eh! Echter Spaß, das, was?«

»Äh, schön. Aber ich heiße Alex, okay?«

»Ja, Alex. Cool. Sorry, eh. Aber jetzt, wo du's sagst, siehst du auch gar nicht wie eine Alison aus.« Er strahlt mich an.

Wie eine Alison wohl aussieht? Offensichtlich nicht wie ich. Ich beschließe, daß Guy trotz mangelnder Hirnmasse echt nett ist. Seine schlichte Glückseligkeit wirkt ansteckend. Er erinnert mich an einen Pedigree-Labrador, der sein Leben mit Schlafen, Bumsen und Angeben verbringt: grinsend, schwanzwedelnd und einfach süß. Das Leben vergeht wie im Flug, und dann stirbt man mitten bei der Arbeit, ein liebenswertes Hundelächeln im Gesicht, mit hängender Zunge und hängendem Schwanz. Meine Zuneigung steigert sich noch, als er mir eine Tasche von Harrods mit vier Flaschen Champagner überreicht.

»Wofür sind die denn?« frage ich, als ich hineinlinse. »Du erweist mir einen echten Gefallen. Da sollte ich dir Geschenke überreichen, nicht umgekehrt.«

»Na ja, ich hab gedacht, da uns die Junggesellenpartys entgangen sind, könnten wir das nachholen, hm? Was meinst du? 'ne gute Idee, oder? Uns ein bißchen Mut antrinken für morgen, hm ... Uns auf den großen Auftritt vorbereiten. Fun, eh?« Er fährt mit einer Hand durch sein bereits zerzaustes, dunkles Haar und grinst mich an.

Das ist der längste Satz, den ich je von Guy gehört habe. Fast applaudiere ich, aber dann mache ich doch lieber eine Flasche von dem vorgekühlten Schampus auf.

Drei Flaschen später. Viel geprobt haben wir noch nicht.

Die Glotze flimmert in einer Ecke des Zimmers, der Ton läuft mit. Guy und Serena tanzen in Socken und Wange an Wange durch den Raum und nehmen abwechselnd einen Schluck aus der dritten Flasche.

Emma und ich fläzen uns Seite an Seite auf dem Sofa, wo wir

den letzten Rest Frascati trinken und darüber diskutieren, ob wir die letzte Flasche Champagner aufmachen sollen.

Guy summt Serena ziemlich schief in ihr kleines, rechtes Ohr, und sie fällt in das improvisierte Duett ein, wobei sie im Rausch die Augen verdreht.

Emma blättert durch die Ausgabe von *Partnerglück oder 20 Jahre Sex mit derselben Person*, die ich für das M&M-Pärchen als Hochzeitsgeschenk gekauft habe.

»»Die Würze des Lebens liegt in der Abwechslung«, liest sie vor und imitiert dabei auf miserable Art Miss Jean Brodie, so daß es sich eher pakistanisch als schottisch anhört. »›Wenn Sie wollen, daß Ihr Ehemann jeden Abend zu der gleichen Frau zurückkommt, dann lassen Sie ihn jeden Abend zu einer anderen Frau kommen. Setzen Sie seine Phantasien um. Begrüßen Sie ihn einmal als Schulmädchen verkleidet, dann als exotische Tänzerin. Servieren Sie ihm sein Abendessen an einem Abend als flauschiges, flirtendes Bunny-Häschen, am nächsten Abend als hübsches, dralles Bauernmädchen. Erhalten Sie Ihre Ehe am Leben, indem Sie Ihre Phantasie spielen lassen ...‹ O Mann, dieses verdammte Buch ist ja so männerorientiert! Wie wär's, wenn der teure Gatte mich nach einem harten Arbeitstag mal an der Tür empfängt und nichts anhat als einen Tangaslip und ein Schild an seinem Schwanz, auf dem steht: ›Iß mich anstelle des Abendessens‹?«

Guy und Ren schwanken an uns vorbei. Sie krallen sich aneinander wie das letzte verbleibende Pärchen beim Marathontanzen auf einem Wohltätigkeitsball.

»Eins, zwei, Cha-Cha-Chaaahh. Eins, zwei, Cha-Cha-Chaaahh! nuschelt Guy, als die Musik zu einem irgendwie lateinamerikanischen Rhythmus übergeht.

»Glaubst du, daß er weiter als bis zwei zählen kann?« frage ich Emma.

»Schhhhh.« Sie legt einen Finger auf ihre Lippen. »Wir wollen ihn doch vor der Hochzeit nicht aufregen, oder?«

»Apropos Hochzeit: Wollten wir nicht besprechen, wo mein Schnuckiputzi und ich uns kennengelernt haben? Du weißt schon – erster Kuß, erste Nacht, erster Streit?«

»Wie wär's zum Beispiel damit: Ihr wart in St. Moritz zum Skifahren ...«

»Ich kann nicht Skilaufen.«

»Reine Formsache. Egal, wo war ich? Ach ja, ihr wart in Klosters zum Skifahren, und du bist in eine Gletscherspalte gefallen. Und Guy, der rein zufällig ein Cousin zweiten Grades von seiner Königlichen Hoheit, Prinz Charles, ist ...«

»... schwebt in seinem Hubschrauber herbei. Er trägt nichts außer einer schwarzen Pudelmütze und einer Unterhose aus Armeebeständen, wirft mir eine Schachtel Pralinen an den Kopf, die mich sofort außer Gefecht setzt, und überläßt mich so dem Tod durch Erfrieren«, bemerke ich sarkastisch. »Komm wieder auf den Boden der Tatsachen, Ems. Warum sage ich nicht einfach, daß wir uns auf einer Party getroffen haben?«

»Na ja, das macht nicht gerade viel her. Ist nicht besonders romantisch, oder?«

»Nein, aber es entspricht der Wahrheit, und so schaffen wir es vielleicht beide, uns an die gleiche Story zu erinnern. Außerdem muß ich mir noch ein paar andere Einzelheiten merken, die ziemlich wichtig sind, ohne daß wir eine komplizierte Geschichte über unser erstes Treffen zusammenspinnen.«

»Als da wären?«

»Ach, weißt du, es wäre sicher eine große Hilfe, wenn ich zum Beispiel seinen vollständigen Namen wüßte, hm?«

»Du kennst doch seinen Namen, du Dummchen.« Emma verdreht die Augen. »Er heißt Guy.«

»Was, *nur* Guy, so wie Madonna nur Madonna heißt?« murmele ich und greife nach der letzten Flasche Schampus. »Hallo, all ihr Freunde und Verwandten von Max, das ist Guy. Einfach Guy. Ihr wißt schon, so wie Lulu einfach Lulu ist.«

»Ach, jetzt verstehe ich, was du meinst.« Nachdenklich kratzt sie sich am linken Ohr. »Ich will verdammt sein, wenn ich mich an seinen ... Guy, wie heißt du mit Nachnamen?«

Er unterbricht seinen Tango für einen Augenblick und kratzt sich ebenfalls nachdenklich am linken Ohr.

»Weißt du«, er kichert und schnappt mir die Flasche Schampus weg, die ich gerade geöffnet habe, um einen tiefen Schluck zu nehmen, »ich will verdammt sein, wenn ich mich daran erinnere.«

9

Der Tag von Max' und Madeleines Hochzeit ist strahlend schön. Das kann man von mir nicht behaupten. Als ich aufwache, liege ich immer noch auf dem Sofa. Mein Kopf ruht bleischwer auf einem Kissen, wie festgeschweißt durch die bloße Schwere meines Katers.

Emma ist auf dem Teppichboden zusammengesackt. Ihr Kopf liegt auf einer überdimensionalen Tüte gesalzener Chips, ihr Mund steht offen und sie schnarcht leise. Arme und Beine sind wahllos um sie verstreut, so als ob sie aus großer Höhe herabgestürzt wäre.

Ich greife hastig nach einer angebrochenen Flasche Sprudel auf dem Tisch. Gierig nehme ich einen Schluck, ohne darauf zu achten, daß das Wasser abgestanden ist und völlig schal schmeckt.

Ich weiß auch nicht, warum, aber so ein Champagner-Kater ist für mich immer der schlimmste. Nicht, daß ich ständig Champagner trinke, es sei denn, jemand anderes kauft ihn für mich. Aber immer, wenn ich welchen trinke, fühle ich mich am nächsten Morgen, als ob ein Panzer bei einem nächtlichen Manöver über mich hinweggerollt wäre. Wie viele Gehirnzellen der Alk wohl letzte Nacht wieder abgetötet hat? Ob Guy noch genug Gehirnzellen übrig hat, um als ein menschliches Wesen durchzugehen statt als liebenswertes Radieschen?

Ich hieve mich vom Sofa runter und werfe eine Wolldecke über Emma. Keinerlei Anzeichen zu sehen, ob sie aus dem Koma erwacht. Dann stapfe ich mit wackeligen Knien ins Badezimmer. Langsam und vorsichtig dusche ich. Jeder einzelne Wasserstrahl fühlt sich an wie Stricknadeln, die eine zornige Oma mir in den Kopf sticht, nachdem sie gerade eine ganze Reihe Maschen hat fallen lassen.

In einen Bademantel gehüllt fühle ich mich dann wieder etwas menschlicher. Ich überlege, ob ich anfangen soll, die Trümmer von letzter Nacht wegzuräumen. Leere Flaschen, leere Zigarettenschachteln und volle Aschenbecher, zerknüllte Chipstüten – alles liegt verstreut im Zimmer. Und zwei leere, verbeulte, mit Käse verkrustete Pizzakartons, von denen ich weder weiß, ob ich sie bestellt, noch, ob ich sie gegessen habe. Mein Magen verlangt geradezu mitleiderregend nach fester Nahrung, um einen Teil der Säure aufzusaugen, die in mir schäumt. Ich entschließe mich, das Aufräumen bleiben zu lassen und gehe in die Küche.

Serena taucht aus Emmas Schlafzimmer auf. Sie trägt Emmas schäbigen Bademantel und sieht zittrig und vollkommen fertig aus, aber trotzdem verdammt selbstgefällig. Sie lehnt im Türrahmen und beobachtet mich.

»Weshalb siehst du denn so selbstzufrieden aus?« frage ich und schiebe Brot in den Toaster.

Die Tür zum Badezimmer öffnet sich und heraus spaziert Guy, nackt bis auf ein kleines, mit Wimperntusche verschmiertes Handtuch um die Hüften. Sein Haar ist noch feucht vom Duschen, und an seinem muskulösen Körper glänzen noch einige Wassertropfen. Das selbstgefällige Grinsen in Rens Gesicht wird noch verstärkt durch einen erneuten Schub lüsterner Begierde.

Als er an ihr vorbeistolziert, streckt sie den Arm aus und streicht mit einem Finger sachte über seinen nackten, feuchten Arm. Er beugt sich zu ihr, grinsend wie immer, küßt sie sanft auf den Mund und verschwindet dann in Emmas Schlafzimmer.

»Nein?« frage ich völlig geplättet, wobei mir dann entgeht, daß der Toaster, der genau zum richtigen Zeitpunkt zur Hochform aufläuft, meine Brotscheiben seelenruhig in Kohle verwandelt.

»Er mußte schließlich irgendwo schlafen.« Sie grinst. »In diesem Zustand hätte ich ihn schlecht nach Hause schicken können, oder? Und du kennst ja mein Motto – Gelegenheit macht Triebe.«

Guy, der anscheinend immun gegen Katzenjammer ist, wird entlassen, um seinen Anzug zu holen. Emma wird ganz vorsichtig und mit einem schäumenden Glas Selters geweckt.

Ich werfe zwei Schmerzkiller ein und ziehe in Erwägung, mich fertig zu machen. Mit diesen Überlegungen und mit dem Anschauen von Zeichentrickserien verbringe ich eine Stunde auf dem Sofa. Dann schleift Ems, die sich bemerkenswert schnell wieder erholt hat, wenn man bedenkt, daß sie vor einer Stunde noch tot war, mich zum Zweck der großen Verwandlung ins Schlafzimmer.

»Ich wollte heute morgen so frisch und schön aussehen«, stöhne ich und begutachte mein verquollenes Gesicht in ihrem staubigen Spiegel. »Na ja, ich will jeden Morgen frisch und schön aussehen und tue es nicht, auch ohne mir in der Nacht vorher die Hucke vollzusaufen …«

»Jetzt mach dich nicht selber so runter, Kindchen.« Emma steht hinter mir und wühlt in meinem Haar. Sie zerrt es nach hinten, verdreht es zu einem improvisierten Dutt und rollt es dann um meine Ohren, so daß ich wie Prinzessin Lea aussehe. »Mach dir mal keine Sorgen, wir verfügen über die nötige Technologie, um dich wieder hinzukriegen … also, wenigstens Serena. Sie hat ihre gesamte Make-up-Sammlung angeschleppt.«

»Ah, alles klar. Ich hab mich schon gefragt, warum sie für eine Nacht gleich einen ganzen Koffer mitgebracht hat.«

Serena gräbt ihre zehn Tonnen Make-up aus und begutachtet sorgfältig die Schäden, die drei Flaschen Champagner, ein Eimer voll Frascati und meine schlechten Gene angerichtet haben.

»Wie lautet dein Urteil, Scotty?« fragt Emma.

»Sieht schlecht aus. Ich glaub nicht, daß sie es schafft, Captain Kirk«, erwidert Serena scherzhaft. »Guck nicht so mürrisch, Alex, davon kriegst du noch mehr Falten.«

Nach einer Stunde sorgfältigen Anmalens tritt sie einen Schritt zurück, stemmt die Hände in die Hüften und betrachtet ihr Werk.

Sie pfeift anerkennend.

»Du siehst super aus«, sagt Emma.

»Wirklich?« Das letzte Mal, als ich in den Spiegel geschaut habe, hatte ich größere Ringe als der Saturn und war blasser als ein Geist.

»Unglaublich«, seufzt Ren. »Wenn Max auch nur einen Funken Verstand hat, dann läßt er sie an der Kirchentür stehen und geleitet statt dessen dich durch den Mittelgang zum Altar.«

»Wenn das so ist, dann gehe ich nicht hin!« protestiere ich.

»Hör mal zu!« ermahnt Serena mich. »Ich habe gerade eine Ewigkeit damit zugebracht, dich in Cindy C zu verwandeln, Emma hat einen Mann für dich aufgetrieben, der so gut aussieht, daß selbst Narziß bei seinem eigenen Anblick nur noch schluchzen würde, und du hast ein verdammtes Vermögen für dein Outfit ausgegeben, also *gehst du gefälligst auch zu dieser Hochzeit, klar?* Und jetzt zieh dich aus!«

Das ist das erste Mal seit Monaten, daß jemand das zu mir sagt. Ich ziehe meine seidene Unterwäsche an und schlüpfe aus dem Bademantel, als Emma ehrfürchtig mein in Plastik gehülltes Kleid und eine Jimmy-Choo-Tasche aus dem Schrank holt.

Ich habe mir auch einen großen Hut gekauft. Die Art Hut, die man nur zur Glanzhochzeit des Jahres oder zum *Ladies Day* beim Rennen von Ascot anziehen kann. Die Art Hut, die auf jedem Foto die Gesichter verdeckt, die in der Kirche einer ganzen Bank die Sicht nimmt, ein Monatsgehalt kostet und unweigerlich beim anschließenden Empfang von einer der Brautjungfern plattgedrückt wird.

Aber das ist mir egal, denn ich fühle mich wie Audrey Hepburn, wenn ich ihn aufsetze. Ich sehe vielleicht nicht wie Audrey Hepburn aus – das würde ein großes Wunder oder sehr teure Eingriffe der Schönheitschirurgie erfordern –, aber bei meinem derzeit so angeknacksten Selbstvertrauen tut es schon ziemlich gut, sich auch nur wie Audrey Hepburn zu fühlen.

Ich halte mich auch bei meinem restlichen Outfit an das Hepburn-Thema: kleines Schwarzes, cremefarbene Handschuhe mit Knöpfen an den Handgelenken, klassische schwarze Ballerinas und eine kleine, edle Handtasche mit Clipverschluß. Emma leiht mir die Diamantohrringe, die sie von ihrer Großmutter geerbt hat, und winkt beschwichtigend ab, als ich protestiere. Sie beteuert, daß sie versichert sind und ihr mehr einbringen, wenn sie verlorengehen, als wenn sie in der getarnten Konservendose im Küchenschrank lagern.

Guy kommt kurz nach Mittag zurück, um mich zu dem »Eiertanz« zu geleiten. Er sieht in seinem grauen Maßanzug einfach super aus und bekommt noch mehr Komplimente für sein gutes Aussehen als ich.

Bis zu diesem Moment habe ich das Thema ja vermieden, aber er sieht einfach so sehr wie ein Adonis aus, daß ich es wissen muß.

»Wie war er denn?« tuschele ich Serena zu, als wir aus der Tür gehen.

»Schön anzuschauen. Aber beim Sex geht es schließlich nicht ums Anschauen, stimmt's?« zischelt sie zurück.

»Einen Moment noch.« Emma eilt zum Kühlschrank. Sie kommt mit einer kleinen Plastikschachtel vom Floristen zurück. Vorsichtig steckt sie mir ein üppiges, cremefarbenes Bündel Maiglöckchen an den Ausschnitt. Sie grinst mich an.

»Ich fand, das paßt. Diese Hochzeit ist schließlich der endgültige Schlußstrich unter deine frühere Beziehung – heute trägst du sie zu Grabe.«

Es war beschlossene Sache, daß ich auf die zweifelhafte Freude, an der eigentlichen Trauung teilzunehmen, verzichten und nur beim anschließenden Empfang aufkreuzen würde.

»Warum solltest du dir das antun?« lautete Emmas Argumentation. »Max wird in der Kirche völlig neben der Kappe sein. Der würde es nicht mal mitkriegen, wenn die englische Rugby Nationalmannschaft vollzählig und als Ballettmäuschen verkleidet aufkreuzen würde. Geh einfach zu dem Empfang, mach einen auf charmant, und komm wieder nach Hause. Und trink nicht so viel, verstanden?«

Der Empfang ist natürlich eine völlig überzogene Veranstaltung in einem Fünfhundert-Sterne-Hotel.

Als ich ankomme, sehe ich mich Auge in Auge mit der vollzählig versammelten Familie Montcrief. Der größte Teil der Familie steht neben den teuren Anverwandten der Braut aufgereiht im Foyer. Eine offizielle Begrüßung. Das hatte ich nicht bedacht. Warum zum Teufel bin ich bloß gekommen? Es ist schon schlimm genug, Max' ganzer Familie und seinen Freunden ins Gesicht zu sehen, ohne daß ich diese Reihe abschreiten und jeden einzelnen von ihnen küssen muß.

Max' Eltern, Max selbst, Madeleine – du Luder, du hast auf meiner Bettwäsche gevögelt! – Hurst (sorry, jetzt heißt sie ja Madeleine Montcrief, nicht wahr!), ihre Eltern, Max' bester Freund Hugo – ein trotteliger, egozentrischer, manisch-depressiver Trunkenbold, den ich schon immer leidenschaftlich verabscheut habe – und ungefähr acht Ton in Ton gekleidete, plüschige, pinkfarbene Brautjungfern.

Auch sie sehen bei der Aussicht, mich begrüßen zu müssen, nicht gerade beglückt aus.

Ich fühle mich wie ein Fußballer beim Freistoß, der dem gesamten, aufgereihten, gegnerischen Team gegenübersteht. Alle haben ihre Hände als Schutz eingesetzt, falls ich irgendwo in die Weichteile zielen sollte.

Ich bin eigentlich mit Max' Eltern ziemlich gut ausgekommen.

Während man sich in meiner Familie nur darüber wundert, daß es so lange gedauert hat, bis ich diese Beziehung beendet habe, wundert man sich in seiner Familie nur darüber, wie ich mich jemals von ihm trennen konnte.

Früher haben sie mir oft gesagt, daß sie nicht sonderlich gut mit ihm klarkämen. Jetzt aber, da ich ihn verlassen habe, ist er zu einem Ausbund ungeschätzter Tugenden geworden, ich dagegen bin eine teuflische Hure, die Inkarnation des Bösen, eine Schlampe, die man erschießen sollte, eine herzlose Hexe.

Ich weiß nicht, was Max ihnen erzählt hat, aber ganz offensichtlich bin ich ein gefallener Engel. Mein Heiligenschein ist abgestürzt. So wie man sich mir gegenüber nun benimmt, kreist er jetzt zusammen mit meinem Schlüpfer um meine Knöchel.

Ich muß wohl die einzige Schlampe sein, die nur mit einer einzigen Person geschlafen hat. (Okay, jetzt können wir zwei daraus machen.) Die einzige Hure, die einem einzelnen Mann fast sechs Jahre lang körperlich treu geblieben ist. Okay, ich hatte da so meine gedanklichen Aussetzer, und ich habe es sogar zu einer Reihe verstohlener, tastender Bussis gebracht – in der Regel in ziemlich betrunkenem Zustand –, aber das war erst gegen Ende. Da wußte ich tief in meinem Herzen bereits, daß es vorbei war. Doch ich fand es noch schwierig, den vertrauten Umgang abzubrechen, egal, wie beschissen der war, um mich kopfüber ins kalte, aber reinigende unbekannte Naß zu stürzen.

Gut so, ich werde wieder wütend. Das ist der Adrenalinstoß, den ich brauche, um an dieser ganzen Reihe vorbeizugehen, allen die Hand zu schütteln und ihnen dabei in die Augen zu schauen, ohne mit der Wimper zu zucken.

Die Brauteltern sind eine leichte Hürde, wenn man berücksichtigt, daß sie nicht die leiseste Ahnung haben, wer ich bin.

Dann komme ich zu Max und der frischgebackenen Mrs. Montcrief.

Zuerst ist er völlig geschockt, mich wirklich hier zu sehen, aber dann ändert sich sein Gesichtsausdruck. Er sieht nicht wie die Katze aus, die ihre Milch bekommen hat. Er sieht eher wie eine Katze aus, die eine Maus erlegt hat – absolut selbstzufrieden. Ein Anflug von Sadismus mischt sich in sein breites Lächeln.

Max hat mich eingeladen, um sich an meinem Leid zu ergötzen und jetzt meint er, der Moment ist gekommen. Ich muß ihm nur das Gegenteil beweisen, nicht wahr?

»Alex! Wie schön, daß du gekommen bist«, schnurrt er wie ein Löwe, der zum Sprung ansetzt. »So ganz allein, hm? Wie schade.«

Ich lächele liebenswürdig und strecke meine behandschuhte Hand aus wie die Queen, die darauf wartet, daß ein Höfling sie küßt.

»Ich bin nicht allein. Guy steht direkt hinter mir.«

Ich deute mit einer – wie ich hoffe – anmutigen Kopfbewegung über die Schulter dorthin, wo unser bezaubernder Guy, der in seinem Maßanzug einfach göttlich aussieht, gerade die Schlüssel meines Traumautos einem der Parkwächter übergibt.

Das perfekte Timing. Besser hätte ich es nicht machen können.

Max läßt meine Hand fallen ... dann folgt seine Kinnlade.

Dring, dring! Runde eins geht an Alex Gray.

»Na dann, Glückwunsch. Unter der Haube, was?« Ich schüttele den Kopf, als könnte ich es nicht glauben. »Wer hätte das gedacht?«

Max glotzt immer noch Guy und den Ferrari an. Das hämische Grinsen, das ihm gerade abhanden gekommen ist, wird ihm untreu und schleicht sich in mein Gesicht. Nichts, was ich jetzt sagen könnte, würde dieses köstliche Vergnügen noch steigern. Also mache ich bei Madeleine weiter, solange ich noch in Stimmung bin. Unglücklicherweise sieht sie bezaubernd aus. Nicht der leiseste Hauch von Kitsch. Sie trägt ein traumhaftes, schlichtes, weißes Seidenkleid, das sich um ihren Körper schmiegt wie Frischhaltefolie um einen Rettich, ihre perfekte Figur umschmeichelt und an ihren Formen entlanggleitet wie frisch geschlagene Sahne über Erdbeeren. Ich unterdrücke das Verlangen, sie anzuspeien, atme tief durch, ergreife ihre Hand und schüttele sie aufrichtig.

»Meinen Glückwunsch. Ich freue mich ja *so* für euch beide.«

Diesen Satz und den Händedruck habe ich vorher eine Woche lang mit Emma geübt. Ich habe versucht, den richtigen Druck, die Betonung und die Stimmlage hinzukriegen. Es hört sich ein bißchen nach einem unseriösen Politiker an, war aber gar kein schlechter Versuch.

Um ihr Gerechtigkeit widerfahren zu lassen, muß ich hinzufügen, daß Madeleine mich tatsächlich anlächelt. Eine Folge ihres schlechten Gewissens, aber immerhin besser als der Empfang in meinem nächsten Zielhafen.

»Hallo.« Ich wende mich Max' Mutter Margaret zu, die mit einem Hut glänzt, der wie eine blaßblaue, gekräuselte Duschhaube aussieht, und mich mit geschürzten Lippen verächtlich anblickt, wobei sie sich weigert, mir die Hand zu geben.

Ich stehe vor ihr wie bestellt und nicht abgeholt, während sie gezielt an mir vorbeischaut.

Einen Moment lang spüre ich, wie sich mir vor Scham die Kehle zuschnürt, aber dieses Gefühl wird glücklicherweise gleich von meiner Entrüstung verdrängt. Diese alte Schachtel wagt es, *mich* zu ignorieren, nach allem, was ihr Sohn *mir* angetan hat? Sie behandelt mich, als wäre *ich* im Unrecht. Das ist nicht okay.

»Wie schön, dich wiederzusehen, Marjory«, sage ich laut, beuge mich vor und küsse sie feucht schmatzend auf beide Wangen, wobei ich große, rote Abdrücke hinterlasse, so daß sie nun aussieht, als wäre sie hektisch errötet.

»Was machen die lästigen Krampfadern? Immer noch so schlimm?«

In diesem Moment schließt Guy zu mir auf.

Die offenkundige Entrüstung von Max' Mutter verwandelt

sich sofort in offenkundige Bewunderung. Ihre kalten Augen schmelzen bei diesem entzückenden Anblick wie Eiswürfel in der Sonne.

»Halloooo«, schnurrt sie genauso heiser wie Chris Evans, der Kylie in einem überfüllten Raum entdeckt hat.

Ich packe Guy am Arm, bevor er Gelegenheit hat, etwas zu erwidern, und zerre ihn weiter die Reihe entlang. Wir schütteln Hände, küssen Wangen, und ich lächele, als würde mein Leben davon abhängen.

Guy hat eindeutig den gewünschten Effekt. Ich bin plötzlich unsichtbar. Die Brautjungfern starren ihn an, als wäre er ein saftiger Schokoladenkuchen mit schmelzender Eiscreme und als hätten sie die ganze Woche über auf einer Gesundheitsfarm eine strenge Karottendiät eingehalten. Sie können es gar nicht erwarten, bis wir zu ihnen kommen, ich sehe, wie sie sich in freudiger Erwartung heimlich die Lippen lecken. Selbst Hugo, der in sexueller Hinsicht immer »beidseitig befahrbar« war, sieht ganz aufgeregt und erhitzt aus.

»Nimm dich vor den Zungen in acht!« flüstere ich Guy scherzhaft zu, als wir uns dem Ende der Reihe und den Brautjungfern nähern.

»Hä?« antwortet er verwirrt.

»Sekunde, wo haben wir uns getroffen?« zische ich, weil ich plötzlich ein Blackout habe.

»Äh, auf einer Party in Berkshire, dachte ich.«

»Nein, doch nicht, wo wir uns *wirklich* getroffen haben ... Was haben wir *abgesprochen,* wo wir uns getroffen haben?«

Er sieht wieder verwirrt aus.

Unter dem Einfluß einer ganzen Menge Alkohol hat Emma sich eine ziemlich romantische Story ausgedacht, die bei der nächsten Oscarverleihung bestimmt zum besten Drehbuch gekürt worden wäre. Ich glaube, wir sollten einfach bei der Wahrheit bleiben. Ich habe keine Lust, herumzulaufen und jedem erzählen zu müssen, daß ich Guy getroffen habe, als er mich wie ein zweiter James Bond aus den Klauen des Todes gerettet hat, während er felsenfest behauptet, es war auf einer Party.

Soviel zu James Bond. Ich habe beschlossen, daß Guy eigentlich die Reinkarnation von Roger Moores rechter Augenbraue ist. Auf dem Weg hierher hat er etwa drei Worte zu mir gesagt, einfach die Stone Roses auf seinem CD-Spieler im Auto voll aufgedreht und mich jedesmal breit angegrinst, wenn ich versucht habe, etwas zu ihm zu sagen.

Er ist wirklich ein Augenschmaus, aber er ist ungefähr so interessant wie Steve Davies, der eine Vorlesung hält über die Kunst, Farbe beim Trocknen zuzusehen.

Ich bin mit einer männlichen Blondine unterwegs.

Er hat schöne grüne Augen, eine breite Brust, und sein Hintern hat die perfekte Form eines reifen, süßen Pfirsichs in einer Fruchtschale. Aber wo ist das Gehirn?

Glücklicherweise steht sein Gehirn im Moment nicht im Zentrum des Interesses. Die neiderfüllten Blicke verfolgen uns auch nach den Brautjungfern weiter, bis hinein in den eigentlichen Empfangsraum.

So etwa muß es sein, einen Raum an der Seite eines Stars zu betreten. Max glaubt, er hätte ein bekanntes Gesicht. Meiner Meinung nach übersteigt sein Bekanntheitsgrad nicht den der Requisiten, mit denen Emily Bishops Wohnzimmer dekoriert ist. Man denkt irgendwie, daß man es schon mal gesehen hat, aber außerhalb des Kontexts kann man sich ums Verrecken nicht erinnern, wo das war.

Der Saal ist groß. Tische über Tische mit weißem Leinen und poliertem Silber. Üppige Gestecke aus rosa Rosen, rosa und weißen Nelken – echten! –, Fliederspeer und Gipskraut füllen den Raum. Ich bin höchst erleichtert, als ich sehe, daß es mindestens drei Weingläser und eine Sektflöte pro Person gibt, doch dann fallen mir Emmas und Serenas strenge Anweisungen wieder ein, mich nicht zu sehr vollaufen zu lassen, um mich nicht lächerlich zu machen.

Eine Tafel an der Tür zeigt die Sitzordnung. Als ich unsere Namen gefunden habe, kämpfe ich mich durch die schwatzende, plappernde, teuer gekleidete Menge und ziehe Guy hinter mir her. Die Tischnummern werden von den Blumengestecken in der Mitte verdeckt, und ich bin gezwungen, mehrere halbbesetzte Tische abzuklappern wie eine kurzsichtige Oma, bevor ich schließlich unseren finde. Ich hatte erwartet, daß das Treffen mit alten Freunden und Bekannten von Max wirklich furchtbar werden würde, aber wie es scheint, ist Guy meine Rettung. Statt mich anzugaffen, gaffen sie ihn an. Ich höre, wie mehrere Leute mutmaßen, daß er bestimmt ein berühmter Schauspielkollege von Max ist. Ein Mädchen beharrt sogar darauf, er wäre der Fußballer Ryan Giggs. Aber die Gläser ihrer Brille sind so dick, daß sie eine Goldmedaille für die doppelte Verglasung verdient hätten.

Ich bin an den Tisch mit den »unangenehmen Verwandten« plaziert worden. Das sind die Leute, mit denen man keine Verbindung mehr hat, die man aber pflichtgemäß einlädt, weil sie einem immer Karten zu Weihnachten und einen Geschenkgutschein zum Geburtstag schicken. Zu meiner Rechten sitzt Max' Großonkel Avery, der bei familiären Anlässen extra aus einer teuren Privatklinik herbeigerollt wird, um dann geradewegs wieder zurückgerollt zu werden, bis die nächste Familienzusammenkunft ansteht. Er ist fast neunzig und geistig noch gut beieinander, findet aber, daß dieses Alter ihm erlaubt, sich absichtlich wie ein Tattergreis zu benehmen.

Jetzt sitzt er neben mir und furzt heimlich vor sich hin. Sein Gesicht ist dabei so ausdruckslos wie das eines Pokerspielers, der gerade einen Flush hat, aber das leichte Anheben seiner rechten Pobacke alle paar Minuten ist ein todsicheres Indiz dafür, wer für den Gestank verantwortlich ist.

Außerdem umgibt ihn der für alte Menschen typische Gestank

nach gekochtem Kohl und Urin. Nicht gerade appetitanregend, soviel ist sicher.

Ich wühle in meiner Tasche, hole meinen Parfümzerstäuber hervor und neble ihn heimlich mit meinem Coco Chanel ein. Daraufhin muß er so stark husten, daß ihm die dritten Zähne fast aus dem Mund schießen und in die Melonenbällchen mit Portwein fallen.

Links von Guy sitzt Max' Cousine Marina, deren Existenz von der Familie verheimlicht wird, seit sie letztes Jahr als Hauptattraktion in einem holländischen Hardcore-Porno gesichtet wurde. Sie ist deutlich aufgelebt, seit wir uns an den Tisch gesellt haben, da sie zuvor die einzige unter dreißig war. Jetzt versucht sie, Guy mit ihrem üppigen Ausschnitt zu verschlucken, wie ein schwarzes Loch, das sich vorwärtsbewegt und droht, Captain Kirk und die gesamte Mannschaft der Enterprise zu umhüllen.

Max sieht ständig zu mir herüber. Das selbstgefällige, arrogante Grinsen hat ein Comeback gefeiert. Er wartet, bis unsere Blicke sich treffen, dann protzt er damit, Madeleines zerbrechliche, weiße Hand zu drücken oder mit der neuen Schwiegermutter zu schäkern. Als die üblichen Reden gehalten werden, übertrifft er sich selbst, indem er lang und breit darüber schwafelt, daß Madeleine aus ihm den glücklichsten Mann auf der ganzen Welt gemacht hat, daß er nie geglaubt hätte, eine solche Liebe zu erleben und bla bla bla – er trägt wirklich meterdick auf. Was um Himmels willen wollte ich bloß mit meinem Kommen beweisen? Daß ich eine lächerliche, alte Idiotin bin, die bereitwillig die Hiebe einsteckt, die Max austeilt?

Man braucht mich nur anzusehen. Ich bin so erbarmungswürdig, ich habe noch nicht mal ein eigenes, echtes Liebesleben, so daß ich irgendeinen dümmlichen, hirnlosen Schönling bitten muß, so zu tun, als sei er verrückt nach mir. Ich studiere mein Bild in der Spiegelfläche des Löffels. Das gewölbte Silber läßt mich verzerrt und finster aussehen.

Ich bin drauf und dran, meinem Frust nachzugeben, als mir plötzlich klar wird, daß Max dann genau das bekommt, was er wollte: Es gelingt ihm, daß ich mich schlecht fühle. Er wollte, daß ich zu seiner Hochzeit komme und mich elend fühle, und wenn ich nicht achtgebe, dann wird sein Wunsch todsicher in Erfüllung gehen.

Reiß dich zusammen, Mädchen, befehle ich mir. Jetzt bist du hier, und entweder du machst was daraus oder du machst einen unrühmlichen Abgang.

Ich stärke mich mit einem Schluck Champagner, obwohl noch gar kein Toast ausgesprochen wurde.

It's showtime! Neben mir sitzt der süßeste Typ im ganzen Saal, und wer merkt schon, daß er mir nur einen Gefallen tut? Ich werde das Beste daraus machen! Mir ist aufgefallen, daß ich mit ihm über seine Jagdhunde sprechen muß, um Guy angeregt erscheinen zu lassen. Alles, was ich tun muß, ist, das Gespräch auf Betsy zu lenken, seinen zwei Jahre alten Spaniel, mich dann über den Tisch zu lehnen, ihm zärtlich in die Augen zu schauen, hingerissen und begeistert auszusehen und mich ab und zu vor Lachen zu schütteln.

»Sie ist so eine niedliche kleine Hündin.«

»Ach, wirklich?« Ich lege eine Hand auf seinen Arm und schiele zu Max hinüber. Jetzt sieht er schon weniger selbstgefällig aus, genauer gesagt sieht er richtig verärgert aus. Bingo!

»Richtig draufgängerisch, und verdammt treu obendrein.«

»Genauso, wie du es auch bei den Frauen magst, hm?« scherze ich.

»Wie bitte?« Guy sieht verwirrt aus. »Was? Oh, ja, wie ich es bei den Frauen mag! Der ist gut! Ha ha.«

Ich seufze tief.

Nachdem die Reden und das Kuchenanschneiden vorbei sind, wirft sich die Band ins Zeug, und die Leute verlassen ihre Plätze, um zu tanzen.

Max, der zusammen mit seiner Angetrauten den Tanz eröffnet, sieht wieder zu uns herüber.

»Komm, wir tanzen«, sage ich fröhlich, packe Guys Hand und ziehe ihn vom Stuhl. Unglücklicherweise ist er jetzt so steif wie eine tote Katze mit ausgestreckten Beinen, ganz im Gegenteil zu letzter Nacht, als er mit Serena ein flottes Tänzchen nach dem anderen aufs Parkett gelegt hat – ob Foxtrott, Tango oder Cha-Cha-Cha.

Er hält mich auf Armeslänge von sich wie ein Kind, das die Grundschritte mit einem Küchenstuhl als erstem Tanzpartner einstudiert. Kann ich es riskieren, ihn betrunken zu machen, damit er ein bißchen lockerer wird? Was soll's? Es kommt auf einen Versuch an. Ich schütte noch ein paar Gläser Champagner in ihn hinein, dann zerre ich ihn wieder hoch, um mit ihm zu schwofen. Der toten Katze ist wieder ein bißchen Leben eingehaucht worden, aber obwohl der Schampus seine Glieder etwas gelockert hat, fehlt noch irgend etwas ...

»Es ist mir sehr peinlich, dich darum zu bitten, Guy«, flüstere ich, »aber könntest du eventuell ... äh, also, ein bißchen ... du weißt schon, ein bißchen zärtlicher sein?«

»Wie bitte?«

»Tu halt so, als würdest du mich attraktiv finden.«

Ich könnte über den überraschten Ausdruck, der daraufhin auf seinem Gesicht erscheint, tödlich beleidigt sein.

»Was soll ich machen?« fragt er mit Unschuldsmiene.

»Also, was machst du denn normalerweise, wenn dir eine Frau gefällt?« entgegne ich.

»Soll ich dich mit nach Hause nehmen, damit du Mutter kennenlernst?«

Ich krümme mich vor Lachen. Na endlich! Dieser Kerl hat also doch Sinn für Humor. Als ich mich wieder aufrichte, sehe ich, daß er nicht lacht. Er lächelt noch nicht einmal. Tatsache ist, er meint es ernst.

O Gott! Ein hartes Stück Arbeit.

Ich sehe ein, daß ich, obwohl wir gerade Walzer tanzen, und obwohl ich im Grunde meines Herzens altmodisch bin, wohl doch die Initiative ergreifen muß.

Ich packe ihn am Kragen seines Jacketts, ziehe ihn zu mir herunter und stecke die Zunge in seinen Hals. Wie ein verängstigter Schwimmer, der zum ersten Mal auf dem Zehnmeterturm steht, mache ich einfach die Augen zu und stürze mich ins kühle Naß.

Das Wasser ist wärmer und weitaus angenehmer, als ich erwartet habe. Ich gönne mir den Luxus eines gemächlichen Ruderschlages mit der Zunge. Nicht schlecht. Er könnte England zu Tode langweilen, aber seine Zunge könnte mit der Fechtmannschaft bei den nächsten Olympischen Spielen antreten.

Ich vermute, daß er jede Menge Erfahrung hat.

Meine Zunge geht zum Delphinstil über, während seine Hände ein längst nicht so ehrgeiziges, dafür aber sehr viel eindeutigeres Ziel anstreben und über meinen Rücken zu meinem Hintern wandern. So kommen wir der Sache näher. Ich verabreiche Guy meinen schönsten Kuß, und er erwidert ihn höchst professionell.

Verstohlen schiele ich unter halb geschlossenen Lidern zum Bräutigam hinüber. Der Bräutigam sieht her, und der Bräutigam sieht ganz schön sauer aus.

Er fängt meinen Blick auf, zieht Madeleine näher an sich und gibt ihr einen fetten Schmatzer auf die prallen Lippen. Der dauert mindestens sechzig Sekunden und findet unter den »Ahhhs« und »Ohhhs« der umstehenden, gaffenden Verwandtschaft statt, begleitet von Schnieftüchern, mit denen über feuchte Augenwinkel getupft wird.

Ein weiterer verdammter Wettkampf! Aber dieses Mal geht es nicht darum, wer von meinen Freundinnen und mir die meisten Männer bumsen kann, es geht darum, wer von uns beiden ohne den anderen das Beste aus seinem Leben gemacht hat.

Als ich aufhöre, Guy zu küssen, merkt es niemand außer Max.

Als Max aufhört, Madeleine zu küssen, gibt es spontanen, lebhaften Beifall.

Runde zwei geht ganz klar an den verdammten Max, und er weiß es genau. Das selbstgefällige Lächeln ist wieder da. Du Arsch! Am liebsten würde ich es ihm mit der geballten Faust aus dem Gesicht wischen.

Guy und ich kehren an den Tisch zurück. Glücklicherweise ist Großonkel Avery gegenwärtig mit seinem Rollstuhl im Abflußrohr einer unbrauchbaren Toilette neben dem Foyer steckengeblieben, so daß die Luft frisch genug zum Durchatmen ist.

Guy beschließt, diesem Beispiel zu folgen und seine Blase zu erleichtern, hoffentlich mit mehr Erfolg. Kaum hat er den Tisch verlassen, kommt Max herüber, um zu feixen. Er läßt sich auf den leeren Platz neben mir gleiten.

»Schon komisch, wie die Dinge sich so entwickeln, was, Lex? Wenn man bedenkt, daß das deine Hochzeit hätte sein können.«

Ich sehe, daß er mich genau beobachtet, um sich meine Reaktion darauf nicht entgehen zu lassen. Was erwartet er jetzt von mir? Daß ich in Tränen ausbreche und zugebe, daß ich mir das wünsche?

»Oh, ich glaube, so weit wäre es nie mit uns gekommen«, erwidere ich mit einem kühlen Lächeln.

»Nein?« Er sieht überrascht aus. »Denkst du denn nicht darüber nach, was aus uns geworden wäre, wenn wir zusammengeblieben wären?«

Ich blicke mit einem, wie ich hoffe, zärtlichen Ausdruck hinüber zu Guy. Auf dem Weg zurück vom Klo ist er zum Tanzen genötigt worden. Nun wird er recht heftig an den überdimensionalen Busen von Max' sumoringerartigen Schwester Mitzi gepreßt, während sie ihn über die Tanzfläche schleift.

»Eigentlich nicht ... ich glaube, daß die Dinge sich zum Besten entwickelt haben. Findest du nicht?« entgegne ich und stehe auf.

»Ich hoffe, du wirst glücklich, Max. Jetzt entschuldige mich aber bitte, ich möchte Guy vor deiner Schwester retten, bevor sie den letzten Hauch Leben aus ihm herausquetscht.«

O Mann, was bin ich stolz auf mich, als ich lässig auf die Tanzfläche schlendere. Dem hab ich's aber gegeben. Ich war cool, aber nicht so cool, daß er auf die Idee kommen könnte, ich mache ihm was vor. Ich glaube, auch ich habe mich gefragt – ohne es mir jedoch eine Sekunde lang eingestehen zu wollen –, ob ich diejenige hätte sein wollen, die heute heiratet. Glücklicherweise kann ich behaupten, daß ich einfach nur erleichtert bin, nicht diejenige im weißen Kleid zu sein.

Es heißt ja, Hochmut kommt vor dem Fall, aber nie hätte ich gedacht, daß Rod Stewart mich zu Fall bringen könnte.

Gerade ist es mir gelungen, den dankbaren Guy aus den Klauen der vertrottelten Mitzi zu befreien, als plötzlich *If you want my body and you think I'm sexy* aus den Lautsprechern dröhnt. Noch nie habe ich erlebt, daß Musik einen Menschen so tief berührt, und dann auch noch so unvermittelt. Vom ersten Takt an kommt plötzlich Guys beängstigendes Alter ego zum Vorschein.

Ich habe immer geglaubt, daß ich durchaus schon peinliche Situationen erlebt habe, aber ich habe mich geirrt.

Er kennt jedes Wort, aber wirklich jedes einzelne, und er singt aus voller Kehle, mit einer Stimme, die der Pavarottis an Lautstärke in nichts nachsteht, aber bei weitem nicht so wohlklingend ist.

Außerdem flattert er über die Tanzfläche wie ein aufgescheuchtes Huhn auf Drogen, die Ellbogen wedeln, der Kopf zuckt vor und zurück wie bei einer Katze, die gerade ein Bällchen aus Pelz und Knochen hochwürgt. In seinem epileptischen Anfall von Tanzwut gefährdet er die Hüften der umstehenden, betagten Verwandten.

Warum um Himmels willen habe ich ihn nicht einfach in Mitzis Killerklauen gelassen!

»Dah, Dah, Dah, Du, Du, Dadadadadada, Dadadadadada«, jault er lautstark mit völlig unmusikalischen Stimmbändern.

Ich weiß, ich sollte mir sagen, zum Teufel mit den anderen, meine neuen Schuhe ausziehen und begeistert einfallen, das Gesicht wahren, indem ich so tue, als wäre er ein superlustiger, echt verrückter Kerl. Ich sollte so tun, als wäre das einfach seine Art, sich einen Scherz zu erlauben. Aber ich kann nicht, ich bin nicht betrunken genug. Statt dessen laufe ich so ekelhaft pink-rot an wie die Kleider der Brautjungfern und stolziere à la John Travolta beiseite, weg von dem traurigen Schauspiel, das der alles andere als rhythmisch tanzende Guy da bietet.

Ich bin im wahrsten Sinne des Wortes Meilen von einer Rettung entfernt, als ich seine Hand auf meiner Schulter spüre und er mich in einer schnellen Drehung herumwirbelt, auf die selbst Eiskunstläuferin Jane Torvill stolz gewesen wäre. Da höre ich drei kleine Wörter, die mir vor Angst das Blut in den Adern gefrieren lassen.

»Komm tanzen, Alex!«

Ich danke dem Himmel für meine verrückten Freunde.

Da stehe ich nun also wie eine Lachnummer auf der Tanzfläche, gedemütigt und beschämt, und überlege mir, was zum Teufel ich als nächstes tun soll. Guy zappelt vor mir rum wie eine Marionette, deren Fäden hinten an einem Autoscooter festgebunden sind. Plötzlich stürzt Lucian herein. Mit seiner neongelben Radlerhose, dem enganliegenden Lycratop mit hochgeschlossenem Reißverschluß und dem schwarzen Fahrradhelm mit Gurt sieht er aus wie ein Teilnehmer der Tour de France.

»Dringendes Telegramm!« brüllt er aus voller Kehle und schlängelt sich durch die Menge auf der Tanzfläche. »Entschuldigen Sie bitte, Vorsicht, ich komm ... Dringendes Telegramm für Lord Berkleigh ... LORD Berkleigh ... hat irgend jemand seine LORDSCHAFT gesehen ... oh, da sind Sie ja, MYLORD.

Schlitternd kommt er vor einem völlig verwirrten Guy zum

Stehen. Seine Brust hebt und senkt sich, er keucht. »Ich bedaure, so hereinplatzen zu müssen. Aber Sie wissen ja, wie das ist, wenn man an der Spitze eines millionenschweren Unternehmens steht und mit der königlichen Familie verwandt ist – man kommt einfach nie zur Ruhe«, erklärt er der gaffenden Menge entschuldigend.

»Die Macht des Zufalls«, flüstert er mir ins Ohr, während Guy versucht, die Nachricht zu lesen, die ihm gerade überreicht wurde. Genaugenommen handelt es sich dabei um ein leeres Post-it von der Rezeption. »Mein Freund Justin ist hier Geschäftsführer. Emma hat uns alle zu Hilfe gerufen, falls es einen Notfall gibt. Ich habe den ganzen Nachmittag wie ein kleiner Schutzengel alles von der Flügeltür aus beobachtet. Und das hier sah für meine Begriffe wahrhaftig nach einem Notfall aus! Mach dir keine Sorgen, Herzchen, Justin und ich bringen deinen Rod Stewart hier raus, und dann kannst du durch den Notausgang abhauen.«

Als er sich Guy zuwendet, ist seine Stimme wieder so laut wie ein Nebelhorn. »Also, Sie werden verstehen, daß Sie sofort gehen müssen, Mylord. Ich bedaure sehr, hier so hereinzuplatzen, aber Sie wissen ja, wie sehr Prinz Charles es haßt, wenn man ihn warten läßt ...« Er schnappt sich Guys Arm, blinzelt mir zu und schleift meinen Begleiter aus dem Saal. »Keine Fotos, bitte«, ruft er laut, als sie gehen.

»Wirklich eigenwillig, diese Adligen«, höre ich eine Tante von Max nachsichtig sagen, die bei Guys Ellbogenboogie fast ihre dritten Zähne verloren hätte.

Ich mache mich auf die Suche nach meinem Hut und meiner Handtasche. Ich werde meine Habe einsammeln, mir dann von Lucians Freund ein Taxi rufen lassen und machen, daß ich hier wegkomme.

Ganz einfach verschwinden ist jedoch nicht so einfach, wie ich dachte. Die Handtasche liegt unter meinem Stuhl, der Hut ist spurlos verschwunden. Als ich versuche, mir unauffällig einen Weg nach draußen zu bahnen, muß ich plötzlich feststellen, daß all die Leute, die mich vorher so demonstrativ ignoriert haben, jetzt mehr oder weniger Schlange stehen, um mit mir reden zu können. Ich werde von einer Schar von Max' Verwandten mit High-Society-Ambitionen belagert.

»Alexandra, Liebes! Dich habe ich ja seit Ewigkeiten nicht mehr gesehen. Wo ist denn dein schnuckeliger Freund? Jetzt sag mir nicht, daß er schon gegangen ist. Das wäre eine riesige Enttäuschung für mich!«

»Kuckuck, Alex. Du kannst doch nicht ausgerechnet jetzt verschwinden – wir hatten doch noch gar keine Gelegenheit, das Neueste von dir zu hören.«

»Alex, meine Liebe! Wie ich höre, ist dein Verlobter wirklich mit Prinz Charles verwandt?«

Oho, jetzt bin ich schon verlobt. Wie aufregend.

»Du mußt mir einfach erzählen, wie ihr zwei euch kennengelernt habt.«

Ich habe mich von der Geächteten zum Mittelpunkt des Interesses gewandelt. Ich sollte es genießen.

»Ach, auf einer Yacht im Mittelmeer, es war ganz romantisch.« Ich lächele. Hört sich doch wirklich besser an als eine Party in Berkshire, oder?

»Du mußt unbedingt zu uns zum Tee kommen, das nächste Mal, wenn du in der Stadt bist, meine Liebe. Und bring auf jeden Fall diesen charmanten, jungen Mann mit.«

»Wann wird denn aus dir nun *Lady* Berkleigh?«

»Ach, wir haben an eine Hochzeit im Sommer gedacht.« Ich antworte, ohne nachzudenken. »Ich wollte schon immer eine Sommerbraut sein.«

»Aber wo ist denn dein Verlobungsring? Ich muß unbedingt deinen Verlobungsring sehen.«

Ich schiele hinunter auf meine nackte linke Hand.

»Äh … umpf … ja, tja. Er ist in einem Safe, genau, da ist er, unter Verschluß, sicher und wohlauf. Wegen der Versicherung. Ich trage ihn nur zu Staatsfeierlichkeiten.«

Der Blitz soll mich treffen ob solcher Doppelzüngigkeit!

Max, der schon immer ein Schleimer war, kommt wieder zu mir herüber.

»Was höre ich da, der Kerl ist blaublütig? Na, wir machen ja ganz schön Karriere, was, Alex? Wie habt ihr zwei euch bloß kennengelernt?«

Ich bemerke, daß ich ein großes Publikum habe: mehrere hechelnde, zartrosa Brautjungfern, Max' Mutter, ihre zwei versnobten Schwestern und eine Schauspielerin, die ich immer im Verdacht hatte, mehr als nur eine rein berufsmäßige Beziehung zu Max zu haben, als wir noch zusammen waren, und die mich in der Regel ignoriert.

Was soll's, jetzt kommt es auch nicht mehr drauf an. Wenn schon, denn schon.

»Also«, setze ich an und hoffe, daß mein Lächeln nach beglückenden Erinnerungen aussieht, »letzten Monat war ich in Klosters zum Skifahren, und da bin ich doch tatsächlich in diese Gletscherspalte gefallen …«

»Du und Skifahren?« fragt Max ungläubig. »Im Sommer?«

»Sommer … ach ja … Na ja, darum bin ich ja auch in die Spalte gefallen, weil das Eis, das sie ausgefüllt hat, sozusagen … äh … geschmolzen ist«, stottere ich, ein dämliches, falsches Grinsen im Gesicht.

»Hast du nicht gerade gesagt, du hast ihn auf einer Yacht im Mittelmeer getroffen?« platzt eine Frau mit gerötetem Gesicht und einem furchtbaren Kochtopfhut dazwischen.

»Ja, das war … äh … da hab ich … äh … ach ja, jetzt erinnere ich mich.« Ich deute auf meinen Kopf. »Ich hab bei dem Unfall in der Gletscherspalte einen Schlag abbekommen, bin manchmal noch etwas verwirrt.«

Die Matronen in der Gruppe nicken und geben ein mitfühlendes »tztztz« von sich.

»Ja, Moment, mal sehen … ach ja, die Yacht. Also, da hat er mich direkt nach meinem Skiunfall zur Erholung hingebracht, und da habe ich ihn richtig kennengelernt, darum ist mir das auch ganz automatisch eingefallen, als ich nach dem ersten Treffen mit Guy gefragt wurde.« Plötzlich ist meine Zunge wie gelöst. »Das und die Tatsache, daß ich eine Woche lang im Koma lag und gar nicht wußte, daß er es war, der mich gerettet hat, bis ich aufgewacht bin … auf seiner Yacht.«

»Koma? Huch, wie romantisch«, echoen die Brautjungfern mit aufgerissenen Augen. Sie schlucken das alles schneller als den Champagner in ihren Kristallgläsern, die sie gespannt umklammern.

»Aber du kannst nicht Skifahren«, bemerkt Max trocken und hebt spöttisch eine Augenbraue.

»Warum bin ich dann wohl in die verdammte Gletscherspalte gefallen?« knurre ich ihn an. »Ich glaube, ich brauche wirklich noch was zu trinken. Es ist schrecklich warm hier, nicht wahr?« Ich fächele mir mit der Handtasche Luft zu und entferne mich langsam von der Gruppe. »Findet ihr nicht, daß es furchtbar warm ist hier … auuu!« Ich umklammere meinen Oberschenkel, als ob ich starke Schmerzen hätte, und hinke langsam davon. »Das ist die alte Verletzung aus Klosters.« Tapfer presse ich die Lippen zusammen. »Macht mir immer noch zu schaffen … gehe wohl besser gleich mal zum nächsten Arzt. Bye-Bye … Danke für die Einladung … eine ganz bezaubernde Hochzeit.«

Sobald ich außer Sichtweite bin, lasse ich das Hinken sein und flitze mit Höchstgeschwindigkeit durchs Foyer, wobei ich wie eine Verrückte kichere.

Ich habe so viele Lügen erzählt, ich sollte meinen Namen besser in Baron Münchhausen umändern. Die machen jetzt unter den Klatschmäulern die Runde – wenigstens stifte ich damit ein bißchen Verwirrung unter diesen Ärschen. Entweder das, oder ich mache mich völlig lächerlich.

Ich zittere, wegen des Adrenalinschubs. Meine Nerven liegen blank. Die Hotelbar ruft mich wie eine Sirene, die versucht, einen Seemann in ihren Bann zu ziehen. Ich beschließe, Emmas Alkoholverbot zu ignorieren und mir einen ordentlichen Schluck zu genehmigen. Schließlich war das ein verdammt anstrengender Tag!

Ich wünschte, ich würde rauchen. Das hier wäre die ideale Gelegenheit, mich auf einem Barhocker zu räkeln, dem Keeper ein Zeichen zu geben und einen auf Catherine Deneuve zu machen. Ach, egal, auf wen, Hauptsache jemand, der ich nicht bin.

Ich quartiere meinen Hintern auf den vorab erwähnten Hocker und schaffe es, Augenkontakt zu dem Barkeeper aufzunehmen.

»Ein großes Glas ... setze ich erschöpft an.

»Weißwein, Madam«, beendet er den Satz für mich und stellt es schon auf einem Bierdeckel vor mich hin.

»Aber ich ...«

»Von dem Gentleman am anderen Ende der Theke, Madam.«

Na, wenn das nicht wie im Film ist.

Jetzt komme ich mir vor wie Bette Davis. Ich drehe mich lässig zur Seite, um mit einem lässigen Nicken danke zu sagen. Aber das lässige Nicken und das huldvolle Lächeln ersticken im Keim und werden von einem überraschten Glotzen ersetzt.

»Was zum Teufel machst du denn hier?« entschlüpft es mir, bevor mir etwas Passendes einfällt.

Langsam schüttelt Jake den Kopf.

»Nicht zu fassen: von allen Kaschemmen in der ganzen Welt ... Ich freue mich auch, dich zu sehen, Alex.« Er nimmt sein Glas und kommt die Theke entlang. »Ich wohne hier, während ich in der Stadt bin.«

»Die Zeitung bezahlt für diese Unterbringung? O Mann. Warum reicht das Budget nicht für ein paar mehr solcher Plätze, die ich dann besprechen kann?«

»Vielleicht solltest du schnell einen Bericht schreiben, während du hier bist.« Er lächelt und setzt sich auf den Hocker neben mir. »Ich habe im Moment in London keine Bleibe. Bin mir immer noch nicht sicher, ob ich lange genug hierbleibe, damit es sich lohnt, irgendwo einzuziehen. Und in der Zwischenzeit ...« Er deutet um sich. »... bin ich halt hier.

Ich nehme an, du gehörst zu der Hochzeitsgesellschaft?« Er zeigt auf die Maiglöckchen an meinem Dekolleté.

Ich reibe mit den Fingerspitzen über meine schmerzenden Schläfen und nicke.

»Siehst du den Kerl dort drüben, den Depp mit der Krawatte?«

»Ich nehme an, du meinst den Bräutigam?«

»Genau ... also, das ist Max. Bis vor drei Monaten waren Max und ich, na ja ... wir waren über fünf Jahre zusammen.«

»Bis vor drei Monaten!«

»Hh-hmm.« Ich nicke erschöpft und nehme einen Schluck Wein. »Und bevor du fragst, die Antwort lautet ja. Es gab da eine kleinere Überlappung. Frag mich nicht, wie lange, ich hatte nämlich nie den Mut, das herauszufinden.«

»Und du bist zu seiner Hochzeit gekommen?«

»Ich war eingeladen.«

»Na ja ... trotzdem.«

»Ich liebe Hochzeitstorte.« Ich sehe ihn aus den Augenwinkeln an und lächele schwach. »Außerdem, *nil bastardo condemderandum*, wie mein Großvater zu sagen pflegte. Jedenfalls so was in der Art.«

»Falls dir das ein Trost ist: Der Mann ist ein Dummkopf. Du siehst bezaubernd aus.«

»Du hättest erst mal den Hut sehen sollen«, lautet meine ironische Antwort.

»Wo ist er?«

»Wird wahrscheinlich gerade von irgendeinem herausgeputzten kleinen Balg als Frisbeescheibe mißbraucht.« Ich zucke die

Achseln, nehme noch einen stärkenden Schluck Wein und seufze tief.

Er wirft einen Blick auf die Uhr und sieht mich dann fragend an.

»Ich muß mich in einer halben Stunde mit ein paar Leuten zum Essen treffen«, sagt er langsam. »Offensichtlich hast du hier ja nicht besonders viel Spaß, warum gesellst du dich nicht einfach zu uns?«

Moment mal, will Jake etwa mit mir ausgehen?

»Ich will nicht aufdringlich sein«, nuschele ich verunsichert.

»Kein Problem, ist eine Arbeitsbesprechung. Um ganz ehrlich zu sein, du würdest mir einen Gefallen tun. Ich bin nicht gerade scharf auf das Treffen. Ein paar von deinen Vorgesetzten sind nicht gerade ... wie soll ich sagen? ... besonders unterhaltsam.«

»Von meinen Vorgesetzten? Das sind doch auch deine Vorgesetzten! Also läßt du sie besser nicht merken, daß sie nicht gerade deine erste Wahl für eine Verabredung zum Abendessen sind. Sie wären tödlich beleidigt.« Ich muß unwillkürlich an Larrys Reaktion auf meine Weigerung, mit ihm essen zu gehen, denken. Er hat sofort Gerüchte in der Kantine ausgestreut.

»Ach, ich glaube, davor bin ich sicher. Ich arbeite nicht wirklich für sie. Ich wurde von der Mutterfirma nur als Unterstützung zu *Sunday Best* geschickt, als eine Art Berater. Solange, bis der Laden wieder richtig läuft. Und dann heißt es: auf zu neuen Taten.«

»Du verläßt uns?« Plötzlich bin ich ganz schön enttäuscht. Ich habe so lange gebraucht, mit Jakes Anwesenheit fertig zu werden, daß ich nie darüber nachgedacht habe, wie ich mich fühlen würde, wenn er nicht mehr da wäre.

»Irgendwann ja«, antwortet er. »Wenn mein Job getan ist.«

»Und wer wird Chefredakteur, wenn du weg bist?«

»Tja«, er kratzt sich gedankenverloren am Kopf. »Vielleicht entscheiden sie sich für jemanden von außerhalb. Vielleicht wird es aber auch Damien. Ich weiß noch nicht.«

»Damien? Ach du lieber Gott!« kreische ich unüberlegt.

Jake sieht mich nachdenklich an, geht aber netterweise nicht auf meine entsetzte Reaktion ein.

»Wie laufen die Nachforschungen zu der Reportage, um die ich dich gebeten habe?« fragt er statt dessen.

Ich nehme einen langen, tiefen Schluck, der Alkohol gleitet angenehm leicht durch meine ausgedörrte Kehle.

»Gut«, antworte ich vorsichtig.

»Keine Probleme mit dem Thema?«

»Sollte ich die haben?«

»Na ja, es ist immer einfacher, über etwas zu schreiben, womit man vertraut ist …« Er lächelt mich an, und für den Bruchteil einer Sekunde sehe ich diesen Ausdruck in seinen Augen. Ein Ausdruck der, na ja … fast schon … der *Zuneigung?* Mit diesem Ausdruck hat er mich auch angesehen, als wir uns das erste Mal so wunderbar und lange neben dem Schwimmbecken geküßt haben.

Eine seltsame Mixtur aus Erleichterung und Hoffnung macht sich in mir breit. Vielleicht haßt er mich doch nicht für das, was ich getan habe. Vielleicht hat er mir mein heimliches Verschwinden verziehen. Vielleicht kann ich endlich das Thema zur Sprache bringen, das wir beide so lange und so sorgfältig vermieden haben …

»Du hast also diese Nacht nicht komplett aus deinem Gedächtnis gestrichen?« wage ich schließlich zu fragen, nachdem mein Gesicht aufgehört hat zu brennen und ich es schaffe, meine zusammengepreßten Lippen auseinander zu kriegen.

»Glaubst du etwa, ich vergesse jede Frau sofort, mit der ich geschlafen habe?«

Jede? denke ich in einem Anfall von Panik. Gab es denn so viele?

»Machen Männer das nicht immer so?« Ich fingere an der Schale mit den Erdnüssen herum, die auf der Theke steht, weil ich es nicht schaffe, ihm ins Gesicht zu sehen. »Wußtest du, daß beim Sex Hormone im Körper freigesetzt werden, Endorphine und solche Sachen? Ich glaube, daß bei Männern so was Hormonartiges freigesetzt wird. Daraufhin vergessen sie, mit wem sie gerade geschlafen haben. Es steht wahrscheinlich in direkter Beziehung zu dem Hormon, das sie sofort danach einschlafen läßt.«

Ich richte meinen Blick auf ihn. Seine Augen verengen sich, als er versucht herauszufinden, ob ich scherze oder nicht. »Frauen werden richtig sauer, wenn Männer immer alles verallgemeinern. ›Ihr seid alle gleich.‹ Bringt dich dieser Satz nicht zur Raserei?«

»Hh-hmm.« Ich nicke vorsichtig, weil mir schon klar ist, daß er mir die Worte im Munde umdreht.

»Meinst du nicht, daß auch Männer nicht alle gleich sind? Du kannst uns nicht alle über einen Kamm scheren. Natürlich gibt es irgendwo Gemeinsamkeiten, aber jeder ist ein Individuum, ungeachtet der Geschlechtszugehörigkeit.«

Es scheint mir am klügsten, einfach zu nicken.

»Warum hast du nichts gesagt?« wage ich schließlich zu fragen.

»Warum hast *du* nichts gesagt?« erwidert er lächelnd.

»Touché.«

Er sieht mich einen Augenblick lang an.

»Ich habe nichts gesagt, weil du dich ganz offensichtlich sehr unwohl gefühlt hast wegen der ganzen Angelegenheit. Bei unserem ersten Treffen im Büro war dein Gesicht so rot wie die Mappe, hinter der du es versteckt hast.«

»Willst du damit etwa sagen, du wußtest von Anfang an, wer ich war?«

»Himmel, Alex, willst du mich für dumm verkaufen? Wie oft habe ich gedacht, ich sollte einfach etwas sagen, um Klarheit zu schaffen … aber ich habe es nicht getan, weil es sich offensichtlich um etwas handelte, das dir sehr peinlich war.«

»Ich habe halt normalerweise keine One-Night-Stands«, murmele ich.

»Ach, das war es also für dich, ein One-Night-Stand?«

»Na ja, es war eine Nacht«, sage ich halb lachend. »Aber viel gestanden haben wir ja nicht. Soweit ich mich erinnern kann, waren wir die meiste Zeit in der Horizontalen.«

Wieder zucken seine Lippen leicht, aber dann sieht er mich streng an.

»Du hast mit mir gespielt, Alex.«

»Und was ist mit dir?« Ich beschließe ganz plötzlich, daß Angriff die beste Verteidigung ist. »Wenn du der Meinung bist, daß ich mit dir gespielt habe, dann faß dich mal schön an die eigene Nase. Was war denn dieser Auftrag, wenn nicht ein Spiel?«

»Das war kein Spiel. Das war eine Möglichkeit, ein Auge auf dich zu haben. Sicherzugehen, daß du dich nicht selbst zerstörst.«

»Was meinst du damit?«

Er seufzt und nimmt einen tiefen Zug von seinem Drink.

»Sieh mal, Alex. Ich mag dich. Ich mag dich sehr. Aber was du da tust, das bist nicht du.«

»Was meinst du damit, ›was ich da tue‹?«

»Mir ist da einiges zu Ohren gekommen.«

»Na und, du solltest nicht auf die Gerüchte hören.«

»Das ist schwierig in einer Firma wie der unseren.«

»Dann glaub halt nicht alles, was du hörst«, erwidere ich verärgert.

»Wirklich?« fragt er freundlich. »Und was ist mit dir und Laurence Chambers? Und ich weiß auch, daß etwas zwischen dir und Damien war. Die Stimmung zwischen euch beiden ist furchtbar. Neulich habe ich versucht, mit ihm darüber zu reden, aber er war genauso verschlossen wie du.«

Er hört sich nicht vorwurfsvoll an. Aber ich bin gereizt.

»Paßt wohl nicht ganz zu den Gerüchten, was? Denen zufolge bin ich ja so offen wie ein 24-Stunden-Betrieb.«

Er erwidert nichts.

Ich schüttele den Kopf

»Weißt du, du bist der letzte, von dem ich angenommen hätte, daß er den Schwachsinn glaubt, der im Büro erzählt wird.«

»Ich habe nicht gesagt, daß ich die Gerüchte glaube, Alex.«

»Nein, aber du hast auch nicht gesagt, daß du sie nicht glaubst«, schieße ich verärgert zurück. »Aber natürlich, sie sind alle wahr. Ich arbeite mich einmal durchs Büro. Als nächsten sollte ich Nigel ausprobieren, dann vielleicht einen flotten Dreier mit Lionel und Sandra hinlegen, und dann hab ich an Lucian gedacht – ich meine, wenn jemand in der Lage ist, ihn zu bekehren, dann doch wohl ich, oder? Schließlich habe ich öfter die Runde im ganzen Gebäude gemacht als der verdammte Teewagen!«

Ich brülle so laut, daß man es in der ganzen Bar hören kann. Einmal mehr nimmt mein Gesicht die wenig schmeichelhafte Farbe eines Pavianpopos an. Ich schnappe meine Handtasche und renne davon.

Montag. Arbeiten. Die Aussicht ist so verlockend wie ein kurzer Sprung in eine eiskalte, mit Haien verseuchte Abwassergrube. Aber wie sehr ich auch Angst davor habe, hingehen zu müssen, noch mehr habe ich Angst davor, nicht hinzugehen. Ein Teil von mir will einfach nur abhauen, sich verstecken und Jake nach dem Fiasko von Samstag nie mehr gegenübertreten. Und ein anderer Teil von mir verlangt sehnlichst nach der Gelegenheit, alles klarzustellen, ihn wissen zu lassen, daß er ein Einzelfall war und daß mein sogenannter »Sex-Zirkus« ein ausgebuhter Clown in einem Einmannzelt ist. Ich pendele nicht an Kronleuchtern wie eine geübte und erfahrene Artistin, die einhändig mit zwanzig Männern jongliert oder stolz die Peitsche über ihrer Löwenschar schwingt.

Ich bin ich. Ganz einfach. Alex. Unerschütterlich monogam,

mit nur einem Kreidestrich neben meinem Namen und nur einem Namen, der zu diesem Strich gehört: Jake Daniels.

Den ganzen Morgen über ist er in einem Meeting. Ich sitze an meinem Platz und versuche, eine interessante Faktenliste über vergangene Monarchen zu erstellen, um die mich Damien gebeten hat.

Es fällt ihm immer noch schwer, mir gegenüberzutreten. Er ist dazu übergegangen, mir Anweisungen in Form von Notizen zukommen zu lassen. Das ist höchst überflüssig und zieht obendrein die Komplikation nach sich, daß Glenda denken muß, er habe ein Auge auf sie geworfen, weil er ständig mit kleinen, vollgekritzelten Zetteln ins Sekretariat rennt.

Heinrich VIII. hatte sechs Frauen. Also, wenn das keine Habgier war, mein Lieber.

Wie kann ich mich jemals auf meine Arbeit konzentrieren, wenn ich nur daran denke, meinen Standpunkt vor Jake zu verteidigen? Er muß einen furchtbaren Eindruck von mir haben. Erst gehe ich mit ihm ins Bett, dann verschwinde ich, bevor er aufwacht. Gerüchte über mich und Larry kursieren in der Firma. Die Leute sind mißtrauisch, weil Damien und ich uns so hartnäckig aus dem Weg gehen. Und Alex Pinter hat ohne Zweifel auch ein Wörtchen zu sagen über das elende Liebesleben der Alex Gray.

Vielleicht sollte ich mir ein Schriftbanner anfertigen, auf dem in fetten schwarzen Buchstaben steht: »Ich bin keine Schlampe!« und damit vor seinem Büro auf und ab gehen.

Die Jalousien, die Jakes Büro üblicherweise vor neugierigen Blicken schützen, sind heute geöffnet. Durch das Rauchglas kann ich sehen, daß Annabelle Stead aus der Buchhaltung bei ihm ist. Sie sehen einen Computerausdruck durch, der dicker ist als zwei Aktenordner zusammen. Sie beugt sich auf ihrem Stuhl nach vorn, die Bluse geradezu sittenwidrig weit aufgeknöpft. Sie lacht und fährt sich alle fünf Sekunden durch das rotblonde Haar.

Ständig ändert sie ihre Position und kreuzt ihre langen Beine öfter als Sharon Stone in *Basic Instinct.* Wenn hier schon von Schlampen die Rede ist, also, da sitzt eine! Von wegen Signale geben! Sie gibt mehr Signale als ein Verkehrspolizist mit Zuckungen.

Jetzt steht sie gar von ihrem Stuhl auf und läuft um den Schreibtisch herum, um ihm etwas mit ihrem Stift zu zeigen. Sie beugt sich über ihn und gewährt ihm so den allerschönsten Einblick in ihr von Sommersprossen übersätes Dekolleté.

Ich wechsele flink von meiner faszinierenden Faktenliste zu meiner Reportage für Jake und füge eine neue Überschrift ein: »Das beutegierige Weibchen im Arbeitsalltag – die sexuelle Belästigung«.

Jake wird von der eifersüchtigen Sandra gerettet, die mit zwei Tassen Kaffee hereinplatzt und Annabelle mehr oder weniger auf ihren Stuhl zurückboxt.

Schließlich ergibt sich eine Gelegenheit, im Flur mit ihm zu sprechen, da wir beide im gleichen Moment aus dem Büro geschlüpft sind, um aufs Klo zu gehen.

Unglücklicherweise wählt mein Gehirn den Moment, in dem ich meinen Mund zwecks einer Erklärung aufmachen will, dazu, die Kontrolle über meine Körperfunktionen an meine Libido abzugeben.

Es ist einfach so: Als er stehenbleibt und mich mit diesen seltsamen, intelligenten, blau-grünen Augen ansieht, trifft mich eine geballte Ladung purer Lust direkt ins Gesicht, so als ob mir Mike Tyson wie zu seiner besten Zeit eine überziehen würde.

Das Gefühl, das mich da überwältigt, läßt mich sozusagen zu Boden gehen.

Ich will ihn. Ich meine, ich will ihn *wirklich* und *unbedingt.*

Höflich wartet Jake darauf, daß ich den Mund aufmache.

Ich scheitere bei dem Versuch, die Verbindung zwischen Gehirn und Mund wiederherzustellen.

Ich stehe mit offenem Mund vor ihm, hechele wie eine läufige Hündin und glotze dämlich. Es besteht auch nicht die leiseste Chance, daß ich mich aus dieser überaus beschämenden Situation befreie. Da platzt glücklicherweise Sandra wichtigtuerisch dazwischen und ruft ihn ans Telefon.

Den restlichen Tag verbringe ich damit, quer durchs Büro auf Jake zu starren, wie ein Hund, der einen vollen Freßnapf betrachtet, dem aber befohlen wurde, sitz zu machen, liegenzubleiben und »bitte, bitte« zu sagen, bevor er sich draufstürzen darf. Er hat sein Jackett ausgezogen, und ich kann die Konturen seines schönen, muskulösen Rückens unter dem weißen Baumwollstoff seines Hemdes erkennen. In Gedanken gleiten meine Hände wieder über seinen Körper, tasten sich nach unten, während er ... Ich muß meine neue Pflanze gar nicht mehr bewässern. Sie ist bis zu den Wurzeln von meinem Sabber durchnäßt.

Ich muß mich wirklich davon freimachen. Schließlich sollte ich mich wie eine eiskalte Überfliegerin verhalten, die sich von den Männern nimmt, was sie will, und sich nicht in Gefühle verstrickt. Ich bin nicht in Jake verliebt. Ich bin nur geil auf einen verdammt guten Fick. O Mann, und er war wirklich ein verdammt guter ...

»Alex ... Erde an Alex.«

Ich blicke auf und sehe, daß Mary mich von oben angrinst. »Ich habe dich gefragt, ob du einen Kaffee möchtest. Ich wollte nämlich gerade ein paar Bohnen mahlen.«

»Machst du Witze oder was? Was ist aus dem Löslichen geworden, mit dem wir uns bisher zufriedengeben mußten?«

»Jake hat eine Kaffeemaschine gekauft.« Sie strahlt. »Dieser Mann ist einfach so aufmerksam.«

Mr. »Zu gut um wahr zu sein«. Ich beschließe, daß ich ihn eigentlich nicht mag. Es gibt gar keinen Platz mehr für mich, ihn zu mögen. Ausnahmslos alle im Büro sind bereits total verrückt nach ihm.

Wieder wird meine Aufmerksamkeit auf sein Büro gelenkt.

Damien hat jetzt den heißbegehrten Platz darin eingenommen. Es sieht so aus, als ob sie eine ganz schön hitzige Diskussion führen würden.

O nein! Was ist, wenn es dabei um mich geht? Wie soll ich mich je auf einen Artikel über die Sexualmoral der modernen Frau konzentrieren, wenn Jake und Damien just in diesem Moment vielleicht über meinen ganz persönlichen Mangel daran sprechen?

Ich beschließe, das Arbeiten sein zu lassen und meinen seit langem vernachlässigten Roman hervorzukramen, aber zur Zeit werde ich selbst dann zynisch, wenn es nur um fiktive Romanzen geht.

Die Handlung hat sich verändert: »Anstelle einer Heldin, die von einem schönen Helden gerettet und in den Sonnenuntergang hinein getragen wird, gibt es nun eine Heldin, die denkt ihren Traummann gefunden zu haben. Doch dann überrascht sie ihn, nachdem sie liebevoll seine dreckigen Unterhosen im mittelalterlichen Waschsalon gewaschen hat, mit der Frau aus dem Schloß von nebenan im Bett.

Warum bloß sind Frauen auf einen Mann angewiesen, wenn es um die Verwirklichung ihrer Träume geht?

Mir ist danach zumute, mir einen Vibrator zu kaufen, mir eine Rüstung aus alten Weiße-Bohnen-Konservendosen zu basteln und völlig unnahbar und unabhängig zu werden. Aber man muß ja auch einsam bleiben, wenn man so viele weiße Bohnen gegessen hat, daß die Dosen für eine ganze Rüstung reichen.

»Hi, Leute!«

Ich blicke auf, als ein kollektives Ächzen von den weiblichen Mitarbeitern zu hören ist. Ein Strich mit großen Titten und wasserstoffblondem Haar ist gerade auf enormen Vivienne-Westwood-Plateauschuhen zur Tür hereingetippelt.

Das ist Ashley Wallace, ein unbedeutendes Starlet, die nur dadurch zu Ruhm gelangt ist, weil sie eine Upperclass-Schlampe ist, die mit jeder Menge Fußballern und Popstars schläft, und die aufgrund der Intensität ihrer sexuellen Leistungen jeden Monat eine Klatschkolumne für uns schreiben darf.

Emma und ich nennen sie die Pophure. Vielleicht sollte ich sie für meine Reportage interviewen. Sie ist keine dümmliche Blondine, sie hat ein Gehirn, aber unglücklicherweise ist es von Geburt an darauf getrimmt worden, an nichts als an Sex, Männer und Geld zu denken …

Jeden Monat muß Ashley Sandra ihre »Klatschspalte« diktieren. Wir nehmen an, weil sie nicht schreiben kann. Sie aber behauptet, daß es an ihren schwachen Handgelenken liege.

Ihr linkes Handgelenk ist von einer Sehnenscheidenentzündung geschwächt, weil sie ständig ihr blondes Haar aus dem Gesicht streicht, und ihr rechtes Handgelenk ist geschwächt, weil sie tagtäglich hundert Kreditkartenrechnungen unterschreiben muß.

»Wo ist mein Schatz Damien?« fragt sie, läßt sich auf den nächstgelegenen freien Stuhl fallen und inspiziert ihren Nagellack.

Ashley und Damien sind Doppelpartner, wenn es darum geht, Großbritannien bei der nächsten Olympiade im Flirten zu vertreten.

»Er ist beim Chef drin. Ich glaube, er ist irgendwie in Schwierigkeiten«, erwidert Mary.

»Der süße Jake, hm? Ich hätte nichts dagegen, mich von seiner Zunge ein bißchen peitschen zu lassen.« Ashley kichert lüstern. »Wißt ihr, auf einen Mann wie denn könnte ich ernsthaft ein Auge werfen. Er ist wohlhabend, intelligent, lustig, sieht gut aus, ist echt sexy … ich frage mich, wie der im Bett ist?«

Absolut erstaunlich, einfach genial! schreit eine Stimme in mir. Ich weiß es. Ich war schon da, und du nicht. Ätsch.

Okay. Realitätstest.

Zusammengekniffene Augen. Verächtlich geschürzte Lippen.

Bebende Nasenflügel. Kurz davor zu knurren. Diagnose? Also, entweder es riecht hier streng oder ich bin eifersüchtig.

Eifersüchtig? Nein! Kann nicht sein.

Ich teste diesen Verdacht, indem ich mir Jake mit Ashley im Bett vorstelle. Ergebnis? Am liebsten würde ich ihr mit den Nägeln die Eingeweide herauskratzen, sie ihr um die Kehle wickeln und sie langsam damit erwürgen.

Okay, ich bin eifersüchtig.

Was stimmt nicht mit mir?

Ashley plappert immer noch.

»Anscheinend gab es da jemanden in Hongkong, aber wie ich sehe, ist er im Moment jung, frei und Single. Vielleicht sollte ich ihm anbieten, ihn wieder in die Londoner Szene einzuführen. Nachdenklich kräuselt sie ihren pinkfarbenen Schmollmund.

»Ich kann mir nicht vorstellen, daß Jake wirklich dein Typ ist, Ashley.« Ich lächele, um das Gift zu überdecken.

»Warum denn nicht?«

»Tja, er war nie mit Liz Taylor verheiratet, und nach dem Sex tauscht er keine Klamotten.«

Der Sarkasmus gleitet an Ashleys hübschem Kopf ab. Verwirrt wirft sie mir einen Blick aus ihren riesigen, bambigleichen, blauen Babyaugen zu und legt ihre hübsche, kleine Nase in Falten. Das tut sie immer, wenn sie versucht, ihr Gehirn zu aktivieren.

»Wie bitte?« säuselt sie.

Gerade hatte ich eine geniale Eingebung. Ich sollte sie Guy vorstellen. Wenn es je ein Paar gab, das füreinander geschaffen ist, dann dieses.

»Er ist schwul, Ashley.«

Ich streue mir Asche aufs Haupt! Noch eine Lüge in meiner langen Sammlung. Was stimmt im Moment bloß nicht mit mir? Die Bemerkung ist mir einfach so rausgerutscht, bevor ich es verhindern konnte.

Warum werde ich eifersüchtig, nur weil Ashley auf Jake steht? Ashley steht schließlich auf alles, was haarige Beine unter der Hose und eine gut gefüllte Brieftasche hat – ausgenommen Sandra –, und normalerweise stört mich das nicht übermäßig. Es liegt nicht daran, daß ich selbst ein Auge auf Jake geworfen habe. Das habe ich zwar, und ich bin die erste, die zugeben würde, daß ich ganz schön verrückt nach ihm bin. Aber es ist doch nicht so, daß ich auf eine echte Beziehung mit dem Kerl aus bin, warum also mache ich mir Sorgen, daß das bei Ashley der Fall sein könnte? Und außerdem: Welche Chance hätte ich denn?

Na ja, du weißt, daß er dich mag, er war nämlich schon mit dir im Bett.

Jetzt hör aber auf, Alex. Er ist ein Mann, vergiß das nicht. Aber das folgt ja nicht zwangsweise daraus, oder? Außerdem denkt er jetzt von dir, du hättest die Moral einer streunenden Katze in der Paarungszeit, also hätte er gar kein Interesse an dir, selbst wenn du eines hättest. Aber das hast du ja nicht, oder?

Klar, ich finde ihn sehr attraktiv. Er hat eine Menge guter Eigenschaften, deren nicht gerade unbedeutendste die ist, daß er der einzige Mann in meinem Leben zu sein scheint, der weiß, wie man meine Libido anknipst und für die nötige Zeit am Laufen hält – na ja, eigentlich sogar immer, um genau zu sein.

Eine ganze Menge Männer kapieren einfach nicht, daß man nicht nur den Körper einer Frau stimulieren muß, um sie zu erregen. Das Wichtigste ist, sie dazu zu bringen, danach zu gieren, sich die Kleider vom Leib zu reißen.

Wenn ich an Jake denke, bin ich so erregt wie ein Vollblut vor dem Start beim Rennen in Ascot. Es reicht, daß ich an seine breite Brust denke, und schon stehe ich so gut wie in Unterwäsche da. Vertiefe ich diesen Gedanken, und stelle mir z. B. vor, wie ich nackt auf besagter breiter Brust liege, muß ich beim Gehen meine Beine aneinanderpressen, aus Angst, ich könnte eine Spur hinterlassen, wenn ich mich bewege. Wie kann dieser Mann so eine Wirkung auf mich haben? Kann mir mal jemand sagen, warum ich ihn so leidenschaftlich begehre, wie niemanden je zuvor in meinem Leben?

Manche Leute behaupten ja, das liege alles an den Pheromonen und den Hormonen. Eine Frage der Chemie. So weit es mich betrifft, reicht es, Jakes Pheromone mit meinen zu mischen, und schon entsteht das sexuelle Gegenstück zu einer Atombombe.

Also, okay, ich gebe zu, daß ich total auf ihn abfahre. Aber eine Beziehung? Das steht wirklich auf einem anderen Blatt. Wer hat denn je was von einer Beziehung gesagt?

Oh, ja, Ashley.

Moment mal ... Zusammengekniffene Augen. Verächtlich geschürzte Lippen. Bebende Nasenflügel. Kurz davor zu knurren. Es passiert wieder.

Ich versuche, ein normales Gesicht aufzusetzen, was dazu führt, daß ich schließlich wie ein Teilnehmer bei einem Grimassenwettbewerb aussehe. Was um Himmels willen stimmt nicht mit mir? Ich mag Jake, finde ihn attraktiv und nett, das ist alles. Mehr nicht. Ich mag ihn. Er ist amüsant. Wir können miteinander reden. Ich meine damit ein richtiges Gespräch. Als ich noch mit Max zusammengelebt habe, hätte ich nicht geglaubt, daß man sich intelligent mit einem Mann unterhalten kann, mit dem man auch im Bett war.

»Wie läuft's denn mit dem Artikel, Alex?«

Eine Stimme unterbricht meine durchgeknallten Tagträume.

Ich bemerke, daß Ashley ihren winzigen Minirock noch ein paar Zentimeter nach oben geschoben und ihren verführerischsten Schmollmund aufgesetzt hat, und sogar Mary klimpert mit den Augendeckeln. Ich blicke auf und sehe das Objekt all meiner ungezähmten Begierde, dieser schlichten und einfachen *Zuneigung* – mehr nicht, ehrlich – vor mir stehen.

Wie üblich versagt der Generator, der mein Gehirn mit Strom versorgt.

»Manchmal sind die Dinge gar nicht so, wie sie zu sein scheinen ...« ist alles, was ich hervorbringe, wobei ich mit den Augen rolle wie ein Kaninchen mit Myxomatose.

»Schön.« Jake sieht mich befremdet an. »Abgabe nächste Woche, okay?«

Ich beschließe, mich ein bißchen verwöhnen zu lassen, um mich aufzuheitern.

Warum ich mich besser fühle, nachdem mir irgendeine stämmige, muskulöse Frau heißes Wachs auf den Beinen verteilt und mir dann alle Härchen ausgerissen hat, weiß ich nicht, aber es ist so. Vielleicht ist das der schmale Grat zwischen Schmerz und Vergnügen.

Außerdem beschließe ich, daß ich mir mal wieder die Haare schneiden lassen könnte. Was für ein seltsamer Mythos, daß, egal, wie schlecht man sich fühlt oder wie beschissen das Leben ist, eine neue Frisur garantiert alle Probleme behebt.

Einen Termin bei meinem Friseur Harry zu bekommen ist schwieriger, als einen Tisch im In-Restaurant *Ivy* zu ergattern. Man muß mindestens drei Monate im voraus reservieren. Glücklicherweise ist er ein alter Freund, und als ich anrufe und am Telefon einen auf verwirrt und elend mache, wird mir sofort einer der begehrten und überaus seltenen Termine zugewiesen, die durch Absagen frei werden.

Zwei Tage später werde ich von einer Juniorstylistin einshampooniert, die ernsthaft am prämenstruellen Syndrom leidet und meine Kopfhaut abwechselnd mit kochendheißem Wasser überbrüht und mit eisigen Wasserschwällen zum Gefrieren bringt.

Dann werde ich tropfend zu einem von Harrys Spiegeln hinübergerollt, wo mir eine Tasse ekelhafter Kaffee und eine Ausgabe von *Hello* mit Fergie auf dem Cover vorgesetzt werden. Damit soll ich die Dreiviertelstunde totschlagen, die ich auf ihn warten muß, bis er mit der Kundin vor mir fertig ist.

Schließlich kommt er zu mir geschlendert, legt mir die Hände auf die durchweichten Schultern und strahlt mein Spiegelbild an.

»Was möchten wir denn heute haben, Herzchen?« Harrys Lächeln gleicht dem eines Irischen Setters mit einem großen Stock im Maul.

Ich lasse meine gründlich durchgeblätterte Zeitschrift sinken.

»Brad Pitt und Tom Cruise in einem Sex-Sandwich?«

»Ich bin Friseur, kein Zauberkünstler. Außerdem ging es um deine Haare, deine ... äh ... *Frisur?* Obwohl ich das Wort ›Frisur‹ sehr weit fasse.« Er läßt seine langen Finger verächtlich durch meine schlaffen Locken gleiten.

»Och, ich weiß auch nicht ... ich will einfach nur toll aussehen.«

»Schätzchen, ich habe dir doch schon gesagt, ich bin Friseur, kein Zauberkünstler.«

Ich antworte mit einer Grimasse.

»Du bist doch angeblich ein Topstylist, Harry, also mach deine Arbeit und fang an zu stylen, okay?«

»Ich brauche schon einen kleinen Hinweis darauf, wie du danach auszusehen gedenkst.«

»Ich hab's mir ungefähr wie eine Mischung aus Liz Hurley und Rachel aus *Friends* vorgestellt ... ein bißchen glamourös, aber trotzdem praktisch. Eine Frisur, die ich nicht acht Stunden lang mit acht Litern Schaum und einer Bürste, die wie eine Waffe aussieht, frisieren muß.«

Harry wühlt mit beiden Händen in meinem Haar herum, so daß es schlaff auf beiden Seiten des Gesichts herunterhängt und genau wie das übliche, langweilige, struppige Durcheinander aussieht.

»Also nur Spitzen schneiden?« fragt er.

»Ja«, seufze ich, »nur Spitzen schneiden.«

»Also, was hast du mir zu berichten?« Er fängt an, mit der

Schnelligkeit und dem Geschick eines schwertschwingenden Ninjas mit der Schere zu hantieren. »Was gibt's Neues?«

»Och, nichts Besonderes ...«

Harry seufzt. Er liebt guten Klatsch.

»Nur das eine: Ich habe Max verlassen und mich in das wilde Singleleben gestürzt.«

»Oho!« Seine Augen glitzern. »Erzähl mir *alles*!«

»Tja, ich muß beschämt zugeben, daß es nicht gerade viel zu erzählen gibt. So wild war es in meinem Fall dann gar nicht. Ich glaube, etwas an meiner Technik ist falsch.«

»Na, dann bist du ja hier an der richtigen Adresse. Technik ist meine Stärke.«

»Ach ja?«

»Ich bin nicht nur mit der Schere in der Hand ein Künstler, mußt du wissen. Das ist einer der Vorteile, wenn man Friseur ist: Man wird in die Geheimnisse seiner Kunden eingeweiht. Ich bin ein wahrer Sextherapeut. Ich habe mehr Sexgeschichten gehört als der Herausgeber von *Penthouse*.« Er greift nach einem Zerstäuber und nebelt meine trocknenden Locken ein.

»Na los, frag mich etwas«, sagt er vertraulich.

»Okay. Hat ein Mann Sex mit einer Frau, auf die er nicht steht?«

»Wie sind denn die Umstände?«

»Es geht um einen One-Night-Stand.«

»Ich denke, daß es von Vorteil ist, wenn sie ihm gefällt, aber wenn man's nötig hat ...«

Gleich fühle ich mich ein bißchen besser. Ich kann mir nicht vorstellen, daß Jake jemals an den Punkt gelangt, wo er es nötig haben sollte. Er ist einfach zu süß dafür.

»Und sind alle Männer für One-Night-Stands zu haben?«

Harry zuckt die Achseln.

»Ich glaube, Schätzchen, Männer neigen dazu, so etwas mitzunehmen, wenn sich die Gelegenheit bietet, es sei denn, sie haben eine Beziehung, in der sie wirklich glücklich sind. Man nimmt nicht unbedingt einen Snack zu sich, wenn man gerade ein Vier-Gänge-Luxusmenü verdrückt hat, falls du verstehst, was ich meine?«

»Ich glaube schon.«

»Aber«, fährt Harry fort, bevor ich genug Zeit hatte, diese Information zu verarbeiten, »das bedeutet nicht, daß er jeden Abend ein Vier-Gänge-Luxusmenü essen will. Manchmal ist ihm vielleicht mehr nach einem fettigen Hamburger mit Pommes zumute.«

Manchmal wünschte ich, Harry würde seine Vergleiche einfach bleiben lassen und Klartext reden. Aber ich glaube, ich verstehe, aus welcher Richtung der Wind weht. Abwechslung ist die Würze des Lebens. Ich sollte es eigentlich wissen, da ich ja über fünf Jahre keine hatte. Entweder geht es darum oder er will mir klarmachen, daß Liebe zwangsweise durch den Magen geht.

»Also, im Grunde willst du sagen, daß man, um sich die Zuneigung und die Treue eines Mannes zu sichern, alle Positionen aus dem *Kamasutra* und noch ein paar mehr kennen sollte, und daß man eine Art sechsten Sinn dafür haben sollte, ob er auf die geradlinige Missionarsstellung steht oder darauf, mit Seidenstrümpfen ans Bett gefesselt zu werden, die Augen mit deinem Höschen verbunden zu bekommen und seine Eier in warmem, klebrigem Sirup mit Eiercreme baden zu lassen?«

»So in der Art.« Harry grinst und kappt die kaputten Spitzen.

»Himmel, Männer setzen sich auch immer durch, stimmt's? Was ist mit dem, was die Frauen wollen? Oder liegt es daran, daß wir zu beschäftigt damit sind, uns flachlegen zu lassen, um die Wünsche und Bedürfnisse der Männer zu erfüllen, so daß wir nie dazu kommen, an uns zu denken?«

»Geh nicht so hart ins Gericht mit uns, Alex. Ich glaube, eine Menge Frauen merken gar nicht, daß letztendlich sie die Kontrolle haben. Klar, wenn sich einem Mann die Gelegenheit zu einem One-Night-Stand ohne Wenn und Aber bietet, dann wird er wahrscheinlich zugreifen. Aber irgend jemand muß ihm ja dieses Angebot machen, stimmt's?«

»Was meinst du damit?«

»Ich meine damit, daß es in der Regel die Frau ist, die darüber entscheidet, ob es zum Sex kommt oder nicht, wenn man mal vom Einfluß des Alkohols auf die männliche Potenz absieht. Klar, historisch betrachtet sind es die Männer, die überall rumvögeln und rumbalzen, aber sie müssen auch erst mal eine Frau finden, die damit einverstanden ist, nicht wahr? Es sei denn, du bist ein Römer, dann läßt du einfach die Sache mit dem Einverständnis weg und vergewaltigst und plünderst nach Belieben.

Ihr Mädels habt es leichter, als ihr denkt. Als Gott die Frau schuf, verlieh er ihr die Gabe der Subtilität, und ihr habt sie seitdem immer zu eurem Vorteil genutzt, um von uns armen, ahnungslosen Männern zu bekommen, was ihr wolltet, ohne daß wir es auch nur bemerken. Männer rennen vielleicht herum, trommeln sich auf die Brust und versuchen, ihre Gene so üppig zu verteilen, wie man Butter auf einen Toast schmiert. Das ist aber auch schon alles, was sie tun können, um eine Frau zu finden, die bereit ist, sie ihres Lendenschurzes zu berauben. Ihr setzt euren eigenen Maßstab an, Alex. Ihr entscheidet, wer zugelassen und wer abgewiesen wird, und das gilt eigentlich für beide Geschlechter.« Für einen Moment herrscht Stille.

»Na bitte. *Fabuloso*!« Er schwenkt einen Spiegel hinter meinem Kopf hin und her.

Ich habe fast eine Stunde gewartet, um mir die Spitzen schneiden zu lassen. Das hat gerade mal zehn Minuten gedauert, mich sechzig Pfund gekostet und mir einen Look eingebracht, der genauso aussieht wie der, mit dem ich gekommen bin.

Aber gut, meine Brieftasche mag zwar leichter geworden sein, aber das ist mein Gewissen auch, und Harry ist immer noch billiger als ein Psychoanalytiker.

Er hat mir klargemacht, daß ich in allen Situationen, in denen ich mich befunden habe, diejenige war, die über den Ausgang entschieden hat. Bei Mason, Damien und bei Alex war ich diejenige, die gegangen ist, als es für mich nicht mehr okay war. Ich mag mir ja so vorgekommen sein, als hätte ich die Kontrolle verloren, aber wenn ich zurückblicke, dann habe ich doch getan, was *ich* wollte, und nicht, was sie wollten ... mit Ausnahme von Larry. Bei dem war's ein knappes Entkommen. Zum Glück hatte dieser Kerl genug Anstand, um die Situation nicht auszunutzen. Was für eine Schande, daß er nicht auch genug Anstand hatte, um danach seine Klappe zu halten!

Aber mir ist auch endlich klargeworden, daß Gleichheit nicht darin besteht, sich durch den halben Londoner Ballungsraum zu bumsen, ohne einen schlechten Ruf zu bekommen. Sie besteht viel eher darin, daß man das eigene Leben in die Hand nimmt, entscheidet, was man will und dann auch die Freiheit besitzt, das durchzuziehen.

Und wissen Sie was? Zum ersten Mal seit Ewigkeiten weiß ich endlich wieder, was ich will.

Ich denke nach.

10

Die Art, wie das Telefon klingelt, verrät mir, daß jemand von außerhalb anruft. Es reißt mich aus dem Zustand der Hypnose, in den mich der Anblick von Jakes Hinterteil den ganzen Morgen über gelullt hatte. Die harte, aber doch sanfte Kurve aus straffen, festen Muskeln, die sich geschmeidig unter dem Stoff bewegen … geifer, geifer.

»Morgen.« Jems Stimme schallt mit viel zu viel Energie und Enthusiasmus für einen Mittwochmorgen um elf Uhr dreißig durch die Leitung. »Was machst du am Samstag?« fragt er ohne Umschweife.

»Hi, Jem, wie geht's?« erwidere ich mit spöttischer Stimme und zwinge mich, meinen Blick wieder auf die viel uninteressanteren Konturen meines Bildschirms zu richten.

»Gut«, antwortet er. Entweder er ignoriert meinen Unterton, oder er hat ihn nicht bemerkt. »Was machst du am Samstag?«

»Ach, du weißt schon, das Übliche. Ausgehen und mich vollaufen lassen, während ich den Mädels dabei zusehe, wie sie einen schönen Abend haben. Dann schleppe ich mich nach Hause und meditiere über meine eigene Unzulänglichkeit.«

Samstag ist der Tag der Abrechnung, also sollte ich wirklich unterwegs und auf der Suche nach der ultimativen Orgie sein, die mich vom erbarmungswürdigen letzten Platz auf den unzüchtigen ersten katapultiert. Aber die Chancen stehen ungefähr so gut wie dafür, daß ich Damien im Kopierraum anmache und ihn bitte, sein neonfarbenes Kondom wieder anzuziehen und sinnvoll davon Gebrauch zu machen.

»Warum fragst du?«

»Ich schmeiße eine Abschiedsparty für Erica. Aber um Himmels willen, sag Mutter nichts. Sonst erwartet sie, eingeladen zu werden, und dafür ist die Party nicht gedacht.«

Nach elf langen Tagen der Isolation, in denen sie unserer Mutter und einigen anderen weiblichen Clan-Mitgliedern ausgeliefert war, hat Erica es geschafft, Sonntag nacht zu entkommen und nach London zurückzukehren. Sie ist noch etwas wackelig auf den Beinen, vom vielen An-die-Decke-gehen, aber ich denke, daß die Alpträume über gehäkelte Teewärmer, Tupperware-Partys und die frühe Polizeistunde dort allmählich nachlassen.

»Als ob ich so was machen würde«, antworte ich Jem. »Was für eine Party ist es denn?«

»Eine Verkleidungsparty ... so was in der Art.«

»Was heißt denn, so was in der Art? Du planst doch nicht etwa was Verbotenes, oder?«

»Nein, nichts Schlimmes. Bring die Mädels mit.«

»Klar.«

»Aber sie müssen als Jungs kommen.«

Jetzt widme ich Jem meine volle Aufmerksamkeit.

»*Wie* bitte?«

»Kleiner Rollentausch. Du weißt schon, Männer kommen als Frauen, und Frauen kommen als, na ja ... Männer.«

»Ah, verstehe.« Gedankenverloren kaue ich auf dem Ende meines Stiftes herum. Mein Blick wandert wieder zu Jakes Hinterteil und ich frage mich, ob ich wohl in seinen Anzug passen würde, vorzugsweise, wenn er selbst noch drinsteckt. »Also, dann sollte Mutter auf jeden Fall kommen. Sie hatte bei uns zu Hause doch immer die Hosen an.«

Emma kommt am späten Samstag nachmittag nach einer weiteren heißen Nacht hereingeschneit. (Ohne mich, sollte ich hinzufügen, weil ich mich einmal mehr für eine Nacht in Gesellschaft des Fernsehers und einer Tafel Schokolade entschieden habe – oder waren es drei?)

Sie bringt ihre Eroberungen nie mit nach Hause. Wahrscheinlich will sie sie mir nicht unter die Nase reiben. Entweder das, oder sie will nicht, daß irgendeiner der Typen erfährt, wo sie wohnt, so daß keiner auf die Idee kommen kann, sie wiederzusehen. Sie scheinen alle irgendwie seltsam zu sein. Ich dachte eigentlich, der erste wäre schon *strange* gewesen, Skidmark mit dem Anzug aus blauen Eierschachteln und dem patriotischen Haar, aber die anderen waren völlig daneben. Eine lange Reihe von Theo-Klonen mit zotteligem Haar und Grunge-Klamotten.

Serena, die bereits da ist, um sich für Jems Party zurechtzumachen, hat bestätigt, daß Emma gestern gegen Mitternacht einmal mehr mit einem zottelhaarigen Fabelwesen verschwunden ist. Wie Aschenbrödel, die Schlag zwölf den Ball verläßt, um abzuhauen und mit dem Prinzen kochendheißen, klebrigen Kürbis zu essen – nachdem er sich wieder in einen Frosch verwandelt hat.

Sie hat mehrere Plastiktüten dabei, anscheinend hat sie auf dem Heimweg bei der Altkleidersammelstelle haltgemacht. Und nachdem sie einmal geduscht und angezogen ist, sieht sie aus wie ein schlechter Abklatsch von Jim Morrison, mit weitem Hemd, passenden Schlaghosen, langem Revers und aufgemalten Koteletten. Wirklich ein bißchen wie Theo. Es ist total seltsam, sie könnten fast Zwillinge sein. Die Ähnlichkeit ist geradezu beängstigend.

»Ich wette, daß eine ganze Reihe von Freundinnen heute abend ihre Reizwäsche und ihre Strapse vermissen werden«, knurrt Serena, die sich gerade ein Paar dreckiger schwarzer Doc Martens anzieht.

Wie kommt es, daß Frauen, wenn sie sich wie Männer anziehen, bei der Unterwäsche ihres eigenen Geschlechts bleiben, Männer aber aufs Ganze gehen, wenn sie sich als Frauen verkleiden? Tatsache ist, je unanständiger die Wäsche, desto besser. Vergessen Sie die biederen, bis zu den Achselhöhlen hochgezogenen Schlüpfer unserer Omis. Männer wollen die geballte Ladung. Warum sich mit bequem sitzender Baumwolle begnügen, wenn man Satin mit Spitze und Rüschen und natürlich ohne Schlitz haben kann?

Mein Problem war zu entscheiden, was ich tragen soll, weil ich ja nicht länger einen Freund habe, von dem ich Sachen stibitzen kann. Ich könnte mir etwas von meinem Vater leihen, aber seine Sachen sind mir vier Nummern zu groß, und er steht auf eine merkwürdige Art von Countrystyle-Hosen mit erlesenen Karos. Bitte fragen Sie mich nicht, warum, so ist er halt. Er sieht aus wie Bob Hoskins, der sich Rod Stewarts Klamotten ausgeliehen hat. Ich würde wie eine Witzblattfigur darin aussehen, und darum – nein, danke.

Schließlich leihe ich mir einen Anzug von Jem. Er ist mir ein bißchen zu groß, aber was soll's, wenn David Bowie solche Schlabberteile tragen kann und damit durchkommt...

Serena hat sich die protestierende Fat Cat gekrallt und genug von ihrem Pelz erbeutet, um sich daraus einen Schnauzer und Koteletten zu basteln. Dann hat sie sich in ein Paar verwaschener Denims und in Doc Martens gezwängt, sich ein Muscle-Shirt angezogen, eine Lederkappe – mit Hengsten vorne drauf – aufgesetzt und fingerlose Lederhandschuhe übergestreift.

»Ich geh' als Schwuler«, verkündet sie. »Auf diese Art kann ich immer noch alle Männer anbaggern.«

»Aber die Männer sind doch Frauen, also mußt du die Frauen anbaggern, die Männer sind«, erkläre ich ihr, während ich meine Caterpillars anziehe, die zwar nicht gerade zu dem Anzug passen, aber so etwa das männlichste an Schuhen sind, was ich habe.

»Mist, daran hab ich gar nicht gedacht.« Sie zieht die Handschuhe aus, setzt den Hut ab und schüttet sich dann ein bißchen kalten Kaffee über die Brust ihres weißen T-Shirts. Wir beobachten sie erschreckt und fasziniert. »So«, grinst sie und wühlt in einer der Küchenschubladen, aus der sie einen Schraubenzieher hervorzieht. Jetzt geh ich als Bauarbeiter, das ist viel besser, weil die sowieso lüsterne Schweine sind.«

»Dann brauchst du aber auch das Hinterteil von 'nem Bauarbeiter«, bedeutet ihr Emma.

»In der Jeans? Du machst wohl Witze? Die ist viel zu eng. Was meint ihr?« Sie bewundert ihre unechte Gesichtsbehaarung in der spiegelnden Metallfläche des Teekessels. »Sehen wir überzeugend nach Männern aus?«

»Wir sehen aus, als wollten wir zu einem Lesbentreffen«, seufzt Emma.

»Trotz der Haare?« Serena deutet auf ihren Schnurrbart.

»Die machen es noch schlimmer«, erwidere ich. »Du siehst einfach aus, als hättest du dich – rein aus Prinzip – die letzten sechs Monate geweigert, dein Gesicht zu enthaaren.«

In einem Taxi machen wir uns auf den Weg zu meinem Bruder. Serena sinnt auf Rache für alle Frauen und pfeift jedem Mann, den wir kreuzen, aufreizend hinterher. Der Taxifahrer wirft uns im Rückspiegel halb bewundernde, halb erschrockene Blicke zu. Serena und Emma reagieren sofort und tun so, als würden sie miteinander schmusen, wobei sie sich gegenseitig abschlecken und übertrieben lüstern schnaufen.

Die Nummer, die vor Jems Haus abläuft, gleicht der offiziellen Eröffnung eines Transvestitenkongresses.

Der Taxifahrer sitzt mit offenem Mund da und gafft, wohl auch ein bißchen enttäuscht darüber, zurückbleiben zu müssen, wie mir scheint. Wir steigen aus dem Taxi und folgen den anderen, einer Gruppe weiblicher Rugby-Spieler, einer Nonne mit Vollbart und Gesichtstätowierung und dem vollzähligen Team aus *Priscilla, Königin der Wüste,* die mit Federschmuck auf dem Kopf und einer Tonne Pailletten behängt ins Haus stapfen.

Die Wohnungstür steht offen, und eine Menge bizarr gekleideter Leute strömt hinein und heraus. Sie werden lautstark von Jem begrüßt, der wie ein aufgetakeltes blondes Flittchen aussieht. Er trägt ein tief ausgeschnittenes Top im Leopardenlook, darunter zwei rosa Grapefruits als Titten, und einen schwarzen PVC-Minirock, der über dem Po spannt. Er tippelt zu uns hinüber. Seine Füße – Größe 50 – hat er in die gigantischsten, nuttigsten Stöckelschuhe gequetscht, die ich je in meinem Leben gesehen habe – schwarzer Lack, total spitz, mit einem Schleifchen an den Absätzen. So eine Art Überbleibsel aus den frühen Achtzigern. Außerdem trägt er eine pinkfarbene Netzstrumpfhose. Besonders schmeichelhaft sind die Haare, die hindurchsprießen.

»Hey, Lex! Klasse, daß du da bist. Wow, du siehst ja toll aus.« Letzteres gilt Serena, deren Muscle-Shirt die Tendenz hat, an den Seiten etwas zu verrutschen und einen Großteil ihrer 80C-Brüste zu enthüllen.

»Besorgt euch was zu trinken, steht alles in der Küche«, sagt er zu Ems und mir, dreht sich dann mit einem breiten Grinsen wieder zu Serena um und lehnt seinen stämmigen Körper in einer Pose, die, wie ich vermute, aufreizend wirken soll, an den Türrahmen seines Zimmers. »Und du kannst mir's besorgen. Ich werde im Schlafzimmer auf dich warten.«

»Du träumst wohl.« Serena geht zielstrebig an ihm vorbei.

»Wenn, dann aber ganz schön schlüpfrige Sachen.«

»Jem! Manchmal bist du echt derb.« Emma und ich drängen uns ebenfalls an ihm vorbei und folgen Serena ins Wohnzimmer, das von Wand zu Wand mit verkleideten Leuten vollgestopft ist. Ein Mädchen stolziert von Kopf bis Fuß wie ein Rocker in Leder gehüllt durch den Raum, mit Eyeliner-Bartstoppeln und einer spiegelnden Polizistensonnenbrille. Neben dem Rugby-Team gibt es auch eine Minifußballtruppe, fünf Spieler auf jeder Seite, glaube ich, die vollständig mit Stollenschuhen aufgelaufen sind und einen Heidenlärm auf Jems Parkettboden machen.

Die meisten Frauen aber haben sich für die gleiche Lösung wie ich entschieden und einen Anzug von einem männlichen Verwandten zweckentfremdet.

Wenn ich so darüber nachdenke, dann ist die Mode ein Bereich, in dem Frauen anscheinend wesentlich besser davonkommen als Männer. Ich weiß zwar, daß es auch für Männer ein paar verdammt gute Designer gibt, aber die verschiedenen Stilrichtungen, unter denen Frauen auswählen können, sind geradezu phänomenal im Vergleich zu der Auswahl, auf die Männer sich beschränken müssen.

Traurigerweise, und trotz dieser unendlichen Fülle, die sich Mode nennt, scheinen die meisten der Männer zu denken, weibliche Kleidung bedeute zwangsweise, daß man sich in Netzstrümpfe, Stretch-Minis und Stöckelschuhe zwängt, und daß einem üppige falsche Titten aus tief ausgeschnittenen Tops baumeln. Sie trampeln fast alle auf hohen Absätzen und mit blonden Perücken rum, und das simultane Knacken verstauchter Knöchel begleitet die Hintergrundmusik wie Kastagnetten.

Ein Typ ist angezogen wie die Queen, er trägt ein Kleid mit blauer Schärpe und eine Krone aus Pappmache. Außerdem habe ich die Doppelgängerin einer bekannten Komikerin entdeckt. Plötzlich aber wird mir klar, daß das ja Jems Putzfrau ist, die sich um das Essen gekümmert hat und jetzt einen überstürzten Abgang macht, wobei sie ihre Lippen vor Mißbilligung so fest aufeinanderpreßt, daß sie Gefahr läuft, ihre dritten Zähne zu verschlucken.

Die ganze Meute fällt singend in Madonnas *Vogue* ein, als sie mit Höchstgeschwindigkeit auf die Tür zuschießt.

»Strike a pose!« erschallt es im Chor, und alle fangen an, wie verrückt mit den Händen herumzuwedeln – wie in dem Videoclip.

Ihr Kopf verschwindet unter ihrer gelben, faltbaren Plastikregenkappe wie bei einer schrumpeligen Schildkröte, die sich in ihren Panzer zurückzieht.

Jems bester Freund Martin, der eine beängstigend echt aussehende Marlene Dietrich abgibt – mit Zylinder, Frack, Netzstrümpfen und einem Gehstock mit Silberknauf, den er schwingt – schnappt sich Jems rosa Federboa, klebt sich zwei Plastikbecher auf den Bustier und beginnt, durch den Raum zu marschieren.

»Vogue and Vogue ...« lispelt er immer und immer wieder, als sein behelfsmäßiger, kegelförmiger BH anfängt, ziemlich heftig auf und nieder zu hüpfen, bis der Kleber nachgibt und einer der Becher nur noch traurig neben seiner kecken Schwester baumelt. Jem, der herumgeht und Getränke verteilt, gießt ein bißchen Weißwein hinein und steckt einen Strohhalm rein. Martin, der wie eine drei Tage alte Socke in einem Doc-Martens Stiefel schwitzt, gibt es auf, Marlene zu imitieren. Er läßt sich neben der Queen, die auf höchst unmajestätische Weise das Bewußtsein verloren hat und die Beine von sich streckt, wobei der Kopf seitlich baumelt und eine dünne, glitzernde Speichelspur langsam aus der einen Ecke des nicht gerade königlichen Mundes läuft, aufs Sofa plumpsen und fängt an, Wein aus seiner linken Brust zu schlürfen.

»Dreh dich nicht gleich um«, zischt Serena Emma zu, »aber ist das nicht dein Ex?«

Ich sehe in die Richtung, in die sie deutet, und entdecke eine bläulich getönte Omi, die mit einer schnuckeligen, dünnen Blonden in Stöckelschuhen und einem kleinen, silbernen, schulterfreien Kleid redet.

Ich brauche einen Moment, bevor ich erkenne, daß die kesse Blondine eigentlich ein Kerl ist, einer von Theos langhaarigen, dünnen Musikerfreunden. Und ich brauche noch länger, um zu kapieren, daß die Omi neben ihm Emmas Ex-Freund ist.

»Das ist Theo?« frage ich ungläubig.

Ich weiß nicht, woran Serena ihn erkannt hat. Er sieht beängstigend wie Maggie Thatcher aus, weil er eines von den ausgemusterten, taubenblauen Achtziger-Jahre-Kleidern seiner Mutter trägt. Die Schulterpolster sind so breit, daß sogar ein Hubschrauber darauf landen könnte. Die langen, wallenden Locken sind selbst gefärbt und frisiert worden und würden nun bestens zur geschmacklosesten aller Omis passen. Offensichtlich hat er sich auch noch selbst geschminkt. Es reicht vermutlich, wenn ich »blauer Lidschatten« sage.

»Was macht der denn hier?«

»Muß wohl eingeladen worden sein«, sagt Emma gleichgültig.

»Stört dich das nicht?«

»Warum denn?«

»Weil ihr beinahe zwei Jahre zusammen wart, als du mit ihm Schluß gemacht hast, und weil er es nicht mal für nötig gehalten hat, um dich zu kämpfen.« Serena schneidet eine Grimasse. »Und er hat nicht mal die leiseste Anstrengung unternommen, den Kontakt zu halten.«

»Er ist Vergangenheit.« Emma zuckt die Achseln, allerdings viel zu lässig, wie ich meine. »Is das hier 'ne Party oder was? Wir sind schon seit zehn Minuten hier und haben noch nicht mal am Alkohol gerochen. Wie wär's mit 'nem Bier?«

Die Küche meines Bruders, die normalerweise tipptopp ist, sieht aus wie ein Schlachtfeld. Tatsache ist, daß sie aussieht, als ob der berühmt-berüchtigte Elefant nicht gerade höflich aus dem Porzellanladen gezerrt und dann laut trompetend und völlig verwirrt in einen Getränkemarkt gesteckt worden wäre.

Überall liegen Flaschen herum, volle und leere durcheinander, genug, um einen ganzen Morgen damit zu verbringen, sie in die Altglascontainer zu werfen und dabei dem befriedigenden Geräusch von splitterndem Glas zu lauschen, während sich hinter einem eine lange, aufgeregte Schlange bildet.

Der schale Geruch nach Bier mischt sich mit dem nach Zigaretten, weil die üblichen Deppen ihre Gläser als Aschenbecher benutzt haben.

»Wollt ihr was trinken?« Rupert, noch einer von Jems durchgeknallten Freunden, hat sich selbst zum Chef der Bar ernannt und ist gegenwärtig damit beschäftigt, dubiose, blaue Getränke auf der Waschmaschine zusammenzubrauen, da dort die einzige freie Fläche ist.

»Nicht das, was du da anbietest«, erwidere ich und schnüffele angeekelt an dem Zeug, das wie WC-Reiniger aussieht, der direkt aus dem Klobecken geschöpft wurde – und auch so riecht.

»Da drüben gibt's irgendwo noch Wein.« Er deutet vage auf die unordentliche Arbeitsfläche. »Und im Kühlschrank ist Bier.

Nachdem ich reihenweise leere Flaschen in der Hand hatte, gebe ich schließlich dem Putzfimmel nach, den meine Mutter und Max mir eingeimpft haben, hole einen schwarzen Müllsack aus einer der Küchenschubladen und fange an, Leergut einzusammeln.

»Verdammt!« stöhnt Ems. »Wir sind gerade erst gekommen, und schon helfen wir beim Aufräumen!«

Serena stopft zwei leere Weißweinflaschen in die Tüte. »He, guckt mal!« ruft sie und dreht sich um. »Ich hab eine volle gefunden!«

Ich lasse den vollen Sack in eine Ecke fallen und nehme mir einen von den drei Plastikbechern, die Serena gerade mit Wein gefüllt hat. Er ist warm und schmeckt wie billiger Fusel, aber wenigstens ist es Alkohol. Junge, Junge, genau das brauche ich jetzt auch, um zu entspannen. Ich bin nicht wirklich in Partystimmung. In den letzten Tagen habe ich nichts anderes gemacht, als über Jake nachzudenken, und über mein ständig wachsendes – wie soll ich es bloß nennen? Verlangen? –, also, über Jake und mein ständig wachsendes Verlangen nach ihm. Aber das ist es nicht allein. Da geht es um mehr als nur um pure, einfache Sexualität. Kann Sexualität überhaupt pur und einfach sein? Fleischlich und furchtbar kompliziert paßt wahrscheinlich eher. Soweit es Jake betrifft, bin ich wahrscheinlich nicht besser als die

Damiens und Larry Chambers dieser Welt. Er hat ja schließlich meine Masche »erst aufreißen, dann abhauen« am eigenen Leib erfahren, oder?

Jem kommt in die Küche gewackelt. Er schwenkt seine rosa Federboa wie ein Fan beim Fußball und seine falschen Tittis wie ein energisches Go-Go-Girl beim Tanzen.

»Wow, Lex, du gibst einen feschen Typen ab. Wenn du nicht meine Schwester wärst, würde ich dich glatt anbaggern.«

Er ist, wie man wahrscheinlich erkennen kann, schon ziemlich betrunken.

Er ordnet seine blonde Lockenperücke à la Lily Savage, nimmt ein Paar riesiger rosa Plastikohrringe ab, die wie Discokugeln an seinem Hals baumeln und reibt sich die stark geschwollenen roten Ohrläppchen.

»Ich weiß einfach nicht, wie ihr das aushaltet, wirklich«, seufzt er, während er mit der einen Hand ein Bier aus dem Kühlschrank holt und mit der anderen unter den schwarzglänzenden PVC-Minirock fährt, um den knappen String-Tanga aus seinen Pobacken zu befreien. »Ich kenne mich ja mit PMS nicht aus, aber das sollte eigentlich PMSS heißen – Po-Massaker-Super-String! Ich würde mehr als nur einmal im Monat verdammt übel drauf sein, wenn ich die ganze Zeit diese Unterwäsche tragen müßte. Unbequem ist noch gar kein Ausdruck! Und erst die BHs ... O Mann! Ich komme mir vor wie ein Gaul mit schlecht sitzendem Zaumzeug.«

Er richtet sich auf, köpft die Flasche Budweiser an der Kante der Arbeitsplatte und schiebt einen verirrten BH-Träger zurück auf die Schulter.

»Wenn man bedenkt, daß die Vorstellung, Reizwäsche zu tragen, mich mal angemacht hat ...« Er grinst breit. »Aber vorzugsweise, nachdem die Frau sie gerade ausgezogen hatte, um mit mir in die Kiste zu steigen. Wie wär's, Ren? Willst du mir nicht dein Höschen für die Nacht leihen?«

»Muß ich dann auch mit dir in die Kiste steigen?« neckt Serena ihn.

»Das ließe sich arrangieren. Und sieh mal hier.« Er zieht den Ausschnitt nach unten, um seine Grapefruit-Titten zu zeigen. »Frühstück inklusive. Na los, gib uns dein Höschen!«

Spielerisch rümpft Ren die Nase.

»Also, ich kann nichts verspreche …«

»Ach, komm schon«, schmeichelt er. »Emma hat Theo auch ihre Wäsche geliehen.«

»Was hat Emma gemacht?« sprudelt Serena hervor und verschluckt sich dabei an dem Budweiser, das Jem ihr gerade gegeben hat.

»Theo trägt Emmas Unterwäsche«, plaudert unser Meister des Takts und der Diplomatie, ohne auf die verschiedenen überraschten Gesichter zu achten, die ihn anstarren – eines davon ist ziemlich rot.

»Er hat darüber gescherzt, daß ihre Höschen Namensschilder tragen. Wenn Emma so freizügig mit ihrer Wäsche umgeht, dann könntest du dich doch auch dem Zeitgeist anpassen, Ren. Wie wär's?«

Aber Serena hat meinen Bruder völlig vergessen und starrt ungläubig auf unsere gemeinsame Freundin, die so tut, als sei sie intensiv damit beschäftigt, Wein nachzuschenken.

»Wenn du Theo in die Wüste geschickt hast, wieso stecken dann seine baumelnden Weichteile in deiner Wäsche? Das heißt … hast du Theo überhaupt in die Wüste geschickt?«

Emma sieht kleinlaut aus.

»Na ja, nicht so richtig«, gibt sie schließlich zu und reicht mir einen vollen Plastikbecher, wobei sie Serenas Blick ausweicht.

»Willst du damit sagen, daß du den Kontakt zu Theo nicht abgebrochen hast?« frage ich sie.

»Nein.« Sie zögert. »Nicht wirklich.«

»Moment mal, damit wir uns richtig verstehen.« Ich runzele

die Stirn. »In den letzten Monaten habt ihr euch immer noch gesehen?«

»Genaugenommen ... ja.«

»Und was hat er zu all den anderen Männern gesagt?« fragt Serena und reißt erstaunt die Augen auf.

»Welche anderen Männer?« fragt Emma mit Unschuldsmiene und schrammt mit ihrem Absatz über die Schranktür hinter ihr.

»Jetzt mach mal einen Punkt, Ems. Wie oft bist du nach Hause gewankt, so o-beinig wie John Wayne nach einem zweiwöchigen Viehtrieb und mit diesem dümmlichen Grinsen im Gesicht, das du immer nach dem Sex aufsetzt. Jetzt erzähl mir nicht, daß all diese wahnsinnig guten Sexgeschichten nur Gute-Nacht-Märchen waren?«

»Na ja, äh, nein. Den wahnsinnig guten Sex hat's tatsächlich gegeben ...«

»Aber?« ermutige ich sie.

»Aber nicht die verschiedenen Männer«, gibt sie schließlich zu.

»Also haben alle diese heißen Dates – die haben alle mit dem gleichen Kerl stattgefunden? Die ganze Zeit über hast du uns weisgemacht, du würdest jemanden aufreißen, aber in Wirklichkeit hast du dich heimlich mit Theo getroffen, was?«

Ems läßt den Kopf hängen und tut so, als würde sie sich schämen, aber sie lächelt immer noch.

»Was ist mit dem Kerl aus dem Club, wie war noch gleich sein Name? Mark ... Skidmark ... genau, der, der mit dir nach Hause gekommen ist?«

»Ein Kumpel von Theo«, erwidert Emma. Wenigstens sieht sie dabei ein bißchen verlegen aus. »Ein totaler Gentleman. Ist einfach neben mir auf dem Bett eingepennt und am nächsten Morgen verschwunden, ohne sich überhaupt ausgezogen zu haben.«

»Also hast du uns angelogen?«

»Wir haben versucht, uns wie Männer zu verhalten, und machen die nicht genau das – Lügen erzählen darüber, wie viele

Frauen sie schon hatten, wo sie doch in Wirklichkeit fast noch Jungfrauen sind?«

»Was für eine schwache Entschuldigung!« schimpft Serena.

»Außerdem dachte ich, du bist für die Sache mit der Hitliste?« schalte ich mich ein. »Dafür, daß man aufreißen kann, wen man will, ohne sich schuldig oder verpflichtet fühlen zu müssen.«

»War ich ja auch. Ich hab Skid in der Absicht mit nach Hause genommen, mit ihm ... na ja, ihr wißt schon. Aber er hat mir die ganze Nacht erzählt, wie fertig Theo war, weil ich ihn fallengelassen habe. Wo ich doch die tollste Frau war, die er jemals getroffen hätte. Und ich sollte ihm noch eine Chance geben. Na egal, danach hatten Theo und ich eine lange Aussprache, und er hat sich dafür entschuldigt, daß er so wenig Zeit mit mir verbracht hat – ehrlich gesagt hat er mich auf Knien angefleht – und das war für mich eine neue und ziemlich angenehme Erfahrung. Tja, und alles andere hat sich ergeben.«

»Was ist mit all den anderen wuschelhaarigen Wundern, mit denen du nach Hause verschwunden bist?«

»Kumpel von Theo«, erklärt Emma uns mit einem Grinsen. »Haben mich in den Clubs abgeholt und bei Theo wieder abgesetzt.«

»Ich hätte nicht gedacht, daß er so viele Freunde hat«, sage ich und zähle in Gedanken, wie oft ich Ems mal wieder mit einem dieser Theo/Skidmark-Doppelgänger habe verschwinden sehen.

»Och, nach einer Weile haben wir ein ziemlich gutes System entwickelt.« Es fällt Emma sichtlich schwer, das dämliche Grinsen auf ihrem Gesicht zu unterdrücken. Ich glaube, sie reißt sich nur deshalb zusammen und fängt nicht schallend an zu lachen, weil sie Angst hat, daß wir sie dann aufknüpfen.

»Irgendwie sahen sie doch alle gleich aus.« Obwohl wir wirklich und wahrhaftig hinters Licht geführt worden sind, wirkt Emmas Belustigung ziemlich ansteckend. Ich merke, wie sich ein Kichern in meiner Kehle bemerkbar macht wie ein Hustenreiz. Ich nehme einen Schluck von dem Budweiser, dem Ren entsagt hat, aber es hilft nichts. »Jetzt sag bloß nicht, daß du nur drei Typen hattest, die ständig rotierten, und wenn du wieder bei Nummer eins angelangt warst, mußte der sich einfach die Haare umfärben und sich im Second-Hand-Laden neu einkleiden?«

Serena hat den größten Teil des verschluckten Biers aus ihren Lungen gehustet und sich halbwegs wieder gefangen. Jetzt starrt sie ungläubig und mit sperrangelweit offenem Mund auf Emma. Auf ihrem Gesicht zeigt sich eine Mixtur aus Mißtrauen und Mißbilligung, aber ... doch, ich entdecke auch einen Schimmer Bewunderung.

»Ren?« Ich wende mich ihr zu.

»Ja?«

»Was ist mit dir?« frage ich sie.

»Was ist mit mir?«

»Na ja, du wirst doch nicht auch plötzlich zugeben, daß du immer brav nach Hause geschlurft bist, zu einer Tasse heißer Schokolade und deinem Teddybär?«

»Absolut nicht.« Bei dem Gedanken zieht sie entsetzt die Augenbrauen hoch – quer über die ganze Stirn. »Ich habe jeden einzelnen dieser Kreidestriche verdient, hatte eine Menge Spaß dabei und bin stolz darauf. Und was ist mit dir? Gibt es da etwas, was du uns vielleicht erzählen möchtest, Lex?«

»Zum Beispiel?« forsche ich.

»Nach dem, was Emma uns gerade gestanden hat, ist alles, worauf wir noch warten, daß du dich umdrehst und sagst, daß du in Wirklichkeit jede Nacht in den letzten drei Monaten mit drei Männern geschlafen, an diversen, ausschweifenden Orgien teilgenommen, dich durch deinen ganzen, männlichen Bekanntenkreis – inklusive Emmas Bruder, meinem Vater und dem Milchmann – gebumst und so viele Striche in den Kopfteil deines Betts geritzt hast, daß jede weitere Erschütterung der Matratze es in einer Wolke aus Sägemehl zum Einstürzen bringen würde.«

»Wenn du den Gerüchten glaubst, die in meinem Büro über mich in Umlauf sind, dann ja.« Ich seufze. »Tatsache aber ist, nein, das habe ich nicht. Ich bin bei Nummer eins klebengeblieben, wie ihr genau wißt. Ich weiß ja, daß die Sache mit der Hitliste ursprünglich gut für mich gemeint war, aber ich bin einfach nicht für diese Art Spielchen gemacht. Ich hatte schon Angebote, aber irgend etwas geht immer schief. Entweder das, oder ich kneife einfach. Ich bin wohl einfach nicht fürs Rumbumsen geschaffen.«

Ich habe beschlossen, daß sich irgendwo ein Schalter zum Ausknipsen meiner Libido befindet, und anscheinend drücken die meisten Männer darauf. Die meisten bis auf Jake, um genau zu sein. Was hat er bloß an sich, daß ich fand, ich könnte ... na ja ... es mit ihm *durchziehen* ... entspannt sein ... es genießen ... es *wirklich* genießen. Ganz schön beschissen, wirklich. Ich hätte den Rest meines Lebens damit verbringen können zu denken, daß ich Sex nicht besonders mag. Das einzige Problem bei dieser vor kurzem erfolgten sexuellen Revolution – oder sollte ich von einer Offenbarung reden? – liegt darin, daß ich jetzt weiß, was mir fehlt! Immerhin kann ich mir sagen, daß ich meinen vorherigen Punktestand verdoppelt habe. Das ist eine Möglichkeit, um es besser klingen zu lassen, so lange ich die Tatsache außer acht lasse, daß ich vorher betrüblicherweise nur einen einzigen Punkt hatte.

»Wenn wir es in Prozent ausdrücken, dann sollte ich doch wirklich gewinnen, oder? Ich habe meine frühere Bilanz um glatte hundert Prozent gesteigert.«

»Schöne Theorie, Lex.« Serena legt mir einen Arm um die Schultern und grinst lüstern. »Aber ich befürchte, daß ich auch bei dieser Rechnung gewonnen habe.«

»Ist nicht wahr!«

Sie nickt bedächtig und ein selbstgefälliges Grinsen macht sich auf ihrem hübschen Gesicht breit.

»O Mann, ich hatte vielleicht einen Spaß beim Punkten, das kann ich euch sagen! Jetzt guck nicht so traurig, Lex, wenigstens kannst du die Restaurantrechnung an Ems weiterreichen. Ihr Ergebnis ist ja eine dicke, fette Null – frei nach dem Motto: Ach Theo, ich bin dir ja so treu!«

Gelassen zuckt Emma die Achseln.

»Was soll's? Es hat uns gutgetan. Theo hat eingesehen, daß er mich nicht als selbstverständlich hinnehmen darf, und das Schleichen um den heißen Brei hat den Funken auch nicht zum Überspringen gebracht. Wenn es mich nur ein paar Teller Pasta kostet, um meine Beziehung zu retten, dann kann ich nur lachen!«

»Also, das war's, jetzt heißt es nicht länger ›Die Spiele sind eröffnet‹, sondern ›Die Spiele sind beendet‹?« frage ich und merke, daß ich gehörig erleichtert bin.

»Na klar doch.« Mitfühlend drückt Emma meinen Arm. »Serena wird die Goldmedaille in der Disziplin ›Männerjagen‹ verliehen, du hast deine Libido zum Leben erweckt, und ich habe eine festgefahrene Beziehung wieder ins Laufen gebracht. Also haben wir uns meiner Meinung nach nicht allzu schlecht geschlagen, oder?«

Hoffnungsvoll sieht sie Ren an, in Erwartung einer Absolution.

Einen Moment lang erwidert Ren ihren Blick mit ausdruckslosem Gesicht, dann aber verzieht sie es zu einem breiten Grinsen.

»Gruppenkuß!« ruft sie und wirft die Arme um uns beide.

»Was war denn das?« Jem, der sich vorhin diskret verdünnisiert hatte, nachdem er ordentlich ins Fettnäpfchen getreten war, steckt seinen blonden Wuschelkopf wieder durch die Küchentür.

»Hat jemand was von Gruppensex gesagt?«

In der Ecke neben der Stereoanlage versuchen zwei Typen in gefalteten Tennisröckchen, pinkfarbenen Schweißbändern à la Olivia Newton John und blaßrosa Poloshirts zwei von den Fußballspielern davon zu überzeugen, mit ihnen die Trikots zu tauschen.

Irgend jemand hat das Licht abgedunkelt und Schmusemusik aufgelegt. Jetzt tanzt die bärtige Nonne Wange an Wange mit der Motorradfahrerin in der Lederkluft. Die Rugby-Spieler hängen eng aneinander, haben sich die Arme gegenseitig um den Hals gelegt und schwanken betrunken wie ein großer, gestreifter Pudding. Die Queen ist aufgewacht und reibt sich verdächtig an einem kleinen, fetten Jockey im glänzenden rot-gelben Seidentrikot. Dabei schiebt sie ein in beigen Satin gehülltes und nicht gerade königliches Knie bedeutungsvoll und entschlossen zwischen eine knalleng sitzende Reithose.

Emma und Theo geben ein seltsames Paar ab, wie sie da zur Musik schwanken, Maggie Thatcher Wange an Wange und Leiste an Leiste mit Jim Morrison. Oje, jetzt schmusen sie auch noch. Tut mir ja leid, aber es ist kein besonders schöner Anblick, zu sehen, wie sich eine frühere Premierministerin mit einem toten Popstar einläßt. Serena sieht trotz des falschen Schnauzers und der Koteletten aus dem Fell der armen alten Fat Cat einfach wie ein Mädchen in Männerkleidern aus.

Sie tanzt mit einer statuenhaften Blondine in hüfthohen Stiefeln und hat vergnügt ihren Kopf an deren Plastikbusen gelehnt. Es sieht ganz danach aus, als würde sie heute nacht noch einen Strich an ihrer Tür machen können. Gerade hat die statuenhafte Blondine auf ausgesprochen zärtliche Weise ihre rotlackierten falschen Fingernägel über Serenas Po gleiten lassen.

Fünf Minuten später aber sitzt sie neben mir – ich in meiner üblichen Haltung: allein auf dem Sofa, Glas in der Hand – und ist auch wieder solo.

»Ich war da drüben«, erklärt sie düster und läßt sich neben mir in Jems beigefarbene Polster sinken. »Ich hatte ihn zwecks einer ganz schön heißen Nummer schon in diese dunkle Ecke bugsiert.«

»Was ging denn schief?«

»Alles lief bestens. Wir waren gerade zu den Zungenküssen übergegangen – da fing er plötzlich an zu niesen. Hat mir fast die Zunge abgebissen! Es stellte sich heraus, daß er eine Katzenallergie hat.«

»Warum nimmst du dann nicht einfach deinen Bart ab?«

»Stimmt, das wäre kein Problem, den Schnauzer werde ich leicht los. Aber was ist, wenn ich ihn mit nach Hause nehmen möchte? Ich kann doch Fat Cat nicht einfach vor die Türe setzen, stimmt's? Ich fürchte, hier liegt ein entscheidender Fall von ›Wenn du liebst, dann liebst du auch meine Muschi‹ vor.«

»Ich liebe deine Muschi.« Jem, der sich fast die ganze Zeit über an Rens Fersen geheftet hatte, flattert grinsend herbei, eine Flasche Champagner, an der er nippt, im einen Arm, den Kopf von Martin – seinem besten Freund – unter dem anderen Arm. »Nimm mich mit nach Hause, und ich streichele sie für dich, bis sie schnurrt!«

Warum bloß ist mein Bruder manchmal so ein perverser Lüstling? Wir sehen ihn beide völlig ausdruckslos an, der einzig passende Kommentar dazu. Er läßt Martin fahren und sinkt auf den Boden, wobei er sich an die Brust greift, als wäre er gerade erschossen worden.

»Ooooh, wenn Blicke töten könnten, dann wäre ich jetzt zwei Meter unter der Erde und würde sie mir mit den Würmern teilen!« nuschelt er.

»Gut, daß du weißt, wo du hingehörst«, erwidere ich trocken.

»Hey, Jem«, ruft Martin, dessen Tittis aus Plastikbechern jetzt beide Richtung Boden zeigen. »Steh auf, der Äääbrengast ist da.«

Erica ist angekommen, anscheinend hat sie sich völlig von der Tortur bei Muttern erholt. Sie sieht umwerfend aus.

Ihr dunkles Haar hat sie mit Wachs geglättet und nach hinten gestrichen, dazu trägt sie einen elegant geschnittenen, schwarzen Nadelstreifenanzug, ein weißes Hemd mit gestärktem Kragen und gekräuselten Manschetten und diese kleinen schwarzen Stiefel, die man von Flamencotänzern kennt, die darin die Absätze aneinanderschlagen. Auf ihrer Oberlippe klebt etwas ganz Verruchtes: Ich erkenne darin eine umgestaltete Locke ihres eigenen Haars wieder. Sie sieht aus wie ein aalglatter, zuvorkommender, aber doch tückischer, durchtriebener, bartendenzwirbelnder Bösewicht aus einem Stummfilm der Zwanziger.

Unglücklicherweise begleitet sie ein echter Bösewicht aus den Neunzigern.

Larry ist bei ihr.

Er hat sich als französische Nutte mit megahohen schwarzen Stöckelschuhen verkleidet. Eine schwarze Baskenmütze sitzt keck auf seinem Kopf. Dazu kommen eine glatte, schwarze Bubikopfperücke, ein kurzer, enger, schwarzer Rock, der über einem der muskulösen Oberschenkel geschlitzt ist, und eine durchsichtige Bluse, die den Blick auf einen BH freigibt, der für einen Busen, mit dem man Elefanten stillen kann, gemacht worden sein muß. Darin stecken zwei rosa Luftballons.

Ich habe Erika zuliebe versucht, meine Abneigung zu überwinden, aber ich habe immer noch Zweifel in bezug auf ihn, und die werden durch sein Auftreten heute abend noch verstärkt ... Es ist einfach so, daß er es *genießt*, sich als Frau zu kleiden. Also nicht so wie alle anderen, die einfach Spaß haben und sich amüsieren wollen. Er genießt diese Maskerade ganz offensichtlich. Alles ist aus Seide: die Strümpfe, der kurze, geschlitzte, schwarze Rock, die weiße Bluse. Ich wette, sogar seine Wäsche ist aus Seide. Die einzige Ausnahme ist die Baskenmütze, die aus Filz ist.

Er hat diese Art Lächeln aufgesetzt, das normalerweise Frauen gebrauchen, wenn sie wissen, daß sie gut ausehen.

Er meint, daß er als Frau gut aussieht.

Ich habe mir schon vorher um meine Schwester Sorgen gemacht, aber das ist der Tropfen, der das Faß zum Überlaufen bringt.

»Rics! Hi! Wow, du siehst super aus. Wie wär's mit was zu trinken?« Ich schieße vom Sofa hoch, packe ihre Hand und schleife meine Schwester, die vor Überraschung ganz baff ist, an meinen Lieblingsplatz dieses Abends, die Küche. Ich bin wild entschlossen, einen allerletzten Versuch zu unternehmen, sie zur Vernunft zu bringen.

Dummerweise folgt Larry uns. Er läuft ihr hinterher wie ein Lämmchen.

Larry das Lamm – langsam am Spieß gegrillt und dann mit Minzsoße serviert.

»Was ist denn bloß los?« fragt Erica.

Larry hakt sich wieder bei ihr unter und lächelt mich, wie er wohl denkt, milde und nachsichtig an.

»Nichts«, erwidere ich gereizt und versuche krampfhaft, sie nicht zu wütend anzustarren. »Ich wollte nur kurz mit dir reden.«

»Gut.« Jetzt lächelt auch Erica mich milde und nachsichtig an. »Dann leg mal los.«

»Äh ... unter vier Augen. Du verstehst schon, ist was Privates.«

Erica lächelt, doch sie preßt die Zähne aufeinander. Wahrscheinlich vermutet sie, daß ihr wieder mal eine Standpauke über die alles andere als schönen Seiten an Larrys Charakter bevorsteht.

»Es ist doch sicher nichts, das du mir nicht auch in Gegenwart von Larry sagen könntest, oder?«

O doch, sogar eine ganze Menge. Zum Beispiel: Larry ist ein Depp, Larry ist ein vollkommener, totaler Idiot, Larry ist eine gemeine, runzlige, infizierte Hautschuppe am After der Menschheit. Ich würde mir schon zutrauen, ihm das ins Gesicht zu sagen, aber ich glaube, dann würde er mich schlagen oder so was.

»Willst du meine Meinung hören?« Teuflisch grinst Erica mich an, während ich schweigend vor ihr stehe und versuche, die geballte Ladung Schimpfwörter in einen wiederholbaren Satz zu pressen. »Ich glaube, ich muß mal kurz mit Jem reden. Warum unterhältst du dich nicht ein bißchen mit Larry, während ich weg bin? Damit ihr euch mal richtig kennenlernen könnt?«

In anderen Worten: Sie unterstellt mir, daß ich in bezug auf Larry völlig falsch liege, und daß er gar nicht der totale Schleimscheißer ist, für den ich ihn halte.

Ihr Blick signalisiert »Rede mit ihm«, dann hat sie den Raum verlassen.

Ich ignoriere Ericas rollende Augäpfel und die Anweisung, schnappe mir eine bisher unbemerkte Flasche Wodka und schenke mir großzügig ein.

Trotz des offensichtlichen Drangs, sich ständig über die eigenen Schenkel zu streichen, scheint Larry sich heute abend bestens benehmen zu wollen. Kaum ist Erica aus dem Raum, versucht er, sich bei mir einzuschleimen.

»Deine Schwester ist toll, findest du nicht?« schwärmt er.

»Ich nehme es an«, entgegne ich kühl, starre an ihm vorbei und schlucke den unverdünnten Wodka, als würde mein Leben davon abhängen.

Er kratzt sich am Hals und runzelt die Stirn auf der Suche nach weiterem Gesprächsstoff.

»Sieh mal, Alex, ich glaube, das mit uns ist ungünstig gelaufen.«

»Genau so ist es, Larry«, schnauze ich, »und ›gelaufen‹ ist mit uns gar nichts. Entgegen der Gerüchte, die du ausgestreut hast.«

»Ach, das? Ha ha.« Er ist unangenehm berührt. »Deshalb bist du doch nicht mehr sauer, oder? War doch nur ein kleiner Scherz im Büro. Männer sind unverbesserlich, du weißt schon ... ha ha.«

»Genau, und Arschlöcher auch, was, Larry? Ha ha«, spotte ich und will gehen.

Er hält mich am Arm fest.

»Hör mal, Alex ... ich sollte wohl, also, das heißt ... es tut mir leid, okay?«

Wütend starre ich ihn an, als er mich in den Durchgang zur Küche zurückzerrt.

»Nein, das ist es nicht, Larry. Du hast dich wie ein echtes Schwein verhalten.«

»Na ja, aber du hast dich ja auch ordentlich gerächt, stimmt's? Ich kann nicht mehr an eurem Büro vorbeigehen, ohne daß die Mädels mitleidige Blicke auf meinen Hosenstall werfen.«

Ich unterdrücke ein Kichern.

»Das hattest du auch verdient nach all den Lügen, die du über mich erzählt hast.«

»Ich weiß.« Kaum zu glauben, aber er sieht wirklich irgendwie schuldbewußt aus. »Wenn ich zugebe, daß ich mich wie ein Depp verhalten habe, sind wir dann quitt und können die Sache abhaken?«

»Laß mich erst mal los, dann denke ich drüber nach.«

»Nicht, bis du mir versprichst aufzuhören, dich zwischen mich und Erica zu stellen. Ich mag sie wirklich, Alex. Gib mir noch eine Chance, ich bin nicht so schlecht, wie du denkst.«

»Das kannst du beweisen, indem du mich erst mal losläßt ...«

Wie von der Tarantel gestochen lockert Larry die Umklammerung, aber nicht, weil ich ihn darum gebeten habe. Er sieht an mir vorbei. Eine stämmige Brünette im kleinen Schwarzen und mit flachen, schwarzen Lackschuhen starrt Larry äußerst mißbilligend an. Die kräftigen Waden und der durchdringende Blick kommen mir irgendwie bekannt vor.

Larry hört abrupt damit auf, mich herunterzuputzen und strahlt mich an.

»Na, ich bin froh, daß wir dieses Mißverständnis endlich aus der Welt geschafft haben«, sagt er mit überschwenglicher Begeisterung. »Wie wär's mit noch einem Drink?« A la Michael Jackson gleitet er in die Küche.

Ich sehe mir die Brünette in dem wirklich geschmackvollen Kleid von Nicole Fahri genauer an. Sie hatte eine ähnliche Wirkung auf Larry wie Tränengas auf einen potentiellen Straßenräuber.

Nicht nur die Waden kommen mir irgendwie bekannt vor. Unter der glänzenden, goldbraunen Perücke entdecke ich ein Gesicht, das mich in letzter Zeit bis in meine Träume verfolgt hat.

Jake! erklingt eine Stimme in meinem Kopf.

Erzähl keinen Unsinn. Jake hier? Mit einer Perücke und einem Kleid? Das glaube ich nicht.

Ich sehe noch einmal hin.

JAKE!!! Jetzt brüllt die Stimme geradezu, um sicherzugehen, daß ich sie auch gehört habe und ihr meine volle Aufmerksamkeit widme. Ich komme in Schwung, und mein Körper versucht, Larrys Rückzug in die Küche zu kopieren, jedoch ohne Erfolg – wahrscheinlich, weil ich kein so schleimiger, kleiner Arschkriecher bin wie er. Statt dessen verpasse ich den Durchgang, ramme mit der linken Pobacke die Ecke des Sofatischchens und werde auf ziemlich schmerzhafte Art und Weise gestoppt.

Was zum Teufel macht Jake hier? Zuerst das Hotel in den Cotswolds, dann die Arbeit, dann die Hochzeit und jetzt hier. Er verfolgt mich. Eine Heimsuchung. Wie in *Eine verhängnisvolle Affäre.* Ogottogottogott. Das bedeutet, ich bin Glenn Close ... nein, noch schlimmer, Michael Douglas! Ich ziehe den Bauch ein und überprüfe, ob ich schon ein Doppelkinn habe. Gott sei Dank ist das einzig Doppelte der Wodka in meinem Glas. Ich kippe ihn in einem Zug und versuche, mich zu beruhigen. Ich sehe nicht im entferntesten wie Michael Douglas aus, und warum um Himmels willen sollte Jake mich verfolgen? Für die Besessenheit bin ich zuständig, nicht er.

»Lex, ist alles in Ordnung mit dir?«

Ich springe zwei Meter in die Höhe, als Erica wieder an meiner Seite auftaucht.

»Alles in Ordnung?« wiederholt sie besorgt. »Du bist weiß wie die Wand. Was ist passiert? Larry und du, ihr habt euch doch nicht etwa wieder gestritten, oder ...«

Panisch umklammere ich ihren Arm.

»Er ist hier«, zische ich.

»Er?«

»ER.«

»Wer!«

»ER!«

»Lex!« Vor Verzweiflung schreit Erica beinahe. »Wer ist ER?«

»Jake Daniels natürlich«, zischele ich mit zusammengepreßten Zähnen.

»Wo! Zeig ihn mir! Zeig ihn mir!« Ungeduldig umklammert sie meinen Arm, so daß wir uns wie zwei wackelige, überängstliche Dreikäsehochs aneinanderkrallen.

»Da drüben, die Brünette in dem Nicole-Fahri-Kleid. Redet gerade mit Nick Preeto und Andrew Wallis.«

Erica mustert ihn, sie reißt die Augen auf.

»Das ist Jake?«

»Hab ich das nicht gesagt? Was zum Teufel macht der hier?«

»Vielleicht war er eingeladen«, entgegnet sie trocken.

»Ja, klar, aber von wem?«

»Na, Jem kennt ihn doch, oder?«

Jem, natürlich!

»Ich werde unseren Bruder umbringen, ganz langsam und ganz schmerzhaft«, sage ich unhörbar. »Wie konnte er mir das antun? Was zum Teufel soll ich denn jetzt machen?«

»Bleib ganz cool, okay?« Erica legt mir die Hände auf die Schultern und fängt an, meine verspannte Muskulatur durchzukneten wie ein Trainer, der einem Boxer vor dem Kampf Mut machen will. »Du hast es geschafft, mit dem Kerl während der letzten Monate zusammenzuarbeiten, ohne daß es allzu großen Ärger gab, also baue ich darauf, daß du auch mit diesem Abend fertig wirst.«

»Aber er weiß doch alles, Erica!« jammere ich.

»Was, alles?« fragt sie verwirrt.

»Wer ich bin«, zische ich mit zusammengepreßten Zähnen.

Sie sieht mich an, als sollte ich eine Zwangsjacke tragen.

»Aber natürlich tut er das, Lexy. Dein Outfit ist nicht gerade eine Tarnung, hm?«

»Nein, davon rede ich nicht. Er erinnert sich daran, daß ich diejenige war, du weißt schon, in dieser Nacht im Hotel ...«

Sie seufzt tief und verdreht ungläubig die Augen.

»Manchmal bist du einfach so naiv, Alex. Hast du wirklich geglaubt, daß er vergißt, wer du bist? Nach dem, was Jem gesagt hat, gehört er nur einfach nicht zu der Sorte Männer, die so was ausposaunen, das ist alles. Um Himmels willen, geh und rede mit ihm. Schaff dieses dumme Versteckspiel ein für allemal aus der Welt.«

»Das kann ich nicht«, plärre ich jämmerlich.

»Du kannst dem nicht ewig aus dem Weg gehen.«

»Kann ich doch, wenn ich mir Mühe gebe«, murmele ich, stibitze Ericas Drink und kippe ihn runter, bevor sie es merkt.

»Also, wenn du wild entschlossen bist, ihm aus dem Weg zu gehen, dann ist das hier der richtige Ort. Ist schließlich eine Verkleidungsparty, Alex. Klau dir 'ne Perücke, und tauch in der Menge unter«, blafft sie ironisch. »Vielleicht sieht er dich nicht mal.«

»Untertauchen ... gut.«

»Alex, das war ein Witz!« ruft sie mir hinterher, als ich anfange, mich aus Jakes Nähe zu entfernen.

»Alex ...«

Die weiblichen Rugby-Spieler singen so laut, daß DJ Pete Tong auf der Stereoanlage fast nicht mehr zu hören ist.

»Ciiiiircumcision«, grölen sie, *»it is our decision, that a willy's kind of crap, when it's got that excess flap!* – Beeeeschneiden, denn wir entscheiden, daß das ganz schön Scheiße ist, wenn er nicht mehr richtig pißt!«

Schutzsuchend manövriere ich mich in ihre Mitte.

»*And though I'd never dream of having silicone-filled tits, and I wouldn't let a surgeon get his scissors near my bits* ... – Noch nie hab ich von Silikon geträumt, und meine Titten lieber weggeräumt ...«

Ich manövriere mich wieder aus der Umarmung heraus, um die Erkenntnis reicher, daß ein Schutzwall wirklich nicht so roh und rüde sein sollte, insbesondere, wenn ich versuche, mir einen schlauen Fluchtplan auszudenken.

»... *When I pick a perfect partner for my horny night time rides, I'd always pick a plonker with a nice short back and sides!* – Und hol ich mir 'nen geilen Hasen für 'ne Nacht ins Kuschelbett, dann braucht er auch nicht viel zu reden, und es wird dann trotzdem nett!« fahren sie lärmend und unmelodisch fort.

Jetzt stehe ich eingekeilt zwischen einem überhitzten Heizkörper und dem fettesten Rugby-Spieler-Hintern, der beunruhigend zum Rhythmus der Musik wackelt. Ich überlege mir gerade meinen nächsten Schritt, als ich den Hafen, der mich gegen alle Stürme schützt, entdecke – meine Freundinnen.

»Hey, Lexy!« Emma winkt mir mit dem Plastikbecher zu, als ich mich aus meinem beengten Versteck herausarbeite und zu ihnen gehe. »Wo warst du denn? Serena hat gerade ihr Date für diese Nacht entdeckt.«

»Brauchst du denn noch eins?« frage ich zerstreut.

»Na ja, ich weiß bereits, daß ich den Wettbewerb gewonnen habe, aber so ein kleiner Zusatz kann nicht schaden. Ich glaube, ich werde mal rübergehen und ihn anquatschen. Welchen Spruch soll ich denn bringen?«

»Also, mein kleiner Bruder hat mir neulich ein paar Tips gegeben«, kichert Emma. »Anscheinend lautet sein gegenwärtiger Favorit: ›Entschuldige bitte, aber wie wär's mit einer Nummer? Nein? Würde es dir dann was ausmachen, dich ein bißchen langzulegen, während ich eine schiebe?‹ Ist das nicht bescheuert?«

»Hat es denn jemals funktioniert?« fragt Serena höchst interessiert.

»Na ja, ich denke mal, er vertraut auf das humoristische Element. Mir hat er gesagt, daß man eine Frau zum Lachen bringen muß, um sie ins Bett zu kriegen. Ich hab ihm darauf geantwortet, daß er sich einfach ausziehen soll, und sie verfallen alle in Hysterie.«

»Der Typ da sieht mir ein bißchen zu niveauvoll für so einen platten Spruch aus. Sein kleines Schwarzes ist einfach süß. Glaubt ihr, daß er es mir leiht, wenn ich es schaffe, daß er es auszieht?«

»Sein kleines Schwarzes?« wiederhole ich bestürzt.

»Mmmm. Von Nicole Fahri.«

»Nicole Fahri?«

»Ja, vom letzten Jahr, aber trotzdem echt süß.«

»Zeig ihn mir.«

Sie deutet dorthin, wo Jake seltsam elegant in diesem knappen schwarzen Kleidchen dasteht und wie eine High-Society-Hure unter Straßenjungen aussieht.

»Er hat schöne Beine, findest du nicht?« Serena dreht sich noch einmal zu ihm um.

»Du solltest erst mal den Rest sehen ...« Die Bemerkung entschlüpft mir, ohne daß ich es merke.

Emma und Serena sehen sich an, dann wenden sie sich mir gleichzeitig mit hochgezogenen Brauen zu.

»Das ist Jake«, murmele ich.

»Was? DER Jake?« Emma schnappt vor Überraschung nach Luft und reckt den Hals, um bessere Sicht zu haben.

»Der einzig wahre«, antworte ich mürrisch und beäuge mein leeres Glas.

»Ist er das wirklich?« Emma kann nicht umhin, dämlich zu glotzen.

»Genau, das ist er.«

»Willst du damit sagen, das ist der, mit dem du ...« Serena fällt die Klappe runter, aber es gelingt ihr, nicht zu sabbern.

»Klar, ganz sicher.« Ich greife nach ihrem kleinen weißen Plastikbecher und stürze einen Schluck warmen, säuerlichen Weißwein hinunter.

»Du Glückliche«, haucht sie.

»Meinst du wirklich?«

»Und ob. Ganz sicher – der hat was.«

»Verdammt sexy«, stimmt Emma zu.

»Wie kannst du das bei der Aufmachung sagen?«

»Hübsches Gesicht, toller Körper. Außerdem hab ich dir doch gesagt«, Emma grinst mich an, »daß manche Männer dieses gewisse Etwas haben, das es verrät. Man weiß es einfach. Nun, ich zumindest. Und du hast ja schon gesagt, daß er auf diesem Gebiet einiges zu bieten hat.«

»Einiges zu bieten ist wohl die Untertreibung des Jahrhunderts«, murmele ich. »Aber nach Max würde so ziemlich alles wie ein Wunder erscheinen.«

»O Mann, das ging aber doch ein bißchen unter die Gürtellinie, was?«

Ich verbeiße mir die abgedroschene Anspielung, die sich mir geradezu aufdrängt.

»Vermutlich.« Ungehalten zucke ich die Achseln. »Nur weil zwischen ihm und mir die Chemie auf diesem Gebiet, oder was auch immer es ist, nicht stimmte, heißt das noch lange nicht, daß er nicht fähig ist, jemand anderen zum Dahinschmelzen zu bringen.«

»Er hat einen tollen Geschmack, was Klamotten betrifft«, murmelt Emma und läßt ihren geschulten Blick an Jakes Körper auf- und niedergleiten. »Das Kleid gefällt mir.«

»Mir gefällt, was drin steckt.« Serena grinst. »Ob er wohl allergisch gegen Katzen ist?«

»He!« sage ich warnend.

»War er wirklich so toll, Lex? Du solltest eine zweite Runde mit ihm drehen, um sicherzugehen, daß es kein Einzelfall war«, rät Serena mir.

»Ist das nicht gegen die Regeln?«

»Na ja, genaugenommen solltest du eigentlich nur One-Night-Stands haben.«

Emma nickt. »Bleibt zu sagen, daß du seither keinen weiteren zustande gebracht hast. Aber die Spiele sind ja jetzt auch vorbei, also kannst du so viele Runden einlegen, wie du willst.«

Der Gedanke an eine Wiederholung dieser einen Nacht kreuzt meine Vorstellung auf verlockende Weise, wie eine von diesen großbusigen Exhibitionistinnen, die durch eine Sportarena sprintet und dabei ihre Hüllen fallen läßt.

»Ich habe ja noch nicht mit ihm geschlafen.« Nachdenklich zieht Serena einen Schmollmund. »Ich könnte ihn meiner Liste hinzufügen.«

»Verdammt, das kannst du nicht!« heule ich.

Emma und Serena werfen sich einen Blick zu, bevor sie sich wieder mir zuwenden.

»Oje.« Emma lächelt Serena reumütig an. »Wenn das mal kein verdammt schwerer Anfall von richtig altmodischer Eifersucht war.«

»Was dann nur eines bedeuten kann.« Serena schürzt die Lippen und nickt bedächtig.

»Du magst ihn wirklich, stimmt's?« Emma sieht mir lange und bestimmt in die Augen, auf der Suche nach der Wahrheit.

»Nööö«, sage ich schmollend und sehe wie ein widerborstiges Kind zu Boden.

»Oje«, wiederholt Emma. »Lügt sie uns jetzt etwas vor oder sich selber? Laßt uns doch mal einen Blick auf die Fakten werfen. Von all den Männern, mit denen Alex etwas hätte haben *können,* war er der einzige, mit dem sie tatsächlich etwas hatte. Das bedeutet, daß sie ihn abgrundtief haßt und verabscheut. Stimmt's?«

»Brrr, sie kann seinen Anblick nicht ertragen«, spottet Serena und verdreht amüsiert die Augen.

»Ist ja gut, ich mag ihn, na und?« gebe ich griesgrämig zu. »Ich mag eine Menge Leute.«

»Klar, aber mit denen willst du nicht ins Bett gehen, oder? Wengistens hoffe ich das … wenn man bedenkt, daß du mich mögen solltest«, witzelt sie. »Aber mit ihm würdest du gerne ins Bett gehen, stimmt's?«

»Ich will ihm andauernd die Kleider vom Leib reißen, ihn auf den Boden werfen und über ihn herfallen«, gestehe ich nach einigem Zögern. »Jeden Zoll seines Körpers mit der Zunge erkunden, drei Stunden damit verbringen, seinen …«

»Das soll wohl heißen, sie mag ihn«, unterbricht Serena.

»Und, was gedenkst du zu tun?« Emma streicht mir eine vereinzelte Locke aus dem Gesicht und lächelt mich freundlich an.

»Ich kann gar nichts tun, oder?« Ich zwinge mich, Jake nicht anzuschauen und konzentriere mich wieder auf Serenas Becher, der traurigerweise ziemlich leer ist, ganz wie mein Leben.

»Warum denn nicht?«

»Weil ich mich total lächerlich vor ihm gemacht habe. Wahrscheinlich hält er mich für eine Art weiblichen Don Juan, wild entschlossen, mich für einen flüchtigen, fickorientierten Moment in die Hose jedes Mannes zu schmeicheln, um dann schneller wieder von dannen zu ziehen, als man das Wort ›Orgasmus‹ aussprechen kann, und mich auf die Suche nach meiner nächsten Eroberung zu machen.«

»Nein, das ist mein Job«, scherzt Ren, deren Mitleid ich geweckt habe. Verstohlen schiebt sie mir Emmas fast vollen Plastikbecher zu. »Sieh mal, Alex, wir wissen, daß das nicht stimmt. Meinst du nicht auch, es ist an der Zeit, daß auch Jake das erfährt?«

»Ich weiß, ich weiß …« Ich nehme einen tiefen Schluck, spüre, wie der Alkohol warm und schnell durch meine Kehle gleitet und sauer durch meinen Magen wirbelt und dabei ein paar von den Schmetterlingen abtötet. »Aber ich kann nicht einfach zu ihm gehen und sagen, ›Entschuldige bitte, aber wußtest du, daß ich bis Anfang Zwanzig Jungfrau war? Ziemlich unüblich so was heutzutage, hm? Ach, und übrigens, ich habe die verlorenen Jahre auch in letzter Zeit nicht wettgemacht, selbst wenn die Gerüchteküche das Gegenteil behauptet.‹«

»Nun, ich denke mal, du könntest es durchaus ein bißchen netter formulieren«, stimmt Emma zu und lächelt mich ermutigend an.

Ren bedrängt mich eher.

»Die einzige Möglichkeit, all das klarzustellen, ist die, daß du mit ihm sprichst.«

»Ich könnte ihm schreiben«, erwidere ich hoffnungsvoll. »Genau! Das ist eine Superidee. Ich könnte ihm einen Brief schicken. Schließlich bin ich ja Journalistin. Wahrscheinlich wäre ich auf dem Papier viel redegewandter als in persona.«

»Mach, daß du da rüberkommst.«

Sie schubst mich in den Rücken, und ich stolpere unsicher ein paar Schritte vorwärts.

»Aber ich habe schon versucht, mit ihm zu reden. Mein Mund trocknet einfach aus.«

»Wie kann denn dein Mund austrocknen, wenn du jedesmal anfängst zu sabbern, sobald du ihn siehst!«

»Na ja, mein Mund trocknet aus, und andere Körperteile übernehmen den feuchten Part, verstanden?«

»Mach, daß du da rüberkommst«, wiederholt Serena ungeduldig. »Bevor ich beschließe, daß du doch nicht so interessiert bist, und mich selber an ihn ranmache.«

»Das machst du nicht!« Vor Schreck stockt mir der Atem.

»Dann sieh mich mal näher an«, grollt sie und wirft einen ihrer gefürchteten, lüsternen Blicke in Jakes Richtung.

Gemein, aber wirksam.

Bevor ich weiß, was ich tue, stehe ich neben ihm und suche nach einer Einleitung.

»Chemische Reinigung. Ist das nicht ärgerlich?« sage ich, als ich das Schild, das hinten am Halsausschnitt heraussteht, lese.

Jake dreht sich zu mir um, und ich ziehe mir in Gedanken eines mit dem Baseballschläger über, weil ich so ein Vollidiot bin. Eine Sache mehr, die ich der ständig wachsenden Liste mit dem Titel ›Alex' dumme Sprüche‹ hinzufügen kann. Ich wette, in Jakes Augen steigt mein Anti-IQ gerade von neunundachtzig auf neunzig Prozent.

»Äh ... hat dir denn noch niemand gesagt, daß man, wenn man ein ärmelloses Kleid trägt, am besten ein Roll-on-Deo benutzt ... Dann kriegt man auch diese weißen Ränder nicht ... Aber ich vermute mal, daß du nicht allzuoft solche Kleider trägst ... Das soll jetzt aber nicht heißen, daß ich es schlimm fände, wenn es so wäre, also, ich meine, jeder, wie er will, leben und leben lassen und so ...«

O Gott, Alex, was erzählst du denn da?

»Ich glaube, ich suche mir ganz schnell ein Mäuseloch und verkrieche mich darin.« Ich lächele ihn erbarmungswürdig und entschuldigend an und entferne mich zögernd.

»Nicht so schnell.« Er streckt den Arm aus und packt entschieden, aber freundlich meinen Oberarm. »Diesmal läufst du mir nicht davon, Alex. Wir zwei müssen uns mal unterhalten.«

»Wohin gehen wir?«

Immer noch fest meinen Arm umklammernd dirigiert Jake mich durch die lachende, tanzende Menge in Richtung Wohnungstür. Serena, die fälschlicherweise annimmt, daß ich soeben den Weltrekord in Sachen Schnelligkeit beim Aufreißen gebrochen habe und daß Jake mich aus dem Raum zerrt, um mich geradewegs ins Bett zu kriegen, hält auf der anderen Seite des Raums begeistert den Daumen hoch.

»Nach oben.«

»Darauf bin ich auch schon gekommen«, erwidere ich, als wir zwei Treppen bis zum Dachgeschoß des Gebäudes hinaufmarschieren, statt nach unten und hinaus zu gehen.

Jake zieht mich wieder hoch, als ich auf der letzten Stufe stolpere. Die sportliche Anstrengung und der Alkohol haben mich ins Wanken gebracht. Er lehnt mich gegen eine riesige Hydrokultur und sucht in dem schwarzen, kleinen Lacktäschchen, das er hält, als sei es ansteckend, nach dem Schlüssel.

»Was machen wir hier?«

»Weißt du, das könnte ich mich auch fragen«, erwidert er mit beißender Ironie, zieht den Schlüssel heraus und öffnet die Tür. »Was ich hier mache und warum um Himmels willen ich diese Klamotten trage? Was ich alles für dich mache, Alex Gray ...«

Was er alles für *mich* macht?

Er stößt die Tür auf und bedeutet mir einzutreten.

»Willkommen in meinem bescheidenen Heim.«

Vorsichtig gehe ich an ihm vorbei und betrete eine Wohnung, die fast identisch mit der Jems ist. Sie ist noch »schnieker« als Jems Wohnung, da es sich um das Penthouse handelt. Das Wohnzimmer ist größer, und da, wo bei Jem eine Wand mit Fenstern ist, die auf die Straße vor dem Haus gehen, hat diese Wohnung eine einzige, große Glasfront mit einem Balkon davor, von wo man den Fluß hinter dem Haus überblicken kann.

»Wohnst du etwa hier?« Jetzt bin ich wirklich verwirrt.

»Ich brauchte eine Wohnung. Die hier war zu vermieten.« Mit dem Absatz schließt er hinter uns die Tür. »Dein Bruder hat mich darauf aufmerksam gemacht.«

»Aber ich dachte, du würdest bald wieder gehen?«

»Ich habe beschlossen, eine Weile hierzubleiben.« Jake wirft das Täschchen auf ein breites, gelbes Sofa, das noch eine Schutzhülle mit Luftbläschen trägt. Dann kickt er seine Ballerinas in die Ecke. Ich sehe, wie sich seine Wadenmuskeln augenblicklich entspannen, als seine Füße in den dicken Flor des beigefarbenen Teppichbodens einsinken.

Vor Erleichterung schließt er die Augen.

»Himmel, tut das gut.«

Erst jetzt fällt mir auf, daß er trotz der Aufmachung als Frau weder Strumpfhose noch Make-up trägt.

»Ich weiß, ich sehe absolut lächerlich aus, stimmt's?« fragt er, als er bemerkt, daß ich ihn beobachte.

»Na ja …« Ich zögere, weil ich nicht weiß, was ich sagen soll.

Es gibt Typen, die bleiben ewige Jungen und sehen auch immer jungenhaft aus, sie scheinen nie den Übergang vom Kind zum Mann zu vollziehen. Nicht so Jake. Er ist ganz entschieden ein Mann, daran besteht kein Zweifel. Und wie er da mit der Perücke und dem Kleid steht, ist es klar, daß er ziemlich seltsam aussieht. Aber noch seltsamer ist, daß ich ihn immer noch süß finde. Ich würde ihm gerne die Perücke und das Kleid ausziehen, aber das liegt mehr an meiner sinnlichen Lust als daran, daß ich ihn wieder in eine Hose stecken will.

»Wie lange wohnst du denn schon hier?« wechsele ich schnell das Thema und hoffe, daß ich, wenn ich mich auf die vollgepackten Kisten konzentriere, die überall wahllos aufeinandergestapelt rumstehen, nicht mehr darüber nachdenke, wie viele von den Luftbläschen wohl ein bißchen energische Sexualathletik überstehen würden.

Er sieht auf die Armbanduhr.

»Oh, ungefähr … drei Stunden und fünfzehn Minuten.«

»Du bist heute erst eingezogen? Man sollte meinen, daß du da mit Auspacken beschäftigt bist und nicht mit Feiern.«

»Tja, also, normalerweise würde ich das auch, aber ich wollte dich sehen, also …« Er deutet mit den Händen auf das Kleid. »Da bin ich. Dein Bruder ist ein Sadist. Ohne Rock kein Zutritt. So lauten die Regeln.«

»Du wolltest mich sehen?« wiederhole ich ratlos.

»Glaubst du etwa, ich ziehe mich aus Spaß an der Freud' so an?« Wie ein Schupo, der den Verkehr stoppt, hält er die Hände hoch. »Nein, sag jetzt am besten nichts. Warum holen wir uns nicht erst mal ein Bier oder so was?«

Obwohl man ihnen immer nachsagt, sie seien nur so interessant wie ihr Inhalt, haben Umzugskisten nicht denselben Einfluß auf meine Libido wie kalte Duschen oder der Gedanke an Damien mit nichts als seinen Mickey-Maus-Socken an den Füßen.

Ich glaube, es ist besser, ich halte meine Klappe, für den Fall, daß es zu weiteren Kurzschlüssen zwischen Hirn und Mund kommen sollte. Ich nicke zustimmend, was das Bier betrifft, und mache einen auf Larry, indem ich Jake in die Küche hinterherdackele.

Ich kann der Versuchung nicht widerstehen, unter seinen Rock zu lugen, als er sich vorbeugt, um zwei Flaschen Becks aus dem Kühlschrank zu angeln. Erleichtert nehme ich zur Kenntnis, daß ein Stückchen einer überaus männlichen Calvin-Klein-Shorts zum Vorschein kommt.

Ich stelle mich hinter ihn und befingere den Saum seines Kleides.

»Kann ich das mal ausleihen?«

Na, das war doch gar nicht so dumm. Richtiggehend humorvoll. Bricht das Eis. Nicht, daß es hier drinnen besonders eisig wäre, eigentlich sogar ganz und gar nicht. Mir wird sogar unangenehm heiß, obwohl wir uns nur unterhalten.

»Meinst du denn nicht, daß es dir zu groß ist?«, erwidert er.

»Du scheinst irgendwie rauszuquellen.« Ich schiebe eine seiner falschen Titten wieder in den Ausschnitt zurück. Dabei streife ich mit dem Handrücken über seine Brust.

»Entschuldige mal«, scherzt er und hält sich eine Hand vor die Brust, als wäre er tödlich beleidigt. »Nur weil ich aufreizend angezogen bin, hast du noch lange kein Recht dazu, mich anzugrabschen, wann immer es dir paßt. Für was für ein Mädchen hältst du mich denn?«

Ich lache trocken.

»Stell dir vor, genau das wollte ich dich gerade fragen.«

Jake sieht mich von der Seite an, antwortet aber nicht. Stattdessen rumort er in einer der Umzugskisten, kramt einen Flaschenöffner hervor, kappt die Kronkorken und reicht mir ein Bier.

»Vor ein paar Tagen hatte ich eine lange Unterhaltung mit deinem Bruder.« Er lehnt sich gegen die saubere weiße Arbeitsplatte und saugt den aufsteigenden Schaum vom Hals seiner Flasche. »Er hat mir so einiges erzählt.«

»Ach ja, was für Greueltaten hat er dir denn aufgetischt?«

»Tatsache ist, er ist einer deiner größten Fürsprecher.«

»Wirklich?« Ich bin ehrlich überrascht. Seit den Offenbarungen im Restaurant hat Jem sich ziemlich ablehnend mir gegenüber verhalten.

»O ja. Er hat's geschafft, mich davon zu überzeugen, daß die Alex, die ich gesehen habe, nicht die Alex ist, die er kennt und liebt.«

»Und was genau für eine Alex hast du gesehen?«

Er lacht leise und nicht gerade erfreut.

»Warum setzen wir uns nicht da drüben hin?«

Wir gehen zurück ins Wohnzimmer und steuern das lange gelbe Sofa an, das das einzige Möbelstück weit und breit ist.

»Nein, bloß nicht!« Ich schreie unfreiwillig auf, als er die Plastikplane wegziehen will. »Es ist ganz neu. Vielleicht schütte ich was darüber«, lautet meine lahme Antwort, als er mich aus forschenden Augen ansieht.

Jake wirft mir einen mißtrauischen Blick zu und setzt sich hin. Jetzt endlich fällt ihm die Perücke wieder ein, er nimmt sie ab und fährt mit den Fingern durch sein plattgedrücktes Haar.

Ich sitze so weit wie möglich von ihm entfernt, denn plötzlich komme ich mir unglaublich plump vor. Mit der linken Hand zerdrücke ich die Bläschen, als ob mein Leben davon abhängt, als ob jedes einzelne, freigesetzte Luftatom mir den Sauerstoff gibt, den ich zum Atmen brauche.

Jake sieht mich eindringlich an.

»Jem hat mir von der Hitliste erzählt, Alex.«

»Oh«, sage ich redegewandt. Plötzlich verläßt mich das Bedürfnis, Plastik zu zerpieksen.

»Ist das alles, was du dazu zu sagen hast?«

»Wir haben nur versucht ... ich weiß auch nicht ... ich habe nur versucht ...«

»Du hast versucht, dich wie ein Mann zu verhalten?«

»Nein, ich wollte die gleichen Rechte wie ein Mann.«

»Das Recht, dich wie ein Arschloch zu benehmen?«

»Ach, das kommt ganz von selbst.« Verächtlich zucke ich die Achseln.

Jake schüttelt den Kopf und rutscht auf dem Sofa ein kleines Stückchen näher zu mir.

»Das hat mir sicher einiges klargemacht, Alex. Mir geholfen zu verstehen, daß ... Sieh mal, Frauen haben ein Anrecht auf Gleichberechtigung, aber die besteht doch nicht darin, wie ein Mann zu sein, sie besteht darin, die gleiche Freiheit und die gleichen Chancen zu haben. Das Recht darauf zu haben, du selbst zu sein und einfach zu machen, was *ganz von selbst* kommt«, imitiert er mich.

»Unglücklicherweise hast du dir meiner Meinung nach nicht die Chance gegeben, dich so zu verhalten, du hast dir einfach den schlimmsten Aspekt der männlichen Psyche herausgepickt, dem du überhaupt nacheifern konntest: die Fähigkeit des Mannes, mit dem Schwanz zu denken. Wenn ein Kerl sich wie ein Idiot verhält, dann in der Regel, weil dieses ähem ... kleine ... Anhängsel dem Hirn die Steuerung aus der Hand nimmt. Du weißt, daß ich recht habe, Alex.«

Natürlich weiß ich das. Man braucht sich doch nur anzusehen, wie blöde ich werde, wenn ich mit ihm zusammen bin. All meine Fähigkeiten – Redegewandtheit, gesunder Menschenverstand, manchmal sogar die Fähigkeit, mich zu bewegen – verlassen mich einfach, und alles, was ich tun kann, ist, dazustehen und zu sabbern.

»Nicht alle Männer sind totale Deppen, Lex«, fährt er fort. »Ich weiß, daß Max dich betrogen hat, aber das bedeutet noch lange nicht, daß du dich an uns allen rächen mußt, indem du einen Weltrekord in One-Night-Stands aufstellst.«

»Es ging nicht um Rache … nicht wirklich. Ich wollte nur die Kontrolle über mein Leben erlangen, das ist alles.«

»Und, hat es funktioniert?«

»Nein«, seufze ich. »Nicht richtig. Also, zumindest bisher noch nicht. Aber auf eine Art war es auch ganz gut, denn dabei konnte ich mir über einige wichtige Dinge klarwerden.«

»Ja?«

Ich sehe zu ihm auf

»Was hältst du von One-Night-Stands?«

»Laß die Finger davon«, antwortet er wie aus der Pistole geschossen. Ich sehe ihm ins Gesicht. Kein Aufflackern von Schuld, nicht das geringste Anzeichen von Heuchelei. »Aber das ist meine ganz persönliche Meinung, ich verurteile niemanden, der das anders sieht.«

Ich starre in meine Bierflasche und tue so, als wäre ich ganz vertieft in den Anblick des Bodensatzes, der sich allmählich bildet.

»Also, der Wievielte war ich?« unterbricht Jake schließlich die Stille.

»Auf der Liste oder insgesamt?« frage ich und sehe auf.

Er hebt die Augenbrauen.

»Fangen wir doch mit der Liste an, was meinst du?« sagt er mit einer Spur von Ironie in der Stimme.

»Nummer eins«, murmele ich und sehe zu Boden.

»Na, wenigstens etwas.« Er hält inne und beißt sich auf die Unterlippe. »Und insgesamt?«

»Zwei«, flüstere ich.

»Was? Zweihundert? Zweitausend?«

»Nur zwei.« Ich sehe zu ihm hinüber, ein schwaches Lächeln auf den Lippen.

Unglücklicherweise lächelt er nicht, sondern runzelt nur die Stirn, also blicke ich wieder nach unten.

»Und bei welcher Nummer bist du jetzt angelangt? Wie viele Karteikarten hast du mit Namen und Kreuzen dahinter versehen?«

»Immer noch zwei.«

»Zwei?«

»Ich war nicht besonders gut.«

»Heißt das, zwei inklusive mir oder zwei plus mir?«

»Inklusive.«

»O ... dann brauche ich dich wohl nicht zu fragen, wie weit du dich durch das *Kamasutra* gearbeitet hast, was?«

Ich wende meinen Blick von einem hochinteressanten Teppichstapel ab und zwinge mich dazu, ihn wieder anzusehen. Das Stirnrunzeln ist verschwunden. Dieses Mal lächelt er. Tatsache ist, er lacht. Ich wäre erleichtert, wenn es nicht so wäre, daß er mich auslacht.

»He«, tadele ich ihn. »Dafür kann ich nichts. Ich bin eben einfach nicht für das hemmungslose Rumbumsen geschaffen. Ich hab's versucht, aber es paßt nicht zu mir. Im Grunde bin ich eher die monogame, romantische Ein-Mann-Frau. Ich will gar nicht viele Eroberungen oder eine überbordende Anzahl von Kerben am Kopfende meines Bettes oder eine Sammlung ergatterter Boxershorts im Schrank. Ich will jeden Morgen neben derselben Person aufwachen, dieselbe Haut spüren, jemanden mit der Einfachheit und Kompliziertheit lieben, die nun mal zur wahren Liebe gehören ...« Mir versagt die Stimme, und vor Verlegenheit überzieht eine leichte Röte mein Gesicht.

Einen endlosen Moment lang sieht er mich an, stumm, abwägend.

»Ich bin froh, das zu hören«, sagt er schließlich, beugt sich vor, ohne seine Augen von mir abzuwenden, und küßt mich ganz sachte auf den Mund.

Seine Lippen wieder auf meinen zu spüren! Das ist so, als ob man eine Diät abbricht, um das zarteste, saftigste Roastbeef mit Soße und Yorkshire-Pudding zu essen. Ich könnte ihn ewig so weiterküssen, doch er zieht sich zurück und läßt mich mit weit aufgerissenen Augen und aufgerissenem Mund zurück, wie ein Goldfisch, der nach Luft schnappt.

»Ich habe es satt, Spielchen zu spielen, Alex.«

»Zu dumm! Gerade wollte ich meine Ausgabe von *30 Wege zum Aufpeppen Ihres Sexuallebens* rausholen.«

Seine Mundwinkel zucken.

»Kannst du denn niemals ernst sein?«

Ich schüttele den Kopf, unfähig, den Blick von seinem Gesicht abzuwenden.

»Das ist ein Selbstschutzmechanismus. Manche Leute lernen Karate, ich mache Zungen-Kung-Fu. Sorry.« Ich lächele entschuldigend.

»Ich kann mir schönere Dinge vorstellen, die du mit deiner Zunge machen kannst.« Wieder küßt er mich, und seine Zunge streift sanft über meine.

»Wer von uns beiden ist jetzt nicht ernst?«

»Mir ist es *verdammt* ernst.« Seine Lippen bewegen sich von meinem Mund weg, langsam streift er auf höchst erotische Art meinen Hals entlang. »Ich glaube, ich habe mich in dem Moment in dich verliebt, als ich dich zum ersten Mal gesehen habe.«

»Wie bitte?«

»Du hast schon verstanden.«

Oje, ich verliere schon wieder die Kontrolle über meine Stimmbänder.

»Wenn das so ist, würdest du mir dann einen Gefallen tun?« bringe ich keuchend hervor.

»Was denn?« Seine Lippen wandern sanft zu meinem Mund zurück und bringen mich für einen Moment zum Schweigen. »Zieh deine Sachen aus«, flüstere ich, und die Wärme unseres Atems verschmilzt miteinander, genau wie unsere Zungen.

Seine Augen, die wie meine langsam begonnen hatten, sich zu schließen, klappen weit auf wie bei einer Puppe, deren Kopf zu schnell wieder nach oben gedreht wird.

»Angeblich bist du doch nicht besonders direkt«, lacht er.

»Neiiin«, seufze ich. »Das meine ich nicht. Aber das Kleid ist doch ein bißchen verwirrend. Ich komme mir vor, als würde ich mit einem Mädchen schmusen.«

»Okay, ich zieh meine Sachen aus, wenn du deine ausziehst.«

»Ist das deine neueste Masche?«

»Genau.« Lässig öffnet er mit einer Hand die oberen drei Knöpfe an meinem Hemd.

»Und was wird aus der sexuellen Gleichberechtigung?« entgegne ich, lasse meine Arme auf seinen Rücken gleiten und öffne langsam den Reißverschluß. »Schließlich soll ich doch diejenige sein, die dich anmacht, erinnerst du dich?«

»Warum einigen wir uns nicht einfach auf einen Kompromiß ... Ich grabe dich an, und du gräbst mich an.«

»Okay«, krächze ich, während Jakes Zunge anfängt, zärtlich die Kuhle an meinem Halsansatz zu umkreisen. »Du zuerst.«

»Wißt ihr was, ihr kommt mir irgendwie bekannt vor.« Er sagt das zu meinen Brüsten. »Haben wir uns nicht schon mal gesehen?«

»Ganz schön abgedroschen ... ganz schön alter Hut.«

»Fällt dir was Besseres ein?«

Ich lege zwei Finger unter sein Kinn und drehe sein Gesicht zu mir. Mein Blick fällt genau auf diese schönen, ehrlichen, offenen, bunt gesprenkelten Augen.

»Wie wär's mit ›Laß das Gelaber, und bring mich ins Bett‹?«

»Klasse.« Er erwidert mein Lächeln. »Ich muß zugeben, das war ein guter Spruch.«

Danksagungen

In Liebe und Dankbarkeit für Imogen und Barbie, deren Verrücktheit mir hilft, normal zu bleiben, und deren Liebe mir Mut macht. Für Ayshea, meine Gefährtin bei allen erdenklichen Übeltaten. Für Sam, Rachael und Liz, die drei anderen Musketiere (warum habe ausgerechnet ich das Aftershave abgekriegt?); und auch für alle meine anderen Freunde, die mir auf unterschiedlichste Art und Weise geholfen, mich inspiriert und ermutigt haben: Trevor (ein wahrer Gentleman und echter Freund) und Sue; Gorgeous-Gogo-Dancing-Gazza; Sexy Michelle; meine liebe Nuala und ihre geliebte Sarah; Anne (deren Wildheit nicht länger völlig im Verborgenen blüht); Lovely Lesley und Naughty Maureen; die schöne Anna; Elizia; Carolyn; Claire; Big Al (ein dicker Kuß!); Small D; Mr. A; Tom E; Tina; Kathy; Jules; Chrissy; und einen ganz besonderen Dank an die dicke (und jetzt so wunderbar dünne) Fat Jack für all das Korrekturlesen, zu dem ich sie über die Jahre hinweg gezwungen habe; und an alle von NGH.

In Liebe und Dankbarkeit auch für meine Schwester Louise, und für Des, Nomi Bear und Smiles, die mich immer wieder aufbauen, wenn ich ganz unten bin. Für meinen Bruder James (er weiß, wie groß sein Beitrag war!). Für meine Mutter Diane, weil sie mich ertragen und dabei ihre Gesundheit und den Teppich aufs Spiel gesetzt hat; für meinen Dad – Brucey Baby, ich liebe dich; für Sil James und Viv; und für meine Oma, Mabs, deren Fähigkeit, bis weit in die Siebzig in einer Lederhose eine gute Figur zu machen, mich immer inspirieren wird.

Ein abschließender Dank an Joanna Briscoe, Luigi Bonomi und Clare Foss, für das Vertrauen, den Ansporn und die Begeisterung, und an Frances, Jo und Sarah, ihrer schönen Beine wegen.

Janet Evanovich bei Goldmann

Mehr Informationen unter www.goldmann-verlag.de

GOLDMANN